Sophia Farago
Das Geheimnis von Digmore Park

Das Geheimnis von Digmore Park

von
Sophia Farago

DRYAS

Das für dieses Buch eingesetzte Papier ist ein Produkt aus nachhaltiger Forstwirtschaft.

1. Auflage 2013

Herausgeber: Dryas Verlag, Frankfurt am Main

Herstellung: Dryas Verlag, Frankfurt am Main
Lektorat: Dr. Nina Sottrell, Berlin
Korrektorat: Andreas Barth, Oldenburg
Umschlaggestaltung: Agentur Guter Punkt, München
Coverbild: © Michael Gray / Fotolia.com
Graphik „Rosen": © NK - Fotolia.com
Satz: Dryas Verlag, Frankfurt am Main
Gesetzt aus der Palatino Linotype
Druck: Aalexx Buchproduktion GmbH, Großburgwedel
Dieses Werk wurde vermittelt durch die Michael Meller Agency GmbH, München

Bibliografische Information der Deutschen Bibliothek:
Die Deutsche Bibliothek verzeichnet diese Publikation in der Deutschen Nationalbibliografie, detaillierte bibliografische Daten sind im Internet über http://dnb.ddb.de abrufbar

ISBN: 978-3-940855-44-2
www.dryas.de

1. Kapitel

War sie bereits auf dem besten Wege, eine alte Jungfer zu werden? Miss Elizabeth Porter legte die Stirn in Falten und schob nachdenklich ihre Unterlippe vor.

„Überlege es dir gut, meine Liebe“, hatte Clara gesagt und dabei ihrer Stimme jenen bedeutungsvollen Klang verliehen, den sie stets anschlug, wenn sie etwas Weltbewegendes zu verkünden hatte, „in wenigen Monaten wirst du dreiundzwanzig Jahre alt! Ich hoffe, du verzeihst mir meine Aufrichtigkeit, aber bevor du den Antrag von Mr. Bavis ablehnst, bedenke bitte, dass es der letzte sein könnte, der dir jemals gemacht wird.“

Noch vor einer Stunde hatte Elizabeth die Vorstellung, den selbstgerechten Mr. Bavis zu heiraten, entrüstet von sich gewiesen. Doch nun beschäftigten sie die Worte ihrer besten Freundin viel stärker, als ihr lieb war. Nicht einmal der schnelle Ritt nach Hause auf Summerwind, ihrem Lieblingspferd, hatte sie auf andere Gedanken gebracht. Was, wenn Clara recht hatte? Wie sollte sie in Winchester je einen passenden Gemahl finden? Kaum ein Gentleman der vornehmen Londoner Gesellschaft verirrte sich je hierher in ihre Heimatstadt, und unter den zahlreichen Bewunderern aus der Gegend gab es niemanden, der ihr Herz auch nur im Geringsten zu interessieren vermochte. Wenn sie wenigstens ein ordentliches Debüt in der Hauptstadt gehabt hätte! Vor fünf Jahren war alles so schön geplant gewesen, doch dann war Papa erkrankt. Inzwischen war er lange tot, und dennoch kam ein Aufenthalt in der Hauptstadt nicht in Frage. Wer sollte sich denn um Portland Manor kümmern, wenn nicht sie? Wer sollte die Dienstboten beaufsichtigen und mit dem greisen Verwalter die Bewirtschaftung besprechen, wenn nicht sie? Elizabeth seufzte. Manchmal war es gar nicht einfach, eine tüchtige junge Frau zu sein. Bis ihr Bruder volljährig war, würden noch drei lange Jahre vergehen. Jahre, in denen sie an Winchester gebunden war. Und dann war es für ein Debüt zu spät. Oder hatte die Welt je etwas von einer sechsundzwanzigjährigen Debütantin gehört? Elizabeth zog die Zügel ein wenig fester an, bis Summerwind in Schritt fiel. Ihre Wangen waren vom schnellen Ritt zart gerötet, der kleine grüne Reithut saß etwas schief auf ihren vom Wind zerzausten blonden Locken. Ihr Weg führte sie die von hohen Platanen gesäumte Allee zu ihrem Elternhaus hinauf, das auf einem kleinen Hügel südlich der Stadt lag. Ein roter Backsteinbau mit hohen weißen Sprossenfenstern, dessen unzählige Kamine von vielen Zu- und Umbauten im Laufe der letzten Jahrzehnte Zeugnis ablegten. Die Hufe ihres Pferdes klapperten laut über den menschenleeren Vorplatz. Ein Blick zu Boden genügte, und die Falten auf ihrer Stirn verstärkten sich. Was sie sah, war ein anschaulicher Beweis dafür, dass sie nicht nur ihre Zukunft, sondern auch die Dienerschaft nicht wirklich im Griff hatte! Alles wirkte ein wenig verwahrlost. Die Hecken bedurften dringend eines Rückschnitts, Unkraut wucherte in den Ritzen der Pflastersteine. Derartige Übel hätte es unter den wachsamen Augen von Mr. Simmons nie und nimmer gegeben. Der Stallmeister hatte mit freundlicher, aber doch eiserner Hand regiert und dafür gesorgt, dass Gärten und Stallungen, Auffahrt und Höfe stets in gepflegtem Zustand gewesen waren. Doch Mr. Simmons war tot, vom Blitz erschlagen. Das war noch keine fünf Wochen her. Es war ein ungewöhnlich heißer Maitag gewesen, und die drückende Schwüle hatte sich in einem abendlichen Gewitter entladen. Mr. Simmons war eben dabei, einige Dachschindeln bei den östlichen Stallungen auszuwechseln, als das Unfassbare geschah. So schnell, wie das Gewitter gekommen war, war es auch wieder gen Osten abgezogen. Es hatte eine Vielzahl abgebrochener Äste hinterlassen, ein halb abgedecktes Stalldach und einen toten Stallmeister, dessen verkrümmter Leib auf den harten Steinen des Vorhofes gefunden wurde.

Seit diesem Tag war nichts mehr wie vorher. Die Burschen erfüllten ihre Pflichten nur mehr nach ihrem Gutdünken oder wenn Elizabeth sie ausdrücklich darauf hinwies. Die Ermahnungen der Haushälterin und der Köchin fruchteten wenig. Und einen Butler, der allein durch seine Autorität mit strengen Worten für Ordnung gesorgt hätte, gab es auf Portland Manor nicht. Es war höchste Zeit, einen neuen Stallmeister einzustellen. Je schneller hier wieder eine ordnende Hand eingriff, desto besser war es für alle. Doch wo sollte sie einen geeigneten Mann finden? Vergeblich hatte sie sich bereits im Kreis ihrer Bekannten umgehört. Neulich, als sie mit Mama in Winchester war, um bei der Schneiderin das grüne Reitkleid abzuholen, das sie eben trug, da waren sie beim „Hampshire Chronicle" vorbeigekommen. Es hatte einiger Überredungskunst bedurft, Lady Portland davon abzubringen, in die Redaktionsstube zu stürmen, um ein Inserat in diese Zeitung setzen. So wenig sich Mama in die Angelegenheiten der Gutsverwaltung einmischte, so sehr konnte sie sich für Abenteuer und moderne Ideen begeistern. Doch Elizabeth war viel zu vernünftig, um ein derartiges Wagnis zu befürworten. Wer wusste denn, welches Gesindel einem da ins Haus kam? Elizabeth seufzte. Sie hatte keinen geeigneten Verehrer, sie hatte keinen Stallmeister, und anscheinend hatte sie noch nicht einmal einen Stallburschen. Das galt zumindest für diesen Augenblick, denn die Stallungen waren verwaist. Niemand kam, um ihre Zügel in Empfang zu nehmen und ihr die Hand zum Absitzen zu reichen. Zum Glück bedurfte sie keiner derartigen Hilfe. Mit geübtem Griff schwang sie sich aus dem Sattel.

„Joseph!? Joseph! Wo steckst du?“ Warum war der Bursche nicht an seinem Platz? Der Fuchs musste abgerieben werden. Es war nicht gut, das Pferd verschwitzt und gesattelt stehen zu lassen. „Joseph!“

Alles blieb still. Nur die Äste der Ginsterbüsche raschelten im Wind, und von fern klangen leise die Kirchenglokken herüber, um die Gläubigen zur Abendmesse zu rufen. Das Läuten brachte Elizabeth auf eine Idee: Sie würde den Pfarrer von St. Ann um Hilfe bitten. Mr. Bishop war viel im Landkreis unterwegs, er ging in den besten Häusern ein und aus. Sicher konnte er ihr einen geeigneten Stallmeister empfehlen.

Nach einem letzten vergeblichen Versuch, ihren Stallburschen durch lautes Rufen auf sich aufmerksam zu machen, führte sie ihr Pferd selbst in seine Box und machte sich dann daran, den jungen Mann aufzuspüren. Sie musste nicht lange suchen. Kaum hatte sie den Stall durch die schmale Seitentür verlassen, als gedämpftes Lachen an ihr Ohr drang. Es kam aus dem Küchengarten, der dereinst von ihrer Großmutter an einem geschützten Platz im Halbschatten, an der Rückseite der Stallungen, angelegt worden war. Der kleine Nutzgarten war nun der ganze Stolz der Köchin; stets liebevoll gepflegt, wurde er immer wieder durch neue Kräuter und Gemüsesorten erweitert. Elizabeth trat näher und sah, dass das Gartentor geöffnet war. Lucy, die Küchenmagd, war damit beschäftigt, Pflanzen mit einem scharfen Messer abzuschneiden. Der Pferdeknecht hatte es sich auf einem der breiten Pfeiler des Gartenzauns gemütlich gemacht. Ein langer Grashalm, an dem er versonnen kaute, steckte in seinem Mund. Mit einem breiten Grinsen sah er dem Mädchen bei seiner Arbeit zu. Anscheinend hatte er soeben etwas Amüsantes gesagt, denn Lucy blickte mit leicht geröteten Wangen zu ihm empor. Auch auf ihren Lippen lag ein strahlendes Lächeln.

Elizabeth räusperte sich laut und vernehmlich.

Die Magd ließ vor Schreck die gesammelten Kräuter auf den Boden fallen. Sie fuhr herum, sah ihre Herrin sie mit prüfendem Blick mustern, und das Rot ihrer Wangen vertiefte sich. Rasch stand sie auf und knickste. „Guten Abend, Miss Elizabeth. Ich bin gerade dabei, Marigold abzuschneiden." Sichtlich verlegen wischte sie ihre Hände an der ohnehin nicht mehr sauberen Küchenschürze ab. „Die Köchin sagt, nichts gibt frischer Butter eine so schöne Farbe wie Marigold."

Joseph war vom Gartenzaun heruntergesprungen, hatte den Grashalm ausgespuckt und tat nun so, als würde er Lucy helfen. Elizabeth, die vorgehabt hatte, mit dem Stallburschen ein ernstes Wort zu reden, brachte es nicht übers Herz. Ihr amüsierter Blick wanderte zwischen den beiden hin und her, es war offensichtlich, dass der Bursche und die Küchenmagd Zuneigung zueinander gefasst hatten. Wie sollte sie wohl am besten auf diese Entdeckung reagieren? In ihrem Inneren kämpften widersprüchliche Gefühle. Einerseits hatte sie nichts dagegen einzuwenden, dass sich die beiden ineinander verliebt hatten. Sollten sie sie einst um die Erlaubnis bitten, heiraten zu dürfen, so würde sie dem nicht entgegenstehen. Auf der anderen Seite waren zwei Verliebte nicht nur Anlass zu ungetrübter Freude. Mit einem Anflug tiefer Sehnsucht nahm sie das schwärmerische Funkeln in Lucys Augen wahr. Und natürlich war ihr das zärtliche Grinsen des Stallburschen nicht entgangen, mit dem er die Küchenmagd betrachtete. Wann würde wohl endlich ein Mann kommen, um *sie* mit solch einem liebevollen Blick zu bedenken? Sie meinte einen wirklich *liebevollen* Blick, denn *bewundernde* Blicke bekam sie allenthalben! Noch. Doch wenn man Clara Glauben schenken konnte, dann waren diese Tage gezählt. Dann würde sie als alte Jungfer enden, die froh sein musste, wenn sie dereinst bei der Aufzucht der hoffnungsfrohen Nachkommen ihres Bruders behilflich sein durfte, statt eigenen Kindern das Leben zu schenken … Sie fuhr aus ihren Gedanken auf.

„Joseph, es ist nicht deine Aufgabe, dich im Küchengarten herumzutreiben! Summerwind steht in seiner Box und muss dringend abgerieben werden."

Der Bursche hob die Hand an seine Mütze und versicherte, seine Arbeit sofort zu erledigen, wandte sich um und kehrte zu den Stallungen zurück. Natürlich nicht, ohne vorher Lucy noch ein kleines Grinsen zu schicken. Das Mädchen errötete abermals und kniete sich rasch nieder, hob die Kräuter vom Boden auf und machte sich eilends auf den Weg zur Küche.

Auch für Elizabeth war es nun höchste Zeit, ins Haus zurückzukehren. Denn Lady Portland mochte es ganz und gar nicht, wenn sie mit dem Tee auf ihre Tochter warten musste.

2. Kapitel

„Billy! Was führt denn dich nach Hause? Ich dachte, dein Studienjahr endet erst in einem Monat!"

Kaum hatte Elizabeth diese Worte mit freudiger Stimme ausgerufen, wurde sie von ihrem Bruder auch schon hochgehoben und im Kreis herumgewirbelt. „Meine liebe Lizzy, ich freue mich so, dich zu sehen. Mir kommt es wie eine Ewigkeit vor, dass ich das letzte Mal hier war!"

Er setzte seine Schwester wieder auf dem Boden ab, und sie sah mit geröteten Wangen zu ihm auf. Obwohl ihr Bruder fast sechs Jahre jünger war als sie, überragte er sie doch um zwei Haupteslängen. Ihr Blick war halb liebevoll, halb prüfend. Wie sehr er doch ihrer Mutter glich: dieselben dichten braunen Locken, dasselbe abenteuerlustige Leuchten in den Augen.

„Ich freue mich auch, dich zu sehen, Billy. Wenn du wüsstest, wie sehr ich dich in den letzten Monaten vermisst habe! Und dennoch habe ich das ungute Gefühl, dass irgendetwas nicht stimmt. Sag mir die Wahrheit, kleiner Bruder, hast du Schwierigkeiten in Eton? Haben dich deine Professoren zur Strafe nach Hause geschickt?"

Ihre Mutter, die sich bisher im Hintergrund gehalten hatte, stellte geräuschvoll die Teekanne ab. „Elizabeth, wenn man dich so reden hört, dann könnte man meinen, *du* seist Billys Mutter und nicht ich! So gönn ihm doch etwas Vergnügen!"

„Weise Worte, ich danke dir, Mama!" Billy schenkte seiner Mutter sein charmantestes Lächeln, das prompt erwidert wurde. Noch immer lächelnd wandte er sich wieder an seine Schwester: „Darf ich dir nun jemanden vorstellen, der darauf brennt, deine …“

Doch Elizabeth fiel ihm ins Wort. Sie hatte die Blikke zwischen Mutter und Sohn aufgefangen. Billy, dem Schelm, gelang es immer wieder, Mama um den Finger zu wickeln.

„Du bist doch nicht von der Schule verwiesen worden, oder?!“

Während Billy die Hände vor der Brust zusammenschlug und mit unschuldiger Miene entrüstet versicherte, dass das nie und nimmer der Fall war, wurde Mamas Protest heftiger. Wenn sie eines nicht leiden konnte, dann war das, sich länger als nötig mit Dingen zu befassen, die man auch einfach unter den Teppich kehren konnte. „So, meine Lieben, nachdem dies also geklärt ist, wollen wir uns nun unserem Tee widmen. Es ist lieb von dir, dass du dir um deinen Bruder Sorgen machst, Elizabeth. Doch nicht hinter jeder Ecke lauert eine Katastrophe. Freuen wir uns also einfach darüber, dass er wieder zu Hause ist. Und einen so charmanten Gast mitgebracht hat.“

Sie klopfte mit der Hand einladend auf den Platz neben sich auf dem kleinen gelb-gold gestreiften Sofa. „Setz dich zu mir, mein Sohn. Ich habe dir so viel zu erzählen. Letzten Freitag waren wir auf einer Soiree draußen auf Wildrose Manor. Es waren einige junge Damen zu Gast, darunter auch die Tochter des Herzogs von Battlefield. Eine ganz reizende junge Dame. Nicht ausgesprochen hübsch, aber man sagt, sie verfüge über mehr als 20.000 Pfund im Jahr. Ach, Billy, ich wünschte, du wärst dabei gewesen. Wollen Sie Zucker in Ihren Tee, Lord Linworth?“

Elizabeth blickte überrascht von ihrer Mutter zu Billy. Dieser zuckte mit den Schultern, weit davon entfernt, Reue zu zeigen.

„Ich wollte dir meinen Freund bereits vorstellen, Lizzy, doch ich kam leider nicht zu Wort. Du hättest dich aber auch bemerkbar machen können, Henry, anstatt dich schweigend neben dem Kamin zu verstecken."

Dieser Vorwurf galt, wie Elizabeth nun feststellte, einem eleganten Gentleman, der hinter ihr stand, zwischen Tür und Kamin, und die Szene mit einem Lächeln unter seinen gesenkten Lidern beobachtet hatte. Als sie ihrem Bruder so unerwartet gegenüberstand, hatte sie den Mann gar nicht wahrgenommen. Dafür wurde ihr seine Gegenwart nun umso stärker bewusst. Hatte sie wirklich vor einer knappen Stunde noch gedacht, es gäbe in Winchester nicht die geringste Möglichkeit, einen passenden Gatten kennenzulernen? Nun, dieser Gentleman schien sogar äußerst passend zu sein. Er war nicht einfach ein junger Mann, nein, Clara hätte ihn in ihrem Überschwang sicher mit einem griechischen Gott verglichen. Die dunklen, fast schwarzen Locken trug er zu einer modischen Windstoßfrisur gebürstet, seine breiten Schultern steckten in einem eleganten marineblauen Kutscherrock mit goldenen Knöpfen und die biskuitfarbenen Beinkleider in blank polierten schwarzen Lederstiefeln, deren breite, helle Stulpen nach der neuesten Mode mit Quasten geschmückt waren. Und sie hatte nichts Besseres zu tun gehabt, als in einem schlichten, grau-blau-gelb gestreiften Musselinkleid dazustehen und ihrem Bruder eine Standpauke zu halten! Wenn sie doch wenigstens etwas Schmuck angelegt oder zumindest ein seidenes Band in ihre Haare geflochten hätte! Er musste sie für Billys Gouvernante halten! Wie typisch für ihren Bruder, seinen Gast nicht rechtzeitig anzukündigen! Was würde der jetzt bloß von ihr denken?

„Lizzy, darf ich dir einen ganz besonderen Freund vorstellen, Henry Fenton? Seit sein Onkel vor drei Jahren so freundlich war, das Zeitliche zu segnen, ist er der Viscount of Linworth. Henry, das ist meine Schwester Elizabeth, von der ich dir schon so viel erzählt habe."

Elizabeth beeilte sich, mit einem strahlenden Lächeln

das Versäumte wiedergutzumachen. Er ergriff ihre Hand, um sich galant darüber zu verbeugen. Als er den Kopf wieder hob, trafen sich kurz ihre Blicke. Das Lächeln in seinen Augen verschlug ihr für einen Moment den Atem. Noch nie hatte sie einen Mann getroffen, der so viele Vorzüge in sich vereinte: angenehme Manieren, ein beglückendes Lächeln und eine angesehene Familie. Ein Blick in seine Augen reichte, um zu wissen, dass Lord Linworth auch über Humor verfügte. Sicher war er intelligent. Seine breiten Schultern zeugten davon, dass er auch sportlicher Betätigung nicht abgeneigt war. Nichts erinnerte an das altmodische Äußere und die missmutigen Gesichtszüge ihres lästigen Verehrers Charles Bavis. Nichts an dessen moralinsaure Predigten, mit denen er sie stets aufs Neue langweilte. Dieser Mann hier war sicher nicht langweilig. Woher Billy ihn wohl kannte? Lord Linworth war mindestens zehn Jahre älter als ihr Bruder. Sie schätzte ihn auf Ende zwanzig. Was mochten die Gründe für einen Mann seines Alters sein, die Freundschaft eines Siebzehnjährigen zu suchen? Elizabeth schüttelte kaum merklich den Kopf. Mutter und Clara hatten recht, sie grübelte zu viel!

„Willkommen auf Portland Manor, Eure Lordschaft!“ Ihr freundliches Lächeln kam von Herzen. „Wenn du mich kurz entschuldigen willst, Mama, ich möchte der Haushälterin Bescheid geben, das grüne Gästezimmer für seine Lordschaft vorzubereiten. Sie bleiben doch einige Tage bei uns, nicht wahr, Mylord?“

In Lord Linworths Augen blitzte es amüsiert. Hatte ihre Stimme bei den letzten Worten für fremde Ohren etwa ebenso flehentlich geklungen, wie sie sich für sie selbst angehört hatte? Rasch machte Elizabeth kehrt, um den Raum zu verlassen, doch Billy ergriff sie an ihrer Schulter und führte sie zu dem kleinen Stuhl an Lady Portlands linker Seite. „Das ist nicht nötig, Schwesterchen, ich habe die gute Betty schon darum gebeten. Komm, nimm Platz. Und dann erzähl mir alles, was sich in den letzten Monaten hier auf Portland Manor ereignet hat. Ich will jede Einzelheit wissen."

Er wandte sich an seinen Freund und setzte dann mit einem stolzen Blick auf seine Schwester hinzu: „Lizzy kümmert sich hier so lange um den Landsitz und all meine Belange, bis ich volljährig bin. Ich kann mir nicht vorstellen, dass einem anderen Mann auf dieser Welt das Glück beschieden ist, solch eine Schwester zu haben."

Elizabeth errötete über dieses überschwängliche Lob. Sie freute sich, dass Billy all ihre Mühe und ihre Arbeit für Portland Manor zu schätzen wusste. Doch sie wusste auch, wie andere Menschen, vor allem Männer, darüber dachten, dass sie hier die Zügel in der Hand hielt. Sie wollte keineswegs, dass Lord Linworth sie für unweiblich oder am Ende gar – Gott bewahre – für einen Blaustrumpf hielt! Daher hätte sie viel darum gegeben, Billy hätte ihre Dienste nicht gar so hervorgehoben.

Lord Linworth indes schien nichts an ihren Aktivitäten auszusetzen zu haben. „Ich habe davon gehört, und ich bewundere Sie außerordentlich, Miss Porter. Es gibt nicht viele Frauen, denen man es zutrauen kann, so ein Anwesen zu leiten. Wenn es Ihre Zeit erlaubt, würde es mich sehr freuen, wenn Sie mich durchs Haus führen würden. Ich nehme an, dass es in Portland Manor sehenswerte Antiquitäten gibt …!"

„Seit wann interessierst du dich denn für alten Krempel?", rief sein junger Freund aus, und der Spott in seiner Stimme war nicht zu überhören. „Lass dich von Henry nicht in die Irre führen, Lizzy! Alles, was diesen Mann interessiert, sind die Jagd und der Fischteich. Ich habe ihm versprochen, dass wir morgen den ganzen Tag mit unseren Angelruten unterwegs sein werden."

Das gefiel Elizabeth ganz und gar nicht. Natürlich hätte sie Lord Linworth gerne durchs Haus geführt. Sicher würde er bald wieder abreisen, und da galt es, jede Minute zu nutzen, um einen guten Eindruck zu machen. Und natürlich auch, um ihn besser kennenzulernen. Musste er wirklich den ganzen Tag mit Billy am See verbringen? Vielleicht sollte sie ihre Begleitung anbieten? Allerdings, wenn Männer zum Angeln gingen, dann konnten sie auf die Gesellschaft von Damen sehr gut verzichten, das wusste sie noch von Papa. Noch bevor ihr etwas Passendes eingefallen war, um die Herren umzustimmen, hatte Lord Linworth schon das Wort ergriffen: „Natürlich gehe ich gerne mit dir angeln, mein Freund, doch ebenso interessieren mich Haus und Garten. Wir werden uns den Fischen also am Vormittag widmen, Billy, und am Nachmittag stehe ich Miss Porter ganz zu ihrer Verfügung, wenn dies in ihrem Sinne ist."

Elizabeth erklärte, das sei sehr wohl in ihrem Sinne, und erkundigte sich dann, wo die beiden einander kennengelernt hätten. Lord Linworth betrachtete derweil eingehend die verschiedenen Kuchen auf der silbernen Etagere, und so blieb es Billy überlassen, zu antworten.

„Ach, so genau kann man das nicht sagen", erklärte dieser ausweichend, „es war bei einem Pferderennen. Ja, richtig, bei einem Pferderennen, da sind wir zufällig … wir sind nebeneinander gestanden. Und so kommt man … und so sind wir dann ins Gespräch gekommen, nicht wahr, Henry, so war es."

Sein Freund musterte höchst aufmerksam das Stück Früchtekuchen auf seinem Teller und bestätigte, ohne dabei den Kopf zu heben: „Ja genau, Billy, so war es."

Elizabeth blickte von einem zum anderen. Das klang doch eindeutig so, als hätten die beiden irgendetwas zu verbergen. War ihre harmlose Frage gar nicht so harmlos gewesen? Sie rief sich zur Ordnung. Clara hatte noch am Nachmittag gemeint, es wäre längst an der Zeit, dass Elizabeth die Verantwortung für Portland Manor abgab, um sich leichteren Vergnügungen hingeben zu können. Ganz ohne Zweifel hatte Clara wieder einmal recht. Die Last der Verantwortung war dabei, sie zu einer misstrauischen Frau zu machen. Zu einer misstrauischen alten Jungfrau, wenn man es genau nahm.

3. Kapitel

„Verdammt, Major, wir hätten doch zur Gastwirtschaft meiner Schwester gehen sollen. Wenn wir nicht endlich die Spelunke finden, dann sind wir gleich schneller nass, als wir bis zehn zählen können."

Der nicht allzu groß gewachsene, untersetzte Mann blieb stehen und betrachtete stirnrunzelnd die dunklen Wolken, die zusehends schneller vom Meer her über Southampton aufzogen. Er mochte wohl um die dreißig Jahre alt sein, sein Gesicht war von der Sonne verbrannt, und die tiefen Furchen, die sich in seine Stirn eingegraben hatten, zeugten davon, dass er es in seinem Leben nicht immer leicht gehabt hatte. Ein Blick auf seine Kleidung erklärte die Herkunft seiner Sonnenbräune: Er trug den leuchtend roten Uniformrock des ersten Regiments der Lifeguards. Und wie jedes Kind im Lande wusste, war diese Einheit derzeit in Spanien stationiert. Schließlich galt es, Napoleon, dieses korsische Ungeheuer, zu besiegen, das seine Macht von Frankreich aus über ganz Europa zu verbreiten suchte. Dieser Offizier hier taugte allerdings nicht zum Aushängeschild der glorreichen Armee, und man konnte nur hoffen, dass keiner der jungen Soldaten sich ihn zum Vorbild nahm. Seine Hosen, die irgendwann einmal weiß gewesen sein mussten, waren fleckig und grau. Ein Loch am rechten Oberschenkel zeigte noch deutliche Spuren des rostigen Nagels, an dem er beim Verlassen des Schiffes hängen geblieben war. Die schwarzen Reitstiefel, die ordnungsgemäß bis über das Knie zu reichen hatten, endeten bereits an der Wade. Dafür waren die Ärmel des Uniformrocks umso länger, und die ehemals weißen Stulpen verdeckten fast vollständig die schwieligen Hände. Er hatte einen groben Leinensack geschultert und bot alles in allem einen sehr seltsamen Anblick für einen Offizier dieser altehrwürdigen, traditionsbewussten Kompanie.

Einige Schritte hinter ihm schleppte sein Bursche eine schwere Holzkiste, in der sich vermutlich die anderen Kleidungsstücke seines Herrn befanden. Und der Bursche bot einen kaum weniger seltsamen Anblick. Er trug eine graue Jacke, deren Ärmel knapp unter dem Ellbogen endeten, gerade so, als habe er sich die Kleidung seines jüngeren Bruders geborgt. Die ausgebleichte blaue Kappe auf seinen dunklen, ungewaschenen Haaren verdeckte fast vollständig die obere Gesichtshälfte, während die untere durch einen dichten Vollbart ohnehin nicht zu erkennen war. Seine Stiefel fielen besonders ins Auge: Schwarzes, weiches Leder reichte an seinen langen Beinen bis über die Knie hinauf und wollte damit so gar nicht zur groben Leinenhose passen, die in diesen noblen Schäften steckte. Auch wenn das Schuhwerk über und über mit Kot beschmutzt war: Hatte man je einen Offiziersburschen mit solch edlen Stiefeln gesehen?

Die Straßen am Hafen von Southampton waren von lebhaftem Treiben erfüllt. Die „Golden Star of the Sea" hatte vor einer Stunde am Pier angelegt. Nachdem die vornehmen Herrschaften der oberen Decks mit ihrer Dienerschaft das Schiff verlassen hatten, entlud sich nun ein kaum endenden wollender Strom an Passagieren aus den dunklen Höhlen des Schiffsrumpfes. Da waren vor allem Soldaten, die auf dem Kontinent für König und Vaterland gekämpft hatten und nun verwundet und verbittert in die Heimat zurückkehrten, um hier einer ungewissen Zukunft entgegenzusehen. Dazwischen Händler, Handwerker, Abenteuerlustige ... Sie alle stiegen in Southampton an Land, entweder um in England ihr Glück zu versuchen oder um von ihren Erfahrungen in fremden Ländern zu berichten.

Der Strom der Ankömmlinge mischte sich mit den Menschen, die aus allen Richtungen herbeieilten, um das große Schiff zu bewundern. Viele kamen, um beim Entladen zu helfen und sich so ein paar Münzen zu verdienen, die sie gut gebrauchen konnten. Wieder andere hielten Ausschau nach ihren Angehörigen. Frauen mit kreischenden Kleinkindern standen an der Kaimauer und schauten zu den Soldaten hinüber, die so schnell das Schiff verließen, wie es ihre im Kriege zerschundenen Körper erlaubten. In ihren Augen leuchtete der vage Funken Hoffnung, ihr Mann, der Vater, käme endlich nach Hause. Niemand beachtete den Offizier und seinen Burschen, die sich ihren Weg durch die Menge hin zum Gasthaus „Zum elenden Piraten" bahnten. Der Offizier hatte seinen Schritt verlangsamt. „Soll ich nicht doch die Kiste nehmen, Major?"

Er warf einen skeptischen Blick über die Schulter zu seinem Begleiter zurück. Dieser schüttelte unwillig den Kopf und bedeutete ihm mit seiner freien Hand, sich zu beeilen.

„Du redest zu viel, Charlie!" Für diese Worte, zwischen zusammengebissenen Zähnen hervorgezischt, hatte der Offizier nichts als ein Schulterzucken übrig. Wider Willen musste sein Bursche grinsen. „Außerdem: Gewöhn dir ab, mich Major zu nennen, mein Name ist Freddy, Freddy Michaels. Geht das endlich in deinen verdammten Kopf hinein?"

Anstatt sich zu beeilen, blieb der Uniformierte nun endgültig stehen und wartete kopfschüttelnd, bis sein Bursche zu ihm aufgeschlossen hatte.

„Freddy Michaels. Freddy Michaels!" Sein Kopfschütteln nahm bei jedem seiner Worte an Heftigkeit zu. „Natürlich habe ich's mir gemerkt. Bin ja nicht blöd. Aber Sie glauben doch selbst nicht, dass mir ein so absurder Name leicht über die Lippen kommt, Major, oder?"

Sein Bursche seufzte, klopfte ihm dann aber verständnisvoll auf die Schulter: „Du hast ja recht, Charlie!

Aber, was soll ich denn machen? Denkst du, für mich ist das alles einfach? Dennoch, wir haben schon so viele Schwierigkeiten gemeinsam gemeistert, Charlie! Wir werden auch aus dieser Geschichte hoch erhobenen Hauptes hervorgehen. Richtig?"

Charlie seufzte ebenfalls, schien aber alles andere als überzeugt. „Ihr Wort in Gottes Ohr, Major, äh, Freddy! Dennoch, wenn Sie mir erlauben, so halte ich diese Situation für bei weitem schlimmer als alle anderen, in denen wir bisher gesteckt haben. Sogar schlimmer als die Schlacht bei Ciudad Rodrigo in diesem Januar, und die war, weiß Gott, schlimm genug."

„Bei Schlachten weiß man zumindest genau, wer der Gegner ist. Jetzt haben wir einen Kampf auszufechten, bei dem wir den Feind nicht kennen. Noch nicht kennen. Doch wie lautet unser Motto?"

Der Uniformierte nahm Haltung an: „Erkunde das Umfeld, erkenne den Feind, stelle dich auf die Gegebenheiten ein …"

Sein Bursche nickte, und das kleine Lächeln, das seine Mundwinkel umspielte, war durch den dichten Vollbart kaum zu erkennen. „… erringe den Sieg!", setzte er Charlies Worte fort. „Genau, so lautet unsere Devise!"

Der Mann in Uniform nickte, doch seine Gesichtszüge blieben ernst. „Ich wünsch es Ihnen, Major, ich wünsche es Ihnen aus ganzem Herzen!"

Sein Bursche wollte die Schwere, die in diesen Worten lag, nicht hinnehmen. Sinnlos, daran zu denken, was die Folge wäre, würde er diesen, seinen persönlichsten Kampf verlieren. Nein, er musste versuchen, die Dinge weiterhin von der leichten Seite zu nehmen. Es nicht zulassen, dass die schwermütigen Gedanken Oberhand gewannen. „Nenn mich nie wieder Major!", war seine einzige Erwiderung. Er drohte halb ernst, halb scherzhaft mit seiner Rechten.

Charlie ließ sich davon nicht beirren. „Wenn wir alleine sind, dann werde ich Sie weiterhin Major nennen, Major, davon lasse ich mich nicht abhalten. Doch nun haben wir genug gequatscht. Auf ins Gasthaus! Ich habe bereits die ersten Tropfen gespürt. Es sollte mich nicht wundern, wenn es bald wie aus Scheffeln schüttet!"

Als sie vor dem Wirtshaus standen, war nicht nur der Regen stärker geworden. Auch der Wind hatte so heftig aufgefrischt, dass das Wirtshausschild laut in seinen Angeln kreischte. Die Farbe war abgeblättert, und von dem furchterregenden Piraten, der wohl einstmals darauf abgebildet gewesen war, waren nur mehr verblichene Umrisse zu erkennen. Doch nicht nur auf dem Wirtshausschild blätterte die Farbe ab, das ganze Haus hätte einen neuen Anstrich vertragen können. Die Fensterscheiben waren fast blind. Es war daher nicht überraschend, dass es im Schankraum nahezu dunkel war, als die beiden eintraten. Es roch nach abgestandenem Bier und dem beißenden Gestank billiger Kerzen. Eine Gruppe Matrosen saß eng gedrängt um den größten Tisch des Raumes. Obwohl es erst früher Nachmittag war, hatten sie bereits heftig dem Alkohol zugesprochen. Laut und lallend klangen ihre Stimmen durch den Schankraum. Anscheinend versuchten sie sich gegenseitig mit aufregenden Geschichten zu überbieten, die sie erlebt hatten. Oder, was wohl wahrscheinlicher war, die sie erlebt zu haben vorgaben. Auf den Knien eines der Männer saß ein junges Mädchen, das laut lachend Einblick in ein viel zu tiefes Dekolleté gewährte.

„Hallo!", rief Charlie, ohne sich dabei an jemand Bestimmten zu wenden. „Gibt es hier so etwas wie einen Wirt in dieser Spelunke?"

Einer der Matrosen stand mit einem Ruck von der Wirtshausbank auf und hob drohend seine Faust. „Was willst du, du Rotrock, du eingebildeter? Einen Wirt willst du? Eine auf die Schnauze kannst du haben!"

Mit diesen Worten plumpste er auf die Bank zurück, was seiner Drohung manches von ihrer erschreckenden Wirkung nahm. Sein Auftritt wurde von seinen Kumpeln mit dröhnendem Lachen quittiert. Manch eine Handfläche knallte zustimmend auf den rohen Wirtshaustisch. Das junge Mädchen schenkte Charlie keinerlei Beachtung. Ihr Interesse galt Freddy Michaels, seinem Begleiter, den sie mit einem Aufleuchten in den Augen betrachtete. Sie rutschte von den Knien ihres Anbeters, strich ihre Schürze glatt und kam den beiden entgegen.

„Sieh mal einer an, was uns die See doch alles in unsere Schänke schwappt! Du bist ja ein wahrer Schatz, mein Süßer!"

Und ehe sich's der Bursche versah, hatte sie sich auf die Zehen gestellt und mit ihrem spitzen Zeigefinger sein Kinn angehoben, um ihn noch eingehender mustern zu können. Was sie sah, schien ihr zu gefallen. Jedenfalls breitete sich auf ihrem schmalen, blassen, mit Sommersprossen übersäten Gesicht das Lächeln der Vorfreude aus. Und gab damit den Blick frei auf eine Reihe braun verfärbter Zahnstummel.

Freddy Michaels zog scharf die Luft ein. Was sollte er tun? Wie konnte er sie zurückweisen, ohne das unliebsame Aufsehen zu erregen, das sicher darauf folgen würde? Er wollte sich keinesfalls mit einer Horde betrunkener Matrosen anlegen. Charlie hatte weit weniger Skrupel. „Ja, nimmst du wohl die Hände weg von meinem … Burschen, du dumme Dirne!" Er packte ihren Arm, um sie von Freddy Michaels wegzuziehen.

In diesem Augenblick öffnete sich die Tür zur Küche, und die Wirtin trat in den Schankraum, eine kleine, dickliche Frau mit fleischigen Armen. Charlie vermochte nicht zu sagen, wie alt sie war. Ihre Schürze war überraschend ordentlich, die grauen Haare am Hinterkopf zu einem festen Knoten zusammengefasst. Sie musterte die beiden neuen Gäste mit sichtlichem Missfallen. „Hände weg von meiner Sally!", fuhr sie Charlie an. „Wir sind hier ein anständiges Haus! Meine Mädchen werden nicht begrapscht!" Es fehlte nicht viel, und sie hätte Charlie auf die Hand geschlagen, hätte er das Mädchen nicht ohnehin schon losgelassen gehabt. „Wenn ihr gekommen seid, um Unfrieden zu stiften, dann könnt ihr gleich wieder Leine ziehen!"

Die Matrosen hatten zu lachen aufgehört und starrten nun mit ebenso neugierigen wie feindseligen Blicken auf die beiden Neuankömmlinge.

„Ja, gib's ihm ordentlich, Martha!", rief der eine.

„Sag uns, wenn du Hilfe brauchst, Martha!", der andere. „Wir räumen die zwei weg wie nichts!"

Das war nicht gerade ein erfolgversprechender Beginn ihrer Quartiersuche. Sie waren müde, die Fahrt mit der „Golden Star of the Sea" über das Meer hatte fünf Tage gedauert. Das Meer war so aufgewühlt und stürmisch gewesen, dass sie kaum zum Schlafen gekommen waren. Sie sehnten sich nach nichts mehr als nach einer ausgiebigen Mahlzeit und einem möglichst sauberen Bett. Auf dem rollenden und wogenden Schiff war ihnen jeder Appetit vergangen, doch nun, da sie wieder festen Boden unter den Füßen hatten, regte er sich umso deutlicher. Der Bursche hielt es für an der Zeit, das Kommando zu übernehmen.

„Ich grüße Sie, Frau Wirtin!", sagte er, zog die Mütze vom Kopf und deutete eine Verbeugung an. Obwohl diese Worte mit formvollendeter Freundlichkeit vorgebracht worden waren, hatte es für das kundige Auge doch den Anschein, als wäre der Bursche derartige Höflichkeitsbezeugungen nicht gewohnt. Die Wirtin aber war viel zu erstaunt, um dies zu bemerken. Solcherart vorgebrachte Galanterie war in ihrer Kneipe noch nie vorgekommen.

„Wir brauchen Quartier für eine Nacht, der Major und ich. Lassen Sie das größte Zimmer in Ihrem Haus bereiten. Und bringen Sie uns das beste Essen in ein Extrazimmer. Dazu zwei Krüge vom besten Bier, wenn wir bitten dürften. Und das Ganze rasch", setzte er hinzu, um die Wirtin, die in regungsloses Erstaunen versunken war, auf Trab zu bringen.

„Wir haben hier kein Extrazimmer nicht", beschied ihm die stämmige Frau, als sie sich von ihrer Überraschung erholt hatte. Nach ihrem heftigen Ausbruch von soeben klang sie überraschend kleinlaut.

„Bleibt doch hier und esst mit uns im Schankraum!", schlug Sally vor und warf dem großgewachsenen Burschen verheißungsvolle Blicke zu.

„Sally, ab in die Küche!", befahl die Wirtin. Das Mädchen folgte nur widerwillig und ließ den Burschen nicht aus den Augen, bis sie hinter der Türe verschwunden war. Ihre katzenartigen Bewegungen brachten dabei nicht nur ihre Röcke zum Schwingen.

„Das fehlte noch, dass sich ein verdammter eingebildeter Rotrock an unserem Tisch breitmacht!", protestierte ein Seemann, der seine Sprache wiedergefunden hatte.

„Da vergeht mir doch gleich der Appetit!", grölte ein Zweiter.

Die Faust der Wirtin knallte auf die Ausschank. „In meinem Haus werden keine Soldaten beleidigt!" Die Matrosen zuckten zusammen und schwiegen wieder. Vor dieser Frau hatten anscheinend auch die wildesten Seeleute gehörigen Respekt.

„Ich richte euch das Essen in eurer Kammer."

Sie hieß den Offizier und seinen Burschen mit einer weit ausholenden Handbewegung, ihr zu folgen. Dann eilte sie voran, die steile Treppe in den ersten Stock hinauf. Sie war dabei so flink und wendig, wie man es ihr bei ihrer Leibesfülle gar nicht zugetraut hätte. Sie stieß die erste Türe zu ihrer Rechten auf. Wie aus Protest begannen die Angeln zu quietschen, und eine Staubwolke empfing die eintretenden Gäste. Es roch muffig.

„Pfff, hier stinkt es aber gewaltig!" Charlie hielt sich erschrocken seinen Ärmel vor den Mund und eilte zum Fenster.

„Das ist bloß abgestandene Luft." Die Wirtin blieb die Ruhe in Person. „Das gibt sich, sobald ihr länger herinnen seid." Ihr Blick fiel auf das lehmbeschmutze Schuhwerk, und sie setzte mit einem wissenden Lächeln hinzu: „Oder es verschlimmert sich, wenn ihr erst einmal eure Stiefel ausgezogen habt. He, was soll denn das ...?" Dieser Ausruf galt Charlie, der mit ein paar schnellen Griffen nicht nur das Fenster geöffnet, sondern auch die Bettlaken von den Strohmatratzen gerissen hatte, um sie zum Lüften ins Freie zu hängen.

„Na, Sie sind mir aber ein seltsamer Offizier, das möchte ich schon sagen. Und du da", sie rempelte den Burschen mit dem Ellbogen in die Seite, „bist wohl ein gar fauler Geselle. Schöne Reden schwingen, das kannst du wohl. Aber zum Arbeiten taugst du anscheinend wenig."

„Ach, der taugt schon", meinte Charlie, konnte sich jedoch ein Grinsen nicht verkneifen, „und nun ab in die Küche, Frau, wir haben einen Bärenhunger!"

Die Wirtin machte kehrt und eilte die Treppe hinunter. „Vergessen Sie das Bier nicht!", rief ihr Freddy Michaels nach.

Die Wirtin beschloss, Lester, den Burschen, mit den Getränken zu schicken. Sally blieb besser in der Küche, damit sie nicht auf dumme Gedanken kam. Lester konnte auch gleich zwei Krüge Wasser zu den Gästen schleppen. Die beiden sahen aus, als könnten sie dringend etwas zum Waschen gebrauchen.

Als sie eine halbe Stunde später mit den Resten des Spanferkels, einigen gebratenen Würsten, Kartoffelbrei und gekochten Erbsen in das Zimmer zurückkam, hatten sich die Männer bereits Gesicht und Hände gewaschen. Sie sahen nun einigermaßen sauber, aber noch immer müde und erschöpft aus. Nachdem sie sich vergewissert hatte, dass man ihre Dienste nicht mehr brauchte, zog sie sich zurück. Umgehend versperrte der Offizier die Türe hinter ihr. Freddy Michaels sprang von seinem Stuhl auf und schob den wackeligen Tisch zur Seite, auf den die Wirtin die Teller gestellt hatte.

„So, und nun raus aus meiner Uniform, Charlie. Wären die Leute hier nicht so betrunken, hätten sie bemerken müssen, wie unwohl du dich in meinem roten Rock fühlst."

Charlie erfüllte diesen Befehl nur zu gerne.

„Ich hab mich nicht darum gerissen, Major. War Ihre Idee gewesen, wenn ich Sie daran erinnern darf." Und wenn Sie nicht so tief in der Klemme sitzen würden, dann hätte ich mich nie und nimmer damit einverstanden erklärt, bei diesem unwürdigen Schauspiel mitzumachen, hätte er noch gern hinzugefügt, ließ es aber nach einem Blick auf seinen Herrn lieber bleiben. Freddy Michaels, ha! Das war Major Frederick Michael Dewary. Und er war der Offizier von ihnen beiden. Ehre, wem Ehre gebührt! Die Uniform eines Majors hatte nur ein Major zu tragen und nicht ein einfacher Stallbursche, der in seinen Diensten stand. Wenn er bloß genau wüsste, was das für eine Klemme war, in der sein Herr steckte. Das Einzige, was er ihm erzählt hatte, war, dass man ihn eines Verbrechens bezichtigte und dass es daher lebensgefährlich für ihn war, nach England zurückzukehren. Würde man ihn erkennen, würde er am Galgen landen, bevor noch der nächste Monat begann. Vielleicht würde er aber auch geköpft werden, schließlich entstammte sein Herr dem hohen Adel. So genau kannte Charlie sich da nicht aus.

Sein Herr hatte sich in der Zwischenzeit ebenfalls bis

auf die Unterwäsche entkleidet. Jetzt saß er wieder auf dem einzigen Stuhl des Zimmers und begutachtete mit sichtlichem Wohlwollen die aufgetischten Speisen. Dass Charlie so lange schwieg, machte ihn stutzig. Mit zusammengekniffenen Augen blickte er zu seinem Diener hinüber.

„Es hat keinen Sinn zu grübeln, Charlie", sagte er, als hätte er dessen Gedanken erraten. „Komm, setz dich zu mir, da hinüber auf das Bett. Du musst essen, damit du bei Kräften bleibst. Du hast im Morgengrauen einen langen Ritt vor dir."

Charlie widersprach nicht. Er nahm eines der Würstchen und biss herzhaft hinein. Nun noch ein großer Schluck aus dem Bierkrug, und schon sah die Welt gleich viel freundlicher aus. Dennoch: Eine Schande war das schon! Major Frederick Dewary war der rechtschaffenste Mann, den er kannte. Gut, er war manchmal zu Scherzen aufgelegt, und er liebte das Abenteuer. Doch er war klug und mutig. Von so mancher Schlacht war er hochdekoriert mit Orden und Ehrenzeichen heimgekehrt. Er war der beste Herr, den er sich je hätte vorstellen können. Und hier wusste Charlie Bescheid. Er war schon in Diensten anderer Männer gestanden, die keinen Deut gaben auf das Wohlbefinden ihrer Dienerschaft. Major Dewary war anders. Er war anständig, man konnte sich stets auf ihn verlassen, und der Lohn war ebenso großzügig bemessen, wie er pünktlich ausgezahlt wurde. Und dieser Mann sollte ein Verbrechen begangen haben? Das war ausgeschlossen! Natürlich musste ein Irrtum vorliegen. Die Frage war nur, ob Major Dewary genügend Zeit blieb, um diesen Irrtum aufzuklären, oder würden ihm seine Widersacher den Strick drehen, bevor er seine Unschuld beweisen konnte?

Er schob den Teller beiseite und begann die Uniform ordentlich zusammenzulegen, wie er es in den letzten zwei Jahren tagaus, tagein getan hatte. Und wie er es in Zukunft nicht mehr tun würde, denn sein Herr hatte den Militärdienst quittiert. Noch immer schweigend blickte er zu Major Dewary hinüber. Er ahnte, dass dessen Gedanken den seinen glichen.

Als sie schließlich zu Bett gingen, konnten sie trotz der bleiernen Müdigkeit nicht sofort einschlafen. Major Dewarys Gedanken kreisten immer wieder um einen Tag. Um jenen sonnigen 3. Juni 1812, als Andrew McPherson kreidebleich vor ihm gestanden hatte, um ihm die schreckliche, schier unglaubliche Nachricht zu verkünden. Obwohl seither mehrere Wochen vergangen waren, sah er die Szene noch in allen Einzelheiten vor sich. Er war soeben von einer Inspektion der Truppen zurückgekommen, die im spanischen Salamanca ihr Lager aufgeschlagen hatten. Er hatte das Pferd dem Stallburschen übergeben und war auf dem Weg zu seinem Zelt gewesen, um sich zu erfrischen, als ihm Andrew mit großen Schritten entgegenkam, ein gefaltetes Blatt Papier in seiner Rechten. Das sonst so fröhliche Gesicht war todernst, seine Hände zitterten, als er ihm zuraunte: „Du musst von hier verschwinden, Freddy, auf der Stelle!"

Seinem Freund war es sichtlich schwergefallen, seine Stimme unter Kontrolle zu halten. Es schien fast, als hätte er ihm diese Worte am liebsten entgegengeschrien. Frederick Dewary hatte ihn nicht ernst genommen.

„Was ist denn mit dir passiert? Welchem hübschen Mädchen habe ich schöne Augen gemacht, dessen Gunst du für dich beanspruchen wolltest?"

Natürlich war das ein Scherz gewesen. Frederick Dewary lag nichts ferner, als einem Mädchen schöne Augen zu machen. Er war hier, um mit seiner Truppe Siege für König und Vaterland zu erringen. Wenn er an ein schönes Mädchen denken wollte, dann dachte er an Vivian, die junge Dame, mit der er verlobt war.

Doch Andrew war nicht zum Scherzen aufgelegt. „Es ist etwas Schreckliches geschehen, Freddy. Auch wenn ich wollte, es wäre anders, meine Worte sind bitterer Ernst. Lies selbst. Dieser Brief meines Vaters hat mich heute Morgen erreicht, und ich warte nun schon seit zweieinhalb Stunden voller Ungeduld auf deine Rückkehr."

Frederick hatte sich das Blatt Papier geschnappt, und je mehr er las, desto ungläubiger weiteten sich seine Augen.

„Lieber Sohn", stand da geschrieben, „wie ich dir in meinem letzten Brief angekündigt habe, habe ich nun auch deinem Cousin George das Offizierspatent besorgt, um das er mich gebeten hatte. Um den jungen Heißsporn unter Kontrolle zu halten, habe ich jedoch zur Bedingung gemacht, dass er in deinem Regiment, unter deinem Kommando dient. Fast möchte ich es eine göttliche Fügung nennen, dass er gerade jetzt zu dir nach Spanien reist, denn es gibt mir die Möglichkeit, ihm diesen Brief für dich mitzugeben. Etwas Schreckliches ist geschehen, mein Sohn, und ich sehe es als meine dringlichste Pflicht an, dich davon in Kenntnis zu setzen. Ich weiß, dass du mit Major Dewary eng befreundet bist. Doch wie mich der Friedensrichter Lord Streighton, ein Mann, den ich, wie du weißt, meinen Freund nennen darf, heute Morgen unterrichtete, hat Major Dewary ein schreckliches Verbrechen begangen. Der Friedensrichter ist bekanntlich ein verschlossener Mann, und so waren keine näheren Einzelheiten aus seinem Mund zu erfahren. Dennoch trat eines offen zutage: Major Frederick Dewary ist gefährlich. Ich bitte dich daher inständig, nein, ich erwarte es von dir, dass du dich von diesem Mann in Zukunft fernhältst. Sprich mit niemandem über diesen Brief. Wie mir der Friedensrichter mitteilte, ist bereits eine öffentliche Depesche an den General unterwegs. Dewary wird unehrenhaft aus der Armee entlassen und von zwei Soldaten nach England eskortiert, wo ihn der Prozess und damit der sichere Tod erwarten."

Unruhig wälzte sich der Major auf dem harten Strohsack seines Bettes hin und her. Er war sich nicht der geringsten Schuld bewusst. Wer um Gottes willen wollte ihm ein Verbrechen in die Schuhe schieben? Und worum mochte es sich dabei handeln? Bezichtigte man ihn der Spionage? Hielt man ihn für einen Verräter? Seufzend drehte er sich wieder auf die andere Seite. Wie gut, dass Andrew sich nicht an den Befehl seines Vaters gehalten, sondern ihm den Brief gezeigt hatte. So konnte er behaupten, sein Vater sei krank geworden, und dies zum Anlass nehmen, den Dienst zu quittieren. Seine Entscheidung wurde mit Bedauern, aber doch auch Verständnis entgegengenommen.

Charlie und er hatten das nächste Schiff nach England bestiegen, und erst, als sich die Küste der Heimat am Horizont abzeichnete, wurde ihm auf einmal bewusst, wie vorsichtig er sein musste. Der Sitz seiner Väter südwestlich von Winchester war nicht weit vom Hafen von Southampton entfernt. Wusste er denn, ob nicht seine Feinde längst Bescheid erhalten hatten, dass er auf dem Weg nach Hause war? Wer sagte denn, dass ihn nicht schon Gehilfen des Friedensrichters am Hafen erwarteten? Wenn er nur wüsste, wer seine Feinde waren! Wenn er nur wüsste, wer diesen unglaublichen Verdacht gegen ihn aufgebracht hatte. Dann hätte er auch einschätzen können, wie groß die Gefahr tatsächlich war. So jedoch tappte er völlig im Dunkeln. Für einen Soldaten war es oberstes Gebot, sich stets Klarheit zu verschaffen. Zu wissen, wer der Feind war, wo der Feind lauerte, welche Taktik der Feind verfolgte. Es war eine unzumutbare Qual, im Ungewissen zu sein. Hatten seine Widersacher bereits sein Aussehen an die Männer des Friedensrichters in Southampton weitergegeben? Gab es vielleicht schon Steckbriefe? Man würde einen außergewöhnlich großen Offizier erwarten, im roten Rock der Lifeguards mit glänzendem Helm. Einen glatt rasierten Mann mit braunen Locken und blauen Augen. Mit tiefblauen Augen, wie seine verstorbene Mama zu sagen pflegte, Gott habe sie selig! In der letzten Nacht an Bord fasste der Major den Plan, seinen Verfolgern einen Strich durch die Rechnung zu machen! Und so kam es, dass ein kleiner, etwas untersetzter Major das Schiff verlassen hatte. Gefolgt von seinem außergewöhnlich großen Diener, der ihm in respektvollem Abstand folgte. Die Tatsache, dass sie die Kneipe ohne Zwischenfälle erreicht hatten, gab seinen Überlegungen recht. Der erste Schritt war getan. Nun hieß es, den zweiten folgen zu lassen.

Doch wem konnte er noch trauen? Mit wem konnte er in Verbindung treten, ohne Gefahr zu laufen, den Häschern ausgeliefert zu werden? Es gab nur drei Männer, die sein volles Vertrauen genossen. Sein bester Freund Andrew McPherson war in Spanien. Sein Vater, den er über alles liebte, war alt. Bei seinem letzten Besuch hatte er müde und traurig gewirkt. Ob er wohl noch um Mama trauerte? Sie war vor vier Jahren von einem unerklärlichen Fieber befallen worden und binnen einer Woche gestorben. Was war das für ein Schock für die ganze Familie gewesen! Major Dewary setzte sich in seinem Bett auf. Charlie schlief friedlich, das Gesicht zur Wand gedreht, und gab regelmäßige, kaum hörbare Schnarchgeräusche von sich. Der Bursche hatte gut schlafen! Schließlich schwebte auch kein Damoklesschwert drohend über seinem Kopf. Dewary trommelte mit beiden Fäusten auf das Matratzenstroh. Die Ungewissheit war kaum auszuhalten. Sicher hatte Vater von den Vorwürfen gehört, und ebenso sicher erwarteten alle, dass er seinem Sohn zur Seite stehen würde. Das gute Verhältnis zwischen Vater und ihm war allerorts bekannt. Nein,

Vater in die Sache hineinzuziehen hieße, ihm zu schaden. Das wollte er keineswegs. Also blieb nur einer: Simon Bishop, sein alter Freund aus Collegetagen. Frederick Dewary seufzte und streckte sich wieder auf seinem harten Bett aus. Er hätte viel darum gegeben, sich nicht gerade dem strengen Urteil dieses Mannes stellen zu müssen. Dem Urteil des hoch ehrenwerten Pfarrers von St. Ann in Winchester. Jede Verfehlung, die er je begangen hatte, und mochte sie noch so klein sein, war in den Augen dieses braven, biederen Geistlichen eine Sünde. Niemand hielt Moral und Anstand so hoch wie er. Was mochte er da erst zu dem ungeheuerlichen Vorwurf sagen, der im Raum stand? Dewary wollte gar nicht daran denken. Dennoch, Simon Bishop war ein Mann, dem er vertraute, und er wusste, dass auch er das Vertrauen des Pfarrers genoss. Er würde Charlie am nächsten Morgen nicht zu seinem Elternhaus Digmore Park schicken, wie er dies ursprünglich vorgehabt hatte. Nein, er würde ihn nach Winchester reiten lassen, um den Pfarrer hierherzuholen. Kaum hatte er diesen Entschluss gefasst und endlich einen Weg gefunden, sich bald Klarheit über seine schlimme Lage zu verschaffen, da war er auch schon eingeschlafen.

4. Kapitel

Major Frederick Dewary musste sich bis zu den Nachmittagsstunden des nächsten Tages gedulden, bis er seinem Freund gegenüberstand. Was für eine harte Probe! Zumal er sich entschlossen hatte, das muffige Zimmer nicht zu verlassen. Um nichts in der Welt wollte er Gefahr laufen, doch noch erkannt zu werden. So hatte er sich das Frühstück und auch den Lunch ins Zimmer bestellt und konnte nur hoffen, dass der Pfarrer ausreichend finanzielle Mittel mitbringen würde, um ihn auszulösen. Er selbst hatte nämlich seine gesamte Barschaft Charlie ausgehändigt, damit dieser an der Poststation ein Pferd mieten und nach Winchester reiten konnte. Er hatte ihm die strikte Anweisung erteilt, mit niemandem zu sprechen.

„Wenn es sich vermeiden lässt, dann sagst du auch Mr. Bishop nicht, wer ihn zu sich bittet“, hatte er ihm eingeschärft. Auch wenn er dies nicht wirklich befürchtete, so bestand doch ein letzter Rest an Gefahr, dass sich Simon Bishop weigern würde, einem Freund zu Hilfe zu eilen, dem man ein derart schweres Verbrechen zur Last legte. „Und denk an das Geld! Wir müssen hier Quartier und Zeche begleichen.“

Ein Pferd zu mieten war ein Leichtes gewesen, und Charlie erreichte Winchester in den frühen Mittagsstunden. Die Wegbeschreibung seines Herrn war so vortrefflich, dass er die Kirche von St. Ann ohne langes Suchen fand. Damit war sein Glück jedoch vorerst zu Ende.

„Es tut mir so leid, mein Herr, aber der Pfarrer musste zu einer Beerdigung. Wusste er denn, dass Sie ihn aufsuchen würden?" Die freundliche Haushälterin schüttelte bedauernd den Kopf. „Den alten Jacobs hat's erwischt, müssen Sie wissen. Er war ein braver Mann und hat sein Leben lang hart gearbeitet. Traurige Sache!"

„Sicherlich", bestätigte der Diener. Und da er das Gefühl hatte, man erwarte eine traurige Miene, bemühte er sich um einen entsprechend ernsten Blick. „Wann erwarten Sie den Pfarrer zurück?"

„Ach, das kann noch gut und gerne eine Stunde dauern. Kommen Sie doch herein und setzen Sie sich zu mir in die Küche. Wir werden uns die Zeit mit einem netten Schwätzchen vertreiben."

Also trat Charlie ein, bekam zu essen und zu trinken und hörte mit halbem Ohr der Haushälterin zu, die ihn in die Familiengeheimnisse der Pfarrgemeinde einweihte. Es war wirklich zu dumm, dass er den Pfarrer nicht angetroffen hatte! Geduld war nicht Major Dewarys stärkste Seite. Es war höchste Zeit, dass er mit Mr. Bishop nach Southampton zurückkehrte und seinen Herrn aus der miefigen Kammer befreite. Wenn der Pfarrer überhaupt mit ihm kam. Der Major hatte gut reden! Er solle Mr. Bishop gegenüber seinen Namen nicht erwähnen! Aber wie sollte er ihn dann davon überzeugen, alles stehen und liegen zu lassen, um ihn zu begleiten? Charlie war es gewohnt, Befehle auszuführen. Selbstständig zu denken oder gar sich eine Strategie zurechtzulegen war nicht seine Sache. Der Umstand, dass der Pfarrer bei einem Begräbnis war, brachte ihn jedoch auf eine Idee.

Und als Simon Bishop endlich, müde von seinen Pflichten und abgespannt, nach Hause kam, erwartete ihn der Bursche mit der Nachricht, dass ein reicher Adeliger in Southampton im Sterben liege und dringend um seinen, Simon Bishops höchstpersönlichen Beistand gebeten habe. Der Pfarrer war alles andere als begeistert. In Southampton gab es genug Pfarreien, und da würde sich doch ein

Geistlicher finden, um dem armen Mann beizustehen. Wie kam er dazu, so eine weite Reise auf sich zu nehmen? Noch dazu für einen Mann, den er nicht kannte?

„Dass Sie ihn nicht kennen, würde ich nicht sagen", erklärte der Bursche listig, weigerte sich aber standhaft, den Namen seines Auftraggebers zu nennen. Nie hätte der Pfarrer zugegeben, dass ihn die Neugier dazu trieb, nach einem raschen Mahl wieder zu seinem Kutschermantel zu greifen. „Also, dann reite vor mir her, Bursche, und weise mir den Weg."

Charlie entdeckte an einem schweren Haken neben der Tür einen braunen Umhang, den der Pfarrer wohl auf seinen Versehgängen in kalten Nächten trug. „Hat dieser Mantel auch eine Kapuze?"

Zufrieden stellte er fest, dass der Geistliche nickte. Mit einem Griff holte er den Mantel vom Haken: „Den nehmen wir mit", erklärte er, als sei dies das Selbstverständlichste auf der Welt, und weil er schon so mutig war, fügte er hinzu: „Es wäre hilfreich, Reverend, wenn Ihr Geldbeutel gut gefüllt wäre. Ich bin sicher, wir werden einiges an Münzen brauchen."

Die Überraschung des Geistlichen wandelte sich in Empörung. „Was bist du denn für ein unverschämter Bursche!?", rief er aus. „Denkst du denn allen Ernstes, ich werde auch noch dafür *bezahlen*, einem Sterbenden Beistand zu leisten? So etwas habe ich nicht nötig! Es spielt keine Rolle, ob der Herr von Adel ist oder nicht. So nimm doch deine Finger von meinem Arm!"

Charlie zuckte zurück. Er hatte dem Geistlichen beruhigend die Hand auf den Arm legen wollen, doch anscheinend hatte er mit dieser Geste das Gegenteil erreicht.

„Keine Sorge", stammelte er schnell, „Sie erhalten Ihr Geld ja wieder. Und noch viel mehr als das. Vertrauen Sie mir."

Der Pfarrer schüttelte den Kopf, und zuerst hatte es den

Anschein, als wollte er seinen Kutscherrock wieder ausziehen. Zum Glück hatte die Haushälterin eine Vorliebe für den Burschen gefasst, und zusammen gelang es ihnen, den Pfarrer doch noch zu überzeugen, nach Southampton aufzubrechen. Sein Fahrstil war schneidig, und so erreichten sie den Hafen schneller, als Charlie dies anfangs gedacht hatte. Doch lange nicht so schnell, wie Frederick Dewary es sich gewünscht hätte.

Es klopfte an der Kammertür. Dewary riss sie auf und hieß die Ankommenden mit einem nicht gerade freundlichen „Na endlich!“ willkommen.

Sein Bursche stand grinsend auf der Schwelle, der Pfarrer war oben an der Treppe aufgehalten worden. Die Wirtin stand ihm mit in die Hüften gestemmten Armen gegenüber und begehrte zu wissen, was ein Pfaffe in ihrem Haus verloren habe – in einem Tonfall, den der Reverend nicht unwidersprochen hinnehmen wollte.

„Ich bin hier, um einem Sterbenden Beistand zu leisten, gute Frau.“ Während die gute Frau noch nach Luft schnappte, setzte er hinzu: „Wobei ich mir beim besten Willen nicht vorstellen kann, warum ein Mann seines Formats sich ausgerechnet dieses heruntergekommene Etablissement für seinen letzten Weg ausgesucht hat.“

„Sterben?! In meinem Haus stirbt niemand! Das wüsste ich doch, wenn hier jemand sterben würde, schließlich bin ich die Wirtin!“

„Im Gegensatz zu Vertretern meines Berufsstandes wissen Wirtinnen nicht immer alles“, belehrte sie der Reverend in seinem besten nasalen Tonfall. Dieser Grad von Arroganz brachte die Wirtin erst recht dazu, ungläubig zu schnauben. Charlie hielt es für angebracht zu vergessen, dass der Pfarrer ihm verboten hatte, seinen Unterarm anzufassen. Er packte ihn an eben diesem und zog ihn in den Raum. Laut krachte die Tür hinter ihm ins Schloss, bevor das Klacken des Schlüssels verkündete, dass zugesperrt worden war.

„He, was soll denn das schon wieder, Bursche? Wie kommst du dazu, den Raum abzusperren?"

Den Pfarrer beschlich ein ungutes Gefühl. Hier war nichts so, wie es sein sollte. Die Betten waren zerwühlt, doch leer. Ein Mann stand am Fenster. In welche Falle hatte man ihn da gelockt? Er beschloss, dass Angriff die beste Verteidigung war. „Her mit dem Schlüssel!"

Es hätte nicht viel gefehlt, und er hätte sich in einen Kampf mit dem Diener eingelassen, der triumphierend den Schlüssel vor seinen Augen schwenkte. Doch der Mann am Fenster hielt es für an der Zeit einzugreifen.

„Warum hat das so lange gedauert? Ich habe dich kutschieren gelehrt, Simon. Da habe ich erwartet, du würdest ein schnelles Tempo anzuschlagen in der Lage sein."

Der Pfarrer, so unerwartet mit dem Vornamen angesprochen, vergaß den Schlüssel und fuhr herum. „Was zum Henker ...?!"

Der Mann am Fenster hatte sich umgedreht, und Simon Bishop starrte ihn an. Diesen Mann hatte er noch nie zuvor gesehen! Diesen Mann hatte er noch nie zuvor gesehen? Er trug einen Vollbart. Keiner, den er kannte, trug einen Vollbart. Doch, langsam dämmerte es ihm, dass er diesen Mann sehr wohl kannte. Solch dunkelblaue Augen hatte sonst niemand. „Dewary?"

Das breite Grinsen, das nun in das Gesicht seines Herrn trat, wärmte Charlies Seele. Er hatte ihn seit Wochen nicht mehr so lächeln gesehen. Anscheinend war der Pfarrer wirklich ein guter Freund.

Der Major verbeugte sich leicht und sagte mit ironischem Tonfall: „Eben derselbe! Gott, bin ich froh, dass du gekommen bist, Simon."

Die beiden umarmten sich und schlugen einander in tiefer Wiedersehensfreude mit der Hand auf den Rücken.

„Was soll diese Geheimniskrämerei?" Der Geistliche schob seinen Freund auf Armeslänge von sich, um ihn näher betrachten zu können. „Ich wäre überall hingekommen, wenn du mich rufst, das weißt du doch. Warum also dieser seltsame und, wie sich glücklicherweise herausstellt, falsche Vorwand, ein Adeliger läge im Sterben?"

„Ein Adeliger läge im Sterben?", wiederholte Frederick Dewary ratlos und blickte zu seinem Diener hinüber, der schulterzuckend zurückgrinste.

„Und was soll dieser Vollbart? Ist das die neueste Mode auf dem Kontinent? Wenn du meine ehrliche Meinung hören willst, der Bart steht dir nicht. Nein, du siehst zum Fürchten aus."

Wie Frederick Dewary messerscharf schloss, konnten die Worte des Geistlichen nur eines bedeuten. „Du weißt also von nichts."

Der Pfarrer, der sich eben den nächsten Kommentar zu dem seltsamen Aussehen seines Freundes zurechtgelegt hatte, hielt überrascht inne. „Ich weiß von nichts? Gibt es denn etwas, was ich wissen sollte?"

Während Dewary noch nach den richtigen Worten suchte, um seinen Freund möglichst schonend in die Geschehnisse einzuweihen, kannte Charlie weit weniger Skrupel. „Der Major soll ein Verbrechen begangen haben, das stand zumindest in dem Brief von Leutnant McPhersons Vater. Nun sind wir auf der Flucht, alle beide. Was mich daran erinnert ..." Er wandte sich an seinen Herrn und hielt triumphierend den braunen Umhang in die Höhe, den er aus dem Pfarrhaus mitgenommen hatte. „Ich habe Ihnen dieses unförmige Ding hier mitgebracht. Darin können Sie sich prima verstecken, und ich brauche nicht mehr in Ihre Uniform zu schlüpfen."

Der Geistliche starrte ihn mit großen Augen an. „Wovon redest du, um Himmels willen, Bursche? Was für ein Verbrechen hast du begangen, Dewary?"

Der sagte die einzig richtigen Worte, die seinen Freund zu beruhigen vermochten: „Gar keines."

Simon Bishop stieß scharf die Luft aus. „Gut. Was bringt dann deinen Burschen dazu, mich unnötig in Angst und Schrecken zu versetzen? Das ist ein ungehöriger Spitzbubenstreich, den ich so nicht hinnehmen werde."

Major Dewary schüttelte betrübt den Kopf. „Auch wenn ich kein Verbrechen begangen habe, mein Freund, so heißt das nicht, dass man mir nicht eines zur Last legt. So vorschnell die Worte meines Dieners auch waren, im Kern entsprechen sie der Wahrheit. Andrew hat einen Brief seines Vaters erhalten, der mit Lord Streighton, dem Friedensrichter, gesprochen hat. Wie auch immer das geschehen konnte, man hält mich für einen Verbrecher. Mr. McPherson rechnet mit der Todesstrafe. Glaub mir, ich habe nichts getan, was man auch nur im Entferntesten als Verbrechen betrachten könnte. Dennoch ging man daran, meine Kommandantur zu verständigen. Hätte ich nicht rechtzeitig das Weite gesucht, so hätte man mich in Ketten nach England zurückgebracht."

Der Geistliche, der den Worten mit offenem Mund gefolgt war, war zunächst zu keiner Erwiderung fähig. „Ach, du warst das ...", war alles, was er schließlich sagte. Es schien, als wäre ihm schlagartig so manches klar geworden.

Dewary wurde hellhörig. „Ach, ich war das? Was war ich? Das klingt ja gerade so, als hättest du doch eine Ahnung, Bishop! Was für ein Verbrechen wird mir zur Last gelegt? Ich habe mich in den letzten drei Jahren kaum jemals auf englischem Boden aufgehalten, also geht es hier ja wohl um ein Verbrechen auf dem Kontinent. Denkt man, ich hätte spioniert? Auf irgendeine Weise mein Land verraten?"

„Aber Major! Wie können Sie so etwas auch nur in Erwägung ziehen!" Charlie war sichtlich empört. „Sie sind der mutigste Soldat, dem ich je gedient habe! Ein Held unseres Königreichs! Niemand könnte je auf die Idee kommen, Sie hätten unser Land verraten. Schande über den, der solches denkt!"

So sehr ihn die Worte seines Dieners an anderer Stelle auch gerührt hätten, heute konnte ihnen Dewary wenig abgewinnen. „Ob du es glaubst oder nicht, tut nichts zur Sache, Charlie. Dennoch ist es so, dass man mir anscheinend gerade eines dieser Verbrechen vorwirft!"

Simon Bishop schüttelte nachdenklich den Kopf. „Nein, das glaube ich nicht. Wenn ich Lord Streighton richtig verstanden habe, dann ging es um Mord."

„Mord?!", entfuhr es Dewary und Charlie wie aus einer Kehle. „Mord? Wen um Himmels willen soll ich umgebracht haben? Du hast also mit dem Friedensrichter gesprochen? Was genau hat Lord Streighton gesagt? Ich habe den Mann erst ein-, zweimal persönlich getroffen. Wie ich Mr. McPhersons Brief entnommen habe, ist er eher schweigsam und zugeknöpft."

„Das ist er wirklich", bestätigte der Geistliche, „und wir haben auch nur ganz kurz miteinander gesprochen, als ich seine Lordschaft nach der Sonntagsmesse auf seine ungewöhnliche Blässe ansprach. Damals sagte er zu mir in etwa: ‚Es ist eine Tragödie, Mr. Bishop, eine wahre Tragödie. So eine gute Familie, alter Adel, hoch angesehen und nun ein Mord, wer hätte das gedacht?'"

Der Pfarrer hing seiner Erinnerung nach und verstummte kopfschüttelnd.

„Und?", riss Dewary ihn aus seinen Gedanken, „weiter? Was hat er noch gesagt? Hat er dir gesagt, um wen es geht? Wen er des Mordes beschuldigt? Und wer, verdammt noch einmal, das Opfer ist?"

„Du sollst nicht fluchen!", lautete die strenge Antwort.

„Antworte mir lieber! Kannst du dir nicht vorstellen, wie mir zumute ist? Ich zermartere mir das Hirn über der

Frage, was ich getan haben soll. Nie und nimmer wäre ich auf die Idee gekommen, es könnte sich um Mord handeln. Wen um Gottes willen soll ich umgebracht haben?"

Der Geistliche atmete tief durch und sagte dann mit ruhiger Stimme: „Das weiß ich beim besten Willen nicht, Dewary. Vielleicht eines der Hausmädchen? Oder es lag irgendwo ein toter Diener ..."

„Ha, ein Hausmädchen! Ein Diener! Du glaubst doch nicht im Ernst, dass man so ein Aufsehen machen würde, wenn es sich bei dem Toten um Hauspersonal handeln würde? Nein, nein, es muss jemand von Adel sein!" Er hielt erschrocken die Luft an und wurde mit einem Schlag kreidebleich. „Um Himmels willen, es wird doch meinem Vater nichts zugestoßen sein!"

Der Geistliche schüttelte den Kopf. „Nein, Dewary, sei unbesorgt. Wenn der Earl gestorben wäre, dann hätten wir das im gesamten Landkreis erfahren. Es muss jemand anderes sein. Doch hier herumzustehen und zu grübeln bringt uns auch nicht weiter. Was sind deine nächsten Pläne?"

Seine nächsten Pläne? Major Dewary seufzte. Bisher war ihm nichts Konkretes eingefallen. Wie sollte er sich gegen den Vorwurf eines Verbrechens wehren, wenn er nicht einmal wusste, ob er dazu überhaupt eine Möglichkeit bekommen würde? Was, wenn sich schon alle gegen ihn verschworen hatten und man ihm kein faires Verfahren würde angedeihen lassen? Es wäre blanker Selbstmord, jetzt auf dem Stammsitz seiner Väter in Digmore Park aufzutauchen. Zuerst musste er wissen, wessen Tod man ihm anlastete. Und als nächsten Schritt Beweise dafür zusammentragen, dass er nicht der Mörder gewesen sein konnte.

„Ich brauche deine Hilfe, alter Freund. Fahr du nach Digmore Park. Finde alles heraus, was sich nur herausfinden lässt. Außerdem würde es mir eine große Last von den Schultern nehmen, meinen Vater wohlauf zu wissen. Und dann komm hierher und berichte, was du erfahren hast."

Der Pfarrer erwog diese Bitte und nickte zum Zeichen dafür, dass er bereit war, seinem Freund diesen Dienst zu erweisen. Dewary schüttelte ihm die Hand. „Ich stehe in deiner Schuld, Bishop. Wenn ich wieder ein freier Mann bin und du meine Hilfe brauchst …" Er ließ den Satz in der Luft hängen, sein Freund wusste auch so, was er meinte. „Ich warte hier auf dich."

Schon fast im Gehen begriffen schaute Simon Bishop sich noch einmal im Zimmer um. Die Spinnweben an den Wänden waren nicht zu übersehen, und in den alten Holzdielenboden hatte sich der Schmutz der vergangenen Jahrzehnte eingegraben. Der Geistliche sah den durchgesessenen Stuhl, den Schrank, dem beide Türen fehlten, den Strohsack im Bett.

„Einverstanden, Dewary. Ich fahre nach Digmore Park. Doch hier wirst du nicht bleiben. Es ist ohnehin sinnlos, den ganzen Tag zu grübeln. Noch dazu hier", er verzog das Gesicht in sichtlichem Missfallen, „in dieser verdreckten Absteige."

Major Dewary lachte bitter auf. „Denkst du denn, ich bleibe gern in dieser Höhle? Je früher ich hier herauskomme, desto lieber ist es mir. Doch welche Wahl habe ich? Ich kann weder nach Digmore Park noch in unser Londoner Stadtpalais in der Half Moon Street."

„Nein, natürlich nicht. Du kommst mit mir ins Pfarrhaus!" Der Geistliche machte Charlie ein Zeichen, ihm den braunen Umhang zu reichen. „Da, nimm meinen Mantel und zieh dir die Kapuze tief ins Gesicht. Zum Glück bin ich mit der geschlossenen Kutsche gekommen, sodass wir nach Winchester fahren können, ohne Gefahr zu laufen, dass du von jemandem erkannt wirst. Obwohl du derzeit ohnehin kaum Ähnlichkeit hast mit dem stets schmucken, auf modischen Schnickschnack bedachten Major Dewary, den die Leute kennen."

Frederick empörte sich zum Schein: „Auf modischen

Schnickschnack bedacht? Hältst du mich für einen verdammten Dandy? Ich bin in erster Linie Offizier, ein Mann von Ehre …"

„Und der langen Worte, wie mir scheint", ergänzte Simon Bishop trocken. „Wenn wir noch heil ankommen wollen, bevor die Dunkelheit hereinbricht, dann ist es höchste Zeit, sich auf den Weg zu machen.

5. Kapitel

Major Dewary ergriff den braunen Umhang, zögerte jedoch, ihn anzuziehen. „Es tut gut, dich zum Freund zu haben, Bishop. Aber hältst du es wirklich für klug, wenn ich dein Angebot annehme? Sobald bekannt ist, und ich nehme an, dass sich dies in Kürze bis zum Friedensrichter herumspricht, dass ich die Armee verlassen habe, wird man hier in England nach mir suchen. Tauche ich weder auf Digmore Park noch in London auf, sind meine Freunde die erste Adresse, wo man nach mir suchen wird. Du magst mich in einem Hinterzimmer deines Pfarrhauses verstecken, man wird mich dort finden."

„Ich hab's mir überlegt, Major", schlug Charlie vor, „ich bring Sie zu meiner Schwester. Sie lebt nicht weit von hier auf der anderen Seite des Hafens. Sie betreibt dort, wie ich Ihnen erzählt habe, das kleine Wirtshaus ‚Zum lachenden Kapitän'. Dort gibt's zwar keine Zimmer so wie hier, aber irgendwie werden wir schon einen Platz für Sie finden."

Der Offizier erwog diesen Gedanken, verwarf ihn jedoch schnell wieder. „Man weiß, dass du mein Bursche bist, Charlie. Also wird man nach dir suchen. Es ist verboten, einem gesuchten Verbrecher Unterschlupf zu gewähren. Ich möchte deine Familie keinesfalls in meine missliche Lage mit hineinziehen."

Obwohl der Diener noch protestierte, klang es eher halbherzig. Er sah seine Schwester schon vor sich, wenn er mit dem Ansinnen zu ihr kam, einen gesuchten Mörder zu verstecken. Wie üblich würde sie nicht viele Worte machen, sondern ihn mit wüsten Beschimpfungen aus dem

Haus jagen, ganz gleich, ob es sich um seinen Herrn handelte oder nicht und er von dessen Unschuld überzeugt war.

„Also, ihr seht, es bleibt mir nichts übrig, als hier auszuharren. Fahr du nach Digmore Park, Bishop. Und du, Charlie, hast hier nicht länger mehr etwas verloren. Nutze die Zeit für einen Besuch bei deiner Schwester. Doch halte dich zu meiner Verfügung. Wie lautet die Adresse, an der ich dich finden kann?"

Simon Bishop hatte sich in die Unterhaltung zwischen dem Major und seinem Diener nicht eingemischt. Denn eben war ihm eine Idee gekommen, eine Idee, die geradezu genial zu sein schien. Doch war sie es auch? Er grübelte einen Moment, während Charlie unter heftigen Protesten, dass er seinen Herrn nie und nimmer allein lassen würde, widerwillig die Adresse herausrückte.

„Kennst du die Familie Porter von Portland Manor südlich von Winchester? Bist du schon einmal persönlich dort gewesen?", fragte Simon Bishop seinen Freund.

Major Dewary, von diesem unvermittelten Themenwechsel überrascht, hatte Mühe, ihm zu folgen: „Familie Porter? Ah, ich kann es mir vorstellen, du meinst den Earl of Portland. Ja, dem Mann bin ich ein-, zweimal begegnet. Eine wahre Sportskanone. Seine Lordschaft hat ein Gespann Grauer, dem im Lande kein anderes gleichkommt. Warum fragst du? Hast du vor, seine Lordschaft um Hilfe zu bitten?"

„Der Lord Portland, von dem du sprichst, ist tot."

„Oh, das tut mir leid zu hören."

„Der neue Lord Portland heißt Billy, vielmehr William, ist siebzehn Jahre alt und zurzeit in Eton."

„Dann weiß ich allerdings nicht, wozu er uns nützlich sein könnte."

„Billy ist uns zu gar nichts nütze. Ich spreche von Elizabeth Porter. Sie sucht einen neuen Stallmeister."

„Lady Portland sucht einen neuen Stallmeister?", wiederholte Dewary, nur um sicherzugehen, dass er seinen Freund richtig verstanden hatte.

„Nein, nicht Lady Portland, sondern Elizabeth Porter, Billys Schwester. Sie leitet Portland Manor so lange, bis ihr Bruder volljährig ist. Und sie war erst gestern bei mir mit der Bitte, ihr einen neuen Stallmeister zu empfehlen. Den alten hat der Blitz erschlagen."

Dewary hatte ihm mit wachsendem Erstaunen zugehört. „Mir scheint, mich wird auch gleich der Blitz erschlagen. Was soll das heißen, eine Miss Elizabeth leitet Portland Manor? Wie weit ist es denn gekommen mit unserem Land, während ich die letzten vier Jahre auf dem Kontinent gedient habe? Leiten nun schon Frauen unsere Adelssitze?"

Sein Freund fand an dieser mit festem Glauben an die überragenden männlichen Fähigkeiten vorgebrachten Entrüstung nichts auszusetzen. Im Gegenteil, er beeilte sich, seinen Freund zu beruhigen.

„Kein Grund zur Sorge, Dewary, so schlimm ist es nicht. Portland Manor ist ein Einzelfall und wohl auch nur aus der Notwendigkeit geboren, da der Erbe erst vierzehn Jahre zählte, als sein Vater starb."

„Du willst mir doch nicht weismachen, dass diese Miss Elizabeth das Anwesen bereits seit drei Jahren leitet?! Gibt es denn dort keinen Verwalter?"

„Natürlich gibt es einen Verwalter. Allerdings ist der alte Barnsley fast taub, und auch seine Augen versagen ihm oft den Dienst. Er hat sich völlig ins Pförtnerhaus zurückgezogen und verlässt seine Räume nur dann, wenn es unbedingt notwendig ist. Nein, nein, so unglaublich es auch klingen mag, die Geschicke von Portland Manor liegen allein in den Händen von Miss Elizabeth. Und auch wenn es mir schwerfällt, dies zuzugeben, sie macht ihre Sache gut. Die Pächter sprechen in den höchsten Tönen von ihr."

Doch auch diese lobenden Worte konnten Major Dewarys Vorfreude auf einen eventuellen Aufenthalt auf Portland Manor nicht steigern. „Du schlägst mir doch nicht ernsthaft vor, dass ich mich als Stallmeister einer alten Jungfer verdingen soll, die ihre ihr von der Natur zugewiesene Rolle nicht zu spielen vermag? Es dauert keine fünf Minuten, und dieses Mannweib und ich sind in die ersten Meinungsverschiedenheiten verstrickt."

„Unsinn!", rügte der Pfarrer streng. „Wenn du der Stallmeister auf Portland Manor bist, dann bist du nicht in der Stellung, mit der Herrin Streit anzufangen. Es ist besser, du gewöhnst dich gleich an diesen Gedanken."

„Niemals!"

Simon Bishop ging über diesen Ausbruch einfach hinweg. „Portland Manor bietet dir die einzige Möglichkeit, bis ich mit Neuigkeiten zurückkomme und du entscheiden kannst, wie du weiter vorgehen möchtest. Du wirst nicht in einem schmutzigen Loch eingesperrt sein, sondern kannst dich den Tätigkeiten widmen, die dir am liebsten sind. Du wirst das Kommando über die Burschen im Stall und in den Gärten innehaben, das sollte für dich als Offizier ein Kinderspiel sein. Und dir steht zudem ein Stall mit erlesenen Vollblutpferden zur Verfügung."

Vollblutpferde? Natürlich war die Aussicht, in Kürze auf solch einem edlen Tier ausreiten zu können, verlockend. Dennoch, die Begleitumstände blieben unerfreulich.

„Ich weiß nicht …", Dewary hatte seine Stirn in tiefe Falten gelegt. „Ich tauge sicher nicht zum Dienstboten."

„Es ist ja nicht für lange Zeit."

„Also, ich kann mir den Major auch nicht als Stallknecht vorstellen", meldete sich Charlie ungefragt zu Wort. „Sie haben doch schon so manchen Befehl vom General nicht gutgeheißen, Major, und sich nur zähneknirschend seiner Allmacht gefügt. Wenn ich mir vorstelle, hier ist ein Weib der General …"

Dewary erschauerte. „Ausgeschlossen! Doch zum Glück ist mir soeben eine andere Idee gekommen!"

„Und die wäre?", erkundigte sich Simon Bishop, nicht im Geringsten erfreut, dass man seinen genialen Plan nicht gebührend zu schätzen wusste.

„Ich reise nach Worthing zu Vivian, meiner Verlobten."

Wie so oft an diesem Nachmittag war der Geistliche auch jetzt ehrlich erstaunt. „Zu deiner Verlobten? Du bist verlobt, Dewary? Davon höre ich das erste Mal! Wer ist die Glückliche?"

„Ich nehme nicht an, dass du die junge Dame kennst, Bishop, dennoch ist dir ihr Vater mit Sicherheit ein Begriff. Du erinnerst dich doch an den Earl of Bendworth?"

So harmlos die Neuigkeit im Grunde war, so überwältigend war ihre Wirkung auf den Pfarrer. Nichts an diesem Nachmittag hatte ihn bisher ernstlich aus der Ruhe bringen können, und dabei wäre dazu oftmals die Gelegenheit gewesen. Jetzt aber schienen ihm seine Beine den Dienst zu versagen, und er sank fassungslos auf das harte Bett des Gastzimmers. „Bendworth? Bendworth? Sag, dass das nicht dein Ernst ist! Nicht nach alldem, was geschehen ist!"

„Simon, es ist ihre *Schwester*!", erklärte der Major in der Hoffnung, seinen Freund zu beruhigen. Allerdings hatte er nicht vor, sein Liebesleben vor seinem Diener auszubreiten.

„Charlie, geh schon hinunter in den Hof und bring das Pferd zur Poststation zurück. Dann lass anspannen. Sag uns Bescheid, wenn alles vorbereitet ist. Und beeile dich, es ist ein weiter Weg bis Worthing."

Es war Charlie nicht unrecht, das Zimmer verlassen zu können. Liebesangelegenheiten unter seinesgleichen waren schon kompliziert genug. Er hatte nicht die geringste Lust, sich mit dem noch komplizierteren Liebesleben von Adeligen auseinanderzusetzen. Außerdem war es höchste Zeit, dass sie hier wegkamen. Er war es nicht gewohnt, dazustehen und zuzuhören. Er war kein Mann vieler Worte, er war eher ein Mann der Tat.

Noch bevor sich die Tür ganz hinter Charlie geschlossen hatte, wurde Mr. Bishops Protest laut. „Wo immer wir auch hinfahren, Dewary, wir fahren mit Sicherheit nicht nach Worthing. Ich werde dieses Haus nicht noch einmal betreten, in dem uns so viel Schmach widerfahren ist."

Dewarys Miene wurde ernst. „Bishop, du vergisst dich. Du sprichst vom Haus meines zukünftigen Schwiegervaters. Außerdem, wenn ich dich erinnern darf, *mir* wurde Schmach angetan, nicht dir."

„Aber ich war dabei, Dewary, kein Grund, mich so arrogant abzukanzeln. Ich musste damals schließlich deine Launen ertragen und deinen verletzten Stolz wieder aufpolieren ..."

„Du hast ja recht, Bishop, entschuldige bitte. Denkst du, ich hätte das vergessen? Was war ich verliebt in Abigail! Und ihr Vater, Lord Bendworth, schien meine Absichten auch zu unterstützen! Wie hätte ich denn ahnen können, dass ihm meine Liebe zu seiner ältesten Tochter gerade recht kam ..." Er ließ den Satz in der Luft hängen, und nicht nur einem eingeweihten Ohr wurde deutlich, dass die Ereignisse tiefe Wunden in sein Selbstwertgefühl und vielleicht auch in seine Seele gegraben hatten.

Der Pfarrer schüttelte gedankenverloren den Kopf.

„Ich hätte nie gedacht, dass irgendjemand imstande sein könnte, so ein böses Spiel zu treiben. Zuerst macht der Earl of Bendworth dir Hoffnungen und nutzt dann deine Verehrung für seine Tochter schamlos dazu aus, den alten Rothenhan dazu zu bringen, seine Geldbörse zu öffnen. Rothenhan ist stinkreich, aber wie wir alle wissen, auch genauso geizig."

„Das ist wahr. Und ein geiziger Ehemann war für Abigail und ihren Vater von wenig Nutzen. Da kam meine Verehrung gerade zur rechten Zeit."

Der Pfarrer sah keinen Grund, etwas zu beschönigen. „Richtig! Wie ich gehört habe, war Rothenhan bereit, sich seiner zukünftigen Gattin gegenüber äußerst spendabel zu zeigen. Doch um nichts auf der Welt wäre er auf die Idee gekommen, auch noch ihrem Vater und vor allem ihrem durch und durch verkommenen Bruder Bertram einen ordentlichen Betrag zukommen zu lassen. Das tat er nur, um die schöne Abigail nicht noch kurz vor dem Traualtar an einen Jüngeren zu verlieren!"

„Denkst du, ich erinnere mich nicht? Kaum hatte ich um ihre Hand angehalten, da saß der Earl of Bendworth auch schon auf dem Rücken seines Pferdes, um Lord Rothenhan Bescheid zu geben. Ich habe ihm wahrlich die besten Argumente geliefert, um dem künftigen Schwiegersohn ordentlich zuzusetzen. Rothenhan tat, wie ihm von Bendworth geheißen, und Abigail willigte ein, seine Frau zu werden."

„Weißt du, wie schrecklich es für mich war, diese peinliche Szene mit anzusehen? Wenn ich daran denke, mit welcher Freude und mit welcher Zuversicht wir nach Worthing gefahren sind … Du warst sicher, als verlobter Mann nach Hause zurückzukehren. Niemand hatte dich darüber aufgeklärt, dass auch Rothenhan mit im Rennen um die Hand der schönen Abigail war. Und dann sind wir angekommen …"

Dewary bohrte seine Fäuste in die Taschen seines Uniformrocks. „Ich war ein verdammter Narr! Erinnerst du dich, wie glücklich ich war, Abigail allein anzutreffen? Ich habe mich nicht lange mit Vorgeplänkel aufgehalten, sondern bin direkt zum Grund meines Besuches gekommen. Ich dachte doch, ich hätte bereits die Zustimmung ihres Vaters erhalten. Und dann ihr Verhalten! Hättest du ihr das vorher zugetraut?"

Der Geistliche schüttelte den Kopf. Nur zu gut konnte er sich an die Worte erinnern, die Miss Abigail ihrem Verehrer mit eiskalter Stimme an den Kopf geworfen hatte: „Sie können aufstehen, Sir. Sie verfügen nicht annähernd über die nötigen Mittel, um eine anspruchsvolle Frau wie mich glücklich zu machen. Und ich beabsichtige nicht zu warten, bis Ihr Vater stirbt und Sie einigermaßen wohlhabend sind! Und wenn Sie der letzte Mann auf Gottes weiter Erde wären, nichts läge mir ferner, als mich mit Ihnen zu vermählen!"

Dewary hatte damals im Laufschritt das Haus verlassen, hinter ihm Simon Bishop, noch immer fassungslos darüber, was er gehört hatte. Damals hatte er sich geschworen, Worthing und vor allem die Familie Bendworth für immer zu meiden. Dewary selbst hatte die Abfuhr so getroffen, dass es nicht lange dauerte und er seinen Vater bat, ihm ein Offizierspatent zu kaufen. Diesem war es nicht leichtgefallen, ihm den Wunsch zu erfüllen. Denn Frederick war sein einziger Sohn. Üblicherweise gingen die zweiten Söhne zum Militär, die dritten Söhne traten meist in den Dienst der Kirche ein. Den ältesten Söhnen fiel jedoch die Aufgabe zu, sich auf das Erbe und die Rolle des Titelträgers vorzubereiten. Nichtsdestotrotz willigte er ein. Das Verhältnis zwischen John Parker Dewary, dem Earl of Digmore, und seinem einzigen Sohn war so eng, dass er wusste, er musste diesem Wunsch nachkommen. Frederick würde nicht eher zur Ruhe kommen.

All das war nun vier Jahre her. Umso überraschter war Simon Bishop nun, zu hören, dass sich sein Freund mit einer anderen Tochter von Lord Bendworth verlobt hatte.

„Seit wann bist du verlobt mit dieser, wie war der Name des Mädchens?"

„Vivian. Louise Vivian, um genau zu sein. Sie ist Abigails jüngste Schwester, noch keine zwanzig Jahre alt. Ich kann dir versichern, mein lieber Freund, Vivian ist aus ganz anderem Holz geschnitzt, und sie übertrifft Abigail an Schönheit bei Weitem."

In der Miene des Geistlichen lag Zweifel.

„Ich würde dir gern die Miniatur zeigen, die sie mir geschenkt hat", fuhr Dewary fort, „dann könntest du dich von ihrer Schönheit überzeugen. Leider ist sie mir in den Wirren des Krieges abhandengekommen. Doch nicht nur ihr Gesicht, sondern auch ihr Charakter trägt schöne Züge. Sie ist ein munteres, aufgewecktes Mädchen mit einem bezaubernden, glockenhellen Lachen. Ich habe sie letztes Jahr bei einem Heimatbesuch im Haus von McPhersons Tante kennengelernt. Sie ist eine Freundin von Andrews Cousine."

„Die Freundin einer McPherson? Das klingt respektabel", gab der Geistliche wider Willen zu.

„Ja, nicht wahr?", bestätigte sein Freund eifrig. „Ich war sofort von ihrem Charme angetan. Wir haben eine fröhliche, unbeschwerte Zeit miteinander verbracht und uns am letzten Tag heimlich verlobt. Sobald ich meine Angelegenheiten geregelt habe, hole ich den offiziellen Antrag bei ihrem Vater nach. Ich habe es bisher vermieden, nach Worthing zu reisen, um beim Earl of Bendworth höchstpersönlich vorstellig zu werden. Du kannst mich mit Fug und Recht einen Feigling nennen."

Simon Bishop lächelte und versicherte, er sei weit davon entfernt, dies zu tun. Dewary erwiderte sein Lächeln. „Wie launenhaft das Schicksal ist, alter Freund. Jetzt werde ich also doch noch Bendworths Schwiegersohn. Auch wenn ich nicht die Absicht habe, unsere Bekanntschaft zu vertiefen. Und sicher werde ich meine zukünftige Frau kaum jemals nach Worthing begleiten, wenn sie dort ihre Eltern und Geschwister besuchen will."

„Aha." Mehr sagte der Geistliche dazu nicht. Die Geschichte gefiel ihm nicht, diese Geschichte gefiel ihm ganz und gar nicht. Dennoch, wer sagte denn, dass Miss Vivian sich nicht doch, nicht nur im Alter, sondern auch in ihrem Charakter von ihrer älteren Schwester unterschied? Wer sagte denn, dass der Earl of Bendworth nicht auch angenehme Züge haben konnte? Doch wer sagte nicht auch, dass Dewary vielleicht nur so gehandelt hatte, weil er noch eine alte Rechnung zu begleichen hatte? Er beschloss, sich jedes Kommentars zu enthalten. Eines jedoch musste er klarstellen. „Wenn du schon nicht nach Worthing fahren willst, wenn du einmal vermählt bist, so halte ich es auch für ausgeschlossen, dass du dich jetzt, in deiner Notlage, dorthin begibst. Dem Earl of Bendworth ist nicht zu trauen, und noch viel weniger traue ich Bertram, seinem Sohn. Wir haben daher keinen Grund, die Dinge noch weiter hinauszuzögern: Wenn wir noch zu angemessener Stunde auf Portland Manor eintreffen wollen, dann ist es höchste Zeit aufzubrechen."

Dewary seufzte, doch er musste seinem Freund schweren Herzens Recht geben. „Ich widerspreche dir nicht, Bishop. Es gibt jedoch noch etwas, was ich vor unserer Abreise erledigen möchte. Ich komme in ein paar Minuten nach."

Der Geistliche griff nach seinem Hut, erhob sich vom Bett und war mit einem „Aber wirklich nur ein paar Minuten!" aus der Tür, um sich zur bereits wartenden Kutsche zu begeben.

Der Major öffnete seine Reisetruhe und suchte nach der ledernen Mappe, in der sich einige Briefbögen befanden. Er tunkte seine Feder in das gut gefüllte Tintenfass und schrieb einen kurzen Brief an seine Verlobte. Es war nicht auszuschließen, dass die Gerüchte über kurz oder lang auch an ihr Ohr drangen. Das Mädchen war jung und hatte sich unsterblich in ihn verliebt. Nichts lag ihm ferner, als ihr Kummer und Leid zu verursachen. Er wollte, dass sie wusste, dass er auf Portland Manor in Sicherheit war. Er bat sie, ihm weiter bedingungslos zu vertrauen. Denn er war, treu und liebend, der Ihre, Major F.M.D.

6. Kapitel

Elizabeth trat mit einer großen Gartenschere und angetan mit derben Lederhandschuhen aus dem Haus. Die dunklen Wolken hatten sich verzogen. Die Sonne versank bereits am Horizont, und die abendliche Röte am Himmel machte Hoffnung auf einen sonnigen nächsten Tag. Alles war friedlich und still ringsherum. Aber Elizabeth hatte nicht die Muße, die Stille zu genießen. In einer guten Stunde würde, nach alter Tradition des Hauses, die Glocke zum Abendessen läuten. Bis dahin wollte sie noch die monatliche Abrechnung der Köchin überprüfen, die seit zwei Tagen auf ihrem Schreibtisch lag. Doch zuerst brauchte die Eingangshalle frische Blumen.

Tatkräftig schritt sie über den Vorhof und bemühte sich, das Unkraut zwischen den Steinen zu übersehen. Warum bloß brauchten John und Jacob bereits Tage, um die neuen Vorhänge im Ballsaal aufzuhängen? Unter Mr. Simmons Kommando wäre dies sicher im Nu erledigt gewesen. Und mit Joseph war anscheinend überhaupt nicht mehr zu rechnen, seit er mit verträumten Augen an Lucys Rockzipfel hing. Elizabeth seufzte. Wieder eine Aufgabe, die sie selbst erledigen musste. Als sie am Nachmittag von ihrem Ausritt über die Ländereien zurückgekehrt war, hatte sie das Haus nicht durch die kleine Tür bei der Küche betreten, wie sie das sonst gerne tat, sondern das große, schwarze Portal gewählt. Jetzt, da sie einen Gast hatten, war es besonders wichtig, dass sich Portland Manor von seiner besten Seite zeigte. Die Mädchen hatten den Marmorboden blank geputzt, die Messinguhr auf dem hohen Kaminsims strahlte in frisch poliertem Glanz, und die Reihe der Ahnen auf den Gemälden an der Stirnseite schien wohlwollend auf die geputzten Fensterscheiben zu blicken. Alles war in bester Ordnung. Alles – bis auf das große Blumengesteck auf dem schweren, dunklen Eichentisch in der Mitte der Eingangshalle. Das hatte wahrlich schon bessere Tage gesehen. Die Blüten ließen ihre Köpfe hängen, und das satte, leuchtende Grün der Blätter hatte sich in ein unansehnliches Gelb verwandelt. Die Buketts fielen seit Jahren in Josephs Aufgabenbereich. Der junge Bursche hatte ein überraschend gutes Händchen für das Arrangieren von Blumen. Anscheinend brauchte er seine Hände jedoch derzeit für andere Aufgaben.

„Na warte, Bürschchen", dachte Elizabeth mit stiller Genugtuung, „in Kürze weht hier ein anderer Wind."

Mr. Bishop hatte ihr versprochen, sich nach einem geeigneten Stallmeister umzusehen, und auf Mr. Bishop war Verlass. Und wenn der Mann erst einmal gefunden und eingestellt war, dann war Schluss mit dem Getändel. Zumindest, bis alle Arbeit getan war. Dann würde nicht nur der Wildwuchs in den Gärten beseitigt werden, sondern auch der Wildwuchs, der bei der Arbeitsmoral der Burschen um sich gegriffen hatte.

Welche Blumen sollte sie wählen? Was würde Lord Linworth gefallen? Weiße Rosen vielleicht, gemischt mit lila Sommerflieder? Sie könnte auch noch etwas Lavendel dazustecken. Das würde farblich sehr gut passen. Oder nein, lieber doch nicht. Der Duft erinnerte ihn vielleicht zu sehr an die kleinen Kissen, die man in den Kleiderschränken verteilte, um die Motten fernzuhalten. Sie nahm wohl besser die violette Kugeldistel. Ob ihm die gefiel? Elizabeth blieb stehen, um zu überlegen, musste sich jedoch schnell eingestehen, dass sie keine Ahnung hatte, was seiner Lordschaft gefallen könnte. Und ob er Blumen überhaupt beachtete. So sehr sie der Mann auch interessierte, so wenig wusste sie von ihm. Gestern hatte sie ihm das Anwesen gezeigt.

Billy hatte es sich nicht nehmen lassen, mit von der Partie zu sein. Seine Lordschaft zeigte sich charmant, stellte Fragen und war, sehr zur Verwunderung seines jungen Freundes, tatsächlich ein Kenner von Antiquitäten. Vor allem der silberne Tafelschmuck und Papas wertvolle Sammlung emaillierter Schnupftabakdosen hatten es ihm angetan. Ob auch sie es ihm angetan hatte? Elizabeth wusste es nicht, doch sie wünschte sich, es wäre so! Lord Linworth war ein Gentleman vom Scheitel bis zur Sohle. Er schien über einen wachen Verstand zu verfügen und langweilte sie nicht mit seiner Abstammung wie … ein gewisser anderer Herr, an den sie jetzt lieber nicht denken wollte.

Wie auf Kommando war von fern der Hufschlag eines einzelnen Pferdes zu vernehmen. Elizabeth zog die Luft ein. Heute blieb ihr wirklich nichts erspart! Obwohl der Reiter noch nicht aufgetaucht war, konnte sie ihn förmlich vor sich sehen: etwas schief auf seinem viel zu schmalbrüstigen Ross, die Hemdkrägen gestärkt wie ein Brett und so hoch aufgerichtet, dass er nicht mehr in der Lage war, seinen Kopf zu drehen, ohne die mühevoll errichtete Pracht zu verderben. Im Geiste sah sie sein blasses Gesicht mit dem verbitterten Zug um die schmalen Lippen und darunter die breiten Schultern, die nur deshalb so breit waren, weil der Kammerdiener den Rock seines Herrn mit übergroßen Schulterpolstern ausgestattet hatte. Noch hatte sie einen Funken Hoffnung, sich geirrt zu haben. Vielleicht hatte sich Lord Linworth ein Pferd geliehen und kam von einem Ausritt zurück? Vielleicht hatte sich Billy für ein paar Stunden von seinem Freund getrennt, dem er sonst wie ein Schatten folgte, um … Der Reiter trabte aus dem Schatten der hohen Bäume ins abendliche Licht des Vorplatzes, und alle Hoffnung löste sich in Luft auf. Es war Charles Bavis, ihr hartnäckiger Verehrer. Elizabeth umklammerte die Rosen, die sie bereits abgeschnitten hatte. Die spitzen Dornen bohrten sich durch die Lederhandschuhe hindurch in ihre Handfläche. Das trug nicht dazu bei, ihr Gemüt zu beruhigen. Sie wollte nicht, dass Linworth Bavis sah. Sie wollte nicht, dass irgendjemand Bavis sah. Und am allerwenigsten wollte sie selbst ihn sehen. Jetzt nicht. Und auch in Zukunft nicht mehr! Es war höchste Zeit, dass sie ihm das klarmachte. Heute war sie in der richtigen Stimmung, ihm eine Abfuhr zu erteilen, die sogar ein arroganter, ignoranter, aufgeblasener Tölpel wie Charles Bavis verstehen musste.

Während sie wartete, bis Bavis näher kam, hoffte sie inständig, dass das das letzte Unerfreuliche war, was sie an diesem Tag erledigen musste. An einem Tag, der schon äußerst unerfreulich damit begonnen hatte, dass Billy beim Frühstück aus heiterem Himmel verkündet hatte, er würde die Grauen seines Vaters verkaufen. Das Gespann mit den vier edlen Pferden war Papas ganzer Stolz gewesen. Niemand hatte es so leichthändig zu lenken verstanden wie er. Nach Lord Portlands Tod hatte es der Stallmeister regelmäßig bewegt. Jetzt fiel diese Aufgabe John, dem ältesten Stallburschen, zu. Er war der Einzige im Haus, der das kapriziöse Gespann zu lenken in der Lage war. Billy war viel zu ungestüm, um vierer Pferde gleichzeitig Herr zu werden. Elizabeth hätte nichts lieber getan, als es einmal zu versuchen, doch das kam natürlich nicht in Frage! Sittenstrenge Nachbarn fanden es schon in höchstem Maße unschicklich, dass sie ihren Phaeton selbst lenkte. Und davor waren nur zwei Pferde angespannt! Eine junge Dame, die vierspännig unterwegs war? Nein, da würden sich auch die Wohlmeinenden die Mäuler zerreißen. Dennoch hatte sie sich in aller Deutlichkeit gegen Billys Vorhaben ausgesprochen. Fassungslos musste sie zur Kenntnis nehmen, dass Billy, ihr kleiner Bruder Billy, der sich sonst in allem nach ihrer Meinung richtete, ihre Einwände einfach vom Tisch wischte. „Elizabeth, jetzt sei doch nicht so sturköpfig! Was für einen Sinn soll es haben, vier Pferde dieser Güte unnütz im Stall herumstehen zu haben?“

Das war allerdings ein Argument, dem sie sich nicht verschließen konnte.

„Wir müssen handeln, bevor die Tiere zu alt werden und sie niemand mehr haben will. Noch bringen sie gutes Geld ein.“

So schnell gab sie sich nicht geschlagen. Hier ging es nicht nur um Gründe der Vernunft. Hier ging es um Papas Andenken. „Die Grauen waren Vaters Lieblingspferde, Billy. Sein ganzer Stolz. Ich bringe es nicht übers Herz, sie in fremde Hände zu geben.“

Billy hatte sich in seinem Stuhl aufgerichtet und antwortete nun in einem Tonfall, dessen Arroganz Elizabeth wie ein Blitz aus heiterem Himmel traf: „Nicht *du* wirst sie weggeben, Schwesterherz, sondern ich werde das tun. Die Grauen gehören zu meinem Erbe, hast du das schon vergessen?“

Elizabeth konnte ihn nur mit großen Augen anstarren. „Billy! Wie redest du denn mit mir?“

Erst in diesem Augenblick erinnerte Elizabeth sich an die Anwesenheit von Lord Linworth. Am liebsten hätte sie sich mit der Hand auf den Mund geschlagen. Wie kamen sie dazu, in seiner Gegenwart zu streiten? Billy hatte in dieser Hinsicht weit weniger Skrupel. „Ich schlage den Tonfall an, der mir angemessen erscheint!“, entgegnete er, und es klang eher patzig als männlich erhaben.

„Ach Kinder, so hört doch auf, euch zu zanken!“ Lady Portland verzog unwillig ihre Lippen und warf noch ein Stück Zucker in ihre Teetasse. „Außerdem interessieren mich die Gäule nicht im Geringsten. Sprechen wir doch lieber darüber, wie wir den heutigen Tag gestalten wollen.“

Elizabeth war nur zu bereit, ihr zu gehorchen. Nicht jedoch, ohne ihrem Bruder ein „Billy, wir sprechen uns noch!“ ins Ohr zu raunen.

Ihr Bruder indes ging über die Worte seiner Mutter einfach hinweg. „Ich werde mich umgehend nach einem Käufer umsehen. Morgen findet ein Wettrennen zwischen Willowby und Deverell statt, und es werden zahlreiche Gentlemen aus London erwartet. Vater fuhr auch gern Rennen. Sicher erinnern sich noch viele an seine glorreichen Siege, und mich würde nicht wundern, wenn lebhaftes Interesse an den Grauen bestünde."

Elizabeth beschloss, darauf nichts weiter zu erwidern, sondern nach dem Frühstück mit Billy unter vier Augen zu sprechen. Bestimmt würde sie ihn überzeugen können, wenn keine Zuhörer anwesend waren. Lord Linworth, der dem Disput bisher schweigend zugehört hatte, legte nun sein Besteck zur Seite und sagte, an Billy gewandt, mit strengem, fast väterlichem Tonfall: „Ich finde, du tätest gut daran, dich den Wünschen deiner älteren Schwester zu beugen, junger Mann."

Elizabeth wäre vor Schreck beinahe der Bissen im Hals stecken geblieben. Sicher waren die Worte gut gemeint und als Kompliment für sie und ihre Urteilsfähigkeit gedacht. Aber nun war das Ganze vollkommen verfahren. Sie wusste, dass damit die Entscheidung gefallen war: Billy würde sich einen derart belehrenden Tonfall nicht gefallen lassen. Die Grauen waren so gut wie verkauft. Onkel Justin, Billys Vermögensverwalter, würde natürlich das letzte Wort haben. Doch der war viel zu bequem, um Einwände zu erheben.

Als sie eine gute Stunde später zu den Stallungen hinübergegangen war, um sich von den edlen Tieren noch einmal in aller Ruhe zu verabschieden, kam John ihr an der Stalltüre entgegen, und seine Miene verhieß nichts Gutes. „Eben wollte ich Sie aufsuchen, Miss Elizabeth. Summerwind gefällt mir heute Morgen gar nicht. Es hat den Anschein, als würde seine rechte Vorhand lahmen.

Ich möchte nicht den Teufel an die Wand malen, aber ich denke doch, das sollten Sie sich ansehen."

Erschrocken hastete Elizabeth mit großen Schritten zur Box ihres Lieblingspferdes, nahm das Tier am Halfter und führte es ins Freie hinaus. Tatsächlich, so rhythmisch und elegant die Bewegungen sonst waren, so mühsam schleppte es sich heute über den Vorplatz. Sie beugte sich vor, um den rechten Vorderlauf zu begutachten, und entdeckte eine kleine, längliche Wunde über dem Huf. Vielleicht machte ihm die zu schaffen?

„Am besten, du gehst in die Küche und bittest die Köchin, eine Heilsalbe zuzubereiten, wie es Mr. Simmons immer getan hat."

„Meinen Sie die Mischung aus Ringelblumenextrakt, Arnika und Schweineschmalz?" Elizabeth nickte. „Summerwind braucht jetzt unbedingt Schonung. Dass ihn keiner von euch reitet, verstehst du? Und melde dich, sobald sich sein Zustand ändert!"

So gerne sie auch bei ihrem Pferd geblieben wäre, ihre Verpflichtungen erlaubten es nicht. Aus dem Pförtnerhaus erreichte sie die Nachricht, der Verwalter liege nach einem Gichtanfall auf seinem Sofa und könne sich kaum bewegen. Seit Jahren schon hatte der Arzt, der regelmäßig nach Portland Manor kam, um Lady Portland zu untersuchen, sie zu beruhigen und ihr beste Gesundheit zu bescheinigen, den Verwalter vor allzu deftigen Speisen und dem Genuss von schwerem spanischem Rotwein gewarnt. Wie sich jetzt herausstellte, hatte dieser alle Warnungen in den Wind geschlagen.

„Was soll ich denn machen, Miss Elizabeth?", sagte er stöhnend, als er zusammengekrümmt wie ein Häufchen Elend auf seinem Sofa lag und dankbar die Speisen entgegennahm, die seine Herrin ihm vorbeibrachte. „Essen und Trinken sind doch die einzigen Lichtblicke, die mein Alter noch zu bieten hat. Auszureiten ist mir schon lange nicht mehr möglich. Meine Augen werden immer schlechter, sodass ich meine geliebten Bücher schon längst zur Seite legen musste. Wenn man mir jetzt auch noch meinen Rotwein nimmt, welche Freude hätte ich dann noch am Leben?"

Was hätte Elizabeth erwidern sollen?

Für den Ausritt am Nachmittag ließ sie sich Little Brown Lady, die Stute ihrer Mutter, satteln. Lady Portland hatte das Pferd aufgrund seiner Schönheit, des glänzenden haselnussbraunen Fells und der sanften braunen Augen ausgewählt und nicht etwa deshalb, weil es sich durch Schnelligkeit oder Temperament ausgezeichnet hätte. Ein Umstand, der ihrer Tochter schmerzlich bewusst wurde, als der Gaul langsam seines Weges trottete und, wollte sie ihn zu einem schnellen Galopp bewegen, kurzerhand den Gehorsam verweigerte. Ihre übliche Runde dauerte auf diese Weise mehr als doppelt so lang. Elizabeth war müde und abgeschlagen nach Hause gekommen. Und jetzt stand sie da im Rosengarten mit zerstochenen Händen. Alles in allem: Mr. Bavis hatte einen sehr ungünstigen Augenblick gewählt, um seinen Heiratsantrag zu wiederholen. Wäre er klug und achtsam gewesen, dann hätte ihm Elizabeths finstere Miene eine Warnung sein können. Doch Mr. Bavis war weder klug noch achtsam.

„Einen guten Abend, Miss Elizabeth. Was für ein erbaulicher Anblick in diesem schönen Rosengarten. Eine Blüte unter Blüten, wenn ich es poetisch ausdrücken darf."

Er war aus dem Sattel gesprungen und führte sein Pferd am Zügel. Elizabeth nickte ihm zu. Sie bemühte sich nicht einmal um ein kleines Lächeln. Doch jetzt, da er so freudig vor ihr stand, verließ sie der Mut für eine deutliche Abfuhr.

„Guten Abend, Mr. Bavis", sagte sie daher viel freundlicher als geplant, „ich möchte nicht unhöflich erscheinen, aber Ihr Besuch kommt heute leider ganz und gar ungelegen. Sie wissen es wahrscheinlich noch nicht, doch mein

Bruder hat einen Gast mitgebracht. Ich muss mich meinen Pflichten als Hausherrin widmen."

Mr. Bavis wusste sehr wohl, dass Billy Lord Linworth nach Portland Manor mitgebracht hatte. Um genau zu sein: Es war dessen Anwesenheit, die ihn dazu veranlasst hatte, keine Zeit mit Warten zu vergeuden und sich unverzüglich aufzumachen. Er hatte die beiden Männer am frühen Nachmittag auf Wildrose Manor getroffen, als sie sich ins Wettbuch für das morgige Rennen eintrugen. Ein verdammt gutaussehender Kerl, dieser Linworth. Groß gewachsen, schlank und sportlich. Sicher hatte er es nicht nötig, seine Schultern ausstopfen zu lassen, wie Bavis mit kundigem Blick und einer Mischung aus Missfallen und Neid festgestellt hatte. Nicht, dass er diesen jungen Stutzer als ernsthafte Konkurrenz um die Hand der schönen Miss Porter gefürchtet hätte. Dennoch, er kam aus der Stadt. Die Londoner Dandys waren bei den jungen Damen auf dem Lande besonders begehrt.

„Ich muss mich also von Ihnen verabschieden. Auf Wiedersehn, Mr. Bavis! Danke für Ihren Besuch. Ich werde Mama Ihre Grüße bestellen."

Elizabeths energische Stimme riss ihn aus seinen Gedanken. Er hatte nicht die geringste Absicht zu gehen. Im Gegenteil: Jetzt, da sie selbst Linworths Anwesenheit erwähnt hatte, begannen die Alarmglocken erst richtig zu schrillen. Höchste Zeit, dass er Nägel mit Köpfen machte!

„Oh, ich habe es nicht eilig, Miss Porter. Sie sind dabei, Rosen zu schneiden? Lassen Sie mich dabei helfen!"

Elizabeth zuckte mit den Schultern und fügte sich ins Unvermeidliche. So vergingen die nächsten Minuten damit, dass Mr. Bavis mit kritischem Blick die Rosenbüsche abschritt und sie mit wichtigtuerischer Miene aufforderte, die eine oder die andere der Knospen abzuschneiden. Er bedauerte, keinen Strauch „Pink Perpetué" vorzufinden, die die Lieblingsblume seiner geliebten Mutter war und das Blütenarrangement auf das Beglückendste vervollkommnet hätte. Dabei sprach er viel, er sprach laut, und er nahm Elizabeths Aufmerksamkeit voll in Beschlag. So entging es ihr, dass sich ein Fahrzeug über die Auffahrt näherte und der Pfarrer von St. Ann höchstpersönlich seine wohlbekannte Kutsche auf dem Vorplatz zum Stehen brachte.

Hätte noch etwas gefehlt, um ihr diesen Tag gründlich zu verderben, so wären es fraglos die besserwisserischen Äußerungen von Mr. Bavis gewesen. Als er jetzt auch noch vor ihr auf die Knie fiel und ihr eine ihrer eigenen Rosen mit theatralischer Geste entgegenhielt, da war es um ihre Contenance geschehen.

„Liebste Miss Porter, teuerste Elizabeth! Meine Gefühle für Sie können längst kein Geheimnis mehr sein. Sie sind die Frau, der ich die Ehre angedeihen lassen möchte, Mrs. Bavis zu werden. Oh, schöne Gärtnerin der Liebe, reiche mir die Hand zum Bund."

Selbst wenn Elizabeth tatsächlich die Absicht gehabt hätte, ihm die Hand zu reichen, so wäre dies in diesem Augenblick völlig unmöglich gewesen. In der Rechten hielt sie die Gartenschere, in der Linken den Strauß Rosen, deren spitze Dornen noch immer unangenehm durch das grobe Leder ihrer Handschuhe stachen. In Kürze würden Billy und Lord Linworth von ihrem Ausflug zurückkehren, um sich für ein Abendessen bei Freunden umzukleiden. Nicht auszudenken, wenn die beiden Zeugen dieser peinlichen Szene würden!

„So stehen Sie doch auf, Mr. Bavis, ich bitte Sie! Ich danke Ihnen für Ihren Antrag, doch ich werde ihn nicht annehmen."

Ihr Tonfall war nun um einiges schärfer. Aber Mr. Bavis hatte sich schon zu weit vorgewagt, um sich jetzt noch beirren zu lassen. Er klammerte sich an ihren Unterarm wie an einen rettenden Strohhalm. „Aber meine Schöne, meine Teuerste, sie müssen mich falsch verstanden haben! Ich mache Ihnen einen *Heiratsantrag*. Ich bin bereit, Ihnen alle Wünsche zu erfüllen ..."

Doch der einzige Wunsch, den Elizabeth in diesem Augenblick hatte, war, Mr. Bavis möge nicht länger vor ihr in ihrem Rosengarten knien. Sie wollte, dass er endlich, endlich verstand, dass sie seinen Antrag nie und nimmer annehmen würde. Hörte sie da etwa Schritte? Waren Billy und Lord Linworth auf dem Weg hierher, um sie zu suchen? Sie durften sie keinesfalls in dieser verfänglichen Situation antreffen!

„Nun stehen Sie doch auf, Mr. Bavis", forderte sie ebenso inständig wie ungeduldig. „Und nehmen Sie endlich zur Kenntnis, auch wenn Sie der letzte Mann auf Gottes weiter Erde wären, würde ich mich nicht mit Ihnen vermählen!"

Während sich ihr Verehrer erhob, die Rose achtlos fallen ließ und mit seinen Händen die staubigen Knie seiner Hose abklopfte, fiel Elizabeths Blick zur Hausecke. Dort stand eine seltsame Gestalt in einem braunen Umhang. Ihr Gesicht war von einem dunklen Vollbart nahezu verdeckt. Nur die Augen waren zu erkennen. Tiefblaue Augen, die sie mit einem Grad an Verachtung musterten, dass ihr ein kalter Schauer über den Rücken lief.

7. Kapitel

Wie, um Himmels willen, kam ein katholischer Mönch aus dem Mittelalter in ihren Rosengarten? Der sah fast aufs Haar aus wie der auf dem Kupferstich in Mr. Barnsleys Arbeitszimmer. Sie wusste noch genau, wie erschrocken sie war, als sie das Bild zum ersten Mal gesehen hatte! Damals war sie fünf oder sechs Jahre alt und hatte Papa und den Verwalter erstmals bei einem Ausritt begleiten dürfen.

„Papa, ist das der Teufel?“, hatte sie gefragt und mit dem Zeigefinger auf den düsteren Alten gezeigt, der in eine braune Kutte gekleidet, die Kapuze tief in sein bärtiges Gesicht gezogen, schweren Schrittes einen Abhang hinunterschritt. Mr. Barnsley hatte sich einen Spaß daraus gemacht, ihre Angst weiter anzufachen. „Kann schon gut möglich sein“, hatte er gemeint, bemüht, seiner Stimme einen besonders geheimnisvollen Klang zu verleihen, „und wenn du nicht brav bist, junge Lady, dann kommt er eines Tages aus dem Bild heraus und nimmt dich mit.“

Papa hatte Mr. Barnsley ernstlich gescholten und sich sofort zu ihr herabgebeugt, um sie zu beruhigen. Dennoch beschlich sie noch heute ein ungutes Gefühl, wenn sie an den Mönch auf dem Bild dachte. Und jetzt stand dieser Mann kaum dreißig Meter von ihr entfernt und bewegte sich nicht. Der verachtungsvolle Blick war aus seinen Augen gewichen. Wenn sie seine Gesichtszüge richtig interpretierte, dann blickte er jetzt erwartungsvoll, nicht ohne eine gewisse Anspannung, zu ihr hinüber.

„Ich sehe, Sie haben Besuch. Sie gestatten daher, dass ich mich verabschiede. Miss Elizabeth, Ihr Diener.“ Mr. Bavis deutete eine Verbeugung an, schwang sich auf sein Pferd und ritt in raschem Trab die Allee hinunter. Ungläubig sah ihm Elizabeth nach. Er konnte den seltsamen Mönch doch unmöglich als einen willkommenen Gast betrachtet haben! Endlich hätte er die Gelegenheit gehabt, sich nützlich zu machen, und dann ritt er sang- und klanglos von dannen. Ohne sie zu beschützen, vor diesem … diesem … ein schöner Verehrer, fürwahr!

Sie nahm sich zusammen. Auch ohne Mr. Bavis' Hilfe würde sie mit dem Eindringling fertig werden. Außerdem, wenn sie aus Leibeskräften brüllte, dann würden sie sogar ihre faulen Stallburschen hören und ihr zu Hilfe eilen.

Der Mönch kam einige Schritte auf sie zu, es war höchste Zeit, ihm Einhalt zu gebieten.

„Halt, bleiben Sie stehen!", rief sie. „Wer immer Sie sind, Sie sind auf diesem Grundstück unerwünscht."

Um die Ernsthaftigkeit ihrer Worte zu unterstreichen, eilte sie dem Fremden entgegen, Rosen und Gartenschere wie einen Schutzschild vor ihre Brust gepresst. Da sie den Mann nicht aus den Augen ließ, übersah sie eine besonders dornige Ranke, die weit in den Weg hineinragte, blieb mit dem bauschigen Rock ihres Kleides daran hängen und stolperte zu guter Letzt auch noch über ein dickes Holzstück. An dem waren wohl ursprünglich einige Rosenzweige hochgebunden gewesen. Dann war es verfault mitten auf den Weg gestürzt und wohl von niemandem beseitigt worden, der auf Portland Manor dafür zuständig gewesen wäre. Mit einem höchst undamenhaften Aufschrei stürzte sie der Länge nach hin und verstreute die abgeschnittenen Rosen in einem Halbkreis um sich herum. Mit einem Satz war der Mönch an ihrer Seite. Sie ließ es zu, dass er ihre behandschuhte Rechte ergriff und ihr half, sich aufzusetzen. Ihren linken Knöchel durchzuckte ein kurzer, heftiger Schmerz.

„Haben Sie sich verletzt?" Seine Stimme war so tief, wie sie es erwartet hatte, doch überraschend wohlklingend.

Das irritierte sie mehr, als wenn sie bedrohlich geklungen hätte. Er beugte sich zu ihr herunter und schien tatsächlich die Dreistigkeit zu besitzen, ihre Röcke ein wenig hochzuschieben, um sich das Fußgelenk anzusehen. Elizabeth stieß ihn mit einem kräftigen Stoß zur Seite.

„Miss Porter, was machen Sie denn dort auf dem Boden?"

Elizabeth fuhr herum und erkannte den Pfarrer von St. Ann, der sich mit raschen Schritten näherte. Wollten die Überraschungen an diesem Tag denn kein Ende nehmen? Was brachte den Pfarrer nach Portland Manor? Er war doch noch nie hier auf Besuch gewesen. Ihre Verwunderung wuchs, als sich der Geistliche nun an den Mann in der braunen Kutte wandte und mit strenger Stimme sagte: „Haben Sie sich Ihrer Ladyschaft schon vorgestellt, Mr. Michaels?"

Die beiden Männer kannten einander. Waren sie etwa zusammen gekommen? Der Mönch ging nicht auf die Frage des Geistlichen ein.

„Ich glaube nicht, dass etwas gebrochen ist", sagte er stattdessen zu Elizabeth. „Denn dann würden Sie jetzt nicht so ruhig hier sitzen. Sicher haben Sie Quark im Haus?"

„Quark im Haus?", wiederholte Elizabeth und stellte, so erstaunt sie über diese Frage auch war, mit einer gewissen Beruhigung fest, dass der Mann, wenn man ihm direkt ins Gesicht sah, viel von seiner Bedrohlichkeit verlor. Anscheinend konnte auch der Pfarrer mit der seltsamen Frage seines Begleiters nichts anfangen.

„Dewa … Mr. Michaels! Sie denken doch hoffentlich nicht ans Essen!"

Elizabeth blickte fragend von einem Mann zum anderen: „Guten Abend, Mr. Bishop. Was verschafft mir …" Sie versuchte aufzustehen, doch der Schmerz in ihrem Bein ließ sie aufstöhnend auf den Boden zurücksinken. „… die Ehre Ihres Besuches?"

Der Pfarrer verbeugte sich und schob seinen Freund, der zur Seite getreten war, wieder in Elizabeths Blickfeld. „Darf ich Ihnen Freddy Michaels vorstellen, Miss Porter, Ihren neuen Stallmeister." Er wandte sich an seinen Begleiter: „Und das, mein lieber ... Mr. Michaels, ist Miss Porter, Ihre neue Herrin."

„Darauf wäre ich selbst nie gekommen, alter ... Reverend. Herzlichen Dank, dass Sie es mir gesagt haben", vollendete Frederick Dewary seinen ursprünglich ironisch gemeinten Satz. Es war höchste Zeit, dass er sich an seine neue Rolle gewöhnte!

„Miss Elizabeth ist die Schwester von Lord William Porter, dem Herrn dieses Hauses. Ich habe Sie über die Gepflogenheiten auf Portland Manor bereits aufgeklärt, Mr. Michaels, und so wissen Sie, dass Sie künftig Ihre Anweisungen von Miss Elizabeth entgegennehmen werden. Sie sind hier nicht nur für die Stallungen, die Pferde und die Stallburschen zuständig, sondern haben sich auch um alles zu kümmern, was die Gartenanlagen betrifft."

Dewary blickte sich um. „Ich würde sagen, da habe ich allerhand zu tun."

„Einen Augenblick, bitte", Elizabeth hob abwehrend die Hände, „das geht mir nun doch etwas zu schnell. Ich bin Ihnen äußerst dankbar, Mr. Bishop, dass Sie so schnell gehandelt haben. Doch sagen Sie: Wer ist Mr. Michaels? Hat er Referenzen?"

Ein spöttischer Blick aus tiefblauen Augen traf den Pfarrer.

„Darf ich Ihnen aufhelfen, Miss Porter. Es geht nicht an, dass Sie länger auf dem kühlen Erdboden sitzen. Mr. Michaels!", Mr. Bishop wies auf die kleine Gartenbank, die unter einem knorrigen Birnbaum an der Hauswand stand. „Bringen Sie dieses Ding da zu uns herüber."

Elizabeth ließ sich nur zu gerne helfen. Zu Füßen von zwei Männern – eine derartige Lage trug nicht eben dazu bei, dass eine Lady mit dem nötigen Selbstbewusstsein auftreten konnte. Auch wenn der Knöchel höllisch schmerzte, jetzt fühlte sie sich schon viel wohler. Der Pfarrer nahm an ihrer Seite Platz. „Mr. Michaels war Stallmeister im Haus meines Freundes Andrew McPherson."

Diese Lüge kam ihm glatt über die Lippen. Leider gab sich Elizabeth nicht damit zufrieden. „Und? Was ist geschehen, dass er das nun nicht mehr ist?"

Der Pfarrer richtete sich auf. „Mr. McPherson befindet sich derzeit in Spanien, um als Offizier unserer glorreichen Armee zu dienen. Noch aus unserer Schulzeit in Eton verbindet uns eine langjährige Freundschaft. Mr. McPherson hat mich gebeten, einen neuen Platz für seinen Stallmeister zu finden, und ihm das allerbeste Zeugnis ausgestellt."

Elizabeth hielt dem Geistlichen auffordernd ihre rechte Hand entgegen. „Das klingt sehr erfreulich. Ist es unverschämt, Reverend, wenn ich Sie bitte, mir dieses Zeugnis zu zeigen?"

Ein kleines Lachen war zu hören. Wie kam Mr. Michaels dazu zu lachen? Es klang ein wenig schadenfroh. Mr. Bishop schenkte ihm einen strafenden Blick, straffte seine Schultern und setzte jene erhabene Miene auf, mit der er schon so manch reuiges Schäfchen seiner Gemeinde zur Ordnung gerufen hatte. „Miss Elizabeth, ich nehme an, dass Ihnen mein Wort genügt, oder wollen Sie ernsthaft andeuten, dass Sie mein Urteil in Zweifel ziehen?"

„Nein, selbstverständlich genügt mir Ihr Wort, Reverend!", beeilte sie sich, den Geistlichen milde zu stimmen. Nun war es an Mr. Bishop, seinen Freund mit einem triumphierenden Blick zu bedenken.

„Also gut, Mr. Michaels, Sie sind eingestellt. Darf ich die Herren nun bitten, mir ins Haus zu helfen?"

Hatte sie denn eine andere Wahl? Woher sonst sollte sie einen Stallmeister nehmen, wenn sie Mr. Bishops Angebot ausschlug? Zudem konnte sie davon ausgehen, dass ein Mann, den er empfahl, ein guter, aufrechter Christ war. Der nicht mordete, nicht brandschatzte, und wenn sie Glück hatte, auch nicht stahl. Und das war mehr, als man von vielen Bediensteten in der heutigen Zeit erwarten konnte.

So fand dieser unglaubliche Tag doch noch ein gutes Ende. Elizabeth humpelte, auf die Schultern der beiden Männer gestützt, ins Haus. Dankbar sank sie auf das Sofa vor dem Kamin und ließ es zu, dass ihr die Kammerzofe nach Mr. Michaels genauen Anweisungen aus einem Leinentuch und frischem Quark eine kalte Kompresse für ihren linken Knöchel anfertigte. Lady Portland bedankte sich überschwänglich beim Pfarrer für all seine Hilfe.

„Bleiben Sie doch noch bei uns, Reverend, wenn es Ihre Zeit erlaubt. Wir begeben uns in wenigen Minuten zu Tisch."

Der Geistliche bedankte sich höflich für die freundliche Einladung, lehnte jedoch mit großem Bedauern ab. „Ich muss noch im Bischofsamt vorbeischauen", verkündete er, „Verpflichtungen, Mylady, ich hoffe, Sie verzeihen."

Das war nicht einmal gelogen. Denn auch wenn er an diesem Abend nichts anderes mehr wollte als eine Tasse heißer Suppe und ein warmes Bett, so würde er doch am nächsten Tag bei der Kathedrale vorsprechen müssen, um eine Aushilfe für die Tage seiner Abwesenheit zu erbitten. Hoffentlich war man in der Lage, seinem Wunsch rasch nachzukommen. Er wollte so schnell wie möglich nach Digmore Park, um seinen Freund nicht unnötig lange auf die Folter zu spannen.

Joseph wurde gerufen, um seinen neuen Vorgesetzten zu den Stallungen zu bringen, ihn mit dem Personal des Hauses bekannt zu machen und ihm schließlich auch das Zimmer zu zeigen, das künftig seine Bleibe sein würde. Die Burschen schliefen über den Stallungen. Elizabeths Großvater hatte jedoch verfügt, dass der Stallmeister von Portland Manor im Herrenhaus nächtigte, in einem Zimmer unter dem Dachboden mit einem gut ziehenden Kamin, der ihn warm auch durch die kältesten Wintertage brachte. Dewary wünschte den Damen eine gute Nacht, verbeugte sich und beeilte sich, dem Diener zu folgen.

Stunden später lag er in seinem neuen Bett, die Arme unter seinem Kopf verschränkt und starrte zur Zimmerdecke. Was für ein Tag! Was für eine groteske Situation! Bis vor kurzem war er noch Offizier der königlichen Armee gewesen. Irgendwann würde er Erbe eines Titels und ausgedehnter Ländereien sein. Und jetzt verdingte er sich als einfacher Stallmeister. Dennoch: Es war die richtige Entscheidung. Hier hatte er eine Vielzahl an Arbeiten zu erledigen, die ihn von unnötigen Grübeleien abhalten würden. Obendrein war er hier sicher. Niemand würde ihn auf diesem Landsitz vermuten. In einem Haus, das von einer Frau geleitet wurde! Was hieß, von einer Frau? Von einer Furie! Er hatte seinen Ohren nicht getraut. Die Geschichte schien sich auf geradezu gespenstische Weise zu wiederholen. Nur dass er diesmal nicht der Betroffene war, sondern nur ein heimlicher Zeuge des Geschehens. Auf der einen Seite eine bildhübsche, aber eiskalte Frau, die ungerührt eine herbe Abfuhr erteilte. Auf der anderen Seite der Verehrer mit dem gebrochenen Herzen. Miss Porter hatte fast die gleichen Worte verwendet wie dereinst Miss Abigail. Wahrscheinlich waren sich die beiden auch in anderen Charakterzügen ähnlich. Dewary stand auf und ging zum Fenster hinüber. Ruhig lagen Wiesen und Wälder im fahlen Schein des zunehmenden Mondes. Wie friedlich alles war. Seltsam, in all den Jahren auf dem Kontinent hatte er nicht so starkes Heimweh verspürt wie in diesem Augenblick. Und noch nie erschien ihm Digmore Park so unerreichbar. Wie es Vater wohl erging? Wenn er ihn nur wenigstens kurz aufsuchen könnte, um ihm zu versichern, dass er sich nichts zuschulden hatte kommen lassen. So konnte er nur hoffen, dass der alte Herr ihm vertraute. Was Vivian wohl von ihm dachte? Sicher würden die bösen Gerüchte über kurz oder lang auch an ihr Ohr dringen. Er war immer so stolz darauf gewesen, ein Frauenkenner zu sein. Doch Vivian wusste er nur schwer einzuschätzen. Sie kannten sich noch nicht lange genug und hatten sich immer nur für wenige Stunden gesehen. Wie hätte sie da Vertrauen zu ihm aufbauen sollen? Er konnte selbst kaum glauben, dass er verlobt war. Lange Zeit war er auf dem Heiratsmarkt sehr begehrt gewesen: Offizier, vermögend, mit Aussicht auf noch mehr Vermögen und darüber hinaus auch noch einen Titel – das war eine Kombination, die die Frauen der Gesellschaft liebten! Dewary lächelte, doch in dieses Lächeln mischte sich Bitterkeit. Wann immer er bei seinen Heimatbesuchen gesellschaftliche Anlässe mit seiner Gegenwart beehrt hatte, hatten sich Mütter und Tanten heiratswilliger Mädchen geradezu überboten darin, ihn mit ihren Töchtern und Nichten bekannt zu machen. Die Blicke der jungen Damen, so sehr sie auch vorgaben, sittsam die Augen zu Boden zu schlagen, waren in unbeobachteten Momenten nicht selten einladend, wenn nicht gar aufreizend gewesen. Miss Elizabeths Blick jedoch war alles andere als einladend gewesen. Er rief sich zur Ordnung. Warum sollte ein adeliges Fräulein einem Stallmeister auch derartige Blicke zuwerfen? Das wäre außerdem das Letzte gewesen, was er sich gewünscht hätte! Freilich, so unnahbar und widerspenstig hätte sie sich auch wieder nicht zu verhalten brauchen. Gut, als sie da im Gras saß, mit dem schmerzenden Bein, da wirkte sie rührend in ihrer Hilflosigkeit. Ein Mädchen von unverkennbarem Liebreiz. Ha, Liebreiz! Er fantasierte anscheinend schon. Zeit, dass er zu Bett ging und der Schlaf seine Gedanken wieder in geordnete Bahnen lenkte. Seine neue Herrin war wie Miss Abigail, so viel stand fest. Und sie hatte jene Behandlung verdient, die er dieser damals gerne hätte angedeihen lassen, als sie ihn so brüsk zurückgewiesen hatte. Dennoch, Dewary streckte sich auf seinem Bett aus, wenn er eines wusste, dann, dass man seinen Dienst und die Sympathie für seinen Befehlshaber auseinanderhalten musste. Mochte er Miss Elizabeth auch geringschätzen, so würde er seine Arbeit dennoch mit jenem Engagement und mit jener Energie verrichten, die ihm im Feld so manche Auszeichnung eingebracht hatte.

Am nächsten Morgen rief er die drei Burschen von Stall und Garten in den Innenhof des Gebäudes, ließ sie der Größe nach Aufstellung nehmen und verkündete ihnen die Regeln, die nunmehr zu gelten hatten. Major Dewary hatte ein neues Regiment gefunden.

8. Kapitel

Es dauerte drei lange, schmerzvolle Tage, bis Elizabeth ihr Bein wieder belasten konnte. Die Kammerzofe hatte täglich mehrfach die Kompresse gewechselt. Der Hausarzt, den Lady Portland umgehend zurate gezogen hatte, hatte diese Maßnahme ausdrücklich gutgeheißen. Und er hatte vorsorglich ein kleines Fläschchen mit Laudanumtropfen auf das Tischchen neben dem Sofa gestellt.

„Unterschätzen Sie niemals die Folgen eines Sturzes, Miss Porter", hatte er erklärt und ihr dabei über seine dünnen Brillengläser einen bedeutungsvollen Blick zugeworfen, „so ein Sturz hat oftmals ungünstige Folgen für das zarte Nervenkostüm junger Damen. Wenn Sie also etwas zur Beruhigung brauchen, dann zögern Sie nicht, ein paar von diesen Tropfen einzunehmen."

Elizabeth hatte sich pflichtschuldig bedankt und insgeheim sofort beschlossen, ohne die Medizin auszukommen. Laudanum machte müde. Das schwere Haushaltsbuch auf ihrem Schoß verlangte jedoch ihre volle Aufmerksamkeit. Und gar so ein zartes Nervenkostüm hatte sie auch wieder nicht.

Die ruhigen Tage im kleinen rosa Salon hatten auch ihr Gutes. Endlich war genügend Zeit für lange Gespräche mit Mama. Wie sich herausstellte, langweilte sich diese ganz schrecklich. Wäre es nicht nett, eine große Abendgesellschaft zu geben? Schließlich hatten sie endlich neue Vorhänge im Ballsaal, mit einem orientalischen Muster, ähnlich dem, das die Architekten des Prinzregenten für dessen Palast in Brighton ausgewählt hatten. Die mussten den Damen der Umgebung unbedingt gezeigt werden! Elizabeth fand die Idee großartig, und Lady Portland begann mit Begeisterung, die Gästeliste zusammenzustellen.

Schade, dass Billy und Lord Linworth ihren Besuch bei Lord Willowby auf Wildrose Manor ausgedehnt hatten. Jetzt hätte sie genug Zeit gehabt, sich in Ruhe mit ihrem Bruder zu unterhalten. Schon lange hatten sie nicht mehr Schach gespielt, wie sie das früher so gerne getan hatten. Vielleicht wären sie sich dadurch wieder nähergekommen. Billys ungewohnt arrogantes und uneinsichtiges Verhalten von neulich Morgen nagte noch immer in ihrer Brust. Und, wenn sie ehrlich zu sich war, wäre es ihr noch wichtiger gewesen, ihre Bekanntschaft mit Lord Linworth zu vertiefen. Sie hätten am Abend gemeinsam musizieren können. Ob er gerne sang? Vielleicht hätte er ihr aus einem Buch vorgelesen. Sie konnte ihn förmlich hören, wie er mit seiner tiefen, wohlklingenden Stimme Lord Byrons Gedichte rezitierte. Halt, sie musste sich korrigieren: Linworth hatte keine dunkle, wohlklingende Stimme. Er sprach überraschend hoch und immer so, als hätte er etwas in der Nase. Welche Stimme hatte sie denn dann eben im Ohr gehabt? Tiefblaue Augen und ein dunkler Vollbart schoben sich in ihre Erinnerung. Elizabeth lachte laut auf. Sie hatte an den neuen Stallmeister gedacht! Nein, dieser Mann würde niemals Gedichte vorlesen. Es war nicht einmal anzunehmen, dass er je etwas von einem Lord Byron gehört hatte. Allerdings wusste er eines sicher. Elizabeth setzte sich auf ihrem Sofa auf und stellte vorsichtig beide Beine auf den Boden. Er wusste, wie es Summerwind ging. Und das wollte sie jetzt auch erfahren. Mit beiden Armen stützte sie sich an der Tischkante ab. Na bitte, sie stand wieder auf eigenen Beinen! Langsam durchquerte sie den Salon, dann die Vorhalle und öffnete schließlich das schwere Eingangsportal. Was für ein schöner, sonniger Tag! Wirklich viel zu schade, um ihn im dunklen Zimmer zu verbringen. Ob sich der Stallmeister schon eingelebt hatte? War er noch dabei, sich ein Bild vom

Landgut zu machen, oder hatte er schon erste Maßnahmen ergriffen? Sie hielt eine Hand über die Augen, um sie von den stärksten Sonnenstrahlen abzuschirmen, und kam aus dem Staunen nicht mehr heraus. Der gepflasterte Vorplatz war von allem Unkraut befreit worden. So sauber hatte es hier lange nicht ausgesehen! Sämtliche Hecken waren akkurat zurechtgestutzt. Jemand hatte die langen, geraden Äste eines Haselnussstrauches zwischen die Rosenbüsche gesteckt. Die dornigen Ranken, die sich durch die Schwere der Blüten längst zu Boden geneigt hatten, waren von kundiger Hand hochgebunden worden. Der verwahrloste Eindruck von vor wenigen Tagen war charmanter Eleganz gewichen. Kam es ihr nur so vor, oder verströmten die Blüten jetzt, da ihre Köpfe stolz aufgerichtet waren, einen noch viel lieblicheren Duft? Die Hortensien waren voll erblüht und hoben sich in ihrem strahlenden Pink und ihrem satten Violettblau vom grünen Laub der Hecke ab, die sie begrenzten. Alles bot ein sauberes, adrettes Bild, das das Auge jedes Gastes erfreuen würde. Elizabeth konnte sich nicht erinnern, jemals vom Anblick ihres Gartens so begeistert gewesen zu sein. Der alte Simmons hatte die Stallungen fest im Griff gehabt, und bei der Betreuung der Pferde hatte es nie einen Grund zur Beanstandung gegeben. Die Gärten jedoch waren dem alten Mann kein wirkliches Anliegen gewesen, und noch nie hatte sich jemand ihrer Pflege mit so viel Umsicht angenommen. Ein warmes Gefühl der Dankbarkeit durchströmte Elizabeth. Endlich war hier wieder jemand, der ihr Pflichten in Haus und Hof abnahm und sie nicht wegen jeder Kleinigkeit zurate zog. Sie musste in den nächsten Tagen unbedingt Mr. Bishop aufsuchen, um sich noch einmal für die Auswahl dieses Stallmeisters zu bedanken. Freddy Michaels schien sich als wahrer Engel zu entpuppen. Elizabeth lachte über ihren Überschwang. Das war nun doch etwas übertrieben. So ein unfreundlicher, ja fast grimmiger Mann hatte wenig Ähnlichkeit mit einem Engel, zumindest äußerlich. Dafür leistete er zweifellos gute Arbeit. Arbeit, die ihr begeistertes Lob und ihren Dank verdiente. Mr. Michaels Ankunft auf Portland Manor hatte unter keinem guten Stern gestanden. Sie würde ihn noch einmal, diesmal unter besseren Vorzeichen, in ihrem Haus … im Haus ihres Bruders … willkommen heißen. Sie würde dafür sorgen, dass er sich hier wohlfühlte. Wenn sie eines von ihrem Vater gelernt hatte, dann, dass nur glückliche Diener gute Diener waren. Seit Generationen lebte man auf Portland Manor nach diesem Grundsatz. Wie alt Mr. Michaels wohl war? Er war der erste Mann, den sie leibhaftig mit einem Vollbart vor sich gesehen hatte. Ob sie ihn auffordern konnte, den Bart abzurasieren? Hatten Diener das Recht, einen Bart zu tragen? Sie hatte keine Ahnung. Wen konnte sie da um Rat fragen? Mama war es sicher einerlei, wie ein Stallmeister aussah. Sie verschwendete kaum je einen Gedanken an die Dienerschaft. Sie war keine dieser stets nörgelnden Herrinnen, die ihren Bediensteten mit Belehrungen oder ausgefallenen Wünschen das Leben schwer machten. Allerdings wäre sie auch nie auf die Idee gekommen, Lob und Anerkennung auszudrücken. Die Dienerschaft war einfach *da*. Dafür zuständig, ihr das Leben so angenehm wie möglich zu machen. Nein, Mama taugte in diesen Fragen nicht als Ratgeberin. Und Mr. Barnsley? Der Verwalter entstammte einer anderen Generation, einer Generation, die Diener noch als Leibeigene betrachtete. Nur zu gut war ihr in Erinnerung, dass ihr Vater sich nie an dessen Ratschläge gehalten hatte, wenn es um Personalfragen ging. Papa, wie hättest du entschieden? Hättest du sofort erkannt, wie alt Mr. Michaels war? Wegen des dichten Vollbarts und der seltsamen Kapuze hatte sie sein Gesicht kaum gesehen. Wahrscheinlich war er um die vierzig, vielleicht auch schon etwas älter.

Elizabeth kam auf ihrer Suche nach dem Stallmeister nicht so schnell voran, wie sie gerne gewollt hätte. Jeder

Schritt musste langsam und mit Bedacht gesetzt werden. Wo würde sie ihn wohl finden? Vielleicht sah er gerade im Stall nach dem Rechten? Fand sie ihn an der Koppel? Oder lag ihm womöglich am Wohlergehen der Pflanzen mehr als an dem der Tiere, und sie fand ihn am Ende im Küchengarten mit einer Harke in der Hand? Was, wenn ihn die Pferde nicht leiden konnten? Was, wenn er ihrer nicht Herr wurde? Was, wenn er ihnen mit Peitsche und Sporen zu Leibe rücken wollte? Elizabeths Zuversicht schwand. Sie hätte viel darum gegeben, sich mit jemandem austauschen zu können! Viel zu oft war sie allein mit allen Entscheidungen.

Wann wurde Billy endlich älter und vernünftiger? Zurzeit hatte er nur seine Vergnügungen im Kopf, aber das war wohl typisch für einen Siebzehnjährigen. Glücklich und mit stolzgeschwellter Brust war er nach Wildrose Manor abgefahren. Wie sie gehört hatte, würde dort nicht nur ein Wettrennen stattfinden, sondern auch allerlei andere sportliche Veranstaltungen. Es war das erste Mal, dass man Billy eingeladen hatte, in einem Kreis Erwachsener dabei zu sein. Sicher hatte er die Einladung nur Lord Linworth zu verdanken. Wäre ihr dieser Mann nicht ohnehin schon sympathisch gewesen, sie hätte ihm ihr Herz allein dafür geschenkt, dass er ihren Bruder so glücklich machte. Lord Linworth übte unzweifelhaft einen guten Einfluss auf seinen jugendlichen Freund aus. Billy schien die Worte des Älteren sehr ernst zu nehmen. Gut, die Ermahnung vor Kurzem am Frühstückstisch, die hätte er sich besser gespart. Dann würden die Grauen sicher weiter im Familienbesitz bleiben. Lieber nicht daran denken! Der Tag war zu schön, um sich die gute Laune verderben zu lassen.

Sie war bei den Stallungen angekommen und warf einen Blick durch die weit geöffneten Tore. Die Boxen waren ordentlich ausgemistet worden. Joseph war gerade dabei, frisches Heu zu verteilen. Seine Hose war sauber, sein gewaschenes Hemd ordentlich geknöpft. Elizabeth wurde warm ums Herz. Es war wieder wie früher, Ordnung und Disziplin waren zurückgekehrt. Der Bursche begrüßte sie mit einer angemessenen Verbeugung. Nein leider, er wisse nicht, wo Mr. Michaels sich aufhielt. Vielleicht fand sie ihn drüben an der Koppel. Sie hatten gestern alle Pferde zum Grasen hinübergebracht. Alle Pferde? Auch die vier Grauen? Alle. Das war seltsam. Mr. Simmons hatte nichts davon gehalten, Kutschpferden zu viel Freiheit zuzugestehen. Elizabeth nickte Joseph zu und setzte ihre Suche fort. Natürlich ließ sich der Gedanke an die Grauen nicht verdrängen: Ob Billy bereits einen Käufer für das Gespann gefunden hatte? Ein Hoffnungsschimmer keimte in ihr auf. Vielleicht war er durch all die sportlichen Betätigungen gar nicht dazu gekommen, einen zu suchen? Was trieben vornehme Männer wohl so alles, wenn sie unter sich waren? Bis Mittag blieben sie wahrscheinlich im Bett liegen. Doch womit verbrachten sie ihre Nachmittage und Abendstunden? Vielleicht war es gut, nicht alles zu wissen. Jedenfalls war sie froh, dass ihr junger Bruder in Begleitung eines Erwachsenen unterwegs war – eines intelligenten, höflichen und in allen Konventionen der adeligen Gesellschaft bestens bewanderten Erwachsenen. Da seine Lordschaft darüber hinaus auch noch äußerst attraktiv aussah, war er auch in modischen Dingen Billys Vorbild. Wenn sie sich nicht irrte, dann hatten die beiden am Morgen der Abreise ihre Halsbinden auf genau die gleiche Art gebunden gehabt: modische Kunstwerke, die sich von Mr. Bavis' Versuchen, elegant zu sein, in höchstem Maße unterschieden. Noch nie hatte sie solch einen weltmännischen Mann wie Mr. Linworth aus der Nähe erlebt. Gegen dieses Mitglied der Londoner Gesellschaft wirkten alle Adeligen aus der Umgebung wie unbeholfene Bauernburschen. Ob sie ihn wohl überreden konnte, seinen Besuch auf Portland Manor zu verlängern? Musste er wirklich in spätestens drei Tagen nach Norden aufbrechen, um seine Tante zu besuchen? Es wäre zu schön, um wahr zu sein, wenn er die Soiree, die Mama plante, mit seiner Anwesenheit krönte. Bestimmt hätte er sie um den Eröffnungstanz gebeten. Elizabeth seufzte. Lord Linworths Tante gehörten ausgedehnte Besitzungen in Yorkshire, und sie hatte ihren Neffen eingeladen, einige Wochen bei ihr zu verbringen. Die Aussicht auf die bevorstehende Fuchsjagd und fischreiche Seen hatten Billy mit Freuden die Einladung seines Freundes, ihn zu begleiten, annehmen lassen. Fuchsjagd und Fische hatten für Lord Linworth sicher eine viel höhere Anziehungskraft als ein Abend hier auf dem Lande ...

Sie war an der Koppel angelangt, in der die Pferde friedlich nebeneinander grasten. Schwer atmend lehnte sie sich gegen den Holzzaun. Auch hier war weit und breit nichts von ihrem Stallmeister zu sehen. Sie ließ sich auf dem Strunk eines gefällten Kastanienbaumes nieder, den schon Mr. Simmons als Sitzgelegenheit verwendet hatte, und streckte aufatmend die Beine von sich. Ah, wie gut das tat! Der Knöchel hatte arg zu schmerzen begonnen. Es war Zeit, dass sie ihm wieder Ruhe gönnte. Summerwind kam angetrabt. Das lahmende Bein schien ihm noch immer zu schaffen zu machen. Wenn sie sich nicht irrte, dann war sein Gang allerdings schon wieder etwas rhythmischer.

„Na, mein Süßer, wie ist es dir ergangen in den letzten Tagen? Hat Joseph regelmäßig die Salbe aufgetragen?“

Bei näherem Hinsehen hatte es allerdings nicht den Anschein. Nachdem sie mit Mr. Michaels gesprochen hätte, würde sie zum Stall zurückkehren und mit Joseph ein ernstes Wort reden. Doch vorerst blieb ihr wohl nichts anderes übrig, als zu warten und den sonnigen Tag zu genießen. Sie hätte einen Schirm mitnehmen sollen. Mama wäre sicher entsetzt, wüsste sie, dass sie ihren makellosen Teint der prallen Sonne aussetzte. Ob es Lord Linworth wohl störte, wenn sich auf ihrer Nase einige vorwitzige Sommersprossen tummelten? Merkten Männer eigentlich solche Kleinigkeiten, oder waren sie stets mit Wichtigerem beschäftigt? Vielleicht interessierte sich Lord Linworth gar nicht für sie. Vielleicht gab es gar eine Lady Linworth? Billy hatte kein Wort darüber verloren, ob sein Freund verheiratet war. Wie es wohl wäre, Lady Linworth zu sein? An der Seite dieses eleganten Mannes zu leben? Streng rief sie sich zur Ordnung. Warum musste ihr Clara diesen Floh ins Ohr setzen?! Noch kannte sie Lord Linworth viel zu wenig, um an eine ernsthafte Verbindung auch nur zu denken! Sie ließ all ihre Begegnungen der letzten Tage Revue passieren. Wie er beim Frühstückstisch saß und mit Mama Konversation betrieb. Wie er im Hinblick auf die Grauen ihre Partei ergriffen und so Billys Trotz hervorgerufen hatte. Seinen sachkundigen Blick, wenn er sich eingehend mit dem Silber beschäftigte. Sie sah ihn fröhlich mit der Angelrute das Haus verlassen. Und sie sah ihn hoch zu Ross, wie er fest, ja fast ein wenig verkrampft, die Zügel in der Hand hielt. In diesem Augenblick vernahm sie den Hufschlag eines einzelnen Pferdes.

Lord Linworth ist zurückgekommen!, schoss es ihr im ersten Moment durch den Kopf. Ihm ist auf Wild Rose Manor zu langweilig geworden. Er sehnt sich nach weiblicher Gesellschaft!

Doch der Reiter, der sich nun in schnellem Galopp auf der von hohen Platanen gesäumten Allee näherte, hatte nicht die geringste Ähnlichkeit mit seiner Lordschaft. Seine Kleidung war weder modisch noch auffallend. Er trug ein schlichtes braunes Jackett und blank polierte schwarze Stiefel. Kein extravaganter Reithut zierte seine dunklen Locken. Wer bitte trug seine Haare heute noch so lang, dass sie fast bis zum Kinn reichten? Seit Beau Brummel die vornehme Londoner Welt regierte, waren kurz geschnittene Windstoßfrisuren der letzte Schrei. Das hatte sich schnell bis Winchester herumgesprochen. Hoch aufgerichtet saß der unbekannte Mann im Sattel, die Zügel locker in der Hand. Pferd und Reiter schienen eins zu sein. Unwillkürlich verglich Elizabeth das Bild, das sich ihr nun bot, mit dem von Lord Linworth zu Pferde. Was für ein himmelweiter Unterschied! Hier lässige Eleganz, dort Linworth mit verbissenen Gesichtszügen, anscheinend in steter Furcht, sein Pferd würde mit ihm durchgehen. Hatte sie eben noch gedacht, Linworth wäre attraktiv? Dieser Mann war attraktiv! Groß und stattlich. Und von einer Selbstsicherheit, die auf innere Stärke zurückzuführen war, nicht auf modische Raffinessen. Wer war der Fremde? Was brachte ihn nach Portland Manor? Und warum hatte sie kein hübscheres Kleid angezogen? Elizabeth blickte an sich hinunter. Das schlichte olivgrüne Baumwollkleid hatte auch schon bessere Tage gesehen. Es war einfach und schmucklos, ohne jedes Dekolleté, mit kleinen Knöpfchen hochgeschlossen bis zum Hals. Der Fremde musste sie für ein simples Bauernmädchen halten!

Dieser hatte in der Zwischenzeit sein Pferd in Schritt fallen lassen. Sie stand auf, um ihm entgegenzugehen. Der stechende Schmerz in ihrem Fußgelenk ließ ihr Lächeln nicht gar so strahlend erscheinen, wie sie sich das gewünscht hätte. Nun waren sie beide auf einer Höhe. Gleich würde sich der Unbekannte aus dem Sattel schwingen, um sich ihr vorzustellen. Darauf würde sie ihn nach seinem Begehr fragen. Sie war wirklich neugierig geworden. Doch nichts dergleichen geschah. Seltsamerweise hielt es der Mann nicht für nötig, das Pferd zum Stehen zu bringen, sondern tippte zum Zeichen des Grußes lediglich an seine Schläfe. Wäre sie nicht in seinen Weg getreten, so wäre er wohl, ohne ein Wort zu sagen, an ihr vorbeigeritten. Was für befremdliche Manieren! Und noch viel befremdlicher war, dass sie zwar den Mann nicht kannte, sehr wohl aber das Pferd, das er ritt. Es war Jupiter, der Lieblingshengst ihres Vaters! Sie blickte mit wachsendem Erstaunen vom Pferd zum Reiter. Dafür musste es doch eine Erklärung geben. Allein, sie hatte den Mann noch nie gesehen. Seine blauen Augen betrachteten sie erwartungsvoll, doch auch mit einer unübersehbaren Spur von Langeweile, die sich auch auf seine Lippen geschlichen hatte. Seine dunklen Locken waren vom Ritt zerzaust, auf der sonnengebräunten Stirn hatten sich kleine Schweißtropfen gebildet. Sein glatt rasiertes Kinn war markant und zeugte von Energie und starkem Willen. Der erste Eindruck hatte nicht getrogen. Von seinem Äußeren her war er ein Mann, von dem eine Frau nur träumen konnte. Dennoch: Elizabeth riss sich von seinem Anblick los und nahm noch einmal das Pferd in Augenschein, um sicherzugehen, dass sie sich nicht geirrt hatte. Der Mann schwieg immer noch.

„Wie kommen Sie dazu, Vaters Pferd zu reiten?", fragte sie scharf. Erschrocken biss sie sich auf die Lippen. Das war nicht der freundliche Gruß, mit dem sie den Fremden eigentlich hatte willkommen heißen wollen. Sein gelangweilter Blick hatte sie doch mehr irritiert, als sie zugeben wollte.

„Ihnen auch einen schönen guten Morgen, Miss Porter", lautete seine Antwort. Er hielt es nun doch für angebracht, sich aus dem Sattel zu bemühen. „Seine Lordschaft ist bedauernswerterweise nicht mehr in der Lage, dieses Pferd zu reiten, nicht wahr? Dennoch muss es bewegt werden. Die Burschen waren in den letzten Monaten in dieser Hinsicht zu nachlässig."

Elizabeths Augen weiteten sich: Diese Stimme kannte sie. Doch das Bild, das sie mit dieser Stimme verband, war ein anderes als das des gutaussehenden Mannes, der so selbstsicher und lässig vor ihr stand, als wäre er ein Herr der besseren Gesellschaft. Das Bild, das sie mit dieser Stimme verband, war das eines mittelalterlichen Mönches mit furchteinflößendem Vollbart und grober brauner Kutte.

War das tatsächlich ihr Stallmeister? Warum, verflixt noch mal, sah er dann nicht aus, wie ein Stallmeister auszusehen hatte? Und warum benahm er sich nicht wie einer? Es würde weit schwieriger sein, so einem Stallmeister Befehle zu erteilen, als sie angenommen hatte! Er war so ... männlich. Und sah heute viel jünger aus als am Tag seiner Ankunft. Sie hatte in den letzten Jahren gelernt, Anordnungen zu geben. Doch ihre Dienerschaft hatte bisher aus Frauen bestanden, aus jungen Burschen und aus alten Männern. Noch nie hatte sie einen Diener gehabt, der kaum dreißig Jahre alt war. Und mit Sicherheit hatte sie noch nie einen Diener, der ihr mit so viel Selbstbewusstsein, aber auch mit so viel Distanz entgegentrat. Sie war es gewohnt, bei allen beliebt zu sein, sie war es gewohnt, dass ihr Wort auf Portland Manor etwas galt. Doch dieser Mann hier behandelte sie weder mit Bewunderung noch mit dienender Demut. Hatte sie wirklich an seinem Vollbart Anstoß genommen? Nun, das hatte sich jedenfalls erledigt, und sie stand vor ganz neuen Schwierigkeiten. Sie beschloss, einen Versuch zu wagen, ihn in seine Schranken zu weisen.

„Ihr eigenmächtiges Verhalten ist nicht in meinem Sinne, Mr. Michaels. Ich wünsche, dass Sie Ihre Tätigkeiten mit mir abstimmen." Als sich an seinem gelangweilten Blick nichts änderte, setzte sie noch eins drauf: „Und lassen Sie gefälligst Ihre Finger von Summerwind. Dieses Pferd reite nur ich und sonst niemand. Ich hoffe, wir haben uns verstanden."

Mr. Michaels deutete eine Verbeugung an: „Sie sind also wieder in der Lage zu reiten? Das freut mich zu hören, Miss Porter. Wir haben Ihr Pferd jeden Tag in der Koppel im Kreis geführt ..."

„*Was* haben Sie getan? Ich wünsche, dass Sie mich fragen, bevor Sie mit Summerwind irgendetwas tun. Das Tier hat ein krankes Bein. Ich habe ausdrücklich befohlen, dass es geschont wird."

Je aufgeregter sie wurde, desto ruhiger wurden seine Antworten: „Ein Pferd gehört bewegt."

Elizabeth schnaubte unwillig. Natürlich gehörte ein Pferd bewegt, das wusste sie auch. Und auf einmal wurde ihr klar, wie unberechtigt ihr Ausbruch gewesen war. Wie brachte sie dieser Mann nur dazu, dass sie sich von ihrer schlechtesten Seite zeigte? Sie war doch sonst stets so besonnen. Noch nie hatte sich ihr Tonfall so befehlend, ja geradezu keifend angehört wie eben jetzt. Wie sollte sie sich jetzt am besten verhalten? Sollte sie sich etwa für ihr Benehmen entschuldigen? Sie wollte unbedingt etwas Versöhnliches sagen. Wie tat man das, ohne Schwäche zu zeigen? Sie musste ihm ein für alle Mal zu verstehen geben, dass *sie* die Herrin dieses Anwesens war. Doch wie wies man einen Mann in die Schranken, der einen um zwei Köpfe überragte? Und dessen Miene weiterhin höflich, jedoch alles andere als unterwürfig war? Sie bemühte sich um einen ruhigen Tonfall.

„Summerwind hat sich am rechten Vorderbein verletzt. Wenn Sie genau hingesehen hätten, dann hätten Sie das bemerkt. Es ist nur ein kleiner Kratzer, aber auch der kann böse Folgen haben."

„Es ist nicht der Kratzer, der dem Pferd zu schaffen macht."

Elizabeth hörte ihm nicht zu. „Mr. Simmons hat solche Wunden immer mit einer Paste aus Ringelblumen bestrichen. Ich habe Joseph angewiesen, diese Salbe zuzubereiten und aufzutragen. Anscheinend hat der Bursche meine Anweisung nicht befolgt."

Hier tat sie Joseph unrecht. Es war Mr. Michaels, der ihre Anweisung widerrufen hatte. Allerdings hielt er es für besser, ihr das nicht ins Gesicht zu sagen.

„Es ist nicht der Kratzer, der dem Pferd zu schaffen macht", wiederholte er daher ungerührt, „also hilft hier keine Paste."

Elizabeths Blick war skeptisch. Was war von einem Stallmeister zu halten, der kaum, dass er da war, schon alles besser wusste als sein Vorgänger? Ein Vorgänger noch dazu, der mindestens doppelt so alt gewesen war und ihm daher an Lebensweisheit und Erfahrung vieles voraushatte.

„Sehen Sie nur …" Behände sprang er über den Zaun und ging zu Summerwind hinüber, der friedlich in der Sonne graste. Er führte das Tier zu Elizabeth und hob das Vorderbein an. Ihr Protest kam umgehend. „Lassen Sie sofort das verletzte Bein los! Wollen Sie alles noch viel schlimmer machen?!"

Ihr Einwand ärgerte ihn, doch er tat, als habe er ihn nicht gehört. Was brachte es auch, mit einer unbeherrschten Frau zu diskutieren?

„Wenn ein Pferd lahmt, dann ist die Wurzel des Übels häufig an den Hufen zu suchen. Ich weiß nicht, ob es Sie interessiert …"

„Mich interessiert alles, was mit meinem Pferd zu tun hat!"

„Gut, dann sehen Sie genau her: Das Horn ist am Strahl schwarz und …", er zog die Nase kraus, „… riecht übel."

Elizabeth riss vor Schreck die Augen auf. „Sie haben recht! Wie konnte das nur geschehen? Haben Sie schon etwas dagegen unternommen?"

Ihre Frage war nichts als reine Besorgnis, er indes hörte nichts als einen Vorwurf und antwortete entsprechend kühl: „Selbstverständlich."

„Und was? Jetzt reden Sie doch!"

„Ich habe die Hufe abgeschabt und mit einer Zwiebellösung ausgewaschen, um sie zu reinigen. Ich habe John zu den Leuten geschickt, die die kleine Kapelle am Waldrand neu eindecken. Er soll etwas Teer mitbringen, mit dem ich den Huf bestreichen will. Die Wiese ist trocken …"

„Summerwind muss sofort in den Stall zurück!", befahl sie, „dort ist er geschützt …"

„Nein, das ist er nicht. Im Stall hat er sich diese Entzündung zugezogen, denn dieser ist seit Wochen nur mangelhaft gereinigt worden. Es tut den Pferden nicht gut, in Schlamm und Nässe zu stehen. Joseph ist eben dabei, ordentlich auszumisten und neues Stroh aufzuschütten."

„Sie haben ja anscheinend alles bestens im Griff!" Sie wusste selbst nicht, warum sie plötzlich so erbittert darüber war.

„Selbstverständlich!", sagte er, nicht weniger erbittert.

„Ich muss ins Haus. Mama erwartet mich zum Lunch!", war alles, was ihr in diesem Augenblick einfiel. Sie hätte sich auf die Zunge beißen können! Ohne ihm noch einmal ins Gesicht zu sehen, machte sie auf der Stelle kehrt, schürzte ihre Röcke und eilte, so schnell es ihr verletztes Bein zuließ, hoch erhobenen Hauptes zum Haus zurück.

9. Kapitel

Natürlich erwartete Mama sie nicht zum Lunch. Mylady war ausgefahren, um mit ihrer besten Freundin Einzelheiten für die geplante Einladung zu besprechen. So blieb Elizabeth nichts anderes übrig, als allein eine Kleinigkeit zu essen. Da ihre unternehmungslustige Mutter oft unterwegs war, war sie längst daran gewöhnt. Heute jedoch war alles irgendwie anders. Die Uhr auf dem Kaminsims tickte ungewöhnlich laut. Das Lamm in Kapernsauce schmeckte irgendwie fade. Und als sich auch noch eine fette Fleischfliege brummend auf ihrem Tellerrand niederließ, hatte sie endgültig genug. Sie ging in den Salon hinüber und sank auf das Sofa, das in den letzten Tagen ihr Krankenlager gewesen war. Keine wirklich gute Idee. Denn jetzt hatte sie erst recht Zeit zum Nachdenken. Sie konnte sich nicht daran erinnern, sich schon einmal so sehr über sich selbst geärgert zu haben. Außer vielleicht einmal, als sie zwölf Jahre alt gewesen war und mit Billy vor dem Haus Fangen gespielt hatte. Sie hatte ihr bestes Kleid angehabt, weil sie es Papa stolz hatte vorführen wollen. Und anstatt bewundernde Blicke einzusammeln, war sie mit beiden Füßen in einer riesigen Pfütze gelandet. Doch der Zorn von damals war nichts gegen den Zorn, den sie jetzt empfand. Die Tatsache, dass der Stallmeister mit allem, was er gesagt hatte, recht hatte, war kaum zu ertragen. Er musste sie für ein herrschsüchtiges, zänkisches Weib halten. Elizabeths Schultern strafften sich. Trotzig schob sie das Kinn vor. Na und? Was in aller Welt kümmerte es sie, welchen Eindruck er von ihr hatte? Keine Dame von Stand scherte sich um die Meinung eines Stallmeisters. Diener waren ungebildet, von niederer Herkunft und hatten froh zu sein, überhaupt in Dienst genommen zu werden. Nichtsdestotrotz ließ sich Mr. Michaels' spöttisches Lächeln nicht aus ihren Gedanken vertreiben. Sie glaubte nicht, dass er ungebildet war. Natürlich war er von niederer Herkunft, sonst wäre er kein Stallmeister geworden. Wäre es nicht zu lächerlich gewesen, einen Stallburschen elegant zu nennen, so hätte sein Reitstil dazu allen Anlass gegeben. Elizabeth stand auf und strich ihre Röcke glatt. Sie hatte sich unmöglich benommen und würde doch keine Ruhe finden, wenn sie sich nicht noch einmal mit Mr. Michaels unterhielt. Sie würde also in ihr Zimmer hinaufgehen, sich etwas Hübscheres anziehen und dann noch einmal hinaus zur Koppel gehen. Was hatte sie da eben gedacht? War sie von allen guten Geistern verlassen? Sie wollte doch nicht, dass ihr Stallmeister sie anziehend fand. Sie wollte, dass er erkannte, dass sie eine gerechte Herrin war, die kluge Entscheidungen traf. Die es zu schätzen wusste, wenn ein Diener vollen Einsatz für Portland Manor brachte. Vor dem goldgerahmten Spiegel neben der Zimmertür blieb sie stehen. Sie würde Mr. Michaels finden, stolz vor ihn hintreten, aufrecht und mit einem freundlichen Lächeln auf den Lippen. Sie würde sich bei ihm bedanken, dass er es in den wenigen Tagen, die er hier war, geschafft hatte, nicht nur die Gärten wieder in einen gepflegten Zustand zu versetzen, sondern auch mit Hirn und Sachverstand die Betreuung der Pferde zu übernehmen. Sie warf sich einen aufmunternden Blick zu und begann dann, wie von selbst, das Lächeln zu üben, mit dem sie Mr. Michaels entgegentreten wollte. Waren die nach oben gezogenen Mundwinkel zu freundlich? Vielleicht sollte sie eher huldvoll lächeln? Wie bitte lächelte man huldvoll? Wie stolz und erhaben? So dankbar sie Mr. Bishop auch war, ihr diesen Stallknecht vorbeigebracht zu haben, so kompliziert war seitdem ihr Leben geworden.

Als Elizabeth mit der Ankündigung, beim Lunch erwartet zu werden, ins Haus zurückgekehrt war, ergriff Frederick Dewary die Zügel, um Jupiter in den Stall zurückzubringen. Wenn alles seinem Befehl gemäß erfolgte, dann würde Joseph bereitstehen, um das Tier in Empfang zu nehmen und nach dem ausgiebigen Ritt ordnungsgemäß abzureiben. Der Major hegte keinen ernsthaften Zweifel, dass es so sein würde. Es war viel geschehen in den letzten drei Tagen, nur eines hatte sich nicht verändert. Seine Ansicht über Miss Porter. Stolz, aber auch amüsiert, gratulierte er sich zu seiner Menschenkenntnis. Er hatte die Dame vom ersten Anblick an richtig eingeschätzt. Um genau zu sein, er hatte schon gewusst, wie die Dame sein würde, bevor er sie überhaupt kannte. Eine Frau, die einen Landsitz wie diesen hier leitete! Die konnte doch gar nichts anderes sein als eine herrische alte Jungfer, die es gewohnt war, Befehle zu erteilen, und mochten diese noch so absurd sein. Es irritierte ihn jedoch, dass sie so gar nicht seinen Vorstellungen einer alten Jungfer entsprach. Solche Frauen hatten im Allgemeinen kein so hübsches, ebenmäßiges Gesicht und keine strahlend blauen Augen. Wie sehr sie doch Abigail ähnelte – blond, blauäugig und eiskalt. Aber noch während er dieses harte Urteil fällte, wusste er tief in seinem Inneren, dass er Miss Porter zu wenig kannte, um auszuschließen, dass er ihr vielleicht Unrecht tat.

Vor den Stallungen kam ihm Joseph bereits entgegen. „Ich bin schon da, wie Sie es gesagt haben, Mr. Michaels. Miss Porter hat Sie gesucht, Sir." Dewary übergab ihm die Zügel. „Wir haben bereits miteinander gesprochen."

Joseph sah ihn überrascht an. Diese Worte klangen wenig begeistert. Der Bursche hatte das Gefühl, seine Lady verteidigen zu müssen: „Sie ist eine gute Herrin, die Miss Porter, das muss man ehrlich sagen. Immer freundlich und gerecht. Habe noch nie eine Frau erlebt, die so tüchtig ist, finden Sie nicht auch, Sir?"

Der Eifer, mit dem er gesprochen hatte, erstaunte Dewary. Wie kam es, dass der Bursche eine so ganz andere Meinung von Miss Porter hatte als er?

„Wenn ich mit Jupiter fertig bin, darf ich dann zum Lunch, Mr. Michaels? Die Köchin wird in wenigen Minuten läuten, nehme ich an."

„Wenn du fertig bist, gehen wir gemeinsam in die Küche. Lass dir Zeit und erledige deine Arbeit gründlich."

Dewary nutzte die verbleibenden Minuten, um die beiden Kutschen näher in Augenschein zu nehmen. Die Druckfedern von Miss Elizabeths Phaeton sollten wieder einmal gereinigt und geölt werden. Und die große Reisekutsche musste dringend zum Schmied, wollte man nicht Gefahr laufen, bei der nächsten Ausfahrt das rechte hintere Rad zu verlieren.

Pünktlich zur Mittagsstunde beugte sich Lucy, die Magd, aus dem Küchenfenster und schwang die silberhelle Glocke, die alle Bediensteten zur Mahlzeit rief. Wie auf Kommando ließ Joseph das Büschel Stroh fallen. „Fertig, Sir! Können wir gehen?"

Dewary musste lächeln. Dass der Bursche ein Auge auf das Mädchen aus der Küche geworfen hatte, war ihm in den letzten Tagen schon aufgefallen. Da trieb ihn jetzt wohl nicht nur der Hunger ins Haus. In dem Moment näherte sich Jacob über den Hof, er trug einen schweren Korb mit Brennholz. „Alles kleingehackt, Mr. Michaels. Hinter dem Haus steht noch so ein großer Korb. War ein schönes Stück Arbeit."

Dewary klopfte ihm anerkennend auf die Schultern. „Gut gemacht. Schnell noch die Hände gewaschen und dann ab an den Mittagstisch."

Auch John näherte sich im Laufschritt. „Ich habe etwas Teer in einem Blecheimer mitgebracht und zur Koppel gestellt, Mr. Michaels! Jetzt müssen wir bloß noch Feuer machen und das Ganze erhitzen."

Zu viert traten sie an die Pferdetränke und wuschen sich die Hände unter eiskaltem Wasser. Natürlich konnte es Jacob, der Jüngste, nicht lassen, die anderen Burschen nass zu spritzen. Lachend überquerten sie den Hof, Dewary mit einigen Schritten Abstand hinter ihnen. Die drei waren gute Burschen, wenn man ihnen zeigte, wo es langging. Er würde kein schlechtes Gewissen haben müssen, wenn er seine Arbeitsstelle wieder verließ. John war bald soweit, die Leitung im Stall zu übernehmen.

Die Köchin, Mrs. Gelderway, trat ans Fenster und beobachtete, wie sich die gut gelaunte Gruppe dem Haus näherte. Zufrieden wischte sie ihre Hände an ihrer Schürze ab. Mit der Auswahl dieses Stallmeisters hatte Miss Elizabeth wahrlich ein gutes Händchen bewiesen. Die Männer traten in die Küche. Dewary musste sich vorneigen, um sich nicht den Kopf am Türstock anzuschlagen. Man hatte ihm am ersten Abend den Platz neben der Köchin zugewiesen, doch heute hielt sie ihren Stuhl am Kopfende für ihn bereit. „Übernehmen Sie doch den Vorsitz, Mr. Michaels. Dieser Platz gebührt dem obersten Diener im Haus. Und das sind jetzt Sie. Wir freuen uns, Sie bei uns zu haben."

Zustimmendes Gemurmel begleitete ihre Worte. Dewary bedankte sich gerührt. Mit einer so ehrlich dargebrachten Freundlichkeit war er noch nie in einer Runde willkommen geheißen worden. Und so präsidierte er der Tafel, die Köchin zu seiner Rechten, die Haushälterin zu seiner Linken. Welch ungewöhnliche Gesellschaft! Irgendjemand hatte ihm einmal erzählt, dass die Regeln, die in der Dienerschaft galten, noch strenger waren als die der adeligen Gesellschaft. Er hatte dem keinen Glauben geschenkt. Hier jedoch wurde er eines Besseren belehrt. So freundschaftlich und locker der Umgangston während der Arbeit auch sein mochte, bei Tisch waren die Sitten streng.

„Wollen Sie das Tischgebet sprechen, Mr. Michaels?",

erkundigte sich die Köchin, die diese Aufgabe in den letzten Tagen versehen hatte.

Ein Tischgebet? Er wusste kein Tischgebet. Wann hatte er das letzte Mal eines gesprochen? Nicht mehr, seit er dem Schulzimmer und damit der strengen Aufsicht seiner Nanny entkommen war.

„Es wäre mir eine Freude, wenn Sie dies weiterhin übernehmen würden, Mrs. Gelderway."

Die Haushälterin lächelte ihm wohlwollend zu. Alle falteten die Hände. „Bless, O Lord, this food to our use and us to thy loving service; and keep us ever mindful of the needs of others", betete die Köchin. „Amen", antwortete die Runde.

Dann servierte Lucy das Essen. Mr. Michaels wurde die Ehre zuteil, das Brot in Stücke zu brechen, bevor es an alle verteilt wurde. Was auch immer er Miss Porter vorwerfen mochte, geizig war sie nicht. Keiner musste vom Tisch aufstehen, ohne sich ausreichend satt gegessen zu haben. Hätte man Frederick Dewary jemals prophezeit, dass er sich im Kreise völlig fremder Menschen, die ihm weder an Bildung noch vom Rang im Geringsten das Wasser reichen konnten, so wohlfühlen würde, er hätte dies ins Reich der Fantasie verwiesen. Dennoch, es bestand kein Zweifel: Er fühlte sich tatsächlich wohl. Er kam sich vor wie das Oberhaupt einer großen Familie. Er konnte geradezu vor sich sehen, wie er am Kopfende des großen Eichentisches auf Digmore Park saß, neben sich seine geliebte Gemahlin, die dunklen Locken aufgesteckt, daneben Freunde und Verwandte. Sobald seine Kinder einmal das Kleinkindalter hinter sich gebracht hätten, würde er ihnen erlauben, mit am Tisch zu sitzen. Alles würde so wie früher sein, als Mama noch lebte. Damals hatten sie sich jeden Abend zu den Mahlzeiten versammelt. Vater hatte den Vorsitz innegehabt, viel jünger und kraftvoller als heute. Rechts von ihm hatte Mama gesessen, stets dazu aufgelegt, die Gesellschaft mit heiteren Anekdoten zu amüsieren, und zu seiner Linken seine Schwester Irene. Oft war Tante Barbara zu Besuch gewesen, die Schwester seines Vaters. Sie war seine Lieblingstante, und er hatte sich immer gefreut, sie zu sehen. Besonders, wenn sie allein kam, ohne Onkel Edward. Ihren verstorbenen Mann hatte er nie leiden können. Und als dieser mit zunehmendem Alter immer mehr der Trunksucht verfiel und wegen jeder Kleinigkeit dermaßen in Rage geriet, dass er seine Frau verprügelte, da hatte er ihn nachgerade gehasst. Eines Abends hatte der Onkel mit Freunden ordentlich dem Wein zugesprochen und dann seine Kutsche auf der schneeglatten Straße eigenhändig nach Hause lenken wollen. Dabei verfehlten die zu viel zu schnellem Galopp angetriebenen Pferde die Brücke, und die Kutsche stürzte in das eiskalte Wasser des Flusses. Wenn es Anlass zur Trauer gab, dann nur deshalb, weil auch die beiden Pferde auf diese Weise ums Leben gekommen waren. Tante Barbara war nach dem Tod ihres Mannes zu ihrem Bruder nach Digmore Park übersiedelt und ihrer Anwesenheit war es wohl zu verdanken, dass sein Vater nach dem Tod seiner geliebten Frau, nur kurze Zeit später, nicht den Lebensmut verlor. Das Einzige, was Dewary an Tante Barbara nicht mochte, war ihr Sohn, sein Cousin Edward. Ein aufgeblasener, herrischer Mann, der in seinem Temperament viel mehr seinem Vater glich als seiner sanftmütigen Mutter. Zum Glück kam Edward sehr selten nach Digmore Park. Wenn er jedoch kam, dann ging er mit stolzgeschwellter Brust durch sämtliche Räume. Anscheinend fühlte er sich bereits als der neue Hausherr, der er auch sein würde, wenn er, Dewary, kinderlos starb. Was er, Dewary, zu verhindern wissen würde.

„Mr. Michaels, stimmt etwas nicht mit dem Yorkshire Pudding?"

Mrs. Gelderways besorgte Frage ließ ihn aus seinen Gedanken auffahren. Jetzt hatte er doch für einen Moment völlig vergessen, wo er war. Und in Gedanken an seinen

Vetter verbissen an einem Stück Brandteig herumgekaut. Schnell schenkte er der Köchin sein charmantestes Lächeln. „Es ist alles wunderbar, Mrs. Gelderway. Danke für dieses herrliche Essen."

Eine halbe Stunde später stand Dewary wieder an der Koppel. Er lehnte sich an den groben Holzzaun und sah zu den Pferden hinüber. Ein kleines Lächeln trat auf seine Lippen. Gab es etwas Schöneres, als diesen edlen Tieren beim Grasen und Spielen zuzusehen? Gab es etwas Schöneres, als an diesem strahlenden Junitag in England zu sein, unter heimischem Himmel? Nach der von der Sonne verbrannten spanischen Erde genoss er das saftige Grün der Wiesen. In seiner Jugend hatte er weder die blühenden Hecken noch die dichten Wälder seiner Heimat jemals bewusst wahrgenommen. Früher war alles eine Selbstverständlichkeit gewesen. Mit einem Schlag erfüllte ihn ein tiefes Gefühl von Freude. Es war seit Langem überfällig gewesen, seinen Abschied von der Armee zu nehmen. Der Schmerz und der verletzte Stolz über Abigails Abfuhr hatten sich längst in ungläubiges Kopfschütteln darüber verwandelt, wie er je so vernarrt in die völlig falsche Frau hatte sein können. Er sehnte sich nach Digmore Park. Noch lebte sein Vater, es war höchste Zeit, nach Hause zurückzukehren. Zudem war es seine Pflicht als zukünftiger Hausherr, dort nach dem Rechten zu sehen. Wenn es ihm schon so viel Freude bereitete, hier auf dem völlig fremden Anwesen einer völlig fremden Familie Porter die Dinge wieder in Ordnung zu bringen, wie viel mehr Glück und Befriedigung würde es erst bedeuten, dies auf seinem eigenen Grund und Boden zu tun? Er würde sein Haus in der Half Moon Street wieder aufsperren lassen, um die Saison in der Hauptstadt zu verbringen. Es war höchste Zeit, dass er sich wieder einmal in seinem Club blicken ließ! Wie mochte es wohl all den Bekannten ergangen sein in den letzten Jahren? Mit einem Mal verloren die Schwierigkeiten, die vor ihm lagen, an Gewicht und Wichtigkeit. Er hatte sich nichts vorzuwerfen, also würde es ein Leichtes sein, den anderen seine Unschuld zu beweisen! Am liebsten hätte er laut aufgejubelt. Er fühlte sich so jung, so unbeschwert. Auch wenn er derzeit noch auf Portland Manor weilte, in seinem Herzen war Major Dewary nach Hause zurückgekehrt.

Unterdessen hatte Joseph Elizabeth verraten, wo sie den Stallmeister finden würde. Sie bog um die Ecke und sah seine großgewachsene Gestalt auch schon an der Koppel stehen. Als sie näher kam, bemerkte sie, dass er lachte. Er wirkte entspannt und gelöst und … unglaublich anziehend. Kurz verschlug es ihr den Atem. Hatte sie jemals einen so gutaussehenden Mann gesehen? Keiner der eleganten Herren in den Ballsälen von Winchesters vornehmsten Familien konnte mit ihm mithalten. Linworth konnte sich von seinem Auftreten eine gute Scheibe abschneiden! Elizabeth verharrte einen Moment und schalt sich für ihre Gedanken. War sie verrückt geworden? Vor ihr stand ihr Stallmeister, keineswegs konnte sie einen Dienstboten anziehend finden! Sie war seine Herrin, er ihr Diener, verpflichtet, ihr zu gehorchen. Sie sah zu dem großen Mann beim Holzzaun hinüber und wusste, wie lächerlich dieser Gedanke war. Dieser Mann gehorchte niemandem außer seinen eigenen Gesetzen. Und das machte ihn so begehrenswert. Ihr Herz klopfte bis zum Hals. Es war unglaublich, sie wagte nicht einmal, es vor sich selbst zuzugeben: Doch sie hatte sich Hals über Kopf in Freddy Michaels verliebt. Clara würde es ihr nie im Leben glauben, wenn sie ihr davon erzählte. Nein, sie würde es ihr niemals erzählen. Eine derartige Ungeheuerlichkeit konnte man nicht einmal der besten Freundin anvertrauen!

10. Kapitel

In diesem Augenblick drehte sich Dewary zu ihr um, und das Lächeln verschwand schlagartig von seinen Lippen. Wie lange beobachtete sie ihn schon, und was versprach sie sich davon? Spionierte sie ihm nach? Wollte sie sich vergewissern, dass er Summerwind nicht gegen ihren ausdrücklichen Willen sattelte und mit ihm über die Felder galoppierte? Wenn sie ihn schon für einen derart verantwortungslosen Idioten hielt, warum hatte sie dann nichts Besseres zu tun, als hier zu stehen und ihn von Weitem anzustarren? Er erinnerte sich an seine Stellung, deutete eine Verbeugung an und sagte nicht übermäßig freundlich: „Ihr Diener, Miss Porter. Wieder einmal."

Hatte Elizabeth wirklich gedacht, sie könne diesem Mann mit einem einstudierten huldvollen Lächeln entgegentreten? Die unerwartete Schüchternheit, die sie anlässlich ihrer Erkenntnis erfasste, ließ ihre Stimme leiser und unsicherer erscheinen, als sie sich das gewünscht hätte.

„Lassen Sie sich von mir nicht stören, Mr. Michaels. Ich wollte nur nach Summerwind sehen. Sein Bein macht mir ernsthaften Kummer."

Sie war näher gekommen und hatte sich nun ebenfalls zum Zaun gestellt, mit gebührendem Abstand, selbstverständlich. Seine Nähe trug nicht eben dazu bei, dass sie ihre Selbstsicherheit zurückgewann. Dewary sah ihr unsicheres Lächeln und hörte den weichen Tonfall in ihrer Stimme. Erstaunt hob er die rechte Augenbraue. Was war denn mit Miss Porter geschehen? Die einzige Erklärung für ihr Verhalten war, dass sie sich ernstlich um ihr Pferd sorgte, ein Umstand, der sie in seiner Achtung ein Stück steigen ließ.

Nicht allzu viel, doch immerhin so viel, dass er ihr von seinem Plan erzählte, den Huf mit einem Umschlag aus frisch aufgeschnittenen Zwiebeln zu behandeln. Das würde dem Pferd zwar Schmerzen bereiten, die Wunde aber auch viel besser reinigen als die Zwiebellösung.

Elizabeth sah ihn mit großen Augen an. „Es ist erstaunlich, was Sie alles wissen, Mr. Michaels." Sie wunderte sich selbst darüber, dass sie keinen Zweifel daran hatte, dass er wusste, wovon er sprach. Nicht einmal Mr. Simmons hatte ihr unumschränktes Vertrauen gehabt, wenn es um ihr geliebtes Pferd ging. Wie war es Mr. Bishop bloß gelungen, Mr. Michaels über Nacht aus dem Hut zu zaubern? Eben hatte sie ihn noch nach einem Stallmeister gefragt, schon brachte er ihr einen Mann mit so vielen Talenten und Fähigkeiten.

„In Dig…, dort, wo ich aufgewachsen bin, gab es einen alten Mann. Alle nannten ihn ‚den Weisen'", begann Dewary zu erzählen. Seine Stimme hatte den Unterton verloren, mit dem er Elizabeth bisher begegnet war. „Er wusste auf alle Fragen des Lebens die passende Antwort, vor allem in familiären Angelegenheiten, doch er kannte sich auch mit Pflanzen und Tieren aus. Ich war leider erst zwölf, als er starb. Er hat mir so manches beigebracht, was sich in meinem Leben als äußerst hilfreich erweisen sollte."

Dass es sich bei diesem weisen alten Mann um seinen Großvater, den Earl of Digmore, gehandelt hatte, verschwieg er wohlweislich.

„Und er hat Ihnen auch beigebracht, wie man Pferde heilt?"

Diese Frage konnte Dewary nicht mit einem klaren Ja beantworten: „Natürlich gibt es Verletzungen und Krankheiten, die niemand heilen kann. Doch der Weise hat mich gelehrt, die Tiere genau zu beobachten. Er hat mir gezeigt, worauf ich mein Augenmerk zu legen habe. Und er hat mir

Heilmittel verraten, die von Generation zu Generation in seiner Familie weitergegeben worden sind."

Er dachte an all die Schlachten zurück, aus denen die Pferde erschöpft und verletzt in die Lager zurückgekommen waren. Sobald sich seine Künste herumgesprochen hatten, war Major Dewary ein gefragter Ratgeber gewesen. Denn ein gesundes Pferd war im Kampf genauso wichtig wie ein gesunder Soldat.

Elizabeth fasste sich ein Herz. „Ich habe Ihnen noch nicht für all das gedankt, was Sie bereits auf Portland Manor getan haben, Mr. Michaels. Nicht nur für Summerwind! Der Vorplatz wirkt gleich viel einladender, und auch den Rosen hat Ihre ordnende Hand gutgetan."

Nie hätte er gedacht, dass ihr das alles aufgefallen war, und ihre Dankbarkeit überraschte ihn. „Nicht der Rede wert, Miss Porter, das gehört zu meinen Aufgaben."

Gern hätte sie ihn gefragt, wo er gelernt hatte, sich so gewählt auszudrücken, doch sie hatte Scheu, ihn nach seiner Vergangenheit zu fragen. Mr. Michaels schien ein Mann zu sein, der nicht gern viel von sich preisgab. Der klare Grenzen setzte, die zu überschreiten ihr nicht schicklich erschien. Also wandte sie sich lieber wieder einem unverfänglichen Thema zu, den Pferden, die sich in den Schatten der hohen Haselnussbüsche zurückgezogen hatten und dort im stillen Einvernehmen grasten.

„Mein Bruder hat vor, die vier Grauen zu verkaufen. Er meint, sie würden gutes Geld einbringen. Mir wäre es lieber, sie zu behalten, sie sind ein Andenken an meinen verstorbenen Vater."

Erschrocken hielt sie inne. Wie kam sie dazu, ihn, einen völlig Fremden, mit Familienangelegenheiten zu behelligen? Streitigkeiten unter Geschwistern gingen niemanden etwas an, schon gar nicht einen Diener. Major Dewary hob die Augenbrauen und sagte mit ehrlicher Überraschung: „Das sind wirklich noch dieselben Grauen? Lord Portlands berühmtes Gespann, mit dem er damals das Rennen London-Bath gewonnen hat? Kaum zu glauben!"

„Sie haben davon gehört?" Nun war es an Elizabeth, erstaunt zu sein. „Wie haben Sie davon erfahren?"

„Ich bin …", dabei gewesen, hatte er sagen wollen.

„… von … von Mr. McPherson darüber ins Bild gesetzt worden", beendete er den Satz, froh, noch die Kurve bekommen zu haben. Er musste aufpassen, was er sagte! Wieder einmal hatte er für einen Moment völlig vergessen, welche Rolle er zu spielen hatte. Elizabeth gab sich mit seiner Antwort zufrieden. Auch wenn es ihr etwas ungewöhnlich erschien, so hatte sie in Wahrheit nicht die geringste Ahnung, worüber vornehme Herren mit ihren Stallmeistern sprachen.

„Ich hätte nicht gedacht, dass das die berühmten Grauen sind. Mir erscheinen die Tiere etwas unbeweglich und auch übergewichtig."

Elizabeth musste ihm schweren Herzens zustimmen. „Das kommt davon, dass sie jetzt viel zu selten vor der Kutsche gehen. Zum Glück überschätzt Billy sich nicht derart, dass er glaubt, ein Vierergespann lenken zu können."

Abermals hätte sie sich am liebsten die Hand auf den vorwitzigen Mund geschlagen: Wie kam sie nur dazu, ihrem Stallmeister über die mangelnden Fahrkünste ihres Bruders Auskunft zu geben? Der jedoch schien nicht den geringsten Anstoß daran zu nehmen.

„Außerdem ist Billy die meiste Zeit in Eton", setzte sie rasch hinzu, „Mr. Simmons, der Stallmeister, ich meine, der alte Stallmeister, Ihr Vorgänger, war der Letzte, der die Pferde im Gespann lenken konnte. John schafft es mehr schlecht als recht. Um ehrlich zu sein, auf Portland Manor ist niemand mehr in der Lage, sie fachmännisch zu kutschieren …"

„Niemand mehr, das würde ich so nicht sagen", widersprach Mr. Michaels.

„Richtig, wie dumm von mir! Sicher können Sie so ein Gespann ohne jede Mühe lenken."

Dewary traute seine Augen nicht. In dem Blick, den ihm Miss Porter zugeworfen hatte, war ohne Zweifel Bewunderung zu lesen! Diese Frau war ihm ein Rätsel. Vielleicht hatte er sich aber auch geirrt. Sie hatte sich bereits wieder abgewandt und schien sich voll und ganz den Pferden zu widmen.

In Wirklichkeit nahm Elizabeth die Pferde auf der Weide gar nicht richtig wahr. Dafür erfreute sie sich an dem Bild vor ihrem geistigen Auge. Wie ihr Stallmeister aufrecht auf dem Kutschbock saß und die vier Grauen mit lässiger, aber doch fester Hand durch die Alleen der Grafschaft lenkte. Zu schade, dass sie in nächster Zeit nicht verreiste. Es wäre ein Vergnügen gewesen, neben ihm auf dem Kutschbock zu sitzen und seine Fertigkeiten hautnah mitzuerleben! Jetzt hielt sie es aber doch für angebracht, ihrer Euphorie einen Dämpfer zu verpassen. Nicht einmal ihre abenteuerlustige Mama würde gestatten, dass sie auf dem Kutschbock Platz nahm. Auf Reisen war der Platz einer Lady natürlich im Inneren der Kutsche.

„Hat Ihr Bruder schon einen Käufer im Auge?"

Elizabeth fuhr aus ihren Gedanken auf. „Er hofft, diesen im Haus von Lord Willowby zu finden. Billy und Lord Linworth weilen derzeit auf dessen Landsitz. Wildrose Manor liegt knappe zwei Stunden schnellen Ritts von hier entfernt im Norden der Stadt. Ich erwarte die beiden morgen zurück. Dann werde ich Näheres erfahren."

Es war Dewary schwergefallen, ihre Worte nicht mit der fassungslosen Frage zu unterbrechen: „Linworth kommt hierher?!"

Er konnte nur hoffen, dass sein Erstaunen, ja seine Erschütterung, nicht allzu offensichtlich gewesen war. Was um alles in der Welt trieb den schönen Lord Linworth in diese abgeschiedene Gegend? Ihn, einen der verwöhntesten und dünkelhaftesten Dandys, die er kannte? Und was, um alles in der Welt, trieb ihn dazu, mit seinen nun sicher auch schon neunundzwanzig Jahren die Freundschaft eines Siebzehnjährigen zu suchen?

„Sie kennen Seine Lordschaft?"

Rasch schüttelte Dewary den Kopf. „Nein, selbstverständlich nicht!"

Das war gelogen. Linworth war wie er Mitglied bei „Whites", dem angesehensten Londoner Club für Adelige. Es bestand keine Hoffnung: Der unselige Dandy würde ihn mit Sicherheit erkennen! Das war das Letzte, was er im Augenblick gebrauchen konnte. Linworth war ein altes Klatschweib. Ehe er es sich versah, wusste das ganze Land, dass Major Dewary wieder auf der Insel war und sich als Stallmeister verdingte, um der gerechten Strafe zu entgehen. Diese Gefahr ließ ihm geradezu die Haare zu Berge stehen.

„Wie lange planen die beiden Herren hierzubleiben?", erkundigte er sich etwas atemlos. Elizabeth war erstaunt, dass er sich dafür interessierte. „Leider nur mehr ein, zwei Tage, dann werden sie bei Lord Linworths Tante erwartet."

Dewary verzog spöttisch die Lippen und dachte: Aha, daher weht der Wind. Linworth war wieder einmal auf der Suche nach einem Erbe, das es zu erschleichen galt. Als er vor ein paar Jahren völlig unerwartet das Vermögen seines Onkels geerbt hatte, hatte die Londoner Gesellschaft damit gerechnet, dass er für den Rest seines Lebens ausgesorgt hatte. Doch die Londoner Gesellschaft hatte sich anscheinend geirrt. So unmoralisch Linworths Verhalten seiner Tante gegenüber auch sein mochte, ihm konnte es nur recht sein, wenn die beiden Herren rasch wieder abreisten. Ein, zwei Tage würde er sich schon vom Herrenhaus fernhalten können.

Die nächsten Minuten standen sie schweigend an der Koppel und beobachteten die Pferde. Diesen schien der unerwartete Auslauf gut zu bekommen. Mr. Simmons hatte stets darauf bestanden, dass die Kutschpferde im Stall blieben, wenn sie nicht vor den Wagen gespannt waren.

„Es ist nicht gut, ihnen zu viel Freiraum zu lassen, Miss Elizabeth", hatte er ihr erklärt, „Kutschpferde brauchen Disziplin und Ordnung, um nicht zu verwildern."

Mr. Michaels schien anderer Meinung zu sein, und wenn sie die Tiere jetzt so sah, dann konnte sie ihm nur recht geben. Einer der Grauen kam zu ihr herüber und stupste sie sanft in den rechten Oberarm.

Elizabeth lächelte. „Ich habe nichts mit für dich, mein Lieber. Ich werde mir wirklich angewöhnen, Möhren oder Äpfel mitzubringen, wenn ich das nächste Mal hierherkomme."

Sie lächelte zu ihrem Stallmeister hinüber, und dieser lächelte wider Willen zurück. Miss Portland zeigte sich diesmal von einer so weiblichen, ja geradezu weichen Seite, die er ihr gar nicht zugetraut hatte. Sein Lächeln war zu viel für Elizabeth. Jäh wurde ihr die Unschicklichkeit der Situation bewusst. Er war ein Mann um die dreißig, sie eine junge Frau knapp über zwanzig. Beide waren sie im heiratsfähigen Alter, beide waren sie unverheiratet. Die strengen Patronessen des „Almacks Clubs" in London hätten wohl vor Entrüstung die Hände über ihren wohlfrisierten Köpfen zusammengeschlagen, hätten sie dieses ungehörige Treiben hier beobachtet. Und mit ihnen all die anderen feinen Ladys der Gesellschaft. Wäre Mr. Michaels ein Adeliger, wäre es ausgeschlossen gewesen, dass sie sich so ungeniert unterhielten, ohne Begleitung einer älteren Dame oder zumindest ihrer Kammerzofe Molly. Ihr Ruf hätte unheilbaren Schaden erlitten. Andererseits, Mr. Michaels war kein Adeliger. Er war ein Diener, noch dazu ein Mitglied ihrer eigenen Dienerschaft. Im Umgang mit

Personal galten die strengen Moralgesetze nicht. Die Verbindung zwischen einer Lady und einem Stallmeister war ohnehin ein Ding der Unmöglichkeit. Also war es vielleicht doch nicht verwerflich, dass sie hier mit ihm stand und die Unterhaltung genoss …

Dewary war weit davon entfernt, ihre Gedanken zu erraten. Er blickte zu den Grauen hinüber. Verständlich, dass Miss Porter nicht wollte, dass sie in fremde Hände kamen. Er würde abwarten, welchen Käufer der junge Lord Portland aufgetrieben hatte, bevor er sich endgültig entschied. Doch er hatte nicht übel Lust, die Tiere für seine eigenen Stallungen zu erwerben. Papas Vierergespann war in ebensolchen Ehren gealtert wie er selbst. Es war höchste Zeit, sich ein neues Gespann zuzulegen. Diese vier Grauen würden, wenn man sie in Form hielt, noch lange Zeit gute Dienste tun.

11. Kapitel

Der Abend brachte für Elizabeth eine höchst amüsante Unterhaltung mit Mama. Mylady war bester Laune von ihren Freundinnen zurückgekehrt. Lady Marvel kannte einen neuen Konditor in der Stadt.

„Er ist ein Franzose, der sein Handwerk in Paris gelernt hat, ein ‚Patissier', wie man diese Leute dortzulande wohl nennt." Das Wort „Patissier" wurde von einer schwungvollen Handbewegung begleitet. „Stell dir vor, Elizabeth, man sagt, er habe Torten für den französischen König gebacken. Du weißt, diesen armen Mann, den sie später auf dem Scheiterhaufen verbrannt haben. Sie sind schon ein barbarisches Volk, diese Franzosen!"

„Soviel ich weiß, wurde der König geköpft", warf ihre belesene Tochter ein. Ihre Mutter sah sie mit großen Augen an. „Findest du das etwa weniger barbarisch?"

Elizabeth musste wider Willen lachen. Natürlich war es schlimm, was mit Louis XVI. geschehen war. Und noch viel schlimmer waren die Auswirkungen der Französischen Revolution auf den Kontinent, ja und natürlich auch auf England. Schließlich befand man sich im Krieg gegen die Franzosen. Und dennoch, so wie Mama sich ausdrückte, klang es amüsant. Obendrein war es ein seltsames Thema für ein Gespräch zwischen Mutter und Tochter.

„Jedenfalls musste der arme Kerl fliehen, der Bäcker, nicht der König. Der wäre wohl auch gerne geflohen, nehme ich an …"

„… er hat es versucht, es ist ihm nicht gelungen."

„Eben. Aber dem Konditor ist es gelungen. Zum Glück.

Und darum wird er uns zu unserem Ball die köstlichsten Süßigkeiten zaubern."

„Ball? Wir veranstalten einen Ball? Ich dachte, du denkst an eine kleine Einladung?"

„Seit heute Nachmittag denke ich an einen Ball! Es hat sich wieder einmal bewiesen, wie wichtig gute Freundinnen im Leben sind! Es waren so unterhaltsame Stunden! Wenn du wüsstest, welch grandiose Ideen uns gekommen sind! Mary Ann kennt eine ganz bezaubernde französische Sängerin. Die soll eine Stimme wie eine Nachtigall haben."

„Und diese Sängerin wird auch bei unserem … Ball … auftreten?"

Mylady nickte. „Selbstverständlich wird sie das. Stell dir nur das Aufsehen vor, das wir damit verursachen werden! Begleitet wird sie von dem kleinen Kammerorchester, das vorgestern bei Lady Jenner aufspielte. Es war wirklich schade, dass du nicht dabei sein konntest, Elizabeth. Was mich daran erinnert: Wie geht es deinem Bein, meine Liebe? Irre ich mich, oder bist du schon wieder recht gut zu Fuß?"

Elizabeth wusste nur zu gut, dass ihre Mutter von Schwierigkeiten eigentlich nichts hören wollte. Sie war eine liebe, eine fürsorgliche Mutter. Doch die größte Freude konnten ihr ihre Kinder immer machen, wenn sie sie mit unerfreulichen Nachrichten verschonten. Also lächelte sie tapfer.

„Es geht wirklich schon viel besser, Mama. Noch ein paar Tage, und ich habe vergessen, dass ich überhaupt Schmerzen hatte."

Mylady legte ihr die Hand auf den Unterarm. „Das freut mich für dich, Lizzy."

Sie drehte sich zu Jeremy, dem Hausdiener, um. „Sie können abservieren, Matthew."

Matthew war Jeremys Vorgänger gewesen. Er hatte Portland Manor vor vier Monaten verlassen, um den Bauernhof seines Onkels zu übernehmen. Elizabeth hatte es in der Zwischenzeit längst aufgegeben, ihre Mutter zu verbessern, wenn sie ihn mit Matthew ansprach. Und der Bursche selbst hatte sich anscheinend an den Namen gewöhnt und tat, wie ihm geheißen. Als er den Raum verlassen hatte, wechselten Mutter und Tochter in den Salon. Elizabeth nahm auf ihrem Sofa Platz. Wie jeden Abend stand ein Glas warmer Milch für sie bereit. Mama schenkte sich selbst ein Glas Sherry ein und setze sich zu ihr. Dabei ließ sie, wie nebenbei, mit bewusst harmlosem Tonfall, eine Frage fallen.

„Clara sagt, Mr. Bavis habe um deine Hand angehalten?"

Elizabeth verschluckte sich fast an ihrer Milch.

„Du hast Clara getroffen?"

„Ja", sagte Mama freundlich, „hatte ich das noch nicht erwähnt? Sie verließ eben den Salon der Schneiderin, als ich daran vorbeifuhr. Ich war auf dem Weg zur Patisserie und dachte, es sei eine gute Idee, Clara dorthin mitzunehmen. Deine Freundin hat einen exzellenten Geschmack."

... und eine lockere Zunge, wie mir scheint!, setzte Elizabeth in Gedanken dazu. Sicher hatte Mama Clara nicht nur wegen ihres Geschmacks mitgenommen. Wahrscheinlich war da auch eine Spur Neugier dabei gewesen.

„Was genau hat dir Clara erzählt?"

Es war nicht klug gewesen, ihrer Mutter nichts von Mr. Bavis' Absichten zu erzählen. Dabei hatte sie nur verhindern wollen, dass sich Mama falsche Hoffnungen machte. Welche Mutter wollte ihre Tochter nicht unter der Haube wissen? Noch dazu, wenn sie bereits über zweiundzwanzig Jahre alt war und sich weit und breit kein passenderer Verehrer zeigte. Andererseits hatten Mama und sie ein besonders gutes Verhältnis zueinander. Sie wollte keinesfalls, dass sie dachte, sie hätte zu wenig Vertrauen zu ihr, um ihr eine wichtige Neuigkeit mitzuteilen. Für sie selbst war die Neuigkeit nämlich gar nicht so wichtig gewesen. Für Mama aber anscheinend schon.

„Wie ich schon sagte: Clara meinte, Mr. Bavis habe um deine Hand angehalten und du hättest seinen Antrag abgelehnt! Ist da etwas Wahres dran, Elizabeth?"

„Und wenn etwas Wahres dran wäre?", erkundigte sich ihre Tochter vage. Hoffentlich war Mama nicht ernsthaft böse.

Ihre Ladyschaft lachte. „Ich würde sagen, du hast richtig gehandelt, meine Liebe. Auch wenn ich es natürlich vorgezogen hätte, das von dir persönlich zu erfahren!"

„Ich habe richtig gehandelt?" Sie hatte sich doch nicht verhört?

„Aber gewiss! Wie kommt dieser dahergelaufene Mr. Bavis dazu, zu glauben, er sei gut genug für dich? Dieser aufgeblasene kleine Landadelige!"

„Mama! Wenn ich gewusst hätte, dass du ihn auch nicht leiden kannst ..."

„Ihn nicht leiden können?", fuhr Mylady auf. „Es ist nicht so, dass ich ihn nicht *leiden* kann. Nein, er ist einfach ein Mann, dem ich keinerlei Beachtung schenke!" Sie schnippte mit dem Zeigefinger über den Ärmel ihres Seidenkleides. „Pff, so viel ist er mir wert!"

Elizabeth lachte. „Mama, deine Arroganz ist manchmal unmöglich!"

Mylady stimmte in ihr Lachen ein. „Ja, nicht wahr?", sagte sie vergnügt.

„Wenn Mr. Bavis nicht mehr Beachtung verdient als ein Staubkorn, dann ist das aber doch ein Zeichen dafür, dass du ihn nicht magst." Diesen Einwand konnte sich ihre Tochter nicht verkneifen.

„Das ist ein Zeichen dafür, dass ich seine Mutter nicht mag", korrigierte Mylady. „Mabel Bavis ist die langweiligste Person, die ich kenne. Nie und nimmer verdient ihr Sohn eine Frau wie dich!"

„Wer verdient mich dann?“

„Ein Earl! Mindestens!“, rief Mylady aus.

Elizabeth hielt die Luft an und schüttelte dann den Kopf über so viel Überschwang. „Ja, warum nicht, Mama? Und dabei kennen wir nicht einen einzigen Earl persönlich, nicht wahr?“

Ihre Ladyschaft schien den leicht spöttischen Unterton in den Worten ihrer Tochter überhört zu haben. „Ich hatte einmal eine Freundin, die einen Earl geheiratet hat“, sagte sie schließlich, „Catherine Dashwood aus Tunbridge Wells. Sie war das schönste Mädchen in London, als wir gemeinsam unseren Knicks vor der Königin machten. Während der gesamten Saison waren wir unzertrennlich.“

„Von dieser Dame hast du noch nie etwas erzählt, Mama. Was ist aus ihr geworden? Wurde sie glücklich in der Ehe mit dem Earl?“

Für einen Augenblick verdunkelte sich Myladys Miene. „Es entzieht sich leider meiner Kenntnis, mein Kind.“

Viel später, als Elizabeth längst im Bett lag, musste sie immer noch über die Unterhaltung mit Mama lächeln. Sie selbst hatte eher die Bodenständigkeit und den praktischen Verstand ihres Vaters geerbt. Ihre Mutter jedoch war wie ein bunter Schmetterling, der munter von Blüte zu Blüte segelte und sich nie ernsthafte Gedanken über ihr Leben machte. Was Mama wohl zu ihren Gefühlen für Mr. Michaels sagen würde? Elizabeth rief sich selbst zur Ordnung. Sie würde sie nie und nimmer in dieses Geheimnis einweihen! Zum einen hegte ihre Mutter noch viel ehrgeizigere Heiratspläne für ihre einzige Tochter, als sie bisher angenommen hatte. Ein Earl, also wirklich! Und zum zweiten war es sicher nichts als jugendliche Schwärmerei. Zwar war sie mit ihren zweiundzwanzig Jahren eigentlich schon zu alt für derart unpassende Gefühle, aber solange sie diese für sich behielt, waren sie wohl halb so schlimm.

Was sie allerdings nicht davon abhielt, hier in ihrer Kammer an den Stallmeister zu denken. An diesem Abend lag sie noch lange wach. Sie hatte die Vorhänge ihres Bettes nicht gänzlich zugezogen, immer wieder fiel ihr Blick zum offenen Fenster hinaus auf die Stallungen. Es war eine warme Sommernacht, und eine sanfte Brise wehte den vertrauten Geruch von Heu und Pferden zu ihr empor. Elizabeth stand auf und trat ans Fenster, um frische Luft zu schnappen. Was für eine sternenklare Nacht! Der Mond war noch immer im Zunehmen, hatte sich aber bereits fast zum Kreis gerundet. Es war so still und friedlich. Das gesamte Anwesen lag in nächtlicher Ruhe. Auch die Burschen waren längst schlafen gegangen. Das Mondlicht tauchte die Gebäude in ein fahles weißes Licht. Elizabeth liebte Portland Manor, es war ihre Heimat. Allein der Gedanke, es in ein paar Jahren verlassen zu müssen, machte ihr das Herz schwer. Auch wenn sie sich das heute noch nicht vorstellen konnte, Billy würde mit Sicherheit heiraten. Und wen er auch zur Frau wählen würde, sie würde nicht mit beiden unter einem Dach leben wollen. Zu lange war sie es gewohnt gewesen, Portland Manor als ihr Eigen zu betrachten, hier frei zu schalten und zu walten. Welche frisch verheiratete Lady Portland würde sie weiter gewähren lassen? Außerdem sehnte sie sich danach, selbst eine Familie zu gründen. Sie sehnte sich nach starken Armen, die ihr so manche ihrer Pflichten abnahmen und die sie am Abend zärtlich umfingen, bevor man sich gemeinsam zur Ruhe begab. Sie sehnte sich nach jemandem, der ihr zuhörte, dem sie zuhören konnte und dessen Klugheit und Weltgewandtheit die gemeinsamen Gespräche bereicherten. Dass sich gerade jetzt wieder zwei tiefblaue Augen in ihre Gedanken schlichen, war wenig verwunderlich, jedoch leider ganz und gar unpassend. Elizabeth atmete tief durch – sie konnte nicht in Winchester bleiben. Sie musste hinaus in die Welt, um auf andere

Gedanken zu kommen! Hatte Mama nicht selbst gesagt, wie sehr sie sich auf dem Land langweilte? Es würde nicht schwer sein, sie zu überzeugen, nach London zu reisen. Schon sah sie es im Geiste vor sich: wie sie die vornehmsten Ballsäle der Stadt im Sturm eroberte, natürlich in den kostbarsten Kleidern, die die angesagtesten Londoner Schneiderinnen eigens für sie kreieren würden. Es würden die aufregendsten Roben sein, in schillernden Farben, nicht jene pastellfarbenen Kleidchen mit den züchtigen Dekolletés, die die Etikette für unverheiratete Mädchen vorschrieb. Derzeit trug man schmale Kleider mit einer hochgezogenen Taille, meist verziert mit einem Band unmittelbar unter dem Busen. Die Schneiderin hatte ihr kürzlich eine neue Ausgabe der Londoner Gazette gezeigt und darauf hingewiesen, dass sich die Taille langsam wieder der ursprünglichen Höhe näherte. Für ihren ersten Auftritt würde sie ein kräftiges Blau wählen, entschied sie spontan, ein Blau, das die Farbe ihrer Augen unterstrich. Und nicht nur die ihrer Augen. Auch die ihres Begleiters. Denn in ihren Gedanken war nun nicht länger Mama an ihrer Seite. Da war ein groß gewachsener, sportlicher Mann, dessen Augen voller Liebe auf ihr ruhten. Tiefblaue Augen, die sich in die ihren senkten. Wie es wohl war, seine Lippen auf den ihren zu spüren? Wie es wohl war, einem Mann so nah zu sein, seinen Atem auf der Haut spüren zu können? Seine muskulösen Oberarme zu berühren? Von diesen umfasst zu werden? Elizabeth verbot es sich, die Szene weiter auszumalen, es war so schon aufregend genug. Aufregende, verbotene und leider völlig aus der Luft gegriffene Traumbilder. Doch was war das? Ein seltsames Geräusch fuhr kaum vernehmlich, doch gnadenlos in ihre Gedankenwelt. Elizabeth war mit einem Schlag hellwach. Die kleinen Härchen in ihrem Nacken stellten sich auf. Sie wagte kaum zu atmen. Langsam ging sie rückwärts vom Fenster weg, vorsichtig, um niemanden auf sich aufmerksam zu machen. Das Geräusch wiederholte sich: Metall schabte an Holz, daran bestand kein Zweifel. Sie musste etwas unternehmen, sie musste Hilfe holen! Doch wo bekäme sie Hilfe zu so später Stunde? Das Zimmer ihres Bruders lag neben dem ihren, doch das nützte nichts. Zu dumm, dass Billy und Lord Linworth noch nicht zurückgekehrt waren. Ob sie Mr. Michaels wecken sollte? Nein, das war doch zu peinlich. Sie konnte nicht im Morgenmantel auf seiner Schwelle auftauchen! Vor allem nicht nach all dem, was sie eben über ihn gedacht hatte! Und Mama zu wecken hatte überhaupt keinen Sinn. Die würde nicht im Traum daran denken, sich um irgendwelche Geräusche zu kümmern, und wäre ihrer Tochter nur böse, weil sie sie in ihrer wohlverdienten Nachtruhe gestört hatte. Nein, es war wie so oft: Sie musste sich allein um die Angelegenheit kümmern. Seufzend trat sie wieder einen Schritt nach vorn und beugte sich aus dem Fenster. Nach wie vor drangen die Geräusche an ihr Ohr, und schließlich klang es so, als würde Holz zerbersten. Dann war es still. Langsam blickte sie von den Stallungen hinüber zum linken Flügel des Hauses, in dem die Küche und die Vorratskammer lagen. Darüber befanden sich ihr Büro, die Bibliothek und das Musikzimmer und darüber die Kammern der Köchin, ihrer Zofe Molly, der Küchenmädchen und der Haushälterin. Alles lag wieder ruhig und friedlich vor ihr, so als hätte es die seltsamen Laute nie gegeben. Ob sie wohl besser im Treppenhaus lauschen sollte? Vielleicht waren die Geräusche aus dem Inneren des Gebäudes gekommen? Sie wollte sich eben umdrehen, als sie einen schwachen Lichtschein bemerkte, so als ob jemand eine Kerze angezündet hätte. Sie kniff die Augen zu kleinen Schlitzen zusammen. Ja, es bestand kein Zweifel: Jemand hatte eine Kerze angezündet, und zwar in ihrem Büro! Flugs schnappte sie ihren Morgenmantel, fuhr hinein und band den breiten Gürtel fest um ihre

Taille. Sie schlüpfte in ihre samtenen Hausschuhe und machte sich, ohne zu zögern, auf den Weg. In ihrem Büro hatte niemand etwas zu suchen! Was auch immer der Einbrecher dort wollte, sie würde sich ihm entgegenstellen. Denn das Büro war ihr Heiligtum. Darin sah man sich nicht ungestraft um. Dort suchte man nicht ungestraft nach … nach was eigentlich? So lautlos und geschmeidig wie eine Katze schlich sie in das untere Geschoss. Sie war noch nicht auf Idee gekommen, sich zu bewaffnen. Aber als sie am hohen Kamin der Eingangshalle vorbeikam, schien ihr der Schürhaken doch sehr verlockend. Entschlossen nahm sie ihn an sich und huschte am Speisezimmer vorbei, danach am rosa Salon. Alles war ruhig. Einzig die Uhr tickte laut auf dem Kaminsims. Das Mondlicht, das durch die hohen Fensterscheiben fiel, wies Elizabeth den Weg. Während das Haupthaus aus dem 17. Jahrhundert stammte, war der linke Flügel erst ein gutes Jahrhundert später angebaut worden. Ein schmaler Gang verband die beiden Gebäudeteile. Erschrocken hielt sie die Luft an. Jetzt drangen wieder Geräusche an ihr Ohr. Ein Lichtschein fiel durch den offenen Spalt der Bürotür auf den Flur hinaus. Das war ja allerhand! Der Eindringling hatte es nicht einmal für der Mühe wert befunden, die Tür hinter sich zu schließen! Den Lauten nach zu urteilen, öffnete er eben die Schubladen ihres Schreibtisches. Dieser war doch verschlossen gewesen! Papa hatte ihr eingeschärft, den Schreibtisch und die Bürotür jeden Abend eigenhändig abzusperren. Der Eindringling musste die Tür aufgebrochen haben. Ihr Herz klopfte bis zum Hals, als sie durch den offenen Türspalt lugte. Die Vorhänge waren aufgezogen worden, um das Mondlicht einzulassen. Die einzelne Kerze, die auf dem Schreibtisch entzündet worden war, war dem Einbrecher wohl keine ausreichende Lichtquelle gewesen. Eine Gestalt, in dunkles Tuch gekleidet, beugte sich über ihren Schreibtisch und klopfte mit der flachen Hand ungeduldig die Wände hinter der aufklappbaren Tischplatte ab. Aha, schoss es ihr durch den Kopf, das suchst du also! Es wunderte sie nicht, dass er wusste, dass der Schreibtisch über ein Geheimfach verfügte. Die meisten Schreibmöbel taten das. Und wie es Geheimfächer so an sich hatten, waren sie sehr schwer zu finden. Wer verfiele schon auf die Idee, die unterste Schublade herauszuziehen, um dann ganz hinten den kleinen Verschluss zu finden, mit dem man die Tür zum Geheimfach öffnen konnte? Vater hatte ihr kurz vor seinem Tod den Mechanismus enthüllt, und sie hatte das Geheimnis niemandem verraten, nicht einmal ihrer Mutter oder ihrem Bruder. Elizabeth schlich ins Zimmer, den Schürhaken in beiden Händen, bereit, ihn jederzeit auf den Schädel des Eindringlings niedersausen zu lassen. Sie war dabei so bedacht darauf, nicht den kleinsten Laut zu verursachen, dass sie das lockere Dielenbrett im Fußboden völlig vergaß. Es knarrte laut und vernehmlich unter ihren Füßen, und der leise Fluch, der ihren Lippen entfloh, trug auch nicht dazu bei, unentdeckt zu bleiben.

Der Einbrecher fuhr herum. „Was zum Teufel! Aua!"

Mit einem Schmerzensschrei sank er zu Boden und sah mit großen Augen zu der jungen Frau empor, die mit aller Wucht den Schürhaken auf ihn hatte niedersausen lassen.

12. Kapitel

„Billy! Um Himmels willen, was machst du um diese Stunde in meinem Büro?" Elizabeth ließ den Schürhaken laut scheppernd auf den Boden fallen. Zum Glück hatte sie nicht den Kopf, sondern nur die Schulter ihres Bruders erwischt. Dieser fasste sich mit schmerzverzerrtem Gesicht an die getroffene Stelle.

„Hast du den Verstand verloren, Lizzy? Was zum Teufel hast du dir dabei gedacht, mich hinterrücks anzugreifen? Du hättest mich umbringen können."

Elizabeth, froh, dass ihr Bruder nicht ernsthaft verletzt war, fiel der eigentliche Grund ihres Hierseins wieder ein. „Kannst du dir vorstellen, wie erschrocken ich war, als ich das Licht in meinem Büro bemerkte? Was um alles in der Welt bringt dich dazu, die Türe aufzubrechen, als wärest du ein gemeiner Einbrecher? Was hast du hier zu suchen?"

Billy rappelte sich mühsam auf, und seiner schuldbewussten Miene war zu entnehmen, dass es ihm schwerfiel, seiner Schwester in die Augen zu sehen.

„Ich weiß, es war nicht recht, Lizzy, doch ich hatte keine andere Wahl. Ich brauche Geld."

„Und nur weil du Geld brauchst, brichst du die Tür auf? Du hättest es mir schlicht und einfach Bescheid sagen können, und ich hätte dir das Geld gegeben."

Billy seufzte und ließ sich auf ihren Schreibtischstuhl fallen. „Das sagst du so leicht! Du hast leider keine Ahnung, Schwesterherz, was für eine Summe ich brauche."

„Wie viel, Billy?"

„Mehr als du bereit gewesen wärst, mir freiwillig zu geben!"

„Wie viel, Billy?“, wiederholte sie und war sich im selben Moment nicht mehr sicher, ob sie die Wahrheit überhaupt erfahren wollte.

Doch dann nannte er eine Zahl, und Elizabeth wurde kreidebleich und sank in den schweren Ledersessel gegenüber ihrem Schreibtisch. Darauf hatte sich ihr Vater am liebsten zurückgezogen, wenn er in Ruhe nachdenken wollte. „Wofür um alles in der Welt brauchst du einen derart horrenden Betrag? Und überhaupt, wo kommst du denn her, jetzt mitten in der Nacht? Kannst du mir bitte dein unglaubliches Verhalten erklären?“

Billy hatte den Kopf gesenkt und schwieg. Er sah jetzt wieder aus wie der Schuljunge, der er ja auch war.

„Es hängt damit zusammen, dass du verfrüht aus Eton nach Hause gekommen bist, nicht wahr? Hast du Wettschulden? Hat man dich deswegen der Schule verwiesen?“

Billy rutschte unruhig auf seinem Stuhl hin und her, der verletzte Arm ruhte auf der Tischplatte. Elizabeth beobachtete ihren Bruder mit Argusaugen. Anscheinend hatte sie ihn nicht ernsthaft verletzt. Gott sei Dank! Wahrscheinlich wachte er am nächsten Tag mit einem Bluterguss auf, während die Knochen ihren Schlag heil überstanden haben dürften. Wenigstens ein Grund aufzuatmen.

Billys Stimme klang trotzig, als er antwortete: „Wie oft soll ich es denn noch sagen, man hat mich nicht der Schule verwiesen. Und Spielschulden habe ich auch keine, wo denkst du denn hin? Ich habe doch bis vor Kurzem gar keine Gelegenheit gehabt, zu spielen oder zu wetten.“

Elizabeth ließ nicht locker: „Wieso bist du dann frühzeitig aus Eton heimgekehrt? Das muss doch einen Grund haben!“

„Linworth wollte, dass ich ihn begleite.“ Billy tat, als sei dies das Selbstverständlichste auf der Welt. „Da konnte ich doch nicht ablehnen. Ich habe dem Direktor gesagt, Mama sei krank, und er hat es mir gestattet, vorzeitig nach Hause zu reisen."

„Aber Billy! Mama erfreut sich bester Gesundheit!" Elizabeth war nun wirklich empört. „Wie kommt Lord Linworth dazu, so etwas Unmögliches von dir zu verlangen?"

Billys Blick wandelte sich von trotzig zu flehend. „Ich bitte dich, denke nicht schlecht von Henry. Er ist ein patenter Kerl! Ich dachte, du magst ihn?"

Elizabeth tat, als traue sie ihren Ohren nicht. „Du dachtest, ich mag ihn?"

Billy zuckte mit den Achseln. „Na, es hatte eben den Anschein. Ich hätte nichts dagegen, wenn du ein Faible für ihn entwickelst, Lizzy, ehrlich nicht! Denn wenn er erst einmal alles wieder im Griff hat, dann gibt Henry sicher einen famosen Ehemann ab."

„Das schlag dir aus dem Kopf, Bruderherz!" Ihr Protest kam aus vollem Herzen – erstaunlich, wenn man bedachte, dass sie noch vor wenigen Tagen selbst mit diesem Gedanken gespielt hatte.

„Bitte Lizzy, es ist mir sehr wichtig, dass mein Verhalten dich nicht schlecht über Linworth denken lässt. Es war meine eigene Entscheidung, Eton zu verlassen, das musst du mir glauben. Wie hätte ich denn die Gelegenheit nicht wahrnehmen sollen, mit einem so vornehmen Mann der noblen Londoner Gesellschaft meine Tage zu verbringen? Als mir Linworth in Eton über den Weg lief, da war dies ein ausgesprochener Glücksfall."

„Nach allem, was ich bisher gehört habe, hege ich so meine Zweifel! Was wollte Linworth in Eton? Ich dachte, ihr habt euch auf dem Rennplatz kennengelernt."

„Nein, Lizzy, er war in der Schule, um seinen jüngeren Bruder zu besuchen. George. Wir trafen uns eines Nachmittags zufällig bei einem Ausritt. Damals sind wir ins Gespräch gekommen und haben festgestellt, dass wir ganz ähnliche Interessen haben. Man kann sich mit Linworth wirklich blendend unterhalten, Elizabeth."

„Auch wenn es deine eigene Entscheidung war, Billy, so hätte Linworth dem nie zustimmen dürfen. Er ist schließlich der Ältere von euch beiden ..."

„Das ist es ja eben, Lizzy, obwohl er der Ältere ist, gesteht er mir zu, meine eigenen Entscheidungen zu fällen. Henry ist ein wahrer Freund, der beste Freund, den ich je hatte. Ich bin bereit, alles für ihn zu tun."

„Also auch, auf sein Geheiß deine Lehrer anzulügen."

Elizabeth hatte erwartet, dass nun ein heftiger Protest ihres Bruders folgen würde.

„Ja, zum Beispiel", sagte Billy stattdessen nur.

Elizabeth zog hörbar die Luft ein. „Da gibt es noch etwas, was du für deinen Freund getan hast", sagte sie, und es klang mehr nach einer Feststellung als nach einer Frage. Billy antwortete nicht, doch er nickte.

Elizabeth merkte, wie nicht nur ihre Beunruhigung, sondern auch ihr Zorn wuchs. Was um Himmels willen hatte dieser modische Stutzer von ihrem Bruder verlangt? Es war ihr schon immer verdächtig vorgekommen, dass er sich mit einem Jugendlichen abgab. Wie hatte sie nur so verblendet sein können, dahinter wahre Freundschaft zu vermuten?

„Also, Billy, heraus mit der Sprache! War es seine Idee, dass du hier bei Nacht und Nebel einbrichst? Dass du dich ins Haus deiner Väter schleichst wie ein Gauner?"

„Ich bin doch kein Gauner!", protestierte Billy entrüstet, „ich bin ein Mann der Ehre! Und daher stehe ich zu meinem Wort."

„Lass dir doch nicht alles aus der Nase ziehen, Billy. Wofür hast du dein Wort gegeben? Ich möchte die Wahrheit wissen, und zwar in allen Einzelheiten!"

Billy seufzte und schickte sich ins Unvermeidliche. „Henry hat Schulden. Er wollte keinen seiner anderen

Freunde damit belasten. Es ist mir eine hohe Ehre, dass er mich ins Vertrauen gezogen hat."

Elizabeth schnaubte unwillig. Ob das wirklich so eine hohe Ehre war, darüber würde sie nie mit einem Mann diskutieren. Längst schon hatte sie festgestellt, dass sie in Fragen der Ehre, mit all den Pflichten, die diese nach sich zog, mit einem Mann nie einer Meinung sein würde. Was für schauerliche Dinge geschahen im Namen der Ehre! Auf einmal fiel ihr etwas ganz anderes ein. „Hast du mir nicht erzählt, dass Lord Linworth erst vor wenigen Jahren den Titel und wohl auch das Vermögen von seinem Onkel geerbt hat? Welche Geldverlegenheiten sollten daher den neuen Lord Linworth quälen? Der Mann hat mindestens ebenso viel Geld wie du einmal haben wirst, Billy, wenn du die Volljährigkeit erreicht hast."

„Hat er eben nicht", widersprach ihr Bruder, und er klang wieder wie ein trotziges Kind.

„Folglich ist Lord Linworth ein Spieler", stellte Elizabeth nüchtern fest.

Billy lachte laut auf. „Dir kann man wirklich nichts verheimlichen, Schwester, nicht wahr? Ja, Henry hat sein ganzes Geld auf den Spieltischen gelassen. Ich sage ja nicht, dass ich das gut finde, doch in Wahrheit habe ich davon keinerlei Ahnung. Noch bin ich viel zu jung, als dass mich die vornehmen Herren in ihrer Runde willkommen heißen würden. Vorgestern Abend hat Linworth versucht, mich ins Haus von Hugh Deverell zum Spielen mitzunehmen."

Elizabeth wurde kreidebleich. Wäre Linworth in diesem Augenblick anwesend gewesen, dann hätte nicht viel gefehlt, und sie wäre ihm mit beiden Händen an die Gurgel gegangen. Wie kam dieser unmögliche Mensch dazu, ihren Bruder zum Spielen zu verleiten? Wie kam er dazu, seinen jugendlichen Leichtsinn auszunutzen und ihn für dieses Laster empfänglich zu machen? Wie viele Männer hatten ihr Vermögen schon am Spieltisch gelassen? Wie viele

Frauen und Kinder litten Hunger, während ihre Männer noch die letzte Münze zum Spieltisch trugen? Sie würde nie und nimmer zulassen, dass Billy eine von diesen armseligen Kreaturen wurde.

„Du hast gespielt, Billy? Hast du denn völlig den Verstand verloren?"

„Ich konnte mir doch in Linworths Gegenwart keine Blöße geben! Allerdings, Elizabeth, du kannst beruhigt sein, ich habe nicht gespielt. Eben als ich am Spieltisch Platz nehmen wollte, hat mich der Hausherr höflich, aber doch bestimmt gebeten, mich ans Klavier zu begeben, um einige Balladen vorzutragen. Anscheinend hatte sich herumgesprochen, dass ich ganz leidlich singen kann, und so hat niemand die Peinlichkeit in vollem Ausmaß abschätzen können. Der alte Deverell hatte mir damit wirklich und wahrhaftig zu verstehen gegeben, dass er mich für zu jung hielt, um für ihn ein würdiger Spielpartner zu sein."

Während Billy empört den Kopf schüttelte, sandte Elizabeth in Gedanken dem unbekannten Mr. Deverell ein inniges Dankeschön. Ihr Bruder war noch einmal davongekommen. Doch wenn er sich länger mit Freunden wie Lord Linworth umgab, dann sah sie schwarz für seine Zukunft. Natürlich würde er sich, wenn er erst einmal volljährig war, auch an den Spieltisch setzen. Doch dann würde er, und sie flehte innerlich, dass dies so kommen möge, über mehr innere Stärke und Urteilsvermögen verfügen. Spielen war an sich ein harmloses Vergnügen, dem sich viele Männer und auch Frauen hingaben. Wichtig war nur, dass man die Einsätze klein hielt, mit den richtigen, also ehrenwerten Leuten am Spieltisch saß und sich selbst nicht überschätzte. Elizabeth fuhr aus ihren Gedanken auf.

„Eines verstehe ich immer noch nicht, Billy: Wenn Lord Linworth Schulden hat, wie du sagst, was hat dies mit deinem Einbruch in meinem Büro zu tun?"

„Einbruch!", rief Billy aus und warf theatralisch beide

Hände in die Höhe. Er konnte also auch den verletzten Arm wieder gut bewegen. „Du vergisst, dass das mein Haus ist."

Das waren Worte, die seine Schwester ernsthaft erzürnten. „Nein, mein lieber William, das vergesse ich nicht. Du hast in letzter Zeit nämlich sehr oft die Güte, mich ausdrücklich darauf hinzuweisen."

Elizabeths beißender Spott war bei Billy an der richtigen Adresse. Beschämt senkte er seinen Blick und musterte eindringlich seine lehmbeschmutzten Stiefelspitzen.

„Und obwohl das dein Haus ist, erledige ich hier alle Pflichten. Ich tue das gerne, denn ich tue es für dich, schließlich bist du mein Bruder, und ich liebe dich."

Billy war noch nicht in dem Alter, in dem man solche von Herzen kommenden Worte widerspruchslos hinnehmen konnte, vor allem dann nicht, wenn sie einen weiteren Vorwurf erahnen ließen. „Ich bin dir ja auch dankbar, Elizabeth, kein Grund also, eingeschnappt zu sein."

„Ich bin nicht eingeschnappt", verbesserte sie ihn. „Ich bin verletzt. Nein, wenn ich es mir recht überlege, dann bin ich nicht nur verletzt, sondern auch wütend: So sehr dies auch dein Haus sein mag, Billy, so sehr ist dies hier mein Büro. Und solange ich hier in diesem Hause lebe und die Pflichten einer Hausherrin erfülle, solange habe ich ein Anrecht darauf, dass mein Bereich geachtet wird. Versprich mir das, Billy. Ich möchte sicher sein, dass ich auch morgen noch in meinem Bett schlafen kann und du nicht als Eigner dieses Hauses aus heiterem Himmel beschließt, künftig die Küchenmägde dort einzuquartieren."

Billy ließ ein glucksendes Lachen hören. „Das traust du mir doch nicht wirklich zu, Elizabeth, oder? Das würde ich doch nie und nimmer tun. Nie und nimmer würde ich dein Zimmer ohne deine ausdrückliche Erlaubnis betreten ..."

Diese mit ehrlicher Entrüstung vorgebrachte Beteuerung trug viel dazu bei, Elizabeth milde zu stimmen.

„Siehst du, lieber Bruder, und auch dieses Zimmer hier, in dem wir uns soeben befinden, ist *mein* Zimmer. Gib mir die Hand darauf, dass du es in Zukunft nicht mehr ohne mein Einverständnis betreten wirst. Nicht solange ich hier die Geschicke lenke."

„Also gut, ich verspreche es dir", erklärte er widerwillig.

„Und nun erzähl mir, was genau du hier wolltest! Es muss etwas sehr Dringendes gewesen sein, wenn du dich nicht scheust, eine alte, wertvolle Tür zu beschädigen. Und noch viel mehr, wenn du dich nicht scheust, deine heiß geliebten Reitstiefel derart zu beschmutzen. Ich nehme an, du kommst direkt von Lord Deverells Haus?"

Billy riss die Augen auf, und dann grinste er kopfschüttelnd. „Vor dir kann man aber auch gar nichts verbergen!" In seinen Worten schwang nicht nur Entrüstung mit, sondern auch Stolz auf seine kluge Schwester. Elizabeth sah sein bubenhaftes Lächeln, und mit einem Mal wurde ihr wieder bewusst, wie jung er noch war. Alt genug, dass er für seine Taten einstehen musste, aber auch noch jung genug, dass es ihr leichtfiel, sie ihm zu verzeihen.

„Willst du etwa Linworths Schulden bezahlen?"

Billy seufzte. „Ich will nicht, aber ich muss, Lizzy, das ist der entscheidende Unterschied."

„Erzähl mir alles von Anfang an, Billy."

Elizabeth erfuhr die Wahrheit schneller, als ihr lieb war, und sie war alles andere als erfreulich. Lord Linworth hatte nichts Besseres zu tun gehabt, als die Verehrung seines jugendlichen Freundes schamlos auszunutzen. Alles, was ihn in Billys Augen als tollen Kerl und wahren Freund auszeichnete, durchschaute Elizabeth sofort als infame Schachzüge. Er hatte in Eton absichtlich die Bekanntschaft eines jugendlichen Erben gesucht, Billy zu seinen erwachsenen Freunden mitgenommen und ihm damit das Gefühl gegeben, erwachsener zu sein, als er war. Er hatte ihm die Regeln der wichtigsten Kartenspiele erklärt, er hatte zugelassen, dass Billy in seiner Gegenwart den ersten Vollrausch erlebte. Und er hatte ihn dann schließlich, vorgeblich schweren Herzens, ins Vertrauen gezogen. Ein Geldverleiher namens Nuckels war ihm auf den Fersen, von dem er sich aus einer Notlage heraus, wie er Billy gegenüber nicht müde wurde zu beteuern, eine erhebliche Summe Geldes ausgeliehen hatte. Nun war er nicht imstande, den Betrag zurückzuzahlen, und die Drohungen des gar nicht feinen Herrn wurden immer massiver.

„Stell dir vor, Elizabeth, Mr. Nuckels hat sogar angekündigt, Linworths Pferd abzuschlachten. Thunderstorm ist ein wunderschöner, edler Rappe. Ich kann doch nicht tatenlos dabei zusehen, dass er diesem Tier Leid antut!"

Elizabeth war nicht im Bilde über die Machenschaften von Geldverleihern. Doch wenn man den Gerüchten Glauben schenken durfte, so musste man ihre Drohungen durchaus ernst nehmen.

„Was hast du also unternommen? Bist du etwa selbst zu einem Geldverleiher gegangen und hast dir Geld geborgt?"

Obwohl ihr Herz bei diesen Worten fast zu rasen begann, bemühte sich Elizabeth um einen ruhigen Tonfall. Jetzt die große Schwester herauszukehren, die viel vernünftiger war, führte zu nichts. Es würde nur Billys Trotz verstärken.

„Ich hab mir doch kein Geld ausgeliehen, Lizzy, was denkst du denn von mir!" Elizabeth atmete auf. Wenn das so war, dann waren zwar Lord Linworth und sein Pferd in Gefahr, Billy war jedoch, wie Mr. Simmons zu sagen pflegte, aus der Schusslinie. Leider war diese Freude verfrüht.

„Eigentlich habe ich gar nicht viel gemacht, Lizzy. Und ich weiß auch gar nicht, was die Aufregung jetzt soll … Ich denke, ich gehe jetzt besser in die Küche und hole mir etwas zu trinken. Meine Kehle ist völlig ausgedörrt. Kann ich dir etwas mitbringen?"

Elizabeth beugte sich vor und fasste ihn am Arm. „Du bleibst schön hier sitzen und erzählst mir die Geschichte zu Ende. Was genau hast du getan, Billy?“

„Ich habe gebürgt, Lizzy. Linworth sagte, das sei völlig ungefährlich. Ich musste nur ein Blatt Papier unterschreiben, und schon war der Geldverleiher zufrieden. Er räumte Linworth eine weitere Frist von einem Monat ein, und Henry versprach mir hoch und heilig, den Betrag bis dahin zurückzuzahlen. Wie hätte ich denn wissen sollen, dass seine Angaben nicht der Wahrheit entsprachen? Er ist doch mein Freund, er ist ein Ehrenmann!“

Elizabeth schnaubte unwillig. Nach alldem, was sie über den sauberen Lord Linworth erfahren hatte, war er vielleicht ein Edelmann, aber ein Ehrenmann war er mit Sicherheit nicht.

„Weißt du überhaupt, was eine Bürgschaft ist?“

Ihr Bruder zuckte mit den Schultern. „Nicht genau, Lizzy. Du weißt, von finanziellen Dingen verstehe ich nichts. In Eton lernen wir Latein und die griechischen Heldensagen. Das Wort Bürgschaft habe ich dort noch nie gehört.“

Elizabeth, die von ihrem Vater und Mr. Barnsley in allen Belangen der Verwaltung unterrichtet worden war, wusste da schon besser Bescheid.

„Wann ist der Monat um? Wie lange hat Linworth noch Zeit, das Geld zu beschaffen?“

Billys Antwort überraschte sie nicht wirklich. „Das ist ja das Dumme, Elizabeth. Die Frist läuft morgen ab. Linworth hatte so gehofft, noch vorher bei seiner Tante eingeladen zu sein, denn er verspricht sich sehr viel von diesem Besuch. Tante Maria ist seine absolute Lieblingstante, und sie hat ihm schon vor Jahren versprochen, ihm einen größeren Geldbetrag zu vermachen, wenn sie dereinst stirbt.“

Das wurde ja immer schöner! Nicht nur, dass seine Lordschaft nicht davor zurückscheute, das Vertrauen eines

Jugendlichen zu missbrauchen, er missbrauchte auch das Vertrauen seiner Tante.

„Aha, die Tante wird ihm einen größeren Betrag vererben", sagte sie, und ihre Stimme klang harmlos, „hat sie denn vor, noch rechtzeitig vor dem morgigen Zahltag das Zeitliche zu segnen?"

Billy hielt erschrocken die Luft an. „Elizabeth! So habe ich das doch nicht gemeint! Linworth ist sich sicher, dass seine Tante ihm das Geld bereits vor ihrem Tod schenkt. Heißt es nicht immer, es sei viel schöner, mit warmen Händen zu geben?"

„Wenn ich dich recht verstehe, Billy, dann hat sie ihm bisher aber noch nichts gegeben. Linworth hat in Wirklichkeit keine Ahnung, woher er das Geld nehmen soll. Außerdem bin ich mir sicher, dass enorme Zinsen anfallen."

Billy schüttelte unwillig den Kopf. „Davon verstehst du nichts. Es geht hier nicht um Zinsen, es geht darum, dass ich einen Freund nicht im Stich lassen kann. Morgen ist Zahltag, und wenn Linworth nicht am vereinbarten Treffpunkt auftaucht, dann geht es seinem Pferd an den Kragen, wenn nicht gar ihm selbst."

„Das hätte sich der feine Herr früher überlegen müssen!"

„Aber verstehst du denn nicht, Lizzy?! Dem Geldverleiher ist zuzutrauen, dass er hier auf Portland Manor erscheint! Dass er uns alle bedroht, Lizzy! Das kannst du doch nicht zulassen, oder? Stell dir vor, Mama erfährt davon …"

Seine Stimme klang flehentlich, nun war er nicht mehr der junge Herr, der sich gegen die Autorität seiner älteren Schwester auflehnte. Nun war er wieder ihr kleiner Bruder, den sie zeit seines Lebens beschützt hatte. Es schien, als habe er ihren Schutz nun besonders nötig, denn die Lage, in der er sich befand, war alles andere als erfreulich.

„Für welchen Betrag hast du denn gebürgt, Billy? Wie

viel Geld können sie von dir verlangen, wenn Linworth nicht zahlt?"

„Ich habe dir die Summe doch schon genannt", meinte er kleinlaut. Elizabeth konnte es nicht fassen. „Du hast für den gesamten Betrag gebürgt? Über so eine Riesensumme verfügen wir doch gar nicht, Billy! Woher sollen wir denn das Geld nehmen?"

„Ich wollte doch die vier Grauen verkaufen. Leider hatte in Lord Deverells Gesellschaft niemand Interesse, sie zu erwerben."

„Was auch immer die Pferde einbringen, das reicht bei Weitem nicht aus, um den Geldverleiher zufriedenzustellen. Wir müssen Land verkaufen, Billy, ist dir das bewusst? Viel Land sogar!"

Elizabeth war aufgesprungen und wanderte nun unruhig im Büro auf und ab. Sie konnten doch nicht den Grundbesitz ihrer Väter verkaufen, um für die Spielschulden von Lord Linworth einzustehen!

„Er gibt es uns zurück, Lizzy, er hat es mir fest versprochen. Ein Freund würde mich doch nie im Stich lassen, nicht wahr, Lizzy, was denkst du?"

„Ein *Freund* würde dich nie im Stich lassen", bestätigte Elizabeth bitter, „Linworth mit Sicherheit schon."

Billy getraute sich nicht zu widersprechen. Sein Vertrauen in den Älteren war zutiefst erschüttert. Wenn Elizabeth mit ihren Befürchtungen recht hatte, dann hatte er sich wie der größte Narr verhalten. Es war sogar ihm klar, dass man nicht mir nichts, dir nichts Ländereien verkaufen und diese, sobald Linworths Geld eintraf, wieder zurückerwerben konnte. Und was, wenn die Tante nicht willens war, das Erbe vorzeitig auszuzahlen? Was, wenn sie vielmehr über das Ansinnen des Neffen so empört war, dass sie jedwede Zahlung verweigerte? Man konnte es drehen und wenden, er saß ganz schön in der Tinte.

Elizabeth zermarterte sich in der Zwischenzeit ihr Hirn.

Es musste eine Lösung geben. Sollte sie Onkel Justin bitten, ihrem Neffen den Betrag vorzustrecken? Billy würde über ein beachtliches Vermögen verfügen, wenn er erst volljährig wäre. Sie sah ihren Onkel vor sich, wie er nachdenklich seinen geröteten Kopf schüttelte und seine Pausbacken diesmal nicht zu einem, sonst für ihn typischen, freundlichen Lächeln verzog. Obwohl sich Onkel Justin selbst gern am Spieltisch niederließ, hatte er nichts als Verachtung für die übrig, die dabei das Maß verloren. Sie konnte sich nicht vorstellen, dass er es gutheißen würde, dass sein minderjähriger Neffe eine Bürgschaft unterzeichnet hatte. Minderjährige hatten sich für solche Rechtsgeschäfte an ihren Vormund zu wenden ... Elizabeth durchfuhr es heiß: Was hatte sie da eben gedacht?

„Ohne Onkel Justins Unterschrift ist deine Bürgschaft das Papier nicht wert, auf dem sie geschrieben steht. Billy, deine Bürgschaft ist ungültig! Du bist zu jung, um so eine Verpflichtung einzugehen." Sie hätte über die Erkenntnis am liebsten laut gejubelt. „Wo ist Linworth? Ist er mit dir gekommen? Führe ihn in den kleinen Salon. Ich eile nur rasch auf mein Zimmer, um ihm in einem ordentlichen Aufzug gegenüberzutreten. Und dann werde ich ihm meine Meinung sagen, das kann ich dir versichern, Billy." Sie hatte ihre Hand schon auf den Türgriff gelegt, als die Worte ihres Bruders sie zurückhielten.

„Linworth ist noch bei Deverell." Ihm war sichtlich unwohl bei diesem Geständnis. „Ich wollte nicht, dass Linworth auf seinem Pferd zur vereinbarten Stunde erscheint, um das Tier nicht in Gefahr zu bringen. Ich habe versprochen, an seiner Stelle hinzugehen. Schließlich dachte ich, ich könnte das Geld noch heute Nacht auftreiben ..."

Wäre Elizabeth nicht ohnehin schon fassungslos gewesen, diese Worte hätten entscheidend dazu beigetragen. „Wie konntest du nur, Billy? Wie feige muss dieser Linworth sein, in dieser Lage nicht selbst seinen Mann zu stehen?"

Ausgeschlossen, dass ihr jugendlicher Bruder zum Treffen mit dem Geldverleiher ging. Nein, es musste ein Erwachsener mit diesem Mr. Nuckels sprechen. Was dieser mit Lord Linworth und seinem bedauernswerten Pferd auch anstellen mochte, war nicht ihre Angelegenheit. Wichtig war nur, dass man dem Mann unumwunden die Meinung sagte. Und ihm klarmachte, dass Billy minderjährig war und die Bürgschaft daher nicht eingefordert werden konnte. Elizabeth seufzte. Ein Erwachsener, das klang so großartig, doch wen sollte sie um den Gefallen bitten? Bis Onkel Justin hier war, war der Termin längst abgelaufen, und sie wollte nicht riskieren, dass der Geldverleiher hier auf Portland Manor auftauchte. Es war undenkbar, Mama in die Geschehnisse einzuweihen, noch dazu hätte dies außer völligem Unverständnis keinerlei Ergebnis gebracht. Mr. Barnsley war zu alt und zu gebrechlich. Nein, sie konnte es drehen und wenden, wie sie wollte, sie war wieder einmal die einzige Erwachsene, die für diese unangenehme Pflicht infrage kam.

„Nenn mir den genauen Ort und die genaue Stunde. Ich werde mit dem Geldverleiher sprechen."

Billy sprang auf und umarmte seine Schwester so fest, dass ihr beinahe die Luft wegblieb. „Du bist ein Goldschatz, Lizzy, vielen, vielen Dank! Wenn du wüsstest, was für ein Stein mir jetzt vom Herzen fällt! Ich kenne niemanden, der das Glück hat, so eine patente Schwester zu haben!"

Natürlich war Elizabeth gerührt. Doch es regte sich auch ein bisher unbekannter Grad an Unmut. Werde erwachsen, Billy, dachte sie im Stillen.

„Wo findet das Treffen statt?", wiederholte sie.

„Morgen Abend am Hafen von Southampton. Beim Hintereingang der Kneipe ‚Zum lachenden Kapitän'."

Auch das noch! Das war wahrlich nicht die Gegend, wo sich eine junge Dame allein aufhalten sollte. Schon gar nicht, wenn diese Dame von hohem Adel war. Allerdings hatte der Hintereingang einer Kneipe auch den Vorteil, dass sie um Hilfe rufen konnte, wenn ihr die Dinge entglitten. Sicher waren dort auch genügend aufrechte Bürger, die ihr zur Seite springen konnten. Dennoch, sie wünschte bei Gott, die Männer hätten einen weniger dubiosen Ort für das Treffen ausgemacht. Andererseits, was hatte sie sich denn vorgestellt? Geldverleiher traf man nicht in den Ballsälen.

„Linworth wird Augen machen, wenn ich ihm von unserer Unterhaltung erzähle."

„Das nehme ich auch an, dass Linworth große Augen macht. Doch du wirst es ihm nicht persönlich erzählen. Wenn du möchtest, dass ich dir helfe, so ist es jetzt an der Zeit, deine Freundschaft mit Linworth aufzukündigen. Du wirst ihm das in einem kurzen Brief mitteilen, den einer der Stallburschen morgen zu Mr. Deverells Haus bringen wird. Und du selbst, mein Lieber, wirst noch heute Abend deine Sachen packen und bald am Morgen nach Eton zurückkehren, um dort die letzten Schulwochen zu verbringen. Ich verlasse mich darauf, dass du dich fortan von solchen Typen wie Lord Linworth fernhältst, Billy."

Ihr Bruder wagte nicht zu widersprechen. Froh, dem drohenden Unheil entronnen zu sein, hegte er keine freundlichen Gedanken mehr für den Mann, der für die ganze Geschichte verantwortlich war. Es gab etwas, was ihn mehr beschäftigte. „Du kannst doch nicht von mir verlangen, dass ich nach Eton zurückkehre. Wie sieht denn das aus? Ich habe doch gesagt, ich müsste meiner kranken Mutter beistehen …"

„Dann ist Mama eben überraschend genesen. Wahrscheinlich war deine aufopferungsvolle Pflege dafür ausschlaggebend, mein Bruder. So, hier sind Tintenfass und die Feder für deinen Brief an Linworth. Zwei, drei schlichte Zeilen werden genügen."

13. Kapitel

Am nächsten Vormittag wagte Major Dewary kaum, die Stallungen zu verlassen. Zu groß war die Furcht, in einem Moment der Unachtsamkeit Lord Linworth über den Weg zu laufen. Joseph hatte ihm erzählt, er habe Master Billy in den frühen Morgenstunden aus dem Stall reiten sehen. Ein Rest Heu in einer sonst leeren Box deutete darauf hin, dass die Beobachtung des Burschen kein Hirngespinst war. Anscheinend war der junge Lord Portland tatsächlich in der Nacht zurückgekehrt und hatte sein Pferd für eine Weile eingestellt, nur um kurz darauf wieder vom Hof zu reiten. Dewary fragte sich, was das zu bedeuten hatte. Würde Billy bald wieder zurückkommen?

„Als du Billy, ich meine, seine Lordschaft, hast wegreiten sehen, war er da alleine?"

Joseph steckte seine Hände in die Hosentaschen und überlegte. „Ich glaube, ich hab sonst niemanden gesehen, Mr. Michaels!"

Das war allerdings merkwürdig. Wo steckte Linworth? Der sollte sich doch in Gesellschaft von Lord Portland befinden, um in den nächsten Tagen mit ihm gemeinsam zum Landsitz der Tante aufzubrechen.

„Sie meinen wohl, ob dieser vornehme Herr aus der Stadt bei ihm war?", schloss der Bursche überraschend scharfsinnig. „Nein, der wäre mir aufgefallen, so verkrampft, wie der immer auf seinem Gaul sitzt!"

Dewary runzelte die Stirn. Nichts konnte er weniger leiden, als im Ungewissen zu sein.

„Machen Sie sich nicht zu viele Gedanken um die bessere Gesellschaft, Mr. Michaels", riet Joseph, sichtlich stolz, hier dem Stallmeister an Lebensweisheit voraus zu sein. „Vornehme Leute verhalten sich oft äußerst merkwürdig. Hätte ich mir über die immer den Kopf zerbrochen, dann hätte ich wohl einen größeren Brummschädel als nach einem ordentlichen Humpen Bier."

Dewary musste grinsen. Der Bursche war wirklich originell. Und zudem hatte er recht. Grübeln brachte ihn nicht weiter.

„Haben Sie was dagegen, wenn ich Lucy heute beim Silberputzen helfe, Sir? Im Stall ist nichts zu tun, und da dachte ich ..."

Der Bursche wollte freiwillig beim Silberputzen helfen? Das war eine der unangenehmsten Arbeiten, die ein vornehmer Haushalt den Dienern abverlangte. Die Burschen auf Digmore Park lagen der Haushälterin tagelang schmeichelnd in den Ohren, um sich davor zu drücken. Josephs Zuneigung zur Küchenmagd musste noch stärker sein, als er angenommen hatte.

„Ja, geh nur. Ich bleibe heute selbst in den Stallungen." Um mich wie ein elender Feigling vor einem schwatzhaften Gecken zu verstecken, setzte er in Gedanken hinzu. „Um dort einige wichtige Dinge zu erledigen", sagte er laut.

Josef hob grüßend die Hand an die Mütze und eilte pfeifend ins Haus.

Nach dem Mittagessen kehrte Dewary nur widerwillig in den Stall zurück. Er hatte den Geruch von Pferden und Heu gründlich satt. Wie sehnte er sich danach, ein Pferd zu satteln und unbeschwert in den sonnigen Junitag hinauszureiten. Ein flotter Galopp würde ihn rasch auf andere Gedanken bringen. Doch es half nichts: Die Gefahr war einfach zu groß. Er hätte sich dafür ohrfeigen können, dass er es so eilig damit gehabt hatte, seinen Vollbart abzurasieren. Linworth, der eingebildete Schnösel, hätte ihn nie und nimmer als Major Dewary entlarvt, wenn sein oberflächlicher Blick einen bärtigen Stallmeister gestreift hätte. Schließlich war es nicht die Art der Londoner Adeligen, einem Diener einen zweiten Blick zu gönnen.

Zumindest dem Stall hatte sein unfreiwilliger Aufenthalt gutgetan. Alle Zaumzeuge waren blank poliert, die Geräte standen in Reih und Glied oder hingen ordentlich an den dafür angebrachten Nägeln. Gegen drei am Nachmittag kam Molly, Miss Porters Kammerzofe, vorbei, um ihm einen Befehl ihrer Herrin auszurichten.

„Können Sie den Phaeton anspannen, Mr. Michaels? Miss Elizabeth möchte in einer halben Stunde ausfahren."

Sie schenkte ihm ein schüchternes Lächeln unter gesenkten Lidern. Er war ein gutaussehender Mann, der neue Stallmeister. Stets freundlich und höflich, nicht so mürrisch wie der alte Mr. Simmons. Aber ein wenig Angst hatte sie doch vor ihm. Er wirkte so gebieterisch, fast ein wenig einschüchternd.

„Du kannst deiner Herrin bestellen, dass das Fahrzeug wunschgemäß bereitstehen wird, Molly. Ich kann sie jedoch nicht begleiten, ich muss ... ich habe ... zu viel zu tun. Wer kutschiert Miss Porter für gewöhnlich? John?"

Molly ließ ein glockenhelles Lachen hören. „Als ob Miss Elizabeth einen Kutscher brauchen würde! Man merkt, dass Sie noch nicht lange bei uns sind, Mr. Michaels! Miss Elizabeth ist selbst eine schneidige Fahrerin!"

Dewary nickte. Das konnte er sich gut vorstellen. „Gut, dann werde ich ihr einen Burschen zur Begleitung mitschicken!"

Doch auch dagegen verwahrte sich Molly entrüstet. „Das ist nicht nötig, Mr. Michaels. Miss Elizabeth will doch nur Lady Clara besuchen, ihre beste Freundin. Die wohnt kaum eine Viertelstunde von hier entfernt."

Er konnte es nicht fassen. „Ja, aber ..."

„Miss Elizabeth fährt immer allein zu Lady Clara hinüber, Mr. Michaels. Schon seit Jahren. Und Mylady hat nichts dagegen einzuwenden", setzte sie hinzu, als sie merkte, dass er immer noch nicht überzeugt war.

Dewary schüttelte den Kopf. Das waren schon seltsame Sitten, die hier auf Portland Manor herrschten! Doch gut, es lag nicht an ihm, sie zu ändern. Außerdem hatte er wahrlich andere Sorgen.

Pünktlich zur vereinbarten Zeit erschien Elizabeth bei den Stallungen. Dewary hatte die Pferde bereits angespannt und sich dann wieder hinter die schützende Stalltüre zurückgezogen. Die beiden Rappen scharrten ungeduldig mit den Hufen. Er konnte nur hoffen, dass sie rasch aufstieg und losfuhr. Genau genommen war es seine Pflicht, ihr auf den Kutschbock hinaufzuhelfen. Allerdings: Das würde sie wohl allein können, selbstständig, wie sie war. Oder ließ ihr verletztes Bein dies noch nicht zu?

„Mr. Michaels!" Miss Porters Stimme hallte laut und vernehmlich über den Vorhof. „Mr. Michaels! Ich bin bereit zur Ausfahrt! Hören Sie mich?!"

Unwillig schüttelte er den Kopf. Natürlich hörte er sie. Sie hatte so laut gerufen, dass sie sicher noch im Umkreis von einer halben Meile zu hören war. Es blieb ihm nichts anderes übrig, als seine Deckung aufzugeben.

„Ah, Miss Porter, einen wunderschönen guten Tag! Ich war so beschäftigt, ich habe Sie gar nicht kommen hören!"

Er bemühte sich um ein kleines Lächeln, als er durch das Stalltor ins Freie trat. Eigentlich hatte er vorgehabt, noch ein paar belanglose Worte anzufügen. Doch der Anblick, der sich ihm bot, ließ ihn innehalten. Elizabeth war weiß wie Kalk. Nicht einmal damals, als sie vor seinen Augen im Rosengarten gestürzt war, war sie so blass gewesen. Und was trug sie für ein seltsames Kleid? Ein schwarzes Ungetüm, das sich mit unmodischen weiten Röcken um ihre schlanke Gestalt bauschte. Es war ein warmer, ja fast schon heißer Junitag. Warum hatte sie dann eine schwarze Stola um die Schultern gelegt? Und was hing da für ein dünner Stoff aus ihrem Reithut heraus und bedeckte ihren halben Rücken? Was sollte das sein? Ein Schleier vielleicht? Plötzlich konnte er eins und eins zusammenzählen! Darum war der junge Lord Portland bei Nacht und Nebel aufgetaucht und ebenso schnell wieder verschwunden! Er hatte seiner Schwester die traurige Nachricht überbracht, dass jemand verstorben war! Hoffentlich kein allzu enger Verwandter! Vielleicht war es jemand aus Willowbys Gesellschaft, den sie beide kannten. Am Ende Lord Linworth? Das wäre zu schön gewesen, um wahr zu sein. Im Stillen ermahnte er sich. Er wünschte niemandem den Tod, nicht einmal diesem Stutzer. Jetzt hieß es erst einmal, den Konventionen Genüge zu tun.

„Darf ich Ihnen mein Beileid ausdrücken, Miss Porter?"

Er ergriff die ausgestreckte Hand, um ihr auf den Kutschbock hinaufzuhelfen. Sie hielt mitten in der Bewegung inne und blickte ihn mit großen Augen an. „Ihr Beileid, Mr. Michaels? Ist jemand gestorben?"

Nun war es an ihm, erstaunt zu sein. „Das hatte ich angenommen, ja, Miss Porter. Warum sollten Sie sonst Schwarz tragen?"

Elizabeth blickte an sich hinunter, als sähe sie ihre Robe zum ersten Mal. „Ich trage ja wirklich Trauerkleidung!"

„Noch dazu sind Sie ungewöhnlich blass … wenn Sie mir diese persönliche Bemerkung gestatten. Und Sie wirken bekümmert. Ich bin davon ausgegangen, dass es einen guten Grund dafür gibt."

Elizabeth zuckte mit den Schultern. Sollte er doch denken, was er wollte. Hauptsache, er hielt sie nicht länger auf. Sie war spät dran und durfte keinesfalls riskieren, sich zu verspäten.

„Kein Grund zur Sorge, Mr. Michaels. Ja, ich trage Schwarz. Denn ich … also ich … besuche meine Freundin. Dort gab es einen Todesfall. Ja, richtig, im Haus meiner

Freundin gab es einen Todesfall. Darum trage ich dieses Kleid. Wegen eines Todesfalls."

Er hätte diese Erklärung ohne weitere Fragen hinnehmen können. Er hätte sich verabschieden und wieder in das sichere Dunkel des Stalls zurückeilen können. Es überraschte ihn selbst, dass er es nicht tat. In all den Jahren im Felde hatte er ein untrügliches Gefühl für Gefahr entwickelt, ein Gespür dafür, wenn etwas nicht stimmte. Und hier stimmte etwas ganz und gar nicht. Er wusste nicht, was los war, doch er wusste, dass sie ihn belog.

„Stecken Sie in Schwierigkeiten? Kann ich Ihnen irgendwie helfen, Miss Porter?"

War er denn verrückt geworden? Was gingen ihn die Sorgen und Nöte dieser herrischen Lady an? Sollte sie doch in ihrer seltsamen Verkleidung losziehen und tun, was immer sie für richtig hielt! Obwohl, wie sie da so saß, aufrecht auf dem Kutschbock, da wirkte sie alles andere als herrisch. Sie wirkte eher unsicher und verletzlich. Der Blick, den sie ihm schenkte, traf ihn mitten ins Herz. Vor ihm saß eine junge Frau, die sichtlich mit sich rang, ob sie sich ihm anvertrauen sollte, und offensichtlich entschied sie sich dagegen.

„Es gibt keinerlei Schwierigkeiten, danke, Mr. Michaels!" Sie ergriff die Zügel. „Und bitte erwähnen Sie Mama gegenüber nichts. Ich möchte sie nicht beunruhigen."

„Selbstverständlich nicht!", versprach er. Die junge Dame steckt in größeren Schwierigkeiten, als ich dachte, ging es ihm durch den Kopf, wenn sie sogar hinter dem Rücken ihrer Mutter handelte …

„Mama braucht nichts zu erfahren von diesem … Todesfall!", wiederholte sie eindringlich.

„Ich verstehe, Miss Porter!" Dewary verbeugte sich. Er verstand kein Wort, doch er würde schweigen wie ein Grab. Miss Porter wendete das Fahrzeug in so rasantem Tempo, dass er fast auf die Seite hatte springen müssen. Er sah ihr nach, bis die Kutsche am Ende der Allee verschwunden war. Er hätte nicht zulassen dürfen, dass sie abfuhr, plagte ihn sein Gewissen. Diese Frau war in Schwierigkeiten, und es war nicht seine Art, Frauen, die er mochte, ihrem Schicksal zu überlassen. Frauen, die er mochte? Nein, nicht nur Frauen, die er mochte, verbesserte er sich. Frauen generell, daher auch Frauen wie Miss Porter. Mit tiefem Widerwillen kehrte er in den Stall zurück. Nur weil Miss Elizabeth ausgefahren war, hieß das noch lange nicht, dass nicht doch Linworth hier auftauchen konnte. In der Tat hatte er den Vorplatz keine Minute zu früh verlassen, denn schon war laut und deutlich das Geklapper von Pferdehufen auf dem Kopfsteinpflaster zu vernehmen. Gleich würde Linworth absitzen und den Kopf zur Stalltüre hereinstecken. Er musste handeln! Mit einem Satz sprang er hinter einen Bretterverschlag.

14. Kapitel

Dewary war mitten in den schweren Regenstiefeln der Burschen gelandet. Über ihm hingen drei derbe wollene Mäntel bereit, um an kalten Wintertagen die Kutscher vor Wind und Schnee zu schützen. Es roch so muffig, dass er fast fürchtete, keine Luft zu bekommen. Doch hatte er eine Wahl? Eilige Schritte näherten sich, die Stalltüre wurde einen Spalt breit geöffnet und quietschte nervtötend in den Angeln. Ich muss Joseph beauftragen, mit etwas Öl Abhilfe zu schaffen, war sein erster Gedanke. Hoffentlich verschwindet der Kerl bald wieder, sein zweiter. Habe ich mich etwa verhört?, sein dritter. Hatte da jemand soeben seinen Namen gerufen?

„Freddy, verflixt, wo steckst du denn? Mr. Michaels! Bist du hier irgendwo?"

Major Dewary atmete auf. Diese Stimme kannte er. Rasch kam er aus seinem Versteck hervor, gerade noch rechtzeitig, um Simon Bishop davon abzuhalten, auf dem Vorhof laut seinen Namen zu rufen. Dieser freute sich sichtlich, ihn zu sehen.

„Es überrascht mich, dass du aus dem Stall kommst, Dew … Freddy. Ich habe mich überall umgeschaut, doch du warst nirgendwo zu sehen."

Dewary grinste. „Ich hatte mich versteckt. Hinter dem Bretterverschlag dort drüben!"

Der Geistliche musterte ihn. „Aha, so kam der Staub an deine Kleidung. Gab es einen Grund, sich zu verstecken?" Er senkte die Stimme. „Es ist doch niemand deinem Geheimnis auf die Spur gekommen, oder?"

Der Major klopfte mit beiden Händen seine Hosen sauber. „Nein, keine Sorge. Allerdings treibt sich Linworth irgendwo in der Gegend herum, und ich möchte ihm nicht vor die Füße laufen."

Simon Bishop nickte. „Das kann ich gut verstehen. Welch dummer Zufall führt denn seine Schönheit persönlich hier in diese ländlichen Gefilde?"

Dewary quittierte die Bemerkung mit einem Lachen. „Bishop, du bist ein viel witzigerer Kerl, als die meisten auch nur ahnen."

Kurz lächelte nun auch der sonst so ernste Pfarrer. Dann jedoch besann er sich des Grundes, warum er hier war, und das Lächeln erlosch wieder. „So leid es mir tut, Dewary, ich bin nicht hier, um zu scherzen. Auf Digmore Park sieht es ernster aus, als ich befürchtet hatte. Können wir hier irgendwo ungestört sprechen?"

Der Major führte seinen Freund fort von den Ställen und eilte, besorgte Blicke nach rechts und links werfend, zu der kleinen Laube hinter dem Gemüsegarten. Lucy und Joseph waren mit Silberputzen beschäftigt, die Köchin war mit einem der Burschen in die Stadt gefahren, um Einkäufe zu erledigen. Andere Bedienstete hatte er in diesem Teil des Gartens noch nie gesehen, und dass Lady Portland sich hierher verirren würde, war ausgeschlossen.

„So, und nun erzähl! Hast du meinen Vater getroffen? Geht es ihm gut?"

Simon Bishops Miene wurde noch eine Spur ernster. „Es tut mir leid, alter Freund, aber es hat den Anschein, als ginge es mit deinem Vater gesundheitlich bergab. Er verlässt sein Zimmer nicht mehr."

Dewary konnte es nicht glauben. „Was soll das heißen, er verlässt sein Zimmer nicht mehr? Was macht er dort den ganzen Tag?"

Mr. Bishop zuckte ratlos mit den Schultern. „Das kann ich dir nicht sagen, denn leider hat man mich nicht zu ihm vorgelassen. Ich konnte nur mit seinem Kammerdiener sprechen. Lady Bakerfield ist rührend um deinen Vater besorgt. Sie bringt ihm täglich einen beruhigenden Abendtee vor seine Zimmertür. Sie sagte …"

Dewary legte seinem Freund die Hand auf den Unterarm. „Einen Augenblick, Simon, entschuldige, dass ich dich unterbreche. Habe ich dich richtig verstanden, Lady Bakerfield, also meine Tante Barbara, ist nach Digmore Park zurückgekehrt? Und sie bringt Papa den Tee vor die Tür? Warum geht sie denn nicht zu ihm hinein? Schließlich ist sie seine Schwester!"

Simon Bishop sah seinen Freund an, als habe er einen Geist gesehen. „Deine Tante Barbara ist nicht *zurückgekehrt*, Dewary! Sie ist von uns gegangen!"

Der Major wurde kreidebleich. „Soll das heißen, Tante Barbara ist tot?"

Der Pfarrer nickte bekümmert.

„Das ist doch nicht möglich, Bishop! Ich habe sie noch vor zwei Monaten gesehen, und da erfreute sie sich bester Gesundheit. Nein, viel mehr noch! Sie war richtig glücklich, jetzt, da sie Edwards Fängen entronnen war und …" Er hielt einen Moment inne. „Woran ist meine Tante gestorben?"

Offensichtlich suchte der Geistliche nach den richtigen Worten, um seinem Freund die Angelegenheit möglichst schonend beizubringen. „Auf Digmore Park, und nicht nur dort, geht man davon aus, dass du derjenige bist, der diese Frage am besten beantworten kann."

„Dass ich derjenige bin …?", echote Dewary ratlos.

Der Pfarrer blickte seinem Freund prüfend ins Gesicht. Obwohl er immer an seine Unschuld geglaubt hatte, waren die Schilderungen auf Digmore Park so plastisch gewesen, dass er es kurz selbst für möglich gehalten hatte, dass sein Freund ein Mörder war. Doch nun waren seine Zweifel verflogen. „Es tut mir leid, alter Knabe, dir das mitteilen zu müssen, aber deine Tante Barbara, Lady Bakerfield, wurde ermordet."

„Ermordet?“ Der Major schlug die Hände vors Gesicht. „Das ist ja grauenhaft! Das ist ja unvorstellbar schrecklich. Wer hat es getan? Ihr Ehemann? Nein, dem vermag ich die Tat keinesfalls zuzutrauen. Nun sag schon, Bishop, waren es Straßenräuber? Hat man sie auf der Reise in den Norden überfallen? Wann um Himmels willen ist das geschehen? Warum hat mich niemand im Feld davon in Kenntnis gesetzt?“

„Dass man das nicht tat, hat einen simplen Grund, Frederick …“ Der Geistliche räusperte sich und rang erneut um Worte. „Der Grund ist der … wie ich dir schon angedeutet habe … man hält dich für ihren Mörder.“

Frederick sprang von der Bank auf und starrte seinem Freund fassungslos ins Gesicht. „Das kann unmöglich dein Ernst sein! Sag, dass das nicht wahr ist!“

Diesen Gefallen konnte ihm sein Freund nicht erweisen.

„Wie kommt man denn auf eine derart absurde Idee? Ich habe Tante Barbara geliebt! Wo hat man sie gefunden?“

„Soweit ich weiß, wurde ihre Leiche aus eurem Waldsee geborgen.“

„Aus unserem Waldsee? Und wie, um Himmels willen, bringt man mich damit in Verbindung? Ich war doch die letzten Wochen in Spanien! Wie hätte ich da Tante Barbara ermorden und in den See werfen können?“

Sein Freund legte ihm begütigend die Hand auf die Schulter. „Wahrscheinlich ist es am besten, wir setzen uns beide in Ruhe hierher. Und du erzählst mir von Anfang an, was sich bei deinem Heimaturlaub vor zwei Monaten zugetragen hat. Wie lange warst du im April auf Digmore Park?“

Folgsam nahm Dewary wieder Platz und überlegte. „Kaum länger als eine Woche. Wie du dir vorstellen kannst, war es nicht leicht, überhaupt Urlaub zu bekommen. Wir waren eben auf dem Rückzug vom Schlachtfeld und dabei, uns neu aufzustellen. Meine Schwester Irene heiratete, wie du sicher bereits erfahren hast …“

Er wartete, bis der Pfarrer bestätigend nickte, bevor er fortfuhr: „Der Kommandant war mir … aus dem einen oder anderen Grund … noch eine Gefälligkeit schuldig. Also bekam ich die Erlaubnis, zur Hochzeit meiner Schwester nach Hause zu reisen."

„Wo ist deine Schwester jetzt? Ich habe sie auf Digmore Park nicht angetroffen."

„Ihr Mann, Jasper, ist Professor an der Universität von Oxford. Er bekam die einmalige Gelegenheit, an Ausgrabungen in der Nähe von Athen teilzunehmen, und dort halten sich die beiden derzeit auf."

„Du wirst mir doch nicht weismachen, dass ihn deine Schwester bis nach Griechenland begleitet hat! Das ist doch viel zu gefahrenreich für eine junge Frau!"

Das stolze Lächeln des älteren Bruders stahl sich auf Dewarys Lippen. „Meine Schwester ist etwas ganz Besonderes! Seit ihrer frühesten Kindheit ist sie ganz versessen auf griechische Geschichte und Mythologie. All das, was wir Knaben in Eton mit Fleiß und Mühe lernen mussten, war für sie ein Kinderspiel. Also setzte sie alles daran, ihren Verlobten zu überreden, sie mitzunehmen. Die Heirat musste natürlich noch vor der Abreise Anfang Mai stattfinden. Der Termin, an dem die Ausgrabungen beginnen sollten, stand seit langem fest. Irene bat mich, ihr Trauzeuge zu sein, eine Bitte, der ich mich keinesfalls entziehen konnte. Sie ist meine einzige Schwester!"

„Und deine Tante war bei der Hochzeit zugegen?"

„Natürlich war sie das! Sie lebte doch mit uns auf Digmore Park. Und Papa war noch bei guter Gesundheit, als ich mich verabschiedete. Etwas müde vielleicht und etwas traurig. Er gestand mir am Vorabend der Hochzeit, dass er die Einsamkeit fürchtete." Dewarys Gesicht verdüsterte sich. „Du kannst mir glauben, Bishop, dass mir das sehr zu Herzen gegangen ist, denn mein Vater ist ein stolzer, aufrechter Mann. Sentimentalitäten sind so gar nicht seine

Sache. Er musste schon sehr leiden, wenn er mir unerwartet einen Einblick in seine Seele gewährte."

Dewary schwieg nachdenklich, und Mr. Bishop drängte ihn nicht.

„Andererseits, wer konnte es ihm verdenken? Seine beiden Kinder waren auf dem Weg ins Ausland. Obwohl er dies nie zugeben würde und sicherlich stolz auf meine militärische Laufbahn war, so war er doch stets in Sorge, ich könnte eines Tages nicht mehr zurückkehren, Bishop."

Diese Sorge konnte der Pfarrer verstehen. Zu viele Söhne waren mit hehren Idealen in die Schlacht gezogen und hatten in der Ferne ihr Leben gelassen.

„Vater teilt meine geringe Freude, Cousin Edward eines Tages als Erben von Digmore Park zu sehen. Wir können diesen anmaßenden und zugleich oft so dummen Mann beide nicht ausstehen. Ich weiß nicht, ob du den alten Lord Bakerfield, meinen Onkel, je kennengelernt hast, Simon. Ein höchst unangenehmer Mann, der äußerst grob werden konnte, wenn er zu tief ins Glas geschaut hatte. Und er schaute sehr oft sehr tief ins Glas. Tante Barbara hat arg unter ihm gelitten. Und darum war ich doppelt froh, dass sie nun erlöst und glücklich sein würde."

Der Geistliche merkte auf. „Erlöst? Was meinst du mit ‚erlöst'? Meinst du, sie hat selbst Hand an sich gelegt, um den Fesseln einer glücklosen Ehe zu entrinnen? Ist es das, was du sagen willst? Meinst du, der Tod bedeute mehr Glück als die Hölle einer Ehe?"

Dewary war sichtlich verwirrt. „Wovon sprichst du denn, um Himmels willen? Ich habe doch mit keinem Wort angedeutet, dass meine Tante Selbstmord begangen hat! Wie kannst du so etwas Ungeheuerliches behaupten?"

„Mir geht es allein darum, endlich etwas Klarheit in diese verworrene Angelegenheit zu bringen. Aber ich habe dich unterbrochen, von welcher Erlösung und welchem Glück deiner Tante war denn dann die Rede?"

Dewary blieb lange stumm, um dann den Kopf zu schütteln. „Ich kann es dir nicht sagen. Ich habe mein Wort gegeben."

Fast hätte Simon Bishop seinen Freund an den Schultern gepackt, um ihn ausgiebig zu schütteln. „Du sagst mir jetzt sofort, was du mit Glück und Erlösung gemeint hast, oder ich verlasse auf der Stelle Portland Manor und überlasse dich völlig ungerührt deinem Schicksal."

Dewary stieß unwillig die Luft aus. „Ich habe mein Wort gegeben, Simon, du weißt, was das heißt, also dring nicht weiter in mich, von mir wirst du nichts erfahren."

Der Geistliche erhob sich, griff nach seinem Umhang, den er fein säuberlich neben sich auf die Bank gelegt hatte, und deutete mit der rechten Hand einen Gruß an. „Ich wünsche dir alles Glück dieser Erde, Dewary."

Dann verließ er festen Schrittes die Gartenlaube. Soll er doch gehen!, war Major Dewarys erster Gedanke. Wenn er jetzt geht, dann erfahre ich wieder nicht, was genau man mir vorwirft, sein zweiter. Also sprang er auf und bekam den Pfarrer gerade noch an seinem Rockzipfel zu fassen, bevor er den Küchengarten verlassen hätte. „Ich bitte dich, komm zurück. Ich sage dir alles, was ich weiß, doch ich muss dich bitten, Stillschweigen zu wahren. Es ist nicht meine Art, einen Schwur zu brechen, doch in diesem Fall hast du die besseren Karten."

So kehrten sie in die Laube zurück. Dewary wartete, bis auch sein Freund wieder Platz genommen hatte, und forderte dann in versöhnlichem Tonfall: „Also, Hand darauf, dass ich auf deine Verschwiegenheit zählen kann."

Der Pfarrer zögerte nicht, seine Hand zu ergreifen.

„Tante Barbara hatte keinen Grund, aus einer unglücklichen Ehe fliehen zu wollen. Mein Onkel Edward ist seit Jahren tot!"

„Ja, aber das hättest du mir doch einfach sagen können! Das ist doch sicher kein Geheimnis …" Der Geistliche verstummte. „Augenblick mal, da stimmt etwas nicht! Du hast eben erwähnt, du würdest ihrem Ehemann einen Mord nicht zutrauen! Ihrem *Ehemann*! Aber dein Onkel ist tot. Wie hast du das also gemeint?“

„Du hast wahrlich gut aufgepasst, alle Achtung!“, sagte Dewary anerkennend. „Zurück zur Hochzeit meiner Schwester Irene. In einer ruhigen Minute nach dem Bankett, und jetzt wirst du verstehen, warum ich dich um Stillschweigen gebeten habe, hat mir Tante Barbara anvertraut, dass sie sich in Papas Kammerdiener Mr. Jennings verliebt hat.“

Mr. Bishop atmete hörbar ein. Mit einer solch ungewöhnlichen Nachricht hatte er nicht gerechnet. „In einen Diener?“, stammelte er.

„Mr. Jennings ist viel mehr als ein Diener! Er war seit mehr als dreißig Jahren meinem Vater fast so etwas wie ein treuer Freund.“

Dewary beschloss, über den skeptischen Blick seines Freundes hinwegzusehen. Sollte der sich doch im Standesdünkel suhlen, wenn er wollte.

„Ich kenne Mr. Jennings schon mein ganzes Leben. Er ist ein kultivierter, äußerst gebildeter Mann. Natürlich war ich dennoch überrascht, dass Tante Barbara Zuneigung für ihn gefasst hatte. Und noch mehr hat mich überrascht, dass Mr. Jennings diese Zuneigung erwiderte und um ihre Hand angehalten hat.“

„Das ist natürlich in der Tat ungewöhnlich“, bestätigte der Pfarrer mit verkniffenem Mund, und Dewary war sich nun ganz sicher, dass in seinen Worten mehr als nur ein Hauch Missbilligung mitschwang.

„Ich nehme doch nicht an, dass es eine Doppelhochzeit gab, als du auf Heimatbesuch in Digmore Park warst.“ Jetzt war die Stimme des Pfarrers der reinste Spott.

„Natürlich nicht, was für eine absurde Vorstellung! Die Tage waren allein für Irenes Festlichkeiten bestimmt. Doch am Abend danach nahm mich Tante Barbara zur Seite, um mich in ihre Pläne einzuweihen. Mr. Jennings wollte in den Norden von Hampshire ziehen, wo ihm sein Bruder ein Haus hinterlassen hatte, um dort seinen Lebensabend zu verbringen. Tante Barbara hatte beschlossen, ihn zu begleiten und ihn dort in aller Stille zu heiraten."

„Wie stand dein Vater zu all dem?"

„Solange ich auf Digmore Park war, war er in Tante Barbaras Pläne nicht eingeweiht. Mylady hatte entschieden, abzureisen und für ihren Sohn und ihren Bruder eine Nachricht zu hinterlassen, die sie erst finden sollten, wenn sie schon im Norden weilte."

„Sie nahm also an, dass dein Vater nicht einverstanden sein würde?"

„Ich vermute, sie war sich da selbst nicht ganz sicher. Und ihr Sohn Edward war der Letzte, der etwas erfahren sollte. Sie hatte Angst, er könnte die Hochzeit verhindern!"

Das war nur zu verständlich. Mr. Bishop wollte nicht im Traum daran denken, dass seine Mutter planen könnte, einen Kammerdiener zu ehelichen! Diese Schande würde seine kirchliche Laufbahn mit einem Schlag zunichtemachen. Er konnte Lord Bakerfield gut verstehen. Auch er würde alle Hebel in Bewegung setzen, um so eine Mesalliance zu verhindern!

„Mr. Jennings ist also am Tag meiner Abreise in die Kutsche gestiegen, die ich ihm zur Verfügung gestellt habe. Ich habe extra das bequemste Modell genommen, damit meine Tante zumindest noch ein paar Tage lang den Komfort genießen konnte, der ihr ihrer Abstammung gemäß zustand. Paul, einer der Stallburschen, wurde mit dem Auftrag mitgeschickt, die Kutsche wieder zurückzubringen."

„Das ist ja eine abenteuerliche Geschichte!"

Dewary lächelte, ganz in seine Erinnerung versunken. „Ja, nicht wahr? Tante Barbara und Mr. Jennings hatten alles genau bedacht. Sie wollten sich vom Kutscher nur zu einer Stadt in der Nähe ihres künftigen Wohnorts bringen lassen und für den Rest der Strecke die Postkutsche nehmen. So würde der Bursche nach Digmore Park zurückkehren, ohne ihr genaues Ziel zu kennen."

„Angesichts dessen, was sie vorhatten, sicher eine kluge Entscheidung", gab Mr. Bishop widerwillig zu.

„Das war Lady Barbara ausgesprochen wichtig, denn sie wollte verhindern, dass ihr Sohn Hals über Kopf aufbrach, um ihr eine schreckliche Szene zu machen. Sie war sich sicher, dass er außer sich sein würde vor Wut! Eine Lady Bakerfield hatte sich nicht mit einem Kammerdiener zu vermählen! Noch dazu in ihrem Alter! Sie kannte Edwards Ansichten: Frauen um die fünfzig hatten sich in Würde auf den Tod vorzubereiten und nicht noch einmal vor den Traualtar zu treten."

Eine Meinung, der sich Mr. Bishop uneingeschränkt anschloss. Doch er war klug genug, zu schweigen.

„Ich selbst habe Tante Barbaras Gepäck durch den Hinterausgang zur Kutsche getragen, damit niemand Verdacht schöpfte. Dann habe ich mich von allen verabschiedet. Meine Tante war in der Zwischenzeit mit ihrem Pferd in den Wald am Rande der Straße geritten. Im Schutz der Bäume stieg sie zu mir in die Kutsche, und das Pferd machte sich allein auf den Weg nach Hause."

„Das wird ja immer abenteuerlicher! Dewary, ich habe das Gefühl, du liest aus einem Schauerroman vor!"

„Und dennoch hat es sich genau so zugetragen! Lady Barbara hatte sogar vorsorglich ihre Zimmertür versperrt und die Bediensteten angewiesen, sie nicht mehr zu stören, da sie Kopfschmerzen habe. Fraglos hat man ihr Verschwinden nicht vor dem nächsten Tag entdeckt!"

„Das war aber nicht wirklich fair, die anderen in Sorge und Unwissenheit zu lassen!"

„Was hätte sie denn anderes tun können? Wenn du wüsstest, wie glücklich sie war! ‚In drei Tagen bin ich verheiratet, mein Junge', hatte sie mir fröhlich zugerufen. Ich denke, sie hatte es wirklich verdient, einmal in ihrem Leben glücklich zu sein. Weißt du, was sie mir zum Abschied gesagt hat?"

Der Pfarrer gab ein unbestimmtes Brummen von sich. Er wollte es gar nicht so genau wissen.

„Es stehen mir nicht mehr viele Jahre gemeinsamer Freuden mit meinem Mr. Jennings bevor, das ist uns bewusst. Umso mehr wollen wir nun unsere gemeinsame Zeit genießen."

Das Brummen wiederholte sich.

„Dennoch: Irgendetwas muss schiefgelaufen sein, Frederick. Irgendeinen Haken muss euer genialer Plan gehabt haben. Jedenfalls hat man deine Tante wenige Tage nach deiner Abreise tot aus dem kleinen See gefischt, der just in dem Wald liegt, in dem sie auf dich gewartet hat. Außerdem fand man einen blutverschmierten Umhang und Lady Bakerfields fliederfarbenes Retikül."

15. Kapitel

Dewary schwieg einige Augenblicke und schüttelte dann kaum merklich den Kopf. „Als Tante Barbara zu mir in den Wagen stieg, da trug sie keinen Umhang. Und an ein Handtäschchen kann ich mich auch nicht erinnern!"

„Bist du dir sicher?"

Dewary nickte. „Ziemlich sicher. Es war ein milder Spätfrühlingstag, nicht kalt genug für einen Umhang. Ich sehe sie noch vor mir, wie sie eine braune Hutschachtel vom Sattel hob. Ich kann mir nicht vorstellen, wie ein Umhang und das Retikül an das Ufer des Sees gelangt sind."

Nachdenklich zog er die Augenbrauen hoch. „Noch weniger kann ich mir vorstellen, wie Tante Barbara zum See gekommen sein sollte. Denn ich habe sie, wie gesagt, beim kleinen Wäldchen aufgenommen, und wir fuhren dann mindestens vier Meilen nach Norden, bis wir jene Stelle erreichten, wo Mr. Jennings' Kutsche auf uns wartete. Der Abschied von Lady Barbara verlief tränenreicher, als mir das damals lieb war."

Das konnte Mr. Bishop sich gut vorstellen. Den Umgang mit weinenden Frauen hatte er als Pfarrer auch erst mühevoll lernen müssen.

„Ich zog meine Tante etwas hilflos an mich und klopfte ihr sacht auf den Rücken, in der Hoffnung, sie zu beruhigen. Doch die Tränen flossen noch inniger, und sicherlich konnte sie kaum etwas sehen, als sie zu ihrem Zukünftigen in die Kutsche stieg."

„Oh Gott", war alles, was der entsetzte Pfarrer dazu sagen konnte. Er räusperte sich ausgiebig.

„Mr. Jennings war, wie sich das für einen guten Kammerdiener gehört, Herr der Lage. Er dankte mir für meine Hilfe, lud das restliche Gepäck meiner Tante von meiner Kutsche in seine um, und dann gab er dem Burschen die Anweisung, die Reise fortzusetzen."

„Was hast du daraufhin getan?"

„Was sollte ich schon tun? Ich bin schnurstracks zum Hafen nach Southampton geritten. Um meiner Tante Schützenhilfe zu leisten, bin ich früher abgereist, als ich eigentlich geplant hatte. So erreichte ich durch Zufall ein Schiff, das noch am Abend desselben Tages auslief."

Der Pfarrer erhob sich und schlug mit den Unterarmen unentschlossen gegen seine Oberschenkel. „Ich glaube dir, Dewary, und ich bete zu Gott, dass auch die anderen dir eines Tages glauben werden. Doch derzeit sieht es so aus, als wärest du allein mit deiner Version."

„Nun erzähl schon, was du weißt!", forderte der Major.

Mr. Bishop setzte sich wieder. „Als ich Digmore Park erreichte, führte mich mein erster Weg zu eurem Hauskaplan. Du erinnerst dich vielleicht, ich habe mich schon damals, als ich dich als junger Student in den Ferien manchmal nach Hause begleiten durfte, gut mit eurem Geistlichen verstanden. In gewisser Weise war er wohl diese ganzen Jahre auch eines meiner Vorbilder."

„Aber das ist doch schon zehn Jahre her! Ich hätte nicht gedacht, dass du dich noch an Mr. Nolens erinnerst!" „Natürlich tue ich das! Während ich nach Digmore Park ritt, betete ich zu Gott, dass er noch bei euch wohnte und nicht durch einen Nachfolger ersetzt worden war. Zum Glück traf ich Mr. Nolens an, und auch er hatte mich nicht vergessen. Er lud mich zu sich in seine Stube ein und bewirtete mich mit Tee, was nach dem langen Ritt eine wahre Wohltat war. Und darüber hinaus setzte er mich ins Bild über die Ereignisse in Digmore Park."

„Wirklich ein kluger Schachzug!", lobte Dewary ihn erneut.

„Demnach habe man einen Tag nach deiner Abreise Lady Bakerfields Verschwinden bemerkt. Und es dauerte mehrere Tage, bevor man ihre … sterblichen Überreste entdeckte.“

„Wer hat Tante Barbara gefunden? War das der Pfarrer?“

„Nein, das war dein bedauernswerter Cousin Edward selbst.“

„Oh, mein Gott, das hätte ich nicht einmal ihm gewünscht!“

Bishop nickte. „Er hat nach seiner Mutter gesucht, als man entdeckte, dass sie nicht auf ihrem Zimmer war. Wohnt dein Cousin eigentlich auch auf Digmore Park?“

Dewary schüttelte sich bei diesem Gedanken. „Zum Glück nicht! Er lebt die meiste Zeit in London, besitzt aber auch ein kleines Anwesen nahe Hastings, für das er wenig Interesse aufbringt. Edward gehörte natürlich zu Irenes Hochzeitsgesellschaft, er reiste am Tag der Trauung an und ist anscheinend nicht mit den anderen Gästen aufgebrochen.“

„Wie auch immer. Als das Verschwinden deiner Tante bemerkt wurde, gab dein Vater der gesamten Dienerschaft den Befehl auszuschwärmen, um nach ihr zu suchen. Auch Edward machte sich mit auf den Weg. Zuerst suchten alle vergeblich.“

„Was kein Wunder war“, warf Dewary ein, „schließlich war Tante Barbara längst auf dem Weg in den Norden. Doch sie müssten den Brief in ihrem Zimmer gefunden haben, in dem sie alles erklärte.“

„Solch ein Schreiben gibt es allem Anschein nach nicht“, meinte der Pfarrer düster. „Es verstrichen Tage ohne jedes Lebenszeichen von Lady Barbara. Aber dann, etwa zwei Wochen nach ihrem Verschwinden, gab der kleine Waldsee ihre Leiche frei.“

„Und Edward fand auch ihren Umhang und das Retikül?“

„Nein, das war einer der Diener, und wohl wiederum erst einige Tage später. Wie mir Mr. Nolens mitteilte, stand man vorerst vor einem Rätsel. Es gingen weitere Tage ins Land, bis man schließlich die Lösung auf alle Fragen gefunden hat, wie man zumindest glaubt."

Mr. Bishop seufzte und räusperte sich, wie er es immer tat, wenn er nervös war und unangenehme Nachrichten zu verkünden hatte.

„Und die wäre?", erkundigte sich Dewary atemlos.

„Diese Lösung wird dir nicht gefallen, mein Freund. Als man noch einmal in Begleitung des Friedensrichters das Ufer des kleinen Waldsees absuchte, da fand man einen deutlichen Hinweis auf den Täter."

Der Geistliche räusperte sich wieder.

„Nun sag schon, was hat man gefunden?" Es hätte nicht viel gefehlt, und der Major hätte seinen Freund angeschrien.

Beschwichtigend hob der Pfarrer die rechte Hand. „Du musst jetzt die Nerven bewahren, Dewary."

„Ich bin die Ruhe selbst!", brachte Dewary mühsam, zwischen zusammengebissenen Zähnen, hervor.

„Man fand am Ufer des Sees nichts anderes als … deinen Siegelring!"

„Meinen Siegelring? Das kann nicht sein! Mein Siegelring befindet sich doch gar nicht auf Digmore Park!"

Der Geistliche atmete auf. „Du trägst ihn also bei dir? Welch gute Neuigkeit! Gib mir den Ring und ich fahre sofort zu Lord Streighton, dem Friedensrichter. Mit dem Schmuckstück kannst du deine Unschuld beweisen, Dewary!"

„Nein, ich habe den Ring nicht bei mir", gab der Major unwillig zu. „Auf dem Schlachtfeld ist er mir nur im Wege. Ich kann die Zügel meines Pferdes besser halten, wenn meine Hand ungeschmückt ist."

„Wo ist der Ring dann?"

„In Worthing. Ich gab ihn Vivian, als Zeichen meiner Liebe."

„Vivian?"

„Meiner Verlobten! Sie wollte ihn immer an ihrem Herzen tragen, bis ich heil und gesund aus Spanien zurückkehren würde."

Der Pfarrer runzelte die Stirn und sagte schließlich nachdenklich: „Deine Verlobte war sicher ebenfalls zu Gast bei der Hochzeit. Hältst du es für möglich, dass sie den Ring bei einem Spaziergang verloren hat? Das würde ich aber eine besonders unglückselige Verkettung von Umständen nennen!"

Dewary schüttelte den Kopf. „Nein, ich habe Vivian bei meinem Heimataufenthalt im April nicht gesehen. Ich hielt es für selbstsüchtig, ihr die weite Reise zuzumuten, nur um wenige Tage in ihrer Gesellschaft zu verbringen. Außerdem ist ihre Mutter krank, und da ist es ihre Pflicht, an deren Krankenbett zu wachen."

„Wie betrüblich!"

Dewary überhörte geflissentlich den kaum verhohlenen Spott.

„Richtig erkannt, es war tatsächlich betrüblich. Ich liebe dieses Mädchen, Bishop, und habe sie gebeten, auf mich zu warten, obwohl ich vorhatte, noch mindestens zwei Jahre meiner Armee zu dienen."

Der Geistliche stand nicht an, sich zu entschuldigen: „Verzeih. Es ist ungerecht, meine Abneigung gegen ihren Vater auf die Tochter zu übertragen. Dazu die Abneigung gegen ihre ältere Schwester, gegen ihren einzigen Bruder …"

„Bishop! Du tust ihr unrecht! Vivian ist anders!"

Der Geistliche deutete eine Verbeugung an. „Gewiss ist sie das!" Die Verlobte scherte ihn in Wahrheit nicht besonders. Vielmehr brannte er auf die Antwort auf folgende Frage: „Und dein Siegelring befindet sich mit Sicherheit in Worthing?"

„Natürlich tut er das! Wie sollte der Schmuck auch von dort nach Digmore Park gekommen sein? Hast du meinen angeblichen Ring gesehen? Es muss sich um eine Fälschung handeln."

Der Geistliche nickte. „Ja, Dewary, ich habe mich mit meinen eigenen Augen überzeugen können. Der Ring gleicht dem deinen aufs Haar. Ein schlichter Goldring mit deinen Initialen, beiderseits besetzt mit leuchtenden Rubinen."

„Ja, genau so sieht mein Ring aus", bestätigte Dewary. „Alle, die mich kennen, wissen das. Es muss ein Leichtes gewesen sein, den Ring nachmachen zu lassen."

Bishop zögerte einen Moment mit seiner Antwort und dachte nach. Anscheinend hatte auch dein Cousin dieselben Zweifel wie du, mein Freund. Und so wurde der Goldschmied gerufen, der deinen Siegelring anlässlich deiner Volljährigkeit angefertigt hat. Der Mann schwört Stein und Bein, dass das genau der Ring ist, den er vor acht Jahren für dich gemacht hat. Er behauptet, jede seiner Arbeiten aus Tausenden heraus zu kennen. Doch dies sprach der Geistliche nicht laut aus. Welchen Sinn hatte es, seinen Freund weiter zu beunruhigen? Und auch ein Goldschmied konnte sich einmal irren.

„Ja, gut möglich, dass der Ring gefälscht ist", sagte er stattdessen und räusperte sich wieder. Dann saßen sie einige Zeit schweigend da, jeder tief in seine Gedanken versunken.

„Was den Friedensrichter zudem noch stutzig machte, war die Aussage der Dienerschaft, du habest ursprünglich vorgehabt, noch zwei Tage länger zu bleiben", fiel Mr. Bishop ein. „Dann hast du jedoch plötzlich die Koffer gepackt und bist abgereist. Zur gleichen Zeit ist Lady Barbara verschwunden. Bitte nimm es mir nicht übel, Frederick, aber es ist kein Wunder, dass man hier zu dem für dich so unerfreulichen Schluss kommt."

„Ich bin doch nur abgereist, damit meine Tante aufbrechen konnte, ohne entdeckt zu werden! Außerdem war mir das gar nicht so unrecht, denn ich hatte ohnehin ein schlechtes Gewissen, gerade zu der Zeit nicht bei meiner Truppe zu sein."

„Ich versteh dich, Frederick. Alles, was du sagst, klingt nachvollziehbar. Dennoch sieht man auf Digmore Park die Dinge derzeit anders. Vor allem der Friedensrichter …"

„Ich kann mir schon denken, wer Lord Streighton eingeschaltet hat. Dem guten Edward ist wohl jedes Mittel recht, sich meiner zu entledigen."

„Mögt ihr euch so wenig?" Dewary erwog die Frage leidenschaftslos. „Edward ist zwei Jahre älter als ich. Wir waren schon als Kinder nicht die besten Freunde. Was uns nicht abhielt, miteinander in den Wäldern zu spielen. Und da wir die Leidenschaft für die Jagd teilen, hat er mich so manches Mal auf Jagdgesellschaften begleitet. Es geht gar nicht darum, ob wir uns mögen. Unzweifelhaft käme es ihm gelegen, wenn ich ohne Erben sterbe und der Titel und das ganze Vermögen an ihn fallen. Dennoch überrascht es mich, dass er so skrupellos vorgeht …"

Der Pfarrer schüttelte nachdenklich den Kopf. „Ich denke, du tust deinem Cousin unrecht. Ich habe ihn zwar nur einmal gesprochen, doch er scheint mir recht vernünftig zu sein. Ich hatte nicht den Eindruck, dass er dir Böses will. Im Gegenteil, er schien aufrichtig besorgt."

Dewary traute seinen Ohren nicht. „Bist du sicher, dass es wirklich Edward war, mit dem du gesprochen hast?"

„Aber natürlich! Mr. Nolens hat mich am zweiten Tag zum Tee ins Herrenhaus mitgenommen. Ich habe mich mit deinem Cousin unterhalten, während Lady Bakerfield uns auf das Freundlichste bewirtete."

Der Major starrte seinen Freund wie vom Donner gerührt an. „Wovon sprichst du denn, verdammt noch mal? Eben sagtest du, meine Tante sei tot, und jetzt soll sie euch auf einmal freundlich bewirtet haben? Hast du den Verstand verloren?!"

„Ich spreche doch nicht von deiner Tante", entgegnete der Pfarrer würdevoll, „ich spreche von der Frau deines Cousins."

Diese Worte brachten sein Gegenüber vollends aus der Fassung. „Edward ist nicht verheiratet, Simon, ganz gewiss nicht! Ich habe ihn doch auf Irenes Hochzeit vor zwei Monaten gesehen, und da war weit und breit nichts von einer Lady Bakerfield zu sehen. Bist du sicher, dass du dich nicht irrst?"

„Aber hundertprozentig! Dein Cousin hat mir die junge Dame doch ausdrücklich als seine Gattin vorgestellt!", trumpfte der Pfarrer auf. „Freilich weiß ich nicht, wie lange die beiden schon verheiratet sind, doch Mylady schaltet und waltet auf Digmore Park so, als wäre sie dort schon lange zu Hause."

Frederick schüttelte heftig den Kopf. Er wollte nicht glauben, was er da hörte. „Darauf soll sich einen Reim machen, wer kann, ich kann es nicht. Aber einerlei, Edward kann tun und lassen, was er möchte. Ob er verheiratet ist oder nicht, kümmert mich wenig."

„Die beiden scheinen sehr glücklich miteinander zu sein", fühlte sich der Geistliche bemüßigt hinzuzufügen. Dewary konnte sich einer Bemerkung nicht enthalten. „Oh, wie mich das freut! Da lebt Edward auf Digmore Park wie die Made im Speck, und seine mir unbekannte Frau maßt sich an, im Haus meines Vaters zu schalten und zu walten. Da hätte es mich doch sehr betrübt, wenn er und seine Gemahlin, die so überraschend aus dem Nichts aufgetaucht ist, nicht glücklich wären. Ich verspreche dir, Simon Bishop, ich werde heute um einiges besser schlafen, jetzt, da ich das weiß."

Obgleich es keinen Anlass dafür gab, fand der Geistliche diese Worte nun doch komisch, und Frederick stimmte in sein leises Lachen ein. Die düsteren Gedanken hatten ihn schon zu lange niedergedrückt, es war höchste Zeit, wieder einmal etwas von der heiteren Seite zu nehmen. Sicher würde es einen Ausweg geben, sicher fand sich ein Zeuge dafür, dass Lady Barbara mit dem Kammerdiener fortgefahren war und er selbst sich unverzüglich auf den Weg nach Southampton gemacht hatte. Irgendjemand musste ihn doch beobachtet haben. Mit einem Ruck richtete Dewary sich auf der Bank auf.

„Ich hab's! Ich habe den Beweis für meine Unschuld! Paul!"

„Wusste ich es doch, dass es eine Lösung geben muss! Wer ist Paul?"

„Der Stallbursche, der Mr. Jennings und meine Tante an ihren neuen Wohnort gebracht hat. Er hat genau gesehen, wie sie aus meiner Kutsche stieg und in die andere Kutsche überwechselte. Die drei haben mir noch nachgeschaut, als sie zügig Richtung Southampton davonfuhr. Ist denn noch niemand auf die Idee gekommen, Paul zu fragen?"

„Ich weiß es nicht, ich höre soeben das erste Mal von ihm. Und was ist mit Mr. Jennings?", rief der Pfarrer aus. „Der ehemalige Kammerdiener, er müsste das doch alles bezeugen können."

Frederick nickte eifrig. „Das ist richtig. Allerdings weiß auf Digmore Park niemand, wo er sich derzeit aufhält. Wie du weißt, wollten die Tante und er dies geheim halten."

„Das ist schlecht. Sehr schlecht sogar! Wenn niemand die Anschrift kennt …"

„Ich habe sie!", fiel ihm sein Freund ins Wort. Ein Leuchten ging über das Gesicht des Pfarrers, und er erhob sich. „Großartig! Dann sollten wir keine Zeit mehr verlieren! Schick eine Kutsche zu Mr. Jennings und lass ihn herholen …" Die nächsten Worte indes vertrieben das Leuchten so schnell, wie es gekommen war.

„Das ist leider nicht möglich, denn ich habe die Adresse

nicht bei mir und gemerkt habe ich sie mir natürlich auch nicht. Sie steht auf einem Blatt Papier …"

„… das sich wo befindet?"

„Gut verwahrt auf meinem Zimmer in Digmore Park. Dort gibt es ein Priesterversteck, einen geheimen Gang, in dem ich alle meine Wertsachen aufbewahre."

Der Pfarrer seufzte und setzte sich wieder. „Es ist ausgeschlossen, dass du dich nach Digmore Park begibst. Alles ist von Wachen eingekreist, und sie lassen niemanden durch, ohne ihn genauestens zu überprüfen."

„Wenn es nicht Edward war, der die Bluthunde auf mich angesetzt hat, wer war es denn dann?"

Der Pfarrer räusperte sich abermals. „Ich weiß, es ist bitter, der Wahrheit ins Auge zu sehen, Frederick, doch allem Anschein nach war es dein Vater, der den Friedensrichter verständigt und für die Bewachung des Geländes hat sorgen lassen. Das war seine letzte Tat, bevor er sich ganz in seine Zimmer zurückzogen hat."

Hatte er damit gerechnet, dass sein Freund nun widersprechen würde, so wurden seine Erwartungen nicht erfüllt. Frederick Dewary saß nur da und sagte kein Wort. Langsam schüttelte er den Kopf, außerstande, das Gehörte zu glauben. „Hier stimmt etwas nicht, Bishop, hier stimmt etwas ganz und gar nicht. Ich danke dir dafür, dass du den weiten Weg auf dich genommen hast. Was du berichtest, ist äußerst wertvoll für mich. Doch nun ist es an der Zeit, mir endgültig Klarheit zu verschaffen."

„Was hast du vor?" Der Geistliche war ernsthaft beunruhigt. Sein Freund würde sich doch nicht zu unüberlegten Handlungen hinreißen lassen und am Ende gar selbst nach Digmore Park reiten? Die Wachen waren einfache Bauerntölpel. Es war nicht ausgeschlossen, dass ihn einer ohne viel Federlesen niederstreckte, wenn er ihm vor die Flinte kam.

Doch Dewary hatte zum Glück andere Pläne. „Noch heute werde ich nach Southampton aufbrechen und mit

Charlie sprechen. Mein Bursche wohnt, wie du weißt, derzeit im Gasthaus seiner Schwester."

„Wie soll dir denn ausgerechnet dein Bursche helfen können?", fragte der Pfarrer. Wenn ich dir schon nicht helfen konnte?, setzte er in Gedanken dazu.

Dewary bemerkte die leichte Verstimmung in den Worten seines Freundes nicht.

„Charlie trat erst in meinen Dienst, als ich bereits in Spanien war. Sein Herr war gefallen, und da ihn in der Heimat einzig seine Schwester erwartete, suchte er nach einer neuen Stelle. Auch auf meiner Reise vor zwei Monaten hat er mich nicht begleitet. Niemand kennt ihn auf Digmore Park."

Er stand auf und streckte dem Geistlichen auffordernd seine Rechte entgegen. „Bitte verzeih mir, alter Freund, aber ich komme nicht umhin, mir noch einmal Geld von dir zu leihen. Charlie muss sich neu einkleiden, um als Bursche eines noblen Haushaltes auftreten zu können. Und noch etwas: Ich benötige ein Empfehlungsschreiben für ihn, damit er auf Digmore Park vorstellig werden kann. Ich hoffe, du bist bereit, eines auszustellen."

16. Kapitel

Je näher Elizabeth den Stadtmauern von Southampton kam, desto größer wurde ihre Aufregung. Hätte sie doch Mr. Michaels eingeweiht! Ein Mann hatte ganz andere Möglichkeiten, mit missliebigen Zeitgenossen fertig zu werden, als eine Frau. Ganz besonders dieser Mann. Der so klug war und stark und … Schluss mit diesen Gedanken, die zu nichts führten! Wie hätte sie sich ihm anvertrauen können, ohne Billys Dummheiten ans Tageslicht zu bringen? Es ging doch nicht an, dass der Stallmeister einen schlechten Eindruck von seinem eigenen Herrn bekam! Mit einem tiefen Seufzer brachte sie die Pferde zum Stehen. Jetzt war es ohnehin zu spät. Jetzt musste sie zusehen, wie sie allein zurechtkam. Entschlossen hob sie ihren Reithut an und drehte ihn so, dass ihr der schwarze Schleier über das Gesicht fiel. Bisher war sie zügig vorangekommen. Ein Glück, dass sie die Strecke so gut kannte! Papa war ein leidenschaftlicher Bewunderer großer Segelschiffe gewesen. An manch sonnigem Sommertag hatte er seine Kinder in Begleitung der Nanny zum Hafen mitgenommen, um mit ihnen gemeinsam die stolzen Dreimaster zu bewundern. Auch später, als Elizabeth längst dem Kindermädchen entwachsen war, waren Vater und Tochter noch oft in Southampton gewesen. Papa hatte es genossen, seiner Tochter einen Hauch der großen weiten Welt zu zeigen, und sie hatte es genossen, ihren Vater ganz für sich allein zu haben. Nie hätte Elizabeth gedacht, dass sich diese Ausflüge einmal als derart nützlich erweisen würden. So würde sie ohne Schwierigkeiten zum Hafen finden. Ob sie allerdings das Wirtshaus „Zum lachenden

Kapitän" finden würde, das war eine andere Frage. Papa war nämlich nie auf die Idee verfallen, sie in eine derartige Hafenspelunke auszuführen.

Jetzt, mit dem Schleier über dem Kopf, kam sie nur mehr langsam voran. Zum Glück war er so durchsichtig, dass sie die Straße noch schemenhaft erkennen konnte. Dennoch erforderte der letzte Rest der Wegstrecke ihre volle Aufmerksamkeit. Hoffentlich konnte sie die Rückfahrt noch vor der Dämmerung antreten!

Hatte sie angenommen, der Schleier würde sie vor neugierigen Blicken schützen, war das nur insoweit richtig, als man ihr Gesicht nicht mehr erkennen konnte. Offensichtlich bot sie einen derart ungewöhnlichen Anblick, dass immer mehr Leute stehen blieben, um sie anzugaffen. Wann bekam man schon eine tief verschleierte schwarze Witwe zu Gesicht, hoch oben auf einem Kutschbock? Die noch dazu eigenhändig zwei feurige Rappen lenkte? Eine alte Frau, die mit gekrümmtem Rücken langsam des Weges kam, hielt inne, riss die Augen weit auf und bekreuzigte sich rasch. Elizabeths Aufregung stieg. Um wie viel lieber säße sie jetzt, vom Pöbel unbemerkt, in einer geschlossenen Kutsche und könnte es dem Diener überlassen, nach dem Weg zu fragen! Doch welchen Diener hätte sie mitnehmen sollen? Joseph und Jacob wären der Aufgabe sicher nicht gewachsen gewesen. Und John traf sich öfter mit Freunden im Wirtshaus. Da hätte sie sich nicht darauf verlassen können, dass er nicht doch, vom Bier ermutigt, das ungeheuerliche Geheimnis ausgeplaudert hätte, seine Herrin habe sich mit einem Geldverleiher getroffen. Ihre Gedanken kehrten zu Mr. Michaels zurück. Ihn zu bitten wäre wohl doch die einzig richtige Lösung gewesen. Es verwunderte sie selbst, dass sie zu diesem Mann, den sie kaum kannte, mehr Vertrauen hatte als zur langjährigen Dienerschaft. Mit einem Ruck straffte sie entschlossen die Schultern. Die Pferde wieherten erschrocken auf, als sie so ungewollt streng die Zügel anzog. Sie befanden sich nun schon am Hafen. Das Meer lag vor ihr, unruhig und grau. Eine große Barkasse war mit dicken Seilen am Pier vertäut, und unter Schreien und Fluchen rollten muskulöse Männer schwere Fässer über den hölzernen Steg an Bord. Zwei Möwen ließen sich kreischend auf der Reling nieder. Daneben lag ein elegantes Segelboot vor Anker, das rötliche Mahagoniholz glänzte in der nachmittäglichen Sonne. Der Mann dort vorne, mit dem großen Leiterwagen, der sah von allen Leuten hier noch am ehesten vertrauenerweckend aus. Ihr Herz klopfte bis zum Hals, als sie sich hinunterbeugte, um ihn anzusprechen.

„Können Sie mir bitte weiterhelfen, guter Mann? Wie finde ich das Gasthaus ‚Zum lachenden Kapitän'?"

Der Alte verzog angewidert das Gesicht und spuckte vor ihr auf den Boden. „Find den Weg doch selbst, du Hure, und scher dich zum Teufel!"

Elizabeth war fassungslos. Noch nie hatte jemand in einem so verächtlichen Tonfall mit ihr gesprochen! War man denn als Frau ohne Begleitung tatsächlich rechtlos? Nie wieder würde sie sich alleine, ohne jede Anstandsdame, aus dem Haus begeben! Ein löblicher Vorsatz, allein, in diesem Augenblick nutzte er wenig. Sie musste noch sechs andere Leute ansprechen, bevor ihr endlich ein junger Mann den richtigen Weg wies.

Sie erreichte das Gasthaus zehn Minuten nach der vereinbarten Stunde und lenkte ihr Fahrzeug in den Innenhof. Aufatmend stellte sie fest, dass der Geldverleiher bereits auf sie wartete. Er lehnte an der Außenmauer, das angewinkelte Bein an der Mauer abgestützt. Elizabeth war erleichtert, an diesem Mann war auf den ersten Blick nichts Erschreckendes. Was hatte sie denn erwartet? Einen Piraten mit Augenklappe vielleicht? Es war schon erstaunlich, welch absurde Ideen aus Furcht geboren wurden. Der Geldverleiher sah mit seinen ausgebeulten, aber durchaus ordentlichen braunen Kniehosen und einem mausgrauen Jackett eher aus wie ein biederer Kaufmann. Ein schlichter brauner Hut vervollkommnete das Bild. Wie alt mochte er wohl sein? Von weitem hielt sie ihn für Anfang vierzig. Anscheinend war er allein gekommen. Das nahm Elizabeth als gutes Vorzeichen. Mit einem Mann konnte sie es noch aufnehmen. Sie brachte die Kutsche zum Stehen. Der Mann sah noch keinen Grund, seine Hände aus den Hosentaschen zu nehmen. War die seltsame schwarze Gestalt auf dem Kutschbock seinetwegen hier? Vielleicht fand in der Nähe ja bloß ein Begräbnis statt. Tote gab es hier in der Gegend genug. Allein das Meer forderte seine Opfer, dann auch noch der vermaledeite Krieg … Sieh einer an: Da prangte doch tatsächlich das Wappen der Portlands auf dem Wagenschlag! Das hieß also, die verschleierte Gestalt kam tatsächlich, um ihn zu treffen. Wer steckte hinter der Verkleidung? Doch wohl hoffentlich nicht der junge Portland selbst! Die vornehmen Stutzer kamen ja manchmal auf die seltsamsten Ideen! Langsam ging er näher und sah neugierig zu, wie sich die verschleierte Person erhob und behände vom Kutschbock stieg. Noch wusste er nicht, ob es sich tatsächlich um eine Dame handelte. Also sah er keine Veranlassung, ihr dabei zu helfen.

Elizabeth musterte den Mann, der nun kaum drei Meter entfernt vor ihr stehen geblieben war. Er war klein und untersetzt, sein Gesicht war von der Sonne gebräunt, und eine tiefe Narbe an der rechten Wange zeugte davon, dass er irgendwann einmal in einen Kampf verwickelt gewesen sein musste. Er hatte die Mütze abgenommen und entblößte nun einen kahlrasierten Schädel. Aus der Nähe betrachtet, fand sie ihn lange nicht mehr so vertrauenerweckend. Wie konnte man mit so einem Menschen überhaupt Geschäfte machen? Das war doch von Anfang an abzusehen, dass das nicht gut gehen konnte. Lord Linworth war entweder dümmer, als sie gedacht hatte, oder seine finanzielle Notlage war schier unerträglich gewesen. Je schneller sie hier wieder wegkam, desto besser.

„Sie sind Mr. Nuckels?“

Besser, sie vergewisserte sich gleich zu Beginn, als Gefahr zu laufen, mit jemand Falschem ein so peinliches Gespräch zu beginnen.

Mr. Nuckels spuckte die Tabakblätter aus, auf denen er herumgekaut hatte, und deutete mit spöttischem Grinsen eine Verbeugung an. „Ich bin der Nämliche, Mylady, und wenn Sie jetzt auch noch die Güte hätten, mir zu sagen, mit wem ich die Ehre habe, dann wüssten wir beide, woran wir sind.“

Elizabeth dachte nicht daran, ihren richtigen Namen preiszugeben. „Ich bin … eine Freundin von Lord Portland.“

Diese Aussage entlockte ihrem Gegenüber ein unanständiges Grinsen. „Also, da hat seine Lordschaft aber einen Batzen Glück, das muss man ihm neidlos lassen. Solche Freundinnen hätte ich auch gerne.“

„Ich muss schon sehr bitten, Sir!“, fuhr sie entrüstet auf. Wie kam der Mann dazu, so mit ihr zu sprechen? Besser, sie begab sich auf unverfängliches Terrain. „Ich bin in der … geschäftlichen Angelegenheit gekommen, die Sie mit … Lord Portland verbindet.“

Der Mann lachte laut auf. „Na, soweit kommt's noch, dass ich mit einem Weib Geschäfte mach …!“

Elizabeth schnappte nach Luft.

„Es wird Ihnen nichts anderes übrigbleiben, Mr. Nuckels“, entgegnete sie mit einem strengen Tonfall in der Stimme, um ihm ein wenig mehr Respekt einzuflößen, „denn ich bin von … seiner Lordschaft beauftragt, mit Ihnen über die Bürgschaft zu sprechen. Diese Bürgschaft … Was soll denn das?!“

Ehe Elizabeth wusste, wie ihr geschah, hatte der Mann seine Hand ausgestreckt und ihr den Schleier vom Gesicht gerissen. Dann ließ er einen anerkennenden Pfiff folgen. „Du siehst ja ohne noch viel schnuckeliger aus. Was also kann ich für dich tun, Schätzchen?"

Hatte Mr. Nuckels durch den Schleier schon unsympathisch ausgesehen, so wurde er ihr durch sein brüskes Verhalten noch um einiges widerlicher. Und auch sein beißender Mundgeruch trug nicht dazu bei, ihn für sie einzunehmen. Am liebsten hätte sie sich den Schleier wieder über den Kopf gezogen, aber das kam ihr nun doch kindisch vor. Wenn sie ihm schon Auge in Auge gegenüberstehen musste, dann war es wichtig, Haltung zu bewahren. Sie hob das Kinn und sagte mit der strengsten Miene, die sie aufzusetzen imstande war: „Wie gesagt, es geht um die Bürgschaft, die Lord Portland für Lord Linworth bei Ihnen unterschrieben hat." Die Worte sprudelten jetzt nur so aus ihr heraus. „Diese Bürgschaft ist ungültig, denn Lord Portland ist noch minderjährig, und er hat die Unterschrift ohne die Zustimmung seines Vormunds geleistet."

Das Grinsen ihres Gegenübers verbreiterte sich. „Uiuiuiui, wie mich das beeindruckt! Sind Sie etwa gar höchstpersönlich der Vormund dieses Burschen?"

Die letzte Bemerkung war nur dazu gedacht, sie zu ärgern. Sogar ein ungebildeter Mann wie Mr. Nuckels musste wissen, dass eine junge Frau wie sie niemals der Vormund eines Minderjährigen sein konnte.

„Unterschrift ist Unterschrift, ob minderjährig oder nicht. Also hol ich mir mein Geld bei einem von den beiden sauberen Herren. Bei welchem, das ist mir gleich!"

Mr. Nuckels war völlig unbeeindruckt. Elizabeth schluckte. Das Gespräch verlief ganz und gar nicht so, wie sie sich das gewünscht hätte.

„Sie holen sich das Geld bei Lord Linworth, denn diesem haben Sie es schließlich geliehen. Und mir geben Sie bitte die Bürgschaft." Sie machte mit ihrer rechten Hand eine auffordernde Handbewegung. „Her damit!"

Nun fand es Mr. Nuckels an der Zeit, schallend loszulachen. „Du bist wirklich eine lustige Kröte!“, sagte er. „Aber meinetwegen, du sollst die Bürgschaft haben.“

Zu ihrer Überraschung zog er ein Blatt Papier aus seiner Rocktasche, faltete es auf und hielt es ihr entgegen. Sie konnte den Text zwar von Weitem nicht lesen, die Überschrift „Bürgschaft“ jedoch war mit besonders großen Buchstaben geschrieben, und sie erkannte auch Billys krakelige Unterschrift. Erleichtert atmete sie auf. „Sehr gut, Mr. Nuckels, vielen Dank.“

Sie griff nach dem Blatt, doch noch bevor sie es zu fassen bekam, hatte er es wieder weggezogen. „So einfach bekommst du es nicht, Mäuschen! Mr. Nuckels macht nie etwas ohne eine Gegenleistung! Was mag dir wohl die Bürgschaft wert sein, Schätzchen? Bist du eine gute Freundin von diesem Portland?“

Elizabeths Miene verschloss sich wieder. Das hätte sie sich ja denken können, dass dieser Nuckels nicht so einfach aufgab.

„Ich bin fast wie eine Schwester für ihn.“

Dass das kein so guter Schachzug war, stellte sich umgehend heraus. „Ah, dann ist dir diese Bürgschaft also besonders viel wert. Dann werden ein oder zwei Küsse als Gegenleistung nicht ausreichen! Da werden’s schon etwas mehr Küsse sein müssen.“

Er trat zu Elizabeth hinüber, und ehe sie es sich versah, hatte er sie in seine Arme gerissen und seinen harten Mund auf ihre Lippen gedrückt. Einige Schrecksekunden lang verharrte sie reglos, doch dann kam wieder Leben in sie. Sie strampelte mit beiden Beinen, es gelang ihr, sich umzudrehen und ihn in die Schulter zu beißen. Er hielt ihre Arme fest an sich gepresst wie in einem Schraubstock. Sein Atem roch nach Kautabak und Bier. Sie biss noch einmal zu, diesmal fester.

Er schrie auf. „Da habe ich mir ja eine Wildkatze geangelt! Jetzt kommst du mit Küssen allein nicht mehr davon, Darling! Von jemandem, der mich beißt, verlange ich etwas anderes."

Er hob sie hoch und warf sie sich über die Schulter, als wäre ihr Gewicht nicht der Rede wert. Jetzt hatte sie zumindest eine Hand frei und konnte mit aller Gewalt auf seinen Rücken trommeln. Dabei strampelte sie mit den Beinen und warf ihren Kopf hin und her.

Doch Mr. Nuckels lachte nur. „Ich bringe dich jetzt hoch in eine Kammer, und besser, du denkst gar nicht dran, zu schreien! Das würde nur noch mehr Kumpels anlocken, bei unserem Spiel mitzumachen, und ich möchte dich zuerst gerne nur für mich alleine haben!"

Und wieder trommelte ihre Hand auf seinen Rücken. Doch sie wusste, dass sie gegen ihn nichts würde ausrichten können. Zu all der Verzweiflung über ihre Aussichtslosigkeit mischte sich die Wut über Linworth, über Billy und nicht zuletzt über ihre eigene Dummheit. Mr. Nuckels näherte sich mit der Last auf seinen Schultern dem Hintereingang. Er trat zur Seite, da in diesem Augenblick zwei Männer das Gasthaus verließen. Einer der beiden war recht groß, seine derbe braune Hose steckte in glänzenden schwarzen Reitstiefeln. Die Augen, mit denen er das Schauspiel beobachtete, das sich ihm hier unerwartet bot, waren tiefblau und verengten sich zu schmalen Schlitzen, als ihm aufging, was da gerade geschah. Seine Hände waren lang und schmal. Doch das sollte niemanden täuschen, denn er war es gewohnt, hart zuzupacken und die Zügel in der Hand zu halten. Und er war es gewohnt, rasche Entscheidungen zu treffen. Und eine dieser raschen Entscheidungen traf er nun. Er ballte seine rechte Hand zur Faust, holte aus und ließ sie mit voller Wucht auf den Schädel von Mr. Nuckels niedersausen.

17. Kapitel

Der Geldverleiher stöhnte auf und ließ Elizabeth los. Zum Glück landete sie wohlbehalten auf den Beinen. Über dem Rücken von Mr. Nuckels hängend, hatte sie die beiden Männer nicht kommen sehen. Umso überraschter war sie, dass Mr. Nuckels wie vom Blitz getroffen in sich zusammenklappte und sie freikam. Rasch drehte sie sich um und war dann noch überraschter, ihren Stallmeister vor sich zu sehen. Er betrachtete sie ernst und rieb sich dabei sein schmerzendes Handgelenk. „Miss Porter, Sie gestatten, dass ich Sie nach Hause bringe?"

Ihre Freude, ihn zu sehen, war dermaßen groß, dass sie ihm am liebsten um den Hals gefallen wäre. Er war ihr Retter! Sie suchte nach den richtigen Worten, ihm zu danken. Sie wollte ihm etwas Nettes sagen, ein Kompliment machen. Doch irgendetwas in seiner strengen Miene, irgendetwas in seinem förmlichen Tonfall ließ sie den Mut verlieren. „Ich bitte darum, Mr. Michaels", sagte sie schlicht. Gerade so, als hätte sie ein junger Mann im Tanzsaal gefragt, ob er ihr etwas zu trinken bringen dürfe. Dewary überlegte nicht lange. Er öffnete das Tor zum Pferdestall, und Jupiter kam schnaubend ins Freie. „Charlie, du nimmst das Pferd."

Der Bursche nickte mechanisch. Er war noch ein wenig verwirrt angesichts des Geschehens, das sich eben vor seinen Augen abgespielt hatte. Kannte der Major etwa die junge Dame im schwarzen Kleid? Und was um Himmels willen hatte sie hinter dem Gasthaus seiner Schwester zu suchen? Hier war nicht das richtige Pflaster für Damen der höheren Gesellschaft.

„Wenn Sie meinen, dann nehme ich den Gaul. Scheint ein passabler Renner zu sein und kommt uns billiger, als wenn ich erst einen leihen müsste. Aber wissen will ich schon, was das alles zu bedeuten hat …"

Ein kleines Lächeln schlich sich auf Dewarys Lippen. „Das kann ich mir vorstellen, Charlie. Aber deine Neugier muss warten. Ich erzähle dir alles … zumindest das Wichtigste … wenn wir uns das nächste Mal sehen."

Es fiel dem Burschen sichtlich schwer, sich weitere Fragen zu verkneifen und stattdessen die Zügel zu ergreifen. Etwas wollte er allerdings doch noch wissen.

„Irgendwelche Besonderheiten, was den Gaul betrifft?"

„Das Pferd ist etwas ungestüm, also sieh dich vor. Verrichte deine Aufgaben wie besprochen. Ich erwarte dich genau in einer Woche am vereinbarten Ort. Beeile dich, du hast einen weiten Weg vor dir."

Charlie hob die Hand zur Mütze, murmelte einen Abschiedsgruß und tat, wie ihm geheißen.

In das Klappern der Hufe mischte sich lautes Stöhnen. Kein Zweifel, Mr. Nuckels kam wieder zu sich. Dewary hielt es für angebracht, keine Zeit mehr zu verlieren. „Ihre Hand, Miss Porter."

Mit einer einladenden Geste bedeutete er Elizabeth, dass er ihr in die Kutsche helfen wollte. Sie ließ ihn gern gewähren, nahm Platz und zog sich den schwarzen Schleier wieder über den Kopf.

Währenddessen rappelte Mr. Nuckels sich mühsam hoch. Etwas Weißes lag vor ihm auf dem lehmigen Boden des Innenhofes, und mit einem Schlag wurde Elizabeth der eigentliche Grund ihres Hierseins bewusst. „Dort, das Blatt Papier!" Sie zeigte auf Mr. Nuckels Schuhspitzen. „Mr. Michaels, Vorsicht, er kommt wieder zu Bewusstsein. Versuchen Sie doch, das Papier aufzuheben, es ist ungeheuer wichtig!"

Der Geldverleiher war nun wieder auf den Beinen,

noch etwas benommen, aber doch bereit für den nächsten Kampf, wie das Blitzen in seinen Augen zeigte. Herausfordernd stellte er seinen Fuß auf das Papier und ballte die Fäuste. „Na, komm schon, Bürschchen, wenn du dich traust! Noch einmal wirfst du Mr. Nuckels nicht zu Boden."

Die vorschnellende rechte Gerade des Majors strafte diese Worte umgehend Lügen. Und ein zweites Mal an diesem frühen Abend sank Mr. Nuckels in sich zusammen wie ein nasser Sack. Dewary hob seelenruhig das Bein des Geldverleihers ein wenig an, zog das Blatt darunter hervor und steckte es in seine Rocktasche. Dann stieg er auf den Kutschbock und griff nach den Zügeln. Mit einem leisen Pfeifen wendete er die Rappen und führte sie in ruhigem Schritt aus dem Hof des Wirtshauses hinaus.

Sie schwiegen, bis sie die Stadtmauern von Southampton hinter sich gelassen hatten. Dann nahm Elizabeth den Schleier wieder ab und legte ihn sich über die Schultern. „Mr. Michaels, ich denke, ich bin Ihnen eine Erklärung schuldig."

Er blickte sie über die Schulter an. „Geldsorgen, Miss Porter?"

„Sie wundern sich sicherlich, mich an so einem ungewöhnlichen Ort … *was* haben Sie gesagt? Woher wissen Sie das?"

Dewary zuckte mit den Schultern. „Der Mann sah aus wie ein Blutsauger, wenn Sie mich fragen." Er hielt erschrocken inne. Eine Stunde in Charlies Gesellschaft, und er hörte sich schon an wie sein Bursche. Inzwischen benahm er sich wie ein richtiger Stallmeister!

„Es ist nicht so, wie es scheint!", beeilte sie sich zu erklären. Ihr lag sehr viel daran, dass er nicht schlecht über sie dachte. Doch es war so schwer, sich vor ihm zu verteidigen, wenn er ihr den Rücken zudrehte.

„Bitte halten Sie an!"

Doch Dewary dachte gar nicht daran, zu gehorchen. Je schneller sie nach Portland Manor zurückkamen, desto besser. Mit dem Pferd hätte er querfeldein reiten können, so jedoch war er auf die Poststraße angewiesen. Jeden Augenblick konnte ihnen ein Wagen entgegenkommen, und ein bekanntes Gesicht auf dem Kutschbock konnte entgeistert seinen Namen rufen …

„Anhalten!", befahl Elizabeth noch einmal.

Er seufzte und zog die Zügel straff. „Und was belieben Mylady jetzt zu tun?", fragte er, als die Kutsche stand.

„Jetzt helfen Sie mir bitte heraus, Mr. Michaels. Ich steige zu Ihnen hinauf!"

Dewary schüttelte lachend den Kopf. „Sie steigen zu mir auf den Kutschbock? Was bitte soll das für einen Sinn haben? Misstrauen Sie etwa meinen Fahrkünsten?" Seinem Lachen entnahm sie, dass er selbst nicht ernst meinte, was er da sagte.

„Ich möchte mich mit Ihnen unterhalten, und das kann ich nicht, wenn ich ständig Ihren Rücken anstarren muss."

Er sprang ab, half Elizabeth aus dem Wagen und auf den Kutschbock hinauf und sagte dann: „Also, da bin ich mal gespannt. Was gibt es so Wichtiges zu besprechen?"

Er lächelte ihr so aufmunternd zu, dass ihr wieder einmal ganz warm ums Herz wurde. Freudestrahlend und ohne jede Scheu lächelte sie zurück. Ihr Lächeln traf Dewary mitten ins Herz. und das verunsicherte ihn ein wenig. Lady Elizabeth ließ die Pferde anhalten, um sich zu ihm, einem einfachen Stallmeister, auf den Kutschbock zu setzen! Das entsprach so gar nicht dem Bild, das er bisher von ihr gehabt hatte. Wenn er ehrlich zu sich war, dann konnte er noch ein Dutzend andere Gelegenheiten aufzählen, die seinem ursprünglichen Bild von ihr nicht entsprachen. Er ließ die Peitsche knallen, und die Pferde zogen an.

Elizabeth bewegten derweil ganz andere Gedanken:

Wie kam sie der Wahrheit am nächsten, ohne Billy anzuschwärzen?

„So verwunderlich es für Sie auch sein mag, Mr. Michaels, es war unbedingt notwendig, dass ich mich mit diesem Mann traf. Nicht ich bin in Geldverlegenheiten, sondern … eine Person, die sich mir anvertraut hat, verstehen Sie?"

Elizabeth war mit sich zufrieden. Diese Erklärung war vage genug, um nichts Genaues auszusagen, und zugleich war sie doch aussagekräftig genug, um den Stallmeister zufriedenzustellen. Doch ein leises Lachen zu ihrer Linken ließ sie erahnen, dass er sie nicht so einfach davonkommen lassen würde.

„Wirklich, Mr. Michaels, ich darf Ihnen nicht mehr sagen. Es ist eine Sache der Ehre, das verstehen Sie sicherlich."

Was für ein kluger Schachzug! Immer, wenn man das Wort „Ehre" erwähnte, dann waren sich die Herren einig und schwiegen wissend.

Aber dieser Mann war anders. „Ich sag Ihnen, wie es gewesen ist, Miss Elizabeth. Nicht Sie, sondern Ihr kleiner Bruder hat sich in Schulden gestürzt. Hat er gespielt? Oder beim Pferderennen zu hoch gewettet?" Mit einer beschwichtigenden Geste unterdrückte er ihren Protest. „Einerlei. Jedenfalls konnte er nicht zahlen. Einer seiner sauberen Freunde vermittelte ihm daraufhin die Bekanntschaft von diesem Gauner hier, dieser Gauner lieh ihrem Bruder Geld, und dann sah er sich außerstande, es zurückzuzahlen. Und schickte die große Schwester vor. Wie viel Geld haben Sie dem Mann gegeben, Miss Porter?"

Elizabeth schnappte nach Luft: „So ist es überhaupt nicht gewesen! Nicht im Geringsten, Mr. Michaels. Und ich habe dem Mann auch kein Geld gegeben. Keinen einzigen Penny."

Diese Aussage quittierte ihr Stallmeister mit einem anerkennenden Nicken.

„Alle Achtung, Miss Porter, ich fürchtete schon, Sie hätten dem Mann eine Unsumme in den Rachen geworfen."

„Mir ging es doch gar nicht um Geld, ich wollte die Bürgschaft zurück. Was mich daran erinnert, dass das Papier nun in Ihren Händen ist. Wenn ich also darum bitten dürfte."

Wahrscheinlich würde er es ihr erst geben, wenn er eine befriedigende Erklärung von ihr erhalten hatte. Alle Männer, die sie kannte, nahmen Zuflucht zu derlei Erpressungen. Mr. Michaels grinste nur, griff mit seiner Rechten in die Rocktasche und überreichte ihr das Papier mit einer kleinen Verbeugung. „Der liebe Billy ...", er verbesserte sich, als er sah, wie ihre Augenbrauen hochschnellten, „Lord Portland hat also eine Bürgschaft unterschrieben. Das ist ja eine besonders raffinierte Art, Schulden zu machen. Man hat nicht einmal etwas davon. Wer mag wohl der Schuldner sein, der keinerlei Skrupel kannte, einen so jungen Burschen als seinen Bürgen heranzuziehen?"

Noch während er fragte, wusste er die Antwort, und sein Lächeln wich einem verächtlichen Zug um den Mund. Elizabeth schwieg. Es schickte sich ganz gewiss nicht, ein Mitglied der adeligen Gesellschaft der Verachtung eines Dieners preiszugeben. Doch zu ihrer Verblüffung beantwortete Mr. Michaels die von ihm gestellte Frage selbst. „Das hätte ich nicht einmal Linworth zugetraut."

„Mein Gefühl hat mich also doch nicht getrogen!", triumphierte Elizabeth. Dewary sah erstaunt zu ihr hinüber. „Ich hatte gleich das Gefühl, dass Sie Linworth kennen, und ich habe recht gehabt! Woher sind Sie mit seiner Lordschaft bekannt, Mr. Michaels?"

Das hatte er nun von seinen impulsiven Äußerungen!

„Kennen ist zu viel gesagt, Miss Elizabeth. Er und ... Mr. McPherson sind Mitglieder im selben Club."

Dann schwiegen Sie eine Zeitlang. Elizabeth war erleichtert, dass ihr Stallmeister nun die Wahrheit wusste. Und sie war froh darüber, dass er ganz nüchtern die Tatsachen aufgezählt hatte, ohne schlecht über Billy zu sprechen. Das beruhigte ihr schlechtes Gewissen, einen Fremden in diese Familienangelegenheit eingeweiht zu haben.

„Ich möchte Ihnen noch einmal von ganzem Herzen danken, Mr. Michaels. Sie haben mir heute das Leben gerettet."

„Ich bin heilfroh, dass die Sache gut ausgegangen ist, Miss Porter. Und wenn Sie das nächste Mal einen Ausflug zum Hafen machen wollen, dann sagen Sie mir bitte Bescheid."

Während er dies sagte, wurde ihm jäh bewusst, dass er nicht mehr lange in ihren Diensten stehen würde. Wenn Charlie mit der Adresse von Mr. Jennings zurückkam, dann würde er sie verlassen, um seine Weste wieder weiß zu waschen.

„Haben Sie denn wirklich keinen männlichen Verwandten, an den Sie sich bei derartigen Unannehmlichkeiten wenden könnten?", fragte er daher. „Einen erwachsenen männlichen Verwandten, meine ich damit natürlich."

Elizabeth konnte nicht anders, sie fing an zu kichern. „Jetzt hören Sie sich gerade so an wie Clara."

Dewary hatte mit allem gerechnet, nicht jedoch mit dieser Antwort. „Wer bitte ist Clara?"

„Meine beste Freundin."

„Also, Sie sind wirklich arg! Mir hat noch nie eine junge Dame vorgeworfen, ich würde mich wie ihre Freundin anhören!", sagte er mit gespielter Entrüstung. So seltsam seine Lage auch war und so verfahren, so sehr begann das Gespräch mit Miss Porter ihn zu amüsieren. „Sie wollen doch nicht etwa behaupten, ich benehme mich wie ein *Mädchen*?"

Er wandte sich ihr zu und blinzelte mit den Augen. Geradeheraus lächelte sie ihm ins Gesicht. „Ihr Faustschlag hatte zumindest nichts Mädchenhaftes an sich."

Dann fingen sie beide an zu lachen.

„Wer war eigentlich der Mann, dem Sie Jupiter anvertraut haben?", erkundigte sich Elizabeth ein paar Minuten später.

Wie schnell sich das Blatt doch manchmal wendete! Jetzt war es an Dewary, sich verlegen aus der Affäre zu ziehen. Jetzt hatte er ein Geheimnis, das er ihr nicht enthüllen konnte.

„Ein … Freund. Er musste dringend …" Ja, was musste der gute Charlie denn so dringend? Dewary blickte in Elizabeths Gesicht, das ihn hinter dem Schleier erwartungsvoll ansah. Der Schleier gab schließlich den Ausschlag.

„Er musste dringend zu einer Beerdigung. Sein Onkel ist überraschend gestorben."

Dewary nickte mehrfach, um seine Worte zu untermauern.

„Charlie kommt nächsten Freitag nach Portland Manor, um das Pferd zurückzubringen. Sie brauchen sich keine Sorgen machen, mein … Freund ist ein exzellenter Reiter. Ich hoffe, Sie verzeihen mir meine Eigenmächtigkeit."

Sein Lächeln war so schuldbewusst und zugleich so charmant, dass sie ihm in diesem Augenblick alles verziehen hätte. Sie setzte eben an, ihn zu fragen, was *er* eigentlich in der Hafenspelunke zu tun gehabt hatte, ließ es aber dann doch auf sich beruhen.

18. Kapitel

Die nächste Woche verging ohne besondere Vorkommnisse, gerade so, als wäre sie die Ruhe vor dem sich zusammenbrauenden Sturm. Nur eines hatte sich seit dem Vorfall in Southampton entscheidend verändert: Dewarys Meinung über Miss Porter. Es freute ihn, dass sie ihm vertraute und ihn mehr und mehr in die Belange von Portland Manor mit einbezog. Er genoss es, an ihrer Seite über die Felder und durch den angrenzenden Wald zu reiten. Noch nie hatte er eine Lady erlebt, die im Damensattel ein derart flottes Tempo vorlegte und ohne Zaudern auch die höchsten Hecken überwand. Hatte er sie anfangs für herrisch gehalten, so bewunderte er sie jetzt dafür, mit welcher Souveränität sie all die Pflichten erledigte, die der herrschaftliche Landsitz abverlangte. Jeder Tag, der ins Land zog, ließ seine Furcht geringer werden, unversehens Lord Linworth zu begegnen, und er bewegte sich auf Portland Manor gerade so frei, als wäre er hier zu Hause. Natürlich galt seine Sehnsucht weiterhin Digmore Park, doch er hatte es nicht mehr so eilig. Es würde ihm schwerfallen, hier alles aufzugeben, und es nagte an seinem Gewissen, wenn er daran dachte, dass er Miss Porter mit ihren Pflichten alleinlassen würde. Wie vertrauensselig sie war, und wie tief er dieses Vertrauen durch seine Abreise enttäuschen würde! War es da ein Wunder, dass in seinen Träumen statt einer schmalen kleinen Gestalt mit brünetten, à l'Aphrodite hochgesteckten Haaren immer öfter eine junge Frau mit blonden Locken und einem offenen Lächeln in den Vordergrund trat? Auch ihre Gespräche waren viel tiefgründiger. Je mehr Zeit er mit Elizabeth verbrachte, desto blasser wurde das Bild seiner Verlobten, und mehr als einmal musste er sich zur Ordnung rufen: Sobald sich alles aufgeklärt hätte, würde er nach Worthing fahren und den Tag der Hochzeit festlegen. Vivian würde eine wunderschöne Braut sein und eine perfekte Gastgeberin auf Digmore Park. Mit einem Mal konnte er es kaum mehr erwarten, Charlie am kommenden Freitag zu treffen.

Der nächste Freitag kam, und mit ihm kam Charlie. Pünktlich zur vereinbarten Stunde betrat er die Stallungen auf Portland Manor, gerade so, wie es sich für einen verlässlichen Burschen bei der Armee geziemte. Dewary war den ganzen Vormittag unruhig zwischen den Stallungen und der Auffahrt hin- und hergelaufen, stets in der Hoffnung, das erlösende Geräusch von Jupiters Hufen zu vernehmen. Als der Bursche nun endlich vor ihm stand, hielt er sich nicht mit einer langen Begrüßung auf. „Ich bin froh, dich zu sehen, Charlie. Wie ist es dir ergangen? Hast du eine Anstellung auf Digmore Park bekommen?"

Der Bursche führte Jupiter in eine freie Box und begann mit einer Handvoll Stroh dessen feuchtes Fell abzureiben.

„Ja, natürlich hab ich das!" Er grinste und schlug die Haken zusammen. „Schauen Sie gut her, Major, vor Ihnen steht ein verdammter Stallbursche aus gräflichem Haushalt!"

Dewary war weit davon entfernt, sich über diese Nachricht zu freuen. „Stallbursche? Du bist Stallbursche geworden? Du solltest doch Hausbursche werden!"

Charlie begann wieder über die Flanken des Pferdes zu reiben. „Ich hab's ja versucht, Major, einen ganzen Tag lang. Bin mit weißen Handschuhen herumgelaufen und habe Holz neben den Kaminen aufgestapelt. Ich sag Ihnen, das ist nichts für mich. Immer dieses Schleichen und diese Höflichkeit! ‚Hier Mylady, bitte sehr, Mylady!' Ich war wirklich froh, als der Kammerdiener gesagt hat, ich passe wohl besser in den Stall. Da musste ich dann auch nicht mehr ständig die Wünsche von Lady Bakerfield erfüllen."

Dewary stutzte kurz. Ach ja, die geheimnisvolle neue Lady Bakerfield! Die hatte er völlig vergessen gehabt.

„Im Stall ist es mir viel lieber, Major, das kann ich Ihnen sagen. Ich hab mich unwohl gefühlt in den Salons. Hab gar nicht gewusst, wie ich mich verhalten soll. Im Stall, da kenne ich mich aus, da …"

„Ja, ja, ich weiß", fiel ihm sein Herr ungeduldig ins Wort, „hast du mit meinem Vater sprechen können?"

Charlie schüttelte den Kopf. „Ach, woher denn, ein Stallbursche kommt doch nicht in die Nähe des Hausherrn."

„Mein Vater reitet doch aus, bestimmt zweimal am Tag."

Charlie machte eine betrübte Miene. „Nein, Major, tut mir leid, dass ich Ihnen das mitteilen muss, aber es ist schon so, wie der Pfarrer gesagt hat. Ihr Vater bleibt Tag und Nacht in seinen Zimmern. Ich habe mich mit Jason, einem der Hausburschen, angefreundet, und der sagt, er habe den Alten, Entschuldigung, Major, er habe seine Lordschaft schon seit Wochen nicht mehr zu Gesicht bekommen."

Dewary konnte es kaum glauben. „Ich verstehe nicht, was da los ist, das ist so gar nicht Vaters Art! Was hast du sonst herausgefunden?"

„Na ja, mit den Stallburschen habe ich mich auch angefreundet, so wie Sie es mir aufgetragen haben, Major. Und drum weiß ich, wie die heißen, nämlich George und Jack. Ein Paul ist da nicht dabei. Also hab ich gefragt, was denn aus dem Paul geworden ist. Dass er mal ein Kumpel von mir war und so ein Zeug …"

„Und?"

Charlie hob kurz die Schultern, wie um sich erneut zu entschuldigen. „Die sagen, auf Digmore Park hat's noch nie einen Paul gegeben."

Dewary riss ungläubig die Augen auf. „Waaaas?!"

„Kann's nicht sein, dass der Bursche, der Ihre Tante kutschierte, anders geheißen hat?"

„Hältst du mich für verblödet? Ich kenne Paul von seinen Kindertagen an! Er war der Sohn unserer ehemaligen Haushälterin, die verstarb, als er elf war. Paul ist bei uns groß geworden. Tante Barbara war so etwas wie eine zweite Mutter für ihn! Natürlich hieß dieser Bursche Paul. Er wird doch nichts mit dem Mord an meiner Tante zu tun haben?"

Charlie zuckte mit den Achseln. „Das weiß ich doch nicht! Ich konnte mich ja nicht hinstellen und fragen: ‚Gab es hier einmal eine Tante Barbara? Und wurde die ermordet?' Damit hätte ich doch alle hellhörig gemacht. Ich muss vorsichtig vorgehen."

Wider Willen musste Dewary lächeln. „Du hast ja recht, Charlie!"

„Eins hab ich allerdings schon getan: Ich hab mich nach der Hausherrin erkundigt, und da haben sie mir gesagt, eine wirkliche Hausherrin gebe es derzeit nicht. Es gebe nur Lady Bakerfield, und die heiße Louise, also nicht Barbara. Ich hatte ja den einen Tag ausreichend Zeit, die Dame zu betrachten. Sie ist wirklich eine Hübsche und scheint noch sehr jung zu sein. Aber ihr Cousin ist ja auch nicht gerade alt."

„Was hast du über die Wachen herausgefunden?", erkundigte sich Dewary, ohne sich länger mit der Gattin seines Cousins aufzuhalten, „stehen tatsächlich überall Bewaffnete herum?"

Charlie nickte ernst. „Ich wünschte, Major, ich könnte Ihnen etwas anderes erzählen, aber da stehen mindestens ein halbes Dutzend! Überall auf dem Gelände und auch noch rund ums Haus. Anscheinend hat man schon Wind davon bekommen, dass Sie nicht mehr bei der Armee sind. Der Butler machte vorgestern so eine Bemerkung. Natürlich sprach er nicht mit mir, sondern mit dem Stallmeister.

Aber ich habe meine Ohren offen, Major, das können Sie sich vorstellen.“

Dewary ließ sich alles, was sein Bursche gesagt hatte, durch den Kopf gehen und schwieg eine Weile nachdenklich. „Und was ist mit meinem Zimmer, Charlie? Konntest du dich hineinschleichen, um die Adresse zu holen?“

„Ach, woher denn!“ Charlie machte eine wegwerfende Handbewegung. „Zweimal habe ich versucht, meinen Fuß in das Herrenhaus zu setzen, und beide Male hat mich der Butler hochkant hinausgeworfen. Auf ein drittes Mal will ich es nicht ankommen lassen, Major, sonst bin ich meine Stelle los.“

Dewary seufzte. „Nein, das wäre wirklich dumm, Charlie. Mir wird schon etwas anderes einfallen, um an die Anschrift zu kommen.“ Das war mit weit mehr Zuversicht gesprochen, als er tatsächlich empfand. „Reite du wieder zurück, bevor man deine Abwesenheit bemerkt. Ich denke mir eine Erklärung für Miss Porter aus, warum Jupiter weiterhin im Stall fehlt.“

Dann begleitete er Charlie aus dem Stall und blickte ihm so lange nach, bis Jupiter in dem kleinen Wäldchen hinter dem Haus verschwunden war. Er war dabei so in seine Gedanken vertieft, dass er den Reiter nicht hörte, der in schnellem Galopp die Auffahrt hinaufpreschte. Erst als das Pferd schon fast hinter ihm stand, wurde er gewahr, dass er nicht mehr allein war. Erschrocken fuhr er herum und erstarrte.

„Ja, wen haben wir denn da?“ Der Reiter hatte angehalten und hievte sich aus dem Sattel. „Den guten alten Major Dewary! Das nenne ich aber eine Überraschung!“

Nun standen sich die beiden Männer Auge in Auge gegenüber, und Dewary konnte sich nur dafür verfluchen, so unvorsichtig gewesen zu sein. Der Mund des Reiters verzog sich zu einem Lachen, und dieses Lachen war alles andere als angenehm. „Alle Welt sucht ihn, und hier hat er sich versteckt. Hat Zuflucht gefunden bei den Rockschößen der schönen Miss Porter. Na, wenn das keine Heldentat ist!"

Seine Stimme triefte geradezu vor Hohn. Dewary hatte nicht übel Lust, auch diesen Mann mit einer rechten Geraden zu Boden zu schicken. Doch natürlich wusste er, dass Linworth, vielmehr Henry Fenton, Viscount of Linworth, stadtbekannter Schönling und ein Schnösel sondergleichen, als Gegner ein ganz anderes Kaliber war als Mr. Nuckels, der Geldverleiher.

„Guten Tag, Linworth, was bringt dich hierher?"

Im selben Moment hatte er entschieden, so zu tun, als wüsste er nichts von der unseligen Verbindung zwischen Linworth und Lord Portland. Besser, er stellte sich unwissend, um etwas Zeit zu gewinnen.

Seine Lordschaft betrachtete eingehend seine Schuhspitzen. „Das wusste ich bis vor wenigen Minuten auch noch nicht so genau. Deine Anwesenheit, mein lieber Freund, hat mir die Dinge jedenfalls viel einfacher gemacht. Ich danke dir dafür!" Dann musterte er sein Gegenüber langsam von oben bis unten. „Mir scheint, du verdingst dich hier als Knecht, Dewary. Das finde ich, gelinde gesagt, in höchstem Maße originell! Die Kleider stehen dir gut. Alles erscheint mir so praktisch und solide. Doch jetzt rasch, rasch, zu den Pferden zurück!" Er machte eine Handbewegung, als würde er eine Schar Hühner verscheuchen. „Du darfst deine Pflichten nicht vernachlässigen."

Dewarys Lust, Linworth mit der Faust ins Gesicht zu schlagen, wuchs ins Unermessliche. Doch er wandte sich zähneknirschend um, fest entschlossen, den ungebetenen Besucher weder eines weiteren Blickes noch eines weiteren Wortes zu würdigen, sondern hoch erhobenen Hauptes in die Stallungen zurückzukehren. Das spöttische Lachen, das ihn dabei verfolgte, machte ihm den Weg nicht eben leichter.

„Ach, richtig, Dewary, wenn du schon einmal da bist, kannst du dich auch gleich nützlich machen!", rief ihm Linworth nach, „Thunderstorm muss abgerieben werden."

Der Major knirschte mit den Zähnen, drehte sich um, nahm Linworth die Zügel seines Rappen aus der Hand und zischte zwischen zusammengepressten Lippen: „Was auch immer du hier machst, Linworth, ich bitte dich darum, niemandem zu enthüllen, wer ich wirklich bin."

Er wartete keine Antwort ab, sondern stiefelte wieder in Richtung Stall, diesmal mit dem Pferd am Zaumzeug. Linworth lachte laut auf. „Mich dünkt, du bist ganz in meiner Hand, Dewary! Das ist wahrhaftig ein gutes Gefühl!"

Der Major hielt es für unter seiner Würde, darauf zu antworten. „Dein Pferd ist zu langgestreckt und hat ein Hohlkreuz", sagte er stattdessen. Er wusste, dass Linworth ihn für einen Pferdekenner hielt, und darum wusste er auch, dass dieser Stachel saß.

19. Kapitel

Elizabeth saß unterdessen ahnungslos mit ihrer Mutter im kleinen rosa Salon. Mylady war außer sich vor Empörung. „Das verzeihe ich Mary Ann nie, nie im Leben, das schwöre ich dir, Elizabeth. Mich so im Stich zu lassen …!"

Ihre Tochter war hin- und hergerissen zwischen Unverständnis und Amüsement. „Mama, du bist unmöglich! Lady Marvel ist doch nicht deshalb abgereist, um dich zu kränken! Sie ist nach Bath gefahren, um ihrer Tochter bei der Geburt beizustehen. Die Hebamme hält es sogar für möglich, dass Lady Rosalie Zwillinge bekommt!"

Mylady schmollte immer noch. „Aber doch nicht so knapp vor unserem Ball!"

Elizabeth lächelte. „Das ist wirklich eine unglückliche Planung! Ich bin sicher, hätte Lady Rosalie bereits vor Monaten von unserem Ball gewusst, sie hätte die Geburt gewiss für einen späteren Tag vorgesehen."

Mylady hatte eben zustimmend nicken wollen, als ein glucksendes Lachen sie innehalten ließ. „Machst du dich etwa über deine Mutter lustig, junge Dame?"

Dann jedoch kam sie nicht umhin, in das Lachen ihrer Tochter einzustimmen.

„Du wirst sehen, der Ball wird auch ohne die Gegenwart deiner besten Freundin ein voller Erfolg! Die Gäste werden von der Sängerin aus Frankreich hingerissen sein …"

Myladys Lachen verstummte. „Ach, ich weiß nicht, Elizabeth, wenn Mary Ann nicht dabei ist, dann bereitet es mir keine Freude. Außerdem habe ich festgestellt, dass mit meinen Freundinnen einen Ball zu *planen* viel amüsanter ist, als den Ball dann auch tatsächlich zu *geben*."

„Mama, das ist doch nicht dein Ernst! Die letzten Abende haben wir uns die Finger wund geschrieben, um alle Gäste einzuladen. Joseph wollte heute noch losreiten, um die ersten Karten zu verteilen."

„Sag ihm, er soll damit warten. Ich möchte es mir noch einmal überlegen. Ach, weißt du, Elizabeth, ich bin in den letzten Monaten ganz und gar nicht mehr mit meinem Leben zufrieden."

Elizabeth stutzte. Diese nachdenkliche Seite kannte sie von ihrer Mutter gar nicht. „Wovon redest du, Mama? Wir haben es doch sehr beschaulich hier."

Lady Portland, die an ihrer Limonade genippt hatte, verschluckte sich beinahe. „Beschaulich! Das ist es ja, meine Liebe, das ist es ja. Eben diese Beschaulichkeit macht mir zu schaffen. Ich möchte etwas ändern ..."

Elizabeth setzte sich zu ihrer Mutter auf das kleine rosablau gestreifte Sofa. „Was meinst du mit ‚etwas ändern'? Gefällt dir dieser Salon nicht mehr? Möchtest du neue Tapeten?"

„Ach, wer redet denn von Tapeten!" Lady Portland verzog ihr Gesicht wie ein kleines Kind, dem man nicht bereit war, einen Wunsch zu erfüllen. „Ich meine doch nicht diesen Salon, ich meine dieses Haus. Nein, ich meine diesen Landstrich. Elizabeth, es ist Zeit für einen richtigen Tapetenwechsel. Was hältst du davon, wenn wir im kommenden Frühjahr nach London ziehen? Mein Bruder hat ein riesiges Stadtpalais ganz für sich allein. Ich bin sicher, er ist nur zu froh, dort wieder einmal Gesellschaft zu haben."

Elizabeth hielt sehr viel von dieser Idee. Nichtsdestotrotz sah sie sich sehr zu ihrem eigenen Bedauern gezwungen, den Enthusiasmus ihrer Mutter ein wenig zu dämpfen. Denn sie konnte sich nicht vorstellen, dass der gute Onkel Justin in die Begeisterung seiner Schwester einstimmen würde. Er war viel zu sehr an den geregelten Alltag eines Junggesellen gewöhnt. Die Aussicht auf zwei erlebnishungrige Damen in seinem Haus würde ihm viel eher als Drohung vorkommen denn als Verlockung. Und das war nicht der einzige Grund.

„Das klingt sehr vielversprechend, Mama. Doch wer soll Portland Manor verwalten, während ich in London bin?" Sie seufzte. „Es hilft alles nichts. Ich muss hierbleiben und ausharren, bis Billy volljährig ist. Und, Mama, so leid es mir tut, ich kann hier nicht ohne deinen Beistand leben. So bist du auf Portland Manor genauso unabkömmlich, wie ich es bin."

Mylady wirbelte ihre Hände theatralisch durch die Luft. „Larifari! Jedermann ist ersetzbar, wie mein Papa, dein Großvater, Elizabeth, stets zu sagen pflegte. Unser Verwalter, wie hieß er doch gleich …, soll dir deine Pflichten aus den Händen nehmen."

Das war wieder einmal typisch Mama, Hirngespinste zu erfinden und der Wirklichkeit nicht ins Auge zu sehen.

„Mr. Barnsley ist zu alt, Mama, das weißt du genau. Er ist fast blind und keinesfalls in der Lage, die Geschicke von Portland Manor zu lenken."

Lady Portland ließ sich nicht in ihren Plänen beirren. „Wir werden einen neuen Verwalter einstellen. Es ist ohnehin höchste Zeit dafür. Zu dumm, dass ich nicht schon früher darauf gekommen bin. Ich werde umgehend an meinen Bruder schreiben und ihn bitten, uns einen geeigneten Mann zu schicken."

Allein schon die Vorstellung, dass der behäbige Onkel Justin seine Ausmaße in Bewegung setzte, um sich auf die Suche nach einem Verwalter zu machen, war so absurd, dass Elizabeth nicht anders konnte, als zu lachen. So gern der gutmütige alte Herr seine Schwester und seine Nichte auch haben mochte, er war gewiss nicht bereit, auf seine Bequemlichkeit zu verzichten und noch mehr Personal einzustellen. Abgesehen davon war die Idee an und für sich sehr verlockend. Einen neuen Verwalter einzustellen, nicht mehr selbst für alles verantwortlich zu sein! Welch herrliche Aussichten! Zwei tiefblaue Augen schoben sich in ihre Gedanken. Würde Mr. Michaels zum Verwalter taugen? Er verfügte über erstaunlich gute Kenntnisse in allen Belangen, die das Führen eines Herrenhauses verlangte. Mylady bemerkte durchaus, dass ihre Tochter nicht sofort widersprach, und drückte Elizabeth glücklich ihre Hand auf den Unterarm. „Du wirst sehen, meine Liebe, wir werden eine großartige Zeit miteinander verbringen. Ach, was für ein Abenteuer!"

Für Lady Portland war der neue Verwalter damit schon so gut wie gefunden, und in Gedanken sah sie Elizabeth bereits durch die vornehmsten Ballsäle der Großstadt tanzen. Sie selbst stand am Rande des Parketts in fröhliche Plaudereien mit den Damen der Gesellschaft vertieft und sammelte geschmeichelt Komplimente über ihre zauberhafte Tochter ein. Da platzte jemand unerwartet in ihre kühnen Träume hinein.

Die Haushälterin trat ein. „Entschuldigen Sie bitte, Mylady, Lord Linworth ist hier, um Ihnen seine Aufwartung zu machen."

Elizabeth hielt die Luft an. Dieser Mann hatte Nerven! Sie dachte gar nicht daran, ihn zu empfangen! Leider war Mama ganz anderer Ansicht.

„Lord Linworth? Ach, der angenehme junge Mann, der neulich als Billys Gast einige Tage bei uns verbrachte. Wie schön, ihn wiederzusehen! Worauf warten Sie noch, bitten Sie seine Lordschaft herein!"

Elizabeth setzte sich kerzengerade auf. Sie fand es allerhand, dass dieser Filou es noch wagte, sich auf Portland Manor blicken zu lassen. Sie hatte ihrer Mutter zwar davon erzählt, dass die Freundschaft zu Lord Linworth Billy um ein Haar viel Geld gekostet hätte, aber sie hatte keine Details erwähnt, die ihre Mutter hätten beunruhigen können. Das war möglicherweise ein Fehler gewesen.

Linworth betrat den Raum, und die Haushälterin schloss leise die Tür hinter ihm. Seine Lordschaft verbeugte sich mit angemessener Grandezza und seinem charmantesten Lächeln.

„Mylady, ich freue mich, Sie wiederzusehen! Miss Elizabeth, Ihr ergebenster Diener."

„Die Freude ist ganz auf unserer Seite, Mylord", begrüßte ihn Lady Portland aufgeräumt, und ihre Tochter fügte, während sie ihm höflich zunickte, in Gedanken hinzu: Ob es eine Freude sein wird, bleibt dahingestellt.

Mylady brauchte nicht erst am Glockenstrang zu ziehen. In der Dienerschaft war es allgemein bekannt, dass sie alle Gäste mit Tee und frisch gebackenem Kuchen bewirtete, und so war die Haushälterin bereits auf dem Weg in die Küche. Mylady lud ihren Gast mit einer Geste ein, Platz zu nehmen.

„So setzen Sie sich doch, Eure Lordschaft! Wie nett, dass Sie uns wieder einmal besuchen! Wie ist es Ihnen ergangen in den letzten Tagen? Sie waren bei … ja, wo waren Sie nur zu Besuch in den letzten Tagen?"

Zu Elizabeths Überraschung begann Lord Linworth, ihre Mutter in ein seichtes Geplauder über seinen Aufenthalt auf Wildrose Manor und in Deverells Haus zu verwickeln. Und hätte er ihr nicht ab und zu einen lauernden Blick zugeworfen, es hätte tatsächlich den Anschein gehabt, er wäre nur deshalb gekommen, um Mylady von ihrer Langeweile zu erlösen. Doch Elizabeth, die schweigend daneben saß, war auf der Hut, und das aus guten Gründen, wie sich herausstellen sollte.

„Eines wollte ich schon die ganze Zeit fragen, meine liebe Miss Porter." Lord Linworth wandte sich mit harmlosem Tonfall an Elizabeth. „Wo haben Sie wohl meinen jungen Freund Billy versteckt?"

„Aber, Mylord, wie kommen Sie denn darauf, dass wir Billy versteckt haben? Er ist doch …"

„Es ist nicht wichtig, wo er ist, Mama", unterbrach Elizabeth ihre Mutter mit mehr Nachdruck als Höflichkeit. „Hauptsache, er ist außerhalb Ihrer Reichweite, Mylord." Sie gab sich Mühe, ihm im freundlichen Lächeln um nichts nachzustehen. „Sollte der Grund Ihres Besuches der sein, meinem Bruder Ihren Gruß und Ihren Dank auszurichten, so werde ich beides gerne überbringen."

Seine Lordschaft vergaß für einen Moment sein Lächeln. „Meinen Dank!? Wofür schulde ich dem Bengel Dank? Im Gegenteil, er hat mir die Bluthunde auf den Hals gehetzt. Sie fielen über mich her, in Deverells Haus, als ich am Spieltisch endlich eine verdammte Glückssträhne hatte …"

Bevor Elizabeth noch zu einer Erwiderung ansetzen konnte, hatte Mylady das Wort ergriffen, und sie tat dies so gekonnt, dass Elizabeth ihr nur stillschweigend applaudieren konnte. „Mylord, mich dünkt, Sie haben sich eben im Ton vergriffen", sagte sie schlicht und doch so streng, dass Linworth sich beeilte, eine Entschuldigung zu murmeln.

„Ihre Geldverlegenheiten sind sicherlich bedauerlich, dennoch haben wir damit nichts zu schaffen, Mylord", fügte Elizabeth hinzu. Nun lächelte Linworth wieder, aber es war ein Lächeln, das ihr noch weniger gefiel als sein freundliches Dauergrinsen. Unwillkürlich sträubten sich ihr die Nackenhaare.

In dem Moment betrat die Haushälterin mit dem Teetablett den Salon. Sie rückte das Tischchen zurecht, stellte die Etagere mit den frischen Scones in die Mitte, daneben den Topf mit Clotted Cream und eine große Schale frischer, leuchtend roter Beeren. Mylady übernahm es selbst, den Tee einzuschenken, und die Haushälterin zog sich nach einer kleinen Verbeugung zurück. Linworth, nach dem langen Ritt hungrig, scheute sich nicht zuzugreifen. So vergingen die nächsten Minuten schweigend, bis er den Faden wieder aufnahm.

„So, unser lieber Billy hat also seiner großen Schwester alles gebeichtet! Natürlich finden wir das alle *großartig*!" Er hob abwehrend die Hand, um ihre Widerworte im Keim zu ersticken. „Ich bin schon still! Nie käme ich auf die Idee, Sie mit meinen Angelegenheiten zu belästigen, Miss Elizabeth, das müssen Sie mir glauben!"

Elizabeth glaubte ihm freilich kein Wort. Sie schwieg weiter und wartete, welche Unverschämtheiten sie als Nächstes zu hören bekommen würden.

„Jetzt, da Sie doch ohnehin ganz andere, viel größere Sorgen haben. Der Tee ist ausgezeichnet, Mylady, herzlichen Dank!"

Während Lady Portland ratlos von ihrem Gast zu ihrer Tochter und wieder zurück blickte, hatte auch Elizabeth nicht die leiseste Ahnung, wovon Lord Linworth sprach.

„Welche Sorgen habe ich denn, Mylord? Hätten Sie die Güte, sich ein wenig deutlicher auszudrücken?"

Nun war der Hohn in Linworths Stimme nicht mehr zu überhören. Er genoss es sichtlich, sie zappeln zu lassen. „Das nenne ich aber Kaltblütigkeit, meiner Seel'! Miss Elizabeth, ich habe Sie schon immer bewundert, doch meine Bewunderung steigt mit jedem Ihrer Worte ins Unermessliche! Da beherbergen Sie einen gesuchten Mörder in Ihrem Haus, verstecken ihn vor dem Friedensrichter und damit vor der gerechten Strafe, König und Gesetz, und da sagen Sie mit einem freundlichen Lächeln, Sie hätten keine Sorgen. Meinen Respekt!"

Mylady wandte sich überrascht ihrer Tochter zu. „Elizabeth! Wovon spricht dieser Mann? Wen beherbergst du unter unserem Dach?"

Elizabeth wusste nicht, ob sie lachen oder aufschreien sollte. Begütigend legte sie ihrer Mutter die Hand auf den Arm. „Keinen, Mama, das versichere ich dir. Das ist bloß wieder einer dieser makabren, völlig unpassenden Scherze …"

Lord Linworth seufzte und tat so, als sei er zu Tode betrübt. „Ach, ach, ach, ich wollte, es wäre so. Das wollte ich wirklich. Doch die Wahrheit ist leider grausam. Kann es sein, dass Sie wirklich völlig ahnungslos sind, Lady Portland? Dann ist es wohl meine Pflicht, Ihnen das traurige Geheimnis zu enthüllen, das Ihren Stallknecht umgibt."

Elizabeth saß nun wieder kerzengerade auf dem Sofa. „Unseren Stallknecht? Meinen Sie John oder meinen Sie Joseph, nun sprechen Sie schon ..."

Linworth lachte auf. „Ach Gott, weiß ich denn, wie er sich hier nennt? Ich spreche von diesem großen Kerl mit den zu langen dunklen Locken ..."

Elizabeths Beunruhigung nahm zu. „Sie meinen doch nicht etwa Mr. Michaels?"

Wieder wanderte Myladys Blick von ihrem Gast zu ihrer Tochter. „Wer bitte ist Mr. Michaels, Elizabeth?"

„Unser neuer Stallmeister, Mama, das weißt du doch. Der, den Pfarrer Bishop uns vor einigen Wochen empfohlen hat. Er hat dich des Öfteren zu Lady Marvel kutschiert, erinnerst du dich nicht?"

Mylady erinnerte sich nicht. Sie konnte sich doch nicht jeden Bediensteten merken.

„Sieh mal einer an, die Angelegenheit wird ja immer spannender! Jetzt ist also auch noch der hochwürdige Herr Pfarrer in diese Geschichte verwickelt."

Elizabeth stockte fast der Atem. Wie hatte sie nur so unvorsichtig sein können, den Pfarrer in diesem Zusammenhang zu erwähnen? Doch nun konnte sie die Worte nicht mehr zurücknehmen. Außerdem gab es da etwas, was sie noch viel dringlicher wissen wollte. „Also, sagen Sie ohne Umschweife und frei heraus, Mylord, was genau Sie meinem Stallmeister, Freddy Michaels, vorzuwerfen haben!"

Jetzt lachte Linworth schallend. „Freddy Michaels!", rief er aus. Es fehlte nicht viel, und er hätte sich vor Vergnügen mit beiden Händen auf die Schenkel geklopft. „Freddy Michaels! Wie originell! Und doch, Miss Elizabeth, sein richtiger Name ist Dewary, Frederick Michael Dewary."

Elizabeth konnte mit diesem Namen nichts anfangen, doch Mylady wurde hellhörig. „Dewary, Dewary", murmelte sie vor sich hin, „ist das nicht der Name des Earl of Digmore?"

Lord Linworth stimmte ihr fröhlich zu. „Ja, Sie haben völlig recht, Mylady! Für den alten Lord ist es natürlich eine schreckliche Pein zu wissen, dass sein einziger Sohn ein Verbrecher ist!"

Elizabeth konnte es immer noch nicht glauben. „Und wen soll Mr. Michaels, ich meine, wie auch immer der Mann in Wahrheit heißt, umgebracht haben?"

Seine Lordschaft hob bedauernd die Hände. „Das entzieht sich meiner Kenntnis, Miss Elizabeth. Ich würde es Ihnen sagen, wenn ich es wüsste. Tatsache ist, dass nach dem Mann gefahndet wird!"

Elizabeth sah ihren unliebsamen Besucher eindringlich an. Leider entdeckte sie keine Anzeichen dafür, dass er log. „Im Haus von Deverell sprach man über nichts anderes mehr! Alle fragten sich, wohin Dewary verschwunden sein könnte, nachdem er die Armee bei Nacht und Nebel verlassen hat."

„Mr. Michaels diente bei der Armee?"

Linworth nickte. „Er war Major bei den Lifeguards und bis vor Kurzem in Spanien. Als man seinem Verbrechen auf die Schliche gekommen war, ist er anscheinend feige davongelaufen und hat sich unter falschem Namen hier versteckt …"

Elizabeth schüttelte ungläubig den Kopf. „Was für ein Schauermärchen tischen Sie uns da auf, Mylord? Warum sollte sich ein Mann von Stand, ein Offizier noch dazu, als Knecht verdingen, wenn er doch im Haus seiner Väter Schutz suchen könnte?"

„Er kann nichts dergleichen!", trumpfte Linworth auf. „Digmore Park wird wie eine Festung belagert. Eine Vielzahl Wachen wartet nur darauf, ihn vor den Lauf zu bekommen."

„Aber das ist ja ungeheuerlich!", murmelte Lady Portland.

„Wie man's nimmt. Die Gesellschaft bei Deverell war gespaltener Meinung. Ein paar Unverbesserliche meinten, Dewary sei bis zum Beweis des Gegenteils unschuldig, andere sagten, für sie sei er mit Sicherheit der Mörder. Die Wetteinsätze stehen vier zu eins. Ich sehe gute Chancen zu gewinnen."

In Elizabeths Kopf arbeitete es fieberhaft. Sollte Linworth tatsächlich recht haben? Erschreckend viele Anzeichen sprachen dafür. Hatte sie sich nicht selbst wiederholt über die guten Umgangsformen ihres Stallmeisters gewundert? Sein umfassendes Wissen wies ihn als viel zu gebildeten Mann aus. Sollte sie tatsächlich den Sohn eines Earls und damit einen gesuchten Mörder unter ihrem Dach beherbergen? Noch war sie nicht bereit, dem Gehörten Glauben zu schenken. Wenn es schon sein sollte, dann war Mr. Michaels ein Adeliger, der sich aus irgendeinem Grund hier versteckte. Ein Mörder war er ganz gewiss nicht.

„Das kann einfach nicht wahr sein."

Linworth hatte die gemurmelten Worte genau verstanden. „Und dennoch, ich bedaure wirklich, Ihnen widersprechen zu müssen, ist es wahr, Miss Porter. Können Sie sich den Skandal vorstellen, den es ohne Zweifel geben wird, wenn die vornehme Gesellschaft des Landkreises erfährt, was Sie getan haben? Wird man Ihnen glauben, dass Sie so naiv und unwissend waren, den Sohn eines Earls für einen gewöhnlichen Stallmeister zu halten? Sie, die gar so tüchtige Miss Porter?"

Mylady, in Gedanken längst auf den Soireen und Bällen in London, fand einen Skandal, der nur im Raum Winchester kursieren würde, nicht weiter erwähnenswert. „Ach, die Leute reden doch über so vieles. Ist es einen Tag lang Elizabeth, so ist es am nächsten Tag jemand anderes. Darauf würde ich nicht allzu viel geben!"

Damit hatte Linworth nicht gerechnet, wollte er doch die beiden Frauen einschüchtern und dazu bringen, eine ordentliche Summe Geldes für sein Schweigen springen zu lassen. Elizabeth bemühte sich, die Fassungslosigkeit über die abgeklärten Worte ihrer Mutter nicht zu deutlich zu zeigen. Wie konnte Mama bloß so ruhig bleiben? Sie selbst fürchtete sich sehr wohl davor, dass die feine Gesellschaft den Stab über sie brechen könnte. Allerdings dachte sie nicht daran, das ihr Gegenüber wissen zu lassen.

Doch da zog Lord Linworth schon einen weiteren Trumpf aus dem Ärmel. „Wie wird sich diese leidige Geschichte erst auf die Karriere von Mr. Bishop auswirken?! Soweit ich gehört habe, trägt sich der Pfarrer schon geraume Zeit mit dem Gedanken, einmal in das Gefolge des Bischofs von Winchester aufgenommen zu werden. Wie schrecklich für ihn, dass er diesen Plan jetzt für immer vergessen muss!"

Elizabeth hielt erschrocken die Luft an. Daran hatte sie noch gar nicht gedacht. Sie hatte den Pfarrer um einen Gefallen gebeten, er war ihrer Bitte nachgekommen und hatte ihr einen Stallmeister besorgt, der sich als wahrer Segen für Portland Manor erwiesen hatte. Sie war ihm zutiefst dankbar. Ein Skandal machte rasch die Runde, und auch wenn Mama und sie vielleicht wirklich nach London aufbrachen, Mr. Bishop würde hierbleiben. Sie konnte nie und nimmer zulassen, dass er in die Sache mit hineingezogen wurde, nur weil ihr der dumme Fehler unterlaufen war, seinen Namen zu erwähnen.

„Ich nehme an, Sie sind gekommen, um uns zu versichern, dass Sie schweigen werden, wie es sich für einen wahren Gentleman gehört."

Es war ein netter Versuch, ihn an seine Ehre zu erinnern, allein, er hatte keine Aussicht auf Erfolg.

„Ja selbstverständlich, Miss Porter, ich werde schweigen wie ein Grab. Vorausgesetzt, dass Sie sich dafür erkenntlich zeigen!"

Dann nannte er eine Summe, die ihr sein Schweigen wert sein sollte. Elizabeth erbleichte. Das war das Doppelte des Betrages, den der Geldverleiher von Linworth forderte.

Mylady, die es mit dem Wert des Geldes nicht so genau nahm, fand den Betrag anscheinend nicht weiter der Rede wert. „Wir werden uns die Sache überlegen, Lord Linworth, und Ihnen eine Nachricht zukommen lassen."

Damit war für sie die Unterhaltung offensichtlich beendet, denn sie zog einmal kräftig am Glockenstrang. Elizabeth konnte die Gelassenheit ihrer Mutter nur bewundern. Linworth, kurz verunsichert, fasste sich schnell wieder.

„Überlegen Sie nicht zu lange, Mylady. Meine Geduld dauert genau sieben Tage. Nächste Woche um dieselbe Zeit werde ich wieder erscheinen, und dann geht entweder ein Sack voll Geld in meine Hände …"

„… oder?", fragte Elizabeth, obwohl sie die Antwort schon kannte.

„… oder ich benachrichtige Sir Thomas Streighton, den Friedensrichter. Ja, Sie sehen, Miss Elizabeth, ich habe mich bereits erkundigt, wer das Amt hier in der Umgebung versieht. War das nicht weise und vorausschauend von mir? Und ich unterrichte dann selbstredend auch seine Eminenz, den Bischof." Er erhob sich. „Doch ich bin sicher, dass beides nicht nötig sein wird und wir die Angelegenheit ohne viel Aufhebens aus der Welt schaffen."

Damit verließ er nach einer galanten Verbeugung den Raum.

20. Kapitel

„Sie haben mich rufen lassen, Miss Porter? Ihr ergebenster Diener, Mylady."

Kaum hatte Linworth das Haus verlassen, war die Haushälterin auf Myladys Klingeln hin erschienen und hatte erstaunt den eigenmächtigen Abgang des Gastes verfolgt. Elizabeth nutzte die Gelegenheit, sie zu den Stallungen zu schicken, um Mr. Michaels zu holen.

Da stand er nun im kleinen rosa Salon, und Elizabeth fragte sich, wie sie so dumm und blind hatte sein können, auch nur eine Minute lang anzunehmen, dieser Mann sei etwas anderes als ein Adeliger. Er bewegte sich im Salon nicht linkisch, wie es die anderen Stallburschen taten. Seine Manieren waren tadellos und seine Sprache so gewählt, dass er in den vornehmsten Häusern nicht fehl am Platze gewesen wäre. „Setzen Sie sich bitte, wir haben etwas mit Ihnen zu besprechen."

Dewary hob überrascht eine Augenbraue. Das ließ nichts Gutes erahnen! Er rückte sich den Stuhl zurecht, den eben noch Linworth benutzt hatte, nahm Platz, lehnte sich zurück, schlug die Beine übereinander und sah Elizabeth erwartungsvoll an. Doch es war nicht Miss Porter, die das Wort ergriff, sondern ihre Mutter. „Also, das sieht man doch, meine Liebe, dass das kein Stallknecht ist! Wo hattest du denn deine Augen?"

Während Elizabeth sich von diesem völlig unerwarteten Vorwurf erst erholen musste, wusste Dewary nicht, ob er schmunzeln oder in Panik darüber ausbrechen sollte, dass seine Tarnung aufgeflogen war. Allerdings war er nicht wirklich überrascht. Linworth war mit schnellen Schritten in den Stall gekommen und hatte sich grußlos aufs Pferd geschwungen, kaum, dass der Sattel aufgelegt worden war. Er hatte nicht ernsthaft hoffen können, dass der Mann so etwas wie Verschwiegenheit kannte.

„Wie lautet Ihr wirklicher Name, Sir?“, erkundigte sich Elizabeth, als sie ihre Sprache wiedergefunden hatte.

Dewary schickte sich ins Unvermeidliche. Es war Zeit für die Wahrheit.

„Frederick Michael Anthony Dewary“, stellte er sich also förmlich vor, um noch hinzuzufügen: „Ich bin der einzige Sohn von John Parker Dewary, dem Earl of Digmore, und seiner leider bereits verstorbenen Gattin Catherine.“

Ihre Ladyschaft war hellauf begeistert. „Wusste ich es doch!“ Der Triumph in ihrer Stimme war nicht zu überhören. „Ich wollte es nicht sagen, während dieser unmögliche Mensch noch hier war, aber ich habe Ihre Mutter gekannt, Sir. Wir haben damals gemeinsam in London debütiert, die liebe Catherine und ich. Es erfüllt mich mit Bedauern, zu hören, dass Ihre Mutter bereits verstorben ist. Wie lange ist es her?“

„Es sind jetzt fast vier Jahre, Mylady. Ich freue mich, dass Sie meine Mutter in so guter Erinnerung haben …“

Elizabeth räusperte sich. „Das hat sie sicherlich, doch das ist nicht das, was wir mit Ihnen besprechen möchten, Mr. …“ Sie zögerte.

„Solange ich in dieser Verkleidung stecke, Miss Porter, halte ich es für am besten, wenn Sie mich weiter ‚Mr. Michaels‘ nennen.“

„Gut. Diese Verkleidung ist der Grund, warum ich Sie habe kommen lassen.“

Ihr Stallmeister, der ihr nun wie ein eleganter Gentleman gegenübersaß, hob seine rechte Augenbraue.

„… ich Sie gebeten habe, zu kommen“, verbesserte sie sich rasch und hätte sich am liebsten auf die Zunge gebissen. Es war schon in der Vergangenheit oftmals schwierig gewesen, ihm gegenüber den richtigen Ton zu treffen. Jetzt, da er sie so selbstbewusst und zugleich so erwartungsvoll ansah, war es mit einem Schlag noch schwieriger geworden. Und dies umso mehr, da ihn ein Geheimnis umgab, das sie ergründen wollte, und es nicht den Anschein hatte, als wäre er geneigt, sich zu offenbaren. Doch da tat sie ihm unrecht.

„Ich weiß, ich bin Ihnen eine Erklärung schuldig. Natürlich haben Sie ein Anrecht darauf, genau zu wissen, wer unter Ihrem Dach wohnt. Doch ich muss Sie bitten, Stillschweigen zu wahren. Je weniger Menschen davon wissen, wer ich bin, vielmehr, je weniger Menschen wissen, wo ich bin, desto besser. Es handelt sich tatsächlich um eine sehr ernste Angelegenheit, ja ich muss, ohne zu übertreiben, sagen, es geht um Leben und Tod."

„Wir versichern Sie unserer Verschwiegenheit, Mr. … Michaels, wenn Sie nur endlich aufhören, in Rätseln zu sprechen!"

„Nun, ich kann mir nicht vorstellen, dass er ein Mörder ist", verkündete ihre Ladyschaft und blickte verwundert auf, als ihre Tochter und ihr vermeintlicher Stallmeister sie entgeistert ansahen.

„Lord Linworth war sich also auch nicht zu schade, Ihnen davon zu erzählen", stellte Dewary fest, und seine Stimme klang bitter.

Die nächsten Minuten vergingen damit, dass er die gebannt zuhörenden Damen ins Bild setzte über das, was man ihm vorwarf. Er schloss mit den Worten: „Ich sehe nur einen Weg, wie es mir gelingen könnte, meine Unschuld zu beweisen: Ich muss entweder den Stallknecht Paul oder den Kammerdiener Mr. Jennings dazu bringen, vor dem Friedensrichter auszusagen und damit meine Version der Geschichte zu bestätigen."

Elizabeth musste erst einmal tief durchatmen. „Dann sorgen Sie bitte dafür, dass zumindest einer der Männer baldigst seine Aussage macht. Linworth hat uns sieben

Tage Zeit gegeben. Er hat für sein Schweigen eine beträchtliche Summe gefordert, die unsere Möglichkeiten bei Weitem übersteigt."

Dewary sah mit einem um Verzeihung heischenden Blick zu ihr hinüber. „Wenn Sie wüssten, wie leid es mir tut, dass Sie in diese schreckliche Geschichte mit hineingezogen werden, Miss Elizabeth!" Wie sollte er das je wieder gutmachen können? „Sie haben mir ein Dach über dem Kopf gegeben, als ich es am nötigsten brauchte. Und, was noch wichtiger ist, Sie haben mir Ihr Vertrauen geschenkt."

Elizabeth widersprach nicht, noch stimmte sie ihm zu. Sie war zu gespannt, was er als Nächstes sagen würde.

„Portland Manor ist mir in den letzten Wochen zur zweiten Heimat geworden. Auf keinen Fall kann ich es zulassen, dass Sie für Ihr Vertrauen nun so hart bestraft werden. Was auch immer Ihnen Linworth angedroht hat, ich kann es Ihnen nicht gestatten, dass Sie auf seine Forderungen eingehen!"

Elizabeth lachte trocken auf. „Ich fürchte, das steht nicht in Ihrer Macht. Wir haben unseren tadellosen Ruf zu verteidigen. Außerdem ist da etwas, was Sie noch nicht wissen ..."

Eben hatte er ansetzen wollen, ihr zu sagen, dass auch der größte Betrag der Welt sie nicht davor bewahren würde, dass Linworth seine Drohungen wahrmachen könnte – dass man Erpressern nicht nachgeben durfte, da sie in ihrer Dreistigkeit immer nur mehr fordern würden, doch ihre Bemerkung ließ ihn innehalten. „Und das wäre?"

„Lord Linworth drohte nicht nur damit, den Friedensrichter zu unterrichten, nein, er ging noch weit darüber hinaus: Er drohte, dem Bischof von Winchester mitzuteilen, dass Mr. Bishop dabei geholfen hat, einen flüchtigen Mörder vor der gerechten Strafe zu bewahren."

Dewary sah sie mit großen Augen an und war einige Augenblicke lang nicht in der Lage, auch nur ein Wort zu erwidern. „Eine derartige Skrupellosigkeit hätte ich nicht einmal ihm zugetraut“, sagte er schließlich und setzte mit feierlichem Tonfall fort: „Ich verspreche Ihnen, meine Damen, dass ich alles daransetzen werde, meine Unschuld noch in der kommenden Woche zu beweisen.“

„Damit würden alle Drohungen der feinen Lordschaft ins Leere laufen …“

„Richtig! Das Dumme ist nur …“

„Das Dumme ist nur …?“, wiederholte Elizabeth, die inständig hoffte, dass die Hürde nicht mehr allzu groß war, die noch zwischen Dewary und dem Beweis seiner Unschuld stand.

„Die Anschrift von Mr. Jennings liegt in einem Geheimversteck in meinem Zimmer auf Digmore Park. Ich habe Charlie, meinen Burschen, dort als Stallburschen eingeschleust. Sie haben ihn kennengelernt, Miss Porter, damals in …“

„Ja, ja, ja, ich erinnere mich“, fuhr Elizabeth rasch dazwischen, bevor der Major so unachtsam sein konnte, Mama von ihrem gefährlichen und ganz und gar unschicklichen Ausflug nach Southampton in Kenntnis zu setzen, „das ist der Bursche, in dessen Obhut sich Jupiter derzeit befindet.“

„Wer ist Jupiter?“, erkundigte sich Mylady. Doch keiner der beiden nahm von ihr Notiz.

„Charlie sollte mit Paul sprechen, der Mr. Jennings und meine Tante auf ihrer Flucht nach Yorkshire kutschiert hat. Seltsamerweise will man in Digmore Park nichts von einem Paul wissen. Und Charlie gelingt es auch nicht, unbemerkt die Adresse an sich zu bringen.“

„Sie haben doch nicht etwa vor, selbst einen Versuch zu unternehmen, in Ihr Zimmer zu gelangen?“, entfuhr es Elizabeth. „Wenn da wirklich so viele Wachen stehen, dann ist das viel zu gefährlich!“

Dewary schluckte. Irrte er sich, oder machte sie sich wirklich Sorgen um ihn?

„Es muss doch noch eine andere Möglichkeit geben!“, setzte Elizabeth fort.

„Sie meinen, ich könnte jemand anderen finden, der unerkannt in mein Zimmer gelangen könnte?“

Noch während er diese Worte sagte, wusste er, dass das ein Ding der Unmöglichkeit war. Es war schon so gut wie unmöglich, in Digmore Park einzubrechen, wenn keine Wachposten vor dem Haus standen. Das Tor war stets gut verschlossen, die Dienerschaft wachsam und bestens geschult.

„Nichts leichter als das“, meldete sich Lady Portland überraschend zu Wort. „Es war schon lange meine Absicht, dem Witwer meiner lieben Freundin Catherine einen Besuch abzustatten. Erklären Sie meiner Tochter einfach alle nötigen Einzelheiten. Ich verspreche Ihnen, sie wird in einem unbeobachteten Moment in Ihr Zimmer schlüpfen, wenn wir erst einmal als Gäste auf Digmore Park weilen.“

Und zum zweiten Mal an diesem Abend zog sie kräftig am Klingelstrang. „Ich werde sofort Anweisung geben, die Koffer zu packen. Ach, wird das ein Abenteuer!“

Weder Dewary noch Elizabeth sagte ein Wort. Der Plan war zu verlockend, als dass Dewary hätte widersprechen können. Er kannte die neue Lady Bakerfield nicht, doch er konnte sich nicht vorstellen, dass sie den Mut, ja die Dreistigkeit besitzen würde, eine Freundin der verstorbenen Hausherrin abzuweisen! Und wenn Miss Elizabeth erst einmal eines der Gästezimmer bezogen hätte, dann würde es ihr vielleicht wirklich möglich sein, heimlich in sein Zimmer zu gelangen und das Geheimversteck zu finden …

„Ich weiß nicht, ob das so eine gute Idee ist, Mama.“ Elizabeth war etwas unbehaglich zumute angesichts des Elans ihrer Mutter. „Vielleicht möchte Mr. Michaels mir das Versteck auch gar nicht verraten. An der Adresse hängt sein weiteres Schicksal, ich weiß nicht, ob er mir so weit vertraut …“

Beide hatten sie sich erhoben und standen nun ganz nah nebeneinander, blaue Augen blickten in blaue Augen. In diesem Moment traf sie beide die Erkenntnis, dass sie sich nie wieder als Herrin und Stallmeister gegenübertreten würden. Sie waren jetzt eine junge Lady und ein adeliger Offizier. Sie standen auf gleicher Stufe.

„Ich vertraue Ihnen, Miss Porter", sagte Dewary ernst, „und wenn ich mein Leben in Ihre Hände legen muss."

Elizabeth lächelte ihn freudestrahlend an. Ganz gewiss waren seine Worte ein Zeichen dafür, dass ihre Gefühle für ihn nicht einseitig waren! „Ich werde alles daransetzen, mich als dieses Vertrauens würdig zu erweisen!"

Dewary konnte sich keinen Reim auf Miss Porters überschwängliches Lächeln machen. Es traf ihn gänzlich unerwartet und versetzte ihn für einen Augenblick in einen Zustand der Glückseligkeit. Doch rasch holte er sich wieder auf den Boden der Tatsachen zurück. „Ich danke Ihnen beiden. Ich bin Ihnen zu größtem Dank verpflichtet dafür, dass Sie mir helfen wollen, meine Unschuld zu beweisen, damit ich als freier Mann nach Hause zurückkehren kann, um meine Verlobte Vivian zum Traualtar zu führen."

21. Kapitel

Drei Tage später in den frühen Abendstunden verstummte eben der sechste und letzte Schlag der großen Pendeluhr im Speisezimmer von Digmore Park, und Lord und Lady Bakerfield waren dabei, an der Tafel Platz zu nehmen, als der Türklopfer laut und vernehmlich das Eintreffen später Gäste verkündete. Mr. Richards, der Butler, der gerade das Speisezimmer betreten wollte, um die Diener beim Auftragen der Silbertabletts zu beaufsichtigen, hob fast ein wenig empört eine Augenbraue und ließ die Türklinke los. Wer begehrte zu so ungewöhnlicher Stunde Einlass? Welch ein Verfall guter Sitten! Alles war anders geworden seit Lady Barbaras Tod. Die Verwandtschaft machte sich auf Digmore Park unbotmäßig breit, und seine Lordschaft hatte davon Abstand genommen, die unteren Geschosse zu betreten. Mr. Richards seufzte. Obendrein fehlte ihm sein Freund Mr. Jennings. Er war der Einzige gewesen, mit dem man am Abend vernünftig hatte plaudern können. Gemäßigten Schrittes ging er zur Eingangstür und schob den schweren Riegel zur Seite. Wer auch immer vor dem Tor stand, er würde ihn nicht einlassen.

Doch wie sich umgehend herausstellte, lag der Butler damit falsch. Vor dem Haus standen zwei elegante Kutschen, die vordere trug ein ihm unbekanntes Wappen am Wagenschlag und wurde von vier prachtvollen grauen Pferden gezogen. Der Kutscher war zwar noch ein recht junger Bursche, doch in den Konventionen gut geschult.

„Ich wünsche Ihnen einen guten Abend, Sir“, sagte er so höflich, dass er den Butler sofort für sich einnahm. „Meine Herrin, Lady Constanze, die Witwe des verstorbenen dritten Earl of Portland, und ihre Tochter Miss Elizabeth Porter sind gekommen, um seiner Lordschaft, dem Earl of Digmore, ihre Aufwartung zu machen. Würden Sie wohl die Freundlichkeit haben, die beiden Damen ins Haus zu geleiten?"

Dewary hatte es sich nicht nehmen lassen, die Grauen den größten Teil der Strecke selbst zu kutschieren. Obwohl die Tiere die letzten Jahre viel im Stall gestanden waren, war es immer noch eine Freude, sie zu lenken. Es tat gut, die Aufmerksamkeit ganz auf das Gespann richten zu müssen. Je näher sie Digmore Park kamen, desto größer wurde seine Anspannung. Gebe Gott, dass sie alle die nächsten Tage gut überstanden! Etwa eine halbe Stunde vor ihrem Ziel bog er von der Poststraße ab und fuhr eine Meile landeinwärts. Das war kein leichtes Unterfangen. Die Kutsche war so breit, dass sie die schmale Feldstraße zur Gänze ausfüllte. Wenn ihn seine Erinnerung nicht trog, dann lag am Ende dieses Wegs ein kleines Wirtshaus, er war einmal im Zuge einer Jagdgesellschaft daran vorbeigekommen. Bald erblickte er tatsächlich das kleine Steinhäuschen mit reetgedecktem Dach, das sich in eine Waldlichtung duckte. Hinter den winzigen Fensterscheiben flackerte Kerzenlicht. Dichter Rauch aus dem Kamin schien ihn willkommen zu heißen. Dewary atmete tief durch und brachte die Kutsche zum Stehen.

„So, nun übernimmst du die Zügel, John", befahl er dem Burschen, der neben der Kutsche hergeritten war. „Ich gehe den letzten Rest des Weges zu Fuß."

Er nahm sein Bündel und sprang vom Kutschbock.

„Ist in Ordnung, Mr. Michaels. Die Wirtsleute würden wohl Augen machen, wenn wir hier vierspännig vorfahren, nicht wahr? Denken Sie, die Wiese ist groß genug, das Gefährt zu wenden?"

„Du hast allen Platz der Welt, und, John …", er legte

dem Burschen die Hand auf die Schulter, „... du schaffst das schon! Bring die Damen wohlbehalten nach Digmore Park! Und nicht vergessen, du kennst mich nicht, du hast mich nie gesehen, du weißt nicht, dass es mich gibt!"

John grinste, stolz auf das Vertrauen, das man ihm entgegenbrachte. Seine Kumpane vom Stammtisch würden Ohren machen, wenn er ihnen von diesem Abenteuer erzählte! Natürlich würde er erst reden, wenn die Sache ausgestanden war. Das war Ehrensache!

Dewary öffnete den Wagenschlag und beugte sich in die Kutsche, um sich zu verabschieden.

„Ich verlasse Sie jetzt, meine Damen, und wünsche Ihnen viel Glück. Wir treffen uns hier zum vereinbarten Tag. Und, Mylady, bitte grüßen Sie meinen Vater von mir. Sagen Sie ihm, er soll sich keine Sorgen um mich machen, es geht mir gut!"

Dewary trat zurück, sah zu, wie John wendete und wie die Kutsche langsam über den Wiesenweg zurückratterte. Jetzt war er auf sich gestellt und konnte nichts anderes tun, als zu warten und auf die Fähigkeiten der beiden Damen Porter zu vertrauen. Entschlossen warf er seine wenigen Habseligkeiten über den Sattel, nahm Jupiters Zügel und machte sich auf den Weg zum Wirtshaus.

Gerade als die Reisekutsche wieder die Poststraße erreichte, tauchte die zweite Kutsche auf. Joseph saß mit breitem Grinsen auf dem Kutschbock des Landauers, dessen Inneres sich die beiden Kammerzofen mit Bergen von Gepäck teilten. Die Fahrzeuge fuhren im Konvoi die prachtvolle Pappelallee entlang und schließlich vor Digmore Park vor, um dort einen solch offiziellen und hochherrschaftlichen Eindruck zu machen, dass der Butler viel zu beeindruckt war, ihnen die Tür zu weisen.

Und so kam es, dass er kurze Zeit später im Speisezimmer meldete, hoher Besuch sei angekommen. Lady Bakerfield war hellauf begeistert. Sie sprang von ihrem Stuhl auf und klatschte in die Hände: „Gäste! Wir haben endlich einmal Besuch, Bakerfield, ist das nicht eine Freude! Ich muss die Damen sofort willkommen heißen und zusehen, dass sie würdig empfangen werden. Kommst du mit mir in die Halle?"

Ihr Gatte starrte sie ungläubig an. „Aber natürlich nicht! Man sollte meinen, mein Onkel beschäftigt ausreichend Personal, um ungebetene Gäste gebührend zu begrüßen. Das ist doch nicht unsere Aufgabe. Abgesehen davon, dass es mir lieber wäre, die Damen würden wieder abreisen, angesichts der Umstände …"

Seine Gattin schmollte. „Ach, Edward, du bist unmöglich! Ich dachte, du möchtest, dass ich glücklich bin!"

Mylords Gesicht wurde weich. „Aber natürlich will ich das, mein Täubchen!"

Sie lief zu ihm hinüber, um ihn zu umarmen. „Wie gut du zu mir bist! Dann hast du sicher nichts dagegen, dass ich mich nun den Gästen widme."

Und bevor Mylord noch etwas einwenden konnte, hatte Mylady das Zimmer auch schon verlassen. Er murmelte etwas Unverständliches und wies den Diener an, nicht dumm herumzustehen und ihm ein Stück vom Braten abzuschneiden.

Elizabeth war nicht wohl zumute. Was für ein peinlicher Auftritt! Warum waren sie nicht früher am Vormittag losgefahren? Sie konnten doch nicht zu so unpassender Stunde in ein wildfremdes Haus einfallen und sich ohne Einladung dort breitmachen. Sicher saßen alle bereits bei Tisch. Natürlich, es war eine glückliche Fügung, dass Mama mit Lady Digmore befreundet gewesen war. Dennoch, Lady Digmore war tot, ihr verwitweter Gemahl alt und gebrechlich, und der Elan, mit dem sie Dewary zu helfen versprochen hatte, war bitterer Enttäuschung gewichen.

Er war verlobt! Und er hatte es sehr eilig gehabt, ihr seine Heiratspläne zu offenbaren, kaum dass sie gewusst hatte, wer er wirklich war. Sollte ihm doch seine Verlobte helfen! Wo blieb denn da die Gerechtigkeit? So musste sie sich, anstelle der Unbekannten, den Unbilden einer Reise und der Gefahr aussetzen, zur Helfershelferin eines Mörders zu werden! Denn wer sagte denn, dass Mr. Michaels – oder Dewary, wie er ja eigentlich hieß – tatsächlich unschuldig war? Immerhin hatte sie auch gedacht, er sei nicht verlobt. In ihrem Inneren wusste sie, dass diese Schlussfolgerung nicht ganz logisch war. Aber seit wann war Logik die große Stärke von Frauen mit Liebeskummer? Und es war ja wirklich ungerecht, dass seine Verlobte sicher und geborgen in ihrem warmen Bett schlafen konnte, während sie an der Seite ihrer aufgekratzten Mutter in einer zugigen Eingangshalle stand und nicht wusste, was sie als Nächstes erwartete. Aber es half nichts. Sie hatte versprochen, Dewary beizustehen, und einen Unschuldigen (und sie hielt ihn in ihrem Herzen weiter für unschuldig) vor dem Galgen zu retten, war ja auch ihre christliche Pflicht. Außerdem hätten sie jetzt ohnehin nicht mehr umkehren können, denn Mama war Feuer und Flamme für dieses Unterfangen. Außerdem würde Claras Mann sie für verrückt halten, wenn sie wieder nach Hause zurückkehren würde. Er hatte eigens seinen Bruder gebeten, für ein paar Wochen zu ihm zu ziehen, um ihn dabei zu unterstützen, neben seinem Landsitz auch noch ein Auge auf Portland Manor zu haben. Da konnte sie wohl schwerlich bereits am nächsten Tag wieder den Türklopfer betätigen!

„Meine liebe Lady Portland, ich freue mich ja so sehr, Sie in unserem Haus willkommen zu heißen!“ Die Dame, die ihnen nun entgegeneilte, um sie wärmstens zu begrüßen, war die hübscheste junge Lady, die Elizabeth je zu Gesicht bekommen hatte. „Im Hause des Onkels meines Gatten muss es natürlich richtigerweise lauten." Sie schenkte den beiden Gästen ein um Verzeihung heischendes Lächeln. „Aber wissen Sie, ich liebe Digmore Park so sehr, dass ich gern von ‚unserem' Haus spreche!"

Mylady reichte ihr huldvoll zwei Finger zur Begrüßung. Lady Bakerfield knickste und lächelte so freundlich zu Lady Portland empor, dass diese gar nicht anders konnte, als von ihr höchst angetan zu sein. Auch Elizabeth war freudig überrascht über den herzlichen Empfang.

„Guten Abend, Miss Porter, Sie wissen gar nicht, welch große Freude Sie mir mit Ihrem Besuch bereiten. Ich wuchs mit einer großen Schar Schwestern auf und vermisse sie alle sehr. Es ist schön, wieder eine gleichaltrige Gefährtin zu haben. Ich hoffe, Sie beide bleiben sehr, sehr lange hier. Es war sehr still und einsam in letzter Zeit ..."

Elizabeth reichte ihrer kleinen und überaus zierlichen Gastgeberin die Hand und beeilte sich, den freundlichen Gruß zu erwidern. Sie bewunderte die Art, wie Lady Bakerfield ihr dunkles Haar trug. Ein kleiner schwarzer Schleier steckte im kunstvoll verzierten Kamm, der ihre Locken zurückhielt. Auch ihre dunkle Kleidung war ein deutlicher Hinweis darauf, dass es in letzter Zeit einen Todesfall im Haus gegeben hatte. Elizabeths Gefühl tiefer Peinlichkeit wuchs ins Unermessliche: Daran hatte sie ja gar nicht gedacht! Lady Barbara war ermordet worden, die Familie war in tiefster Trauer!

Da sagte Lady Bakerfield auch schon: „Sie müssen entschuldigen, wir sind derzeit nicht auf Besuch eingerichtet. Meine Schwiegermutter ist vor wenigen Wochen ... gestorben, und wir stehen alle noch unter Schock, denn ihr Tod kam sehr plötzlich. Wenn Sie aber damit vorliebnehmen, in einem Haus der Stille und der Trauer beherbergt zu werden, dann seien Sie uns herzlich willkommen."

Elizabeth atmete auf. Das klang nicht so, als würde ihr Besuch als die reinste Zumutung empfunden. Mylady ergriff die Hand der jungen Gastgeberin und tätschelte sie mütterlich.

„Das sind ja erschütternde Neuigkeiten, meine liebe Lady Bakerfield, mein aufrichtiges Beileid."

Elizabeth zog überrascht eine Augenbraue hoch. Doch wahrscheinlich war es klug von Mama, nicht zu verraten, dass sie von Lady Barbaras Tod bereits Kenntnis hatten. Sie beeilte sich, ebenfalls das Beileid auszusprechen.

„Es ist uns vollkommen bewusst, dass wir ungelegen kommen", setzte Mylady fort, „dennoch bin ich Ihnen sehr dankbar, dass wir hier Aufnahme finden und unsere weite Reise nicht umsonst war. Ich habe erst kürzlich bei Freunden davon erfahren, dass die liebe Catherine bereits vor einigen Jahren von uns gegangen ist. Ich war darüber sehr erschüttert, denn Lady Catherine war eine meiner besten Freundinnen in Jugendtagen. Da lag es mir am Herzen, umgehend hierher zu reisen, um seiner Lordschaft mein tiefstes Beileid zu bekunden. Und nun komme ich hierher und erfahre, dass in der Zwischenzeit auch noch seine Schwester von uns gegangen ist. Lord Digmore ist ein bedauernswerter Mann. Ich werde versuchen, ihn etwas aufzuheitern, ja ihm vielleicht auch etwas Lebensmut zu geben."

Lady Bakerfield bedankte sich herzlich für Myladys einfühlsame Worte. „Das wäre sehr schön. Allerdings sehe ich kaum Hoffnung, dass Ihnen das gelingen könnte. Der alte Herr verlässt seine Zimmer nicht mehr."

Die Tapetentür zur Linken wurde geöffnet, und die Haushälterin erschien im Türrahmen.

„Ach, Brown, gut, dass Sie da sind. Bringen Sie die Damen in unsere beiden besten Gästezimmer!" An ihre Gäste gewandt sagte Lady Bakerfield: „Ich nehme an, Sie möchten sich zuerst gerne frisch machen. Dürfen wir Sie dann beide im Speisezimmer erwarten …?"

Mylady schüttelte den Kopf. „Die Reise war doch sehr

anstrengend, meine Liebe, und außerdem wollen wir auch gar keine Umstände machen. Wenn Sie uns eine Kleinigkeit aufs Zimmer bringen ließen, wäre das allerdings reizend, herzlichen Dank!“

„Sie haben gehört, was Mylady sagte, Brown! Weisen Sie die Köchin an, einen Imbiss für unsere Gäste zuzubereiten …“

Elizabeth dachte an die Kutschen vor dem Haus und beeilte sich hinzuzufügen: „Das ist sehr freundlich von Ihnen, Mylady, doch wir haben natürlich auch unsere Kammerzofen mitgebracht sowie zwei Kutscher …“

Lady Bakerfield machte eine wegwerfende Handbewegung. „Kein Grund, sich darüber Gedanken zu machen, meine Liebe. Meine Dienstboten werden sich um alles kümmern.“

Elizabeth, die in diesem Moment zur Haushälterin blickte, stellte zu ihrer Überraschung fest, dass diese ganz kurz das Gesicht verzog. Vielleicht hatte sie sich auch geirrt, denn die Frau sagte keinen Ton, sondern forderte sie freundlich auf, ihr zu folgen.

Lady Portland wandte sich noch einmal an die Gastgeberin: „Haben Sie vielen herzlichen Dank für diesen freundlichen Empfang, Mylady. Der kleine Imbiss wird uns guttun. Dann werden wir uns früh zu Bett begeben. Wie sind hier im Haus die Gepflogenheiten das Frühstück betreffend? Ist zehn am Morgen angenehm?“

Lady Bakerfield beteuerte, dass die Zeit sehr angenehm sei, die Damen wünschten einander eine gute Nacht, und die Haushälterin ging ihnen voran die Treppe hinauf.

22. Kapitel

Als Elizabeth gute drei Stunden später im fremden, aber sehr bequemen Bett des gelben Gästezimmers lag, hatte sich die Dunkelheit bereits vollständig über das Land gelegt. Der zunehmende Mond wurde von den hohen Bäumen, die Digmore Park umgaben, fast zur Gänze verdeckt. Es war finster und schien einsam, doch Elizabeth wusste, dass es nicht einsam war. Selbst in dieser Dunkelheit wären jedem noch so achtlosen Beobachter die beiden Bewaffneten aufgefallen, die rechts und links der breiten Auffahrt Wache hielten. Gedämpfte Schritte, die zu ihr nach oben drangen, taten kund, dass jemand einen Rundgang um das weit ausladende Gebäude angetreten hatte. Es war ausgeschlossen, dass sich der Sohn des Hauses nähern konnte, ohne entdeckt zu werden. Elizabeth konnte trotz ihrer bleiernen Müdigkeit nicht einschlafen. Viel zu viele Gedanken kreisten in ihrem Kopf. Wenn man Dewary Glauben schenken konnte – und sie war trotz der überraschenden Ankündigung seiner Verlobung geneigt, dies zu tun – dann war Lady Barbara am Ende des Waldes, an einer Stelle, die vom Herrenhaus nicht einsehbar war, von seiner Kutsche in eine andere Kutsche umgestiegen. Diese wurde von einem gewissen Paul gelenkt und Mr. Jennings, der alte Kammerdiener, den sie zu ehelichen beabsichtigte, hatte dort auf sie gewartet. Dewary war bei der nächsten Weggabelung nach Süden in Richtung Southampton abgebogen, während sich die andere Kutsche auf die Reise in den Norden begab. Das war so weit nachvollziehbar. Allerdings konnte diese Kutsche nicht weit gekommen sein. Irgendetwas war geschehen. Die wahrscheinlichste Erklärung war, dass sie einer Bande von Straßenräubern zum Opfer gefallen war. Elizabeth erschauerte. Man hörte immer wieder von Diebesbanden, die die Wälder unsicher machten und die Fahrzeuge ahnungsloser Reisender überfielen. Manche der Gauner waren nur auf das Geld aus, andere kannten keinerlei Skrupel, die wehrlosen Insassen gnadenlos niederzumetzeln. Dieses ungnädige Schicksal hatte wohl auch Lady Barbara ereilt. Die Frage war nur, was war mit Paul und Mr. Jennings geschehen? Waren sie ebenfalls den Mördern zum Opfer gefallen? Und falls dies so war, wo waren ihre Leichname? Warum hatte man nur Lady Barbaras sterbliche Überreste gefunden? Konnte es sein, dass der kleine Waldsee so tief war, dass darin noch zwei tote Körper auf dem Grund lagen? Elizabeth setzte sich in ihrem Bett auf. Was für schaurige Gedanken! Jetzt war an Schlaf erst recht nicht mehr zu denken. Wenn Sie sich vorstellte, welcher Gefahr Mama und sie sich durch diese Reise ausgesetzt hatten! Wer sagte denn, dass die Mörder in den Wäldern rund um Digmore Park nicht weiter ihr Unwesen trieben? Natürlich, es gab hier genügend Wachen, die das Haus im Auge behielten. Doch die waren so erpicht darauf, den Sohn des Hausherrn festzusetzen, dass sie sicher nicht darauf achteten, was hinter ihrem Rücken sonst noch vor sich ging. Oder war alles ganz anders abgelaufen? Waren Paul und Mr. Jennings am Ende gar unversehrt geblieben und hatten allein den Weg nach Norden angetreten? Das konnte doch nicht sein, oder? Sie hätten doch nach Digmore Park zurückkehren und seine Lordschaft unterrichten müssen! Es wäre unverantwortlich gewesen, den alten Herrn völlig im Unklaren zu lassen. Was aber, wenn Lady Barbaras Mörder keine gewöhnlichen Straßenräuber waren? Vielleicht gab es hier im Haus einen Diener, der ihr übel mitgespielt hatte? Und wer, bitte, hatte Interesse daran, dass man Dewary des Mordes bezichtigte? Sein Cousin und Erbe Edward, den er selbst in Verdacht hatte?

Elizabeth hatte den Mann noch nicht kennengelernt, seine junge Gattin jedenfalls war überaus reizend! Was für einen freundlichen Empfang sie ihnen bereitet hatte! Natürlich war es etwas ungewöhnlich, dass sie hier im Hause die Herrin spielte, obwohl sie das von Rechts wegen nicht war. Allerdings spielte auch sie selbst auf Portland Manor die Herrin, und streng genommen stand ihr diese Aufgabe nicht zu. Was konnte Dewary seinem Cousin vorwerfen? Mr. Bishop hatte herausgefunden, dass nicht er, sondern sein Vater höchstpersönlich den Friedensrichter eingeschaltet hatte. Das war ausgesprochen seltsam. Vor allem deshalb, weil Dewary beteuert hatte, er und sein Vater hätten ein gutes Verhältnis, geprägt von Zuneigung und Vertrauen. Wie kam seine Lordschaft dann bloß dazu, seinen eigenen Sohn einer derart grausamen Tat zu verdächtigen? Und wieso hatte er seinem Sohn nicht die Möglichkeit für ein klärendes Gespräch gegeben? Fragen, nichts als offene Fragen! Über ihren erfolglosen Versuchen, sie zu beantworten, war sie dann doch endlich eingeschlafen.

Das war bereits weit nach Mitternacht gewesen. Als sie am nächsten Morgen aufwachte, fühlte sie sich wie gerädert und ihr war gar nicht danach, den neuen Tag mit Freude zu begrüßen. Ganz im Gegensatz zu ihrer Mutter, die gegen halb zehn fertig angekleidet in ihr Zimmer trat, die Bettvorhänge mit einem Ruck zur Seite schob und fröhlich verkündete: „Auf, auf, meine Liebe. Es ist Zeit für das Frühstück. Wir haben einen Auftrag zu erfüllen.“

Ihre Augen strahlten dabei so abenteuerlustig, dass Elizabeth lächeln musste. So voller Tatendrang hatte sie ihre Mutter schon lange nicht mehr gesehen. Sie setzte sich in ihrem Bett auf, ließ die Füße über die Kante baumeln und reckte und streckte ihre Arme in die Luft. „Guten Morgen, Mama, du bist ja beneidenswert guter Laune!“

Ihre Mutter lächelte. „Natürlich bin ich das, meine liebe Lizzy. Ich genieße jeden Augenblick dieses Abenteuers.“

Elizabeth stand auf. „Was für einen Eindruck hattest du von Lady Bakerfield?"

„Oh, ich fand sie ganz bezaubernd! Nicht nur hübsch anzusehen, sondern auch mit tadellosen Manieren. Nun beeile dich bitte und lass dich von Molly ankleiden. Ich bin schon so gespannt, diesen Cousin kennenzulernen. Ich kann es gar nicht erwarten, ihm auf den Zahn zu fühlen."

Elizabeth hielt erschrocken die Luft an. „Sei bloß vorsichtig, Mama. Wir dürfen Major Dewary auf keinen Fall in Gefahr bringen."

„Das brauchst du mir nicht zu sagen, Elizabeth, das weiß ich doch. Lass mich nur machen, du wirst sehen, ich spiele meine Rolle wundervoll."

Als Lady Portland eine halbe Stunde später mit Elizabeth im Schlepptau das Frühstückszimmer betrat, erhoben sich Lord und Lady Bakerfield, um ihren Gästen entgegenzugehen. Auch Lord Bakerfield begrüßte sie freundlich, und Elizabeth fand nichts an seinen Manieren auszusetzen. Dewary hatte zwar erzählt, er sei erst vor kurzem dreißig geworden, doch das konnte sie kaum glauben. Durch seinen gedrungenen Körperbau und das schüttere Haupthaar wirkte er um einige Jahre älter. Er trug einen gut geschnittenen grünen Samtrock ohne jeden Zierrat. Sein Halstuch war ordentlich, doch ohne modische Finessen geknüpft. Alles in allem machte er den soliden Eindruck eines rechtschaffenen Landadeligen, der bequeme und praktische Kleidung jedem modischen Firlefanz vorzog. Die junge Lady Bakerfield, angetan mit einem violetten Tageskleid mit Puffärmeln und zarter Spitze am Kragen, war wieder ganz in ihrem Element. „Ach, da sind Sie ja, meine Lieben! Ich habe soeben zu meinem Gemahl gesagt, wie sehr ich mich freue, dass wieder Leben in diese düsteren Hallen einkehrt! Kommen Sie, setzen Sie sich zu uns. Dienerschaft …!"

Sie machte mit ihrer Rechten eine gebieterische Geste, doch es schien nicht so, als würden die Diener derartiger Aufforderungen bedürfen.

„Servieren Sie den beiden Damen, was immer sie möchten!" An die Gäste gewandt fügte sie hinzu: „Teilen Sie Humphrey Ihre Wünsche mit, sie werden Ihnen umgehend erfüllt werden."

Während Lady Portland Platz nahm und die Serviette über ihrem Schoß ausbreitete, fühlte sie sich doch verpflichtet zu protestieren. „Aber das sind doch keine düsteren Hallen, meine Werteste! Die Gästezimmer sind geradezu zauberhaft! Und dann erst dieser Salon! Ich mag die hellgrün gestreifte Tapete, sie hat so etwas Erfrischendes! Ich darf Ihnen versichern, dass ich noch selten solch hohe, sonnendurchflutete Zimmer von nobler Eleganz gesehen habe. Sie können sich wahrhaft glücklich schätzen, hier zu sein."

Lady Bakerfield, die soeben ein Stück Schinken zum Mund hatte führen wollen, ließ ihre Gabel sinken und verzog unwillig ihren kleinen Mund. Kurz schien sie einen Widerspruch zu erwägen. Doch stattdessen schenkte sie ihrem Ehemann ein strahlendes Lächeln. „Natürlich sind wir glücklich, hier zu sein. Sehr glücklich, nicht wahr, Edward?"

Er tätschelte ihr, offensichtlich erfreut, die Hand.

„Doch wissen Sie, Mylady", setzte die junge Frau dann doch fort, „lichtdurchflutete Räume nützen wenig, wenn man hier eingesperrt ist."

Mylord ließ ihre Hand wieder los. Lady Portland stutzte. „Ja, sind Sie denn hier eingesperrt, Lady Bakerfield?"

„Natürlich nicht", brummte seine Lordschaft nicht eben erfreut, „was meine Gattin meinte …"

„Was deine Gattin meinte, mein lieber Edward", fiel ihm diese ins Wort, „war, dass ich jung bin und … glücklich verheiratet." Sie drückte nun ihrerseits die Hand ihres Gemahls und errötete allerliebst. Er beantwortete ihren Blick wieder mit einem verliebten Lächeln, das sich allerdings erneut trübte, als sie fortfuhr: „Ich will mein Leben genießen, ich hoffe, Sie verzeihen meine offenen Worte, Mylady, ich will Gäste bewirten, ich will tanzen, ich will lachen …!"

Lady Portland, die selbst heiteren Vergnügungen alles andere als abgeneigt war, konnte die junge Frau nur zu gut verstehen. Nur zu gut verstand sie aber auch ihr Gemahl.

„Mein Täubchen, du vergisst meine Mama."

Lady Bakerfield war offensichtlich alles andere als willens, die versteckte Rüge in seinen Worten unwidersprochen hinzunehmen. „Ich vergesse deine Mama? Ich? Ich habe sie nicht einmal gekannt! Wie kann man jemanden vergessen, den man nicht kannte?!"

Elizabeth hätte sich fast verschluckt. Natürlich waren Lady Bakerfields Worte vollkommen unpassend und pietätlos. Dennoch entbehrten sie nicht einer gewissen Logik, die sie erheiterte. Anscheinend war ihr diese Erheiterung anzusehen, was ihr ein Augenzwinkern von Mama einbrachte und Lady Bakerfield zu dem Ausruf veranlasste: „Sie haben leicht lachen, Miss Porter!"

Oh Gott, wie peinlich! Warum sah man ihrem Gesicht immer an, was sie gerade dachte? Elizabeth bemühte sich um einen ernsten Gesichtsausdruck, der ihr nach Lady Bakerfields nächsten Worten nicht mehr schwerfiel.

„Dennoch wundere ich mich, dass Sie lachen, meine Liebe, wenn Sie mir diese Aufrichtigkeit gestatten. Ich würde um nichts in der Welt mit Ihnen tauschen wollen. Ich bin nämlich verheiratet. Und das, obwohl ich sicher einige Jahre weniger zähle als Sie." Sie schenkte Elizabeth ein so freundliches Lächeln, dass sich diese entgeistert fragte, ob sich ihre Gastgeberin der Unverschämtheit ihrer Worte überhaupt bewusst war.

Da setzte Mylady auch schon fort: „Doch die Ehe habe ich mir, Sie verzeihen mir bitte meine Offenheit, ganz anders vorgestellt. Wenn ich gewusst hätte, Edward, dass du vorhast, uns beide hier lebendig zu begraben …"

Nun fand Lady Portland ihre Gastgeberin nicht mehr charmant, sondern verwöhnt und anmaßend! Ach, wie sehr sie ihren Besuch genoss!

Elizabeth nutzte den kurzen Augenblick, da ihre Ladyschaft Luft holte, um dem Hausherrn ihr Beileid auszudrücken: „Wir haben gehört, dass Ihre Mutter verstorben ist, Mylord, unsere aufrichtige Anteilnahme. Ich hoffe, Mylady musste nicht zu lange leiden …"

Lady Portland warf ihrer Tochter einen anerkennenden Blick zu und wartete gespannt, welche Erklärung seine Lordschaft abgeben würde. Doch stattdessen meldete sich wieder seine Frau zu Wort: „Leiden? Welch origineller Ausdrucksweise Sie sich befleißigen, liebe Miss Porter. Also, wenn Sie mich fragen, ich glaube nicht, dass Mylady gelitten hat. Im Gegenteil …"

„Meine Liebe, ich darf doch sehr bitten. Du vergisst, dass meine Mutter tot ist …"

„Tot! Richtig!", war alles, was Lady Bakerfield darauf sagte. Und dann hielt sie es doch für angebracht, zumindest die nächsten Minuten zu schweigen.

Was für eine wankelmütige Person, dachte Elizabeth. Gestern Abend war sie so reizend, wie ihre Manieren tadellos gewesen waren. Heute benahm sie sich wie ein ungezogenes Schulmädchen. Ob sie sich nur in Gegenwart ihres Gemahls so benahm? Nun, sie würde ausreichend Gelegenheit haben, das herauszufinden. Jetzt war es nicht mehr nur Lady Portland, die ihren Aufenthalt auf Digmore Park spannend fand. Diese nippte an ihrem Tee, blickte sich betont auffällig im Zimmer um und sagte dann an den Gastgeber gewandt mit ihrer harmlosesten Stimme: „Wahrlich ein prachtvoller Bau, Sie müssen sehr stolz und glücklich sein, Mylord, dieses architektonische Juwel dereinst Ihr Eigen zu nennen."

Elizabeth hätte sich ein zweites Mal an diesem Morgen beinahe an ihrem Tee verschluckt. Ihre Mutter war wirklich unübertrefflich! Noch bevor seine Lordschaft antworten konnte, tat dies seine Frau für ihn: „Wenn die Trauerzeit erst vorüber ist, werden wir die eindrucksvollsten Abendveranstaltungen geben, nicht wahr, Edward? Im ganzen Landkreis wird man von unseren Soireen schwärmen. Sie müssen wissen, Mylady, zu Digmore Park gehören nicht nur diese Ländereien. Es gehört auch ein Stadthaus in London zu unserem Besitz, in der Half Stars Street, das liegt im vornehmsten Stadtteil …"

„Half Moon Street", verbesserte sie Lord Bakerfield.

Dieser Einwand wurde mit einer wegwerfenden Geste abgetan. „Half Star Street, Half Moon Street, wie auch immer. Was zählt, ist, ich komme nach London! Sie müssen wissen, Mylady, ich hatte noch kein Debüt in der Hauptstadt. Ich bin mit dem bitteren Schicksal geschlagen, einen verschwenderischen Bruder, vier ältere Schwestern und darüber hinaus auch noch eine kranke Mutter zu haben."

Ach, sieh mal einer an!, dachte Elizabeth amüsiert, gestern noch waren die Schwestern ein großes Glück und sie vermisste jede Einzelne von ihnen, heute sind sie bereits ein bitteres Schicksal!

„Drei meiner Schwestern", setzte Mylady unbekümmert fort, „sind schon verheiratet. Nur Sylvia machte mir einen Strich durch die Rechnung. Papa bestand darauf, dass ich mein Debüt erst geben dürfte, wenn Sylvia unter der Haube wäre." Sie verzog schmollend ihren Mund. „Aber so lange wollte ich nicht warten, wer sollte denn dieses dürre, hässliche Ding auch nehmen? Also beschloss ich zu heiraten!"

Sie schenkte ihrem Gemahl wieder ein derart liebevolles Lächeln, dass sich seine ernste, fast etwas verkniffen wirkende Miene kurz aufheiterte. „Ich hatte viele Verehrer, das können Sie mir glauben, und natürlich waren sie alle aus den allerbesten Häusern. Einer war Offizier und bat mich, auf ihn zu warten. Doch ich mag es ganz und gar nicht leiden, wenn man mich warten lässt!“ Sie blickte Beifall heischend in die Runde. „Und dann kam in diesem Frühjahr der liebe, liebe Edward des Weges und hat mein Herz im Sturm erobert! Nicht wahr, mein lieber Edward, so war es doch?“

Der liebe Edward beeilte sich, ihre Schilderungen zu bestätigen, und hielt es doch für angebracht, ihren Enthusiasmus ein wenig zu dämpfen. „Noch lebt mein Onkel, also sind deine Pläne verfrüht, meine Liebe. Wir müssen noch warten …!“

Myladys Schmollen vertiefte sich. „Warten, warten, warten! Du weißt, dass ich nicht dafür geschaffen bin zu warten! Hätte es mir nichts ausgemacht zu warten, dann hätte ich …, nun, das tut nichts zur Sache! Edward, ich will nicht immer nur warten müssen! Ach, ich wünschte, wir hätten schon alles hinter uns!“

Elizabeth beobachtete Lady Bakerfield mit wachsendem Befremden. Wieso gingen beide Eheleute fest davon aus, Digmore Park bald ihr Eigen nennen zu können? Jedenfalls wurde Dewary mit keinem Wort erwähnt. Sie hatte diesen Gedanken kaum zu Ende gedacht, als Lord Bakerfield hinzufügte: „Und natürlich dürfen wir meinen Cousin Frederick nicht vergessen. Mein Cousin ist der einzige Sohn von Lord Digmore. Selbstredend steht er an erster Stelle der Erbfolge. Er dient derzeit als Offizier bei den Lifeguards in Spanien, und wir hoffen sehr, dass er gesund und unversehrt zurückkommt und nach dem Tod seines Vaters das Erbe antreten kann.“

Seine Frau pflichtete ihm heftig nickend bei: „Ja, wir hoffen, dass er zurückkommt, und zwar möglichst rasch.“

Dann stimmte sie ein so ansteckendes Lachen an, dass Elizabeth und ihre Mutter nicht anders konnten, als mitzulachen, ohne genau zu wissen, warum.

Lord Bakerfield war offensichtlich daran gelegen, das Thema zu wechseln. „Was werden die Damen heute unternehmen? Ich selbst kann Ihnen leider nicht Gesellschaft leisten, die Pflicht ruft." Er zeigte mit seiner Rechten auf das Gewehr, das an der Kommode lehnte.

Elizabeth war erstaunt. „Ist denn schon Jagdsaison, Mylord?"

„Wir legen nur auf ganz besonderes Wild an, Lady Elizabeth, nur auf ganz besonderes Wild."

Er lächelte und freute sich sichtlich darüber, dass seine Frau wieder in schallendes Gelächter ausbrach. Dann verabschiedete er sich, nahm seine Waffe und verließ den Raum. Lady Bakerfield schlug vor, die beiden Damen durchs Haus zu führen und ihnen auch die Gärten zu zeigen. Man vereinbarte, einander in einer Stunde zu treffen.

Elizabeth beeilte sich, ihrer Mutter auf ihr Zimmer zu folgen. Ihre Röcke raschelten, sie kicherten wie zwei Backfische und konnten kaum an sich halten. Endlich hatte sich die Türe hinter ihnen geschlossen.

„Rasch, rasch, du kannst dich zurückziehen!" Die Kammerfrau, die eben Myladys Reisemantel ausbürstete, wurde gnadenlos aus dem Raum gescheucht.

„Nimm Platz, Elizabeth, dort drüben auf dem kleinen Fauteuil neben dem Kamin. Und dann sag mir, was du von alldem hältst!"

Lady Portland ließ sich auf ihrem Bett nieder, während ihre Tochter tat, wie ihr geheißen.

„Lady Bakerfield benimmt sich wie ein ungezogenes Schulmädchen!", lautete ihr gnadenloses Urteil. „So hübsch sie ist und so freundlich, wenn sie das möchte, so schlecht benimmt sie sich, wenn ihr etwas gegen den Strich geht."

„Gar so hübsch finde ich sie nicht. Irgendwie gewöhnlich. Du bist die bei Weitem Hübschere!", befand Mylady,

„und glaube mir, ich würde vor Scham vergehen, würdest du dich je so unverschämt benehmen!“

Elizabeth lächelte. Es war schön, eine Mutter zu haben, die so vernarrt in ihre Kinder war, dass sie über die Wirklichkeit einfach hinwegsah. Lady Bakerfield war um vieles aparter als sie. Allein das herzförmige Gesicht und die fein geschwungenen Lippen. Und dann erst die dunklen Locken, die viel mehr der gängigen Mode entsprachen als ihr doch recht gewöhnliches Blond.

„Und Lord Bakerfield? Wie findest du ihn?“, fragte sie anstelle einer Bemerkung.

Mylady war unschlüssig. „Eigentlich hatte ich beschlossen, ihn nicht zu mögen. Aber das war, bevor ich ihn heute das erste Mal sah. Er scheint mir, das muss ich zugeben, ein recht vernünftiger Mann zu sein. Wenn man davon absieht, dass er bis über beide Ohren in seine ungezogene Frau verliebt ist. Er täte gut daran, das junge Ding zu erziehen, anstatt ihr jeden Wunsch von den Lippen abzulesen!“

Elizabeth überlegte, ob ihr der Gedanke gefiel, von einem Ehemann *erzogen* zu werden. Sie wünschte sich jemanden, dem sie auf Augenhöhe begegnen konnte, einen Mann, dem sie vertraute, mit dem sie sich gerne unterhielt. Es würde ihr nichts ausmachen, wäre er klüger und gebildeter als sie, damit sie von ihm etwas lernen konnte. Aber erzogen? Nein, erzogen wollte sie bestimmt nicht mehr werden.

„Was meinst du, hat Mayor Dewary recht? Hat dieser Bakerfield die falschen Anschuldigungen gegen ihn in die Welt gesetzt?“ Mylady schüttelte in Gedanken versunken den Kopf. „Ich kann nicht glauben, dass hinter seiner harmlosen, biederen Fassade tatsächlich ein so hinterhältiger Charakter steckt!“

Darauf wusste Elizabeth allerdings auch keine Antwort. Bakerfield war ihr nicht unsympathisch, doch sie kannte ihn viel zu wenig, um sich ein Urteil bilden zu können.

„Ist dir aufgefallen, Mama, dass keiner von beiden erwähnte, dass Lady Barbara *ermordet* wurde?"

Ihre Mutter nickte. „Natürlich ist mir das aufgefallen, Elizabeth. Doch das kann ich gut verstehen. Würde uns je so ein schreckliches Schicksal widerfahren, was der liebe Herrgott verhindern möge, so würde ich das auch nicht jedem x-beliebigen Fremden auf die Nase binden. Wer wollte schon in einem Haus wohnen, wo jemand *ermordet* wurde?"

„Lady Barbara wurde doch gar nicht im Haus ermordet", stellte Elizabeth richtig.

Doch diesen Einwand ließ ihre Mutter nicht gelten. „Sei doch nicht so kleinlich! Also, ich würde das auch verschweigen."

„Wahrscheinlich hast du recht", gab Elizabeth zögernd zu und lenkte die Aufmerksamkeit ihrer Mutter wieder auf das ungewöhnliche Verhalten von Lady Bakerfield.

„Aus welchem Haus stammt sie wohl? Weißt du, wessen Tochter sie sein könnte?"

„Mich würde nicht wundern, wenn es sich bei der Guten um eine Bürgerliche handeln würde!", lautete Myladys nun vollends vernichtendes Urteil.

Das wollte Elizabeth dann doch nicht glauben. Ehen zwischen einem Adeligen und einer Bürgerlichen kamen in der vornehmen Gesellschaft ausgesprochen selten vor, und für einen möglichen Erben von Digmore Park schien eine solche Verbindung nachgerade ausgeschlossen. Lady Portland zuckte nach dem Einwand ihrer Tochter ungerührt mit den Schultern.

„Ich weiß es natürlich nicht, meine Liebe, aber ich halte alles für möglich. Anscheinend kennen sich die beiden noch nicht lange und sind reichlich überstürzt vor den Traualtar getreten. Vielleicht hat der gute Edward Bakerfield Schulden, und sie ist eine reiche Kaufmannstochter. Das würde doch vieles erklären, auch ihr seltsames Verhalten …"

„Soweit ich weiß, haben Kaufmannstöchter kein Debüt in London, Mama, oder?"

Mylady lachte amüsiert auf. „Das kommt darauf an, was du unter Debüt verstehst, meine Liebe. Wenn du meinst, ob sie der Königin vorgestellt wird, dann ist das bei einer Kaufmannstochter natürlich ausgeschlossen. Aber vielleicht haben die Bürgerlichen auch so etwas wie eine Saison, wir wissen es ja nicht! Schließlich kommen wir mit diesen Menschen höchst selten in Berührung!"

23. Kapitel

Früher als erwartet klopfte es an der Tür. Elizabeth öffnete und blickte in das lächelnde Gesicht ihrer Gastgeberin. „Sind Sie bereit für unsere kleine Besichtigungstour?“

„Aber natürlich, meine Liebe“, meldete sich Lady Portland von hinten, erhob sich und strich ihre Röcke glatt, „wir sind schon sehr gespannt, mehr von diesem wunderbaren Haus zu sehen.“

... und zu erfahren, wo sich Major Dewarys Zimmer befindet, setzte Elizabeth in Gedanken hinzu. Vielleicht war der Raum nicht abgesperrt, und sie konnte sich bald ungesehen hineinschleichen und den Geheimgang suchen. Ihre Mutter war an ihr vorbei auf den Flur hinausgetreten.

„Also, liebe Lady Bakerfield, wir hören ...“

„Wir befinden uns hier im rechten Flügel des Hauptgebäudes“, erklärte die junge Frau und ihre Worte überschlugen sich fast vor Begeisterung. Es war eine neue, wunderbare Erfahrung, Herrin eines so stattlichen Anwesens zu sein, und nicht nur die jüngste Tochter eines Haushalts, in dem sie keiner ernst nahm! Noch selten hatte sie sich so wichtig gefühlt wie jetzt, so durch und durch erwachsen!

„Hier im rechten Flügel befinden sich einige Wohnräume der Herrschaft sowie die für Gäste. Sie, liebe Lady Portland, sind im Rosenzimmer untergebracht. Sicher ist Ihnen der herrliche Blick auf den Rosengarten aufgefallen. Warten Sie, bis die Nachmittagssonne in Ihr Zimmer scheint! Dann werden die Blumen in ein sanftes, warmes Licht getaucht. Sie werden begeistert sein!“

„Wie schön Sie das ausgedrückt haben, meine Liebe! Wir haben auf Portland Manor auch einen hinreißenden

Rosengarten", beeilte sich Mylady zu verkünden. „Meine Tochter hat eine Vorliebe für diese edelsten der Blumen. Vor wenigen Tagen erst hat sie einen wunderbaren Strauß für die Eingangshalle zusammengestellt!"

„Wirklich?" Elizabeth war sich nicht sicher, ob sie in Lady Bakerfields Antlitz nur Überraschung oder auch einen Hauch von Geringschätzung entdeckte, „das erledigen bei uns die Diener."

Wäre Elizabeth jünger und vor allem nicht so gut erzogen gewesen, sie hätte ihre Gastgeberin von hinten ganz fest an ihren dunklen Locken gezogen. Lady Bakerfield war ihre Unverfrorenheit entweder wieder einmal nicht aufgefallen, oder sie tat zumindest so. Mit strahlender Miene wandte sie sich zu Elizabeth um. „Und Sie, liebe Miss Porter, bewohnen derzeit das gelbe Zimmer. Die Brokatvorhänge hat meine Schwiegermutter knapp vor ihrem ... Ableben selbst ausgesucht."

Es war sicherlich kindisch, dennoch wäre es Elizabeth lieber gewesen, sie hätte das nicht erfahren. So würde sie die Vorhänge nicht mehr ansehen können, ohne stets an Lady Barbara und ihren mysteriösen Tod erinnert zu werden. Lady Bakerfield hatte gesagt, sie habe ihre Schwiegermutter nicht gekannt. Sie und Edward konnten also erst seit ganz kurzer Zeit verheiratet sein. War es nun ihrerseits unverschämt, sie darauf anzusprechen? Lady Bakerfield war bereits weitergeeilt, den Flur hinunter. Mit geröteten Wangen wies sie auf die nächsten Türen. „Hier finden wir noch das blaue und das grüne Gästezimmer. Lady Barbara hat auch diese Räume eingerichtet, allerdings schon vor Jahren. Sie hat dabei einen erlesenen Geschmack bewiesen, das muss ich anerkennen. Natürlich ist alles etwas veraltet, und es wird höchste Zeit, dass wir einiges modernisieren."

Lady Portland wollte gerade einwerfen, dass das doch sehr schade wäre, da die Räume in der Tat von vortrefflicher Eleganz waren, doch Lady Bakerfield sprach bereits weiter: „Ich habe eben in einem Journal herrliche ägyptische Vasen gesehen. Und diese außergewöhnlichen Stühle, deren Beine den Tatzen von Löwen gleichen. Haben Sie schon von diesen Möbeln gehört, Mylady? Sind sie nicht fantastisch?"

Lady Portland hatte noch nichts von Möbeln mit Löwentatzen gehört, und wenn sie es sich recht überlegte, bedauerte sie diesen Umstand auch nicht.

„Ich bin sofort zu meinem lieben Bakerfield gelaufen und habe ihm das Journal gezeigt. So eine Sitzgruppe muss ich unbedingt haben. Sie ist der letzte Schrei! Sogar der Prinzregent soll derartige Möbel für seinen prächtigen Palast in Brighton vorgesehen haben. Außerdem möchte ich einen schwarzen Pagen. Im Journal steht, eine Lady komme nicht mehr ohne einen solchen Diener aus …"

„Um Himmels willen!", rief Lady Portland und machte aus ihrem Abscheu keinen Hehl. „Das kann doch nicht Ihr Ernst sein!"

Bevor ein Disput zwischen den beiden Damen ausbrechen konnte, meldete Elizabeth sich zu Wort: „Wie lange sind Sie denn schon verheiratet, Mylady?"

Ihre Mutter verharrte im Schritt, wandte sich ihr zu und riss überrascht die Augen auf. Elizabeth wartete gespannt auf eine Antwort. Lady Bakerfield war viel zu stolz, als dass sie die Frage unverschämt gefunden hätte. „Seit wenigen Monaten, Miss Elizabeth, und ich bin noch nie in meinem Leben so glücklich gewesen!"

„Oh, so kurz erst, meinen herzlichen Glückwunsch!"

Während Elizabeth ihrer Gastgeberin zulächelte, arbeitete es fieberhaft in ihrem Kopf. Hieß das etwa, dass die beiden erst *nach* Lady Barbaras Tod geheiratet hatten?

Ihre Mutter, durch die Kühnheit ihrer Tochter ermutigt, hielt es für angebracht, diese Frage laut zu stellen. Lady Bakerfields Gesichtszüge wurden ernst. „Nein, nein, Mylady, wir waren schon vermählt, als … es geschah." Sie öffnete die gegenüberliegende Tür. „Und hier haben wir den gelben Empfangssalon." Sie trat zur Seite und ließ ihre Gäste eintreten.

Schwarze Stühle im Hepplewhitestil bildeten einen eleganten Kontrast zum weißen Stuck der Kaminumrandung. Die Tapete mit zarten gelben Rosenranken trug eindeutig die Handschrift einer Frau. Auch die Scherenschnitte in schwarzen Rahmen waren wohl kaum von einem Mann ausgewählt worden.

Lady Portland war begeistert: „Wurde dieser Raum ebenfalls von Lady Barbara eingerichtet? Was für eine Mischung aus Eleganz und Gemütlichkeit …" … die Sie hoffentlich nicht auch mit Löwentatzen zerstören wollen!, setzte sie in Gedanken dazu.

„Ach, das war wohl die alte Digmore!" Lady Bakerfield verbesserte sich sofort, als sie Lady Portlands fassungsloses Gesicht sah. „Ich wollte sagen, Ihre verstorbene Freundin, Lady Catherine. Hier pflegte man für gewöhnlich die Gäste bei ihren vormittäglichen Besuchen zu empfangen. Leider gibt es derzeit kaum Gäste auf Digmore Park. Doch das wird sich ändern, wenn erst einmal …" Sie hielt inne und ließ diesen Satz in der Luft hängen.

Elizabeth hielt die Luft an. „…wenn erst einmal was?"

Doch Lady Bakerfield schien sie nicht zu hören. Stattdessen eilte sie mit wehenden Röcken ins nächste Zimmer. „Dies ist der Jagdsalon, in dem sich die noble Gesellschaft im Herbst zu versammeln pflegt, um die waidmännischen Erfolge zu feiern!"

Sie durchquerte den Raum und trat ans Fenster. Mit einer auffordernden Geste bat sie die beiden Ladys, es ihr gleichzutun. „Sehen Sie nur die einzigartige Aussicht! Wir überblicken von hier die gesamte Einfahrt, was natürlich sehr praktisch ist, wenn man Gäste erwartet!"

Sie wandte sich um und wies auf das lebensgroße Bild

neben dem Kamin. Es zeigte einen gutaussehenden jungen Mann in Reitkleidung, der ein prachtvolles Pferd am Zügel führte. Elizabeth ging näher, um das Gemälde genauer zu betrachten. Der Mann kam ihr vage vertraut vor, obwohl sie sich sicher war, ihn noch nie gesehen zu haben.

„Sie sehen hier den Earl of Digmore. Natürlich war er, als dieses Bild entstand, noch lange nicht so alt wie jetzt! Wir werden es in die Gemäldegalerie hängen, wenn Mylord erst einmal verstorben ist. Was natürlich noch lange nicht geschehen möge", fügte sie pflichtschuldig hinzu, und es klang alles andere als aufrichtig.

Mylady warf ihrer Tochter einen sprechenden Blick zu, und diese hätte am liebsten laut aufgelacht. Lady Bakerfields Benehmen war wirklich ungewöhnlich.

„Vom Jagdsalon kommt man in die Gemäldegalerie", setzte sie fort, weit davon entfernt, die Gedanken ihrer Gäste zu erahnen, „wenn mir die Damen bitte folgen wollen. Hier gibt es einige bemerkenswerte Bilder zu bewundern. Mir gefällt das dort drüben am besten. Es zeigt Ihre Freundin, die verstorbene Frau des derzeitigen Earls. Sie war wirklich wunderhübsch."

Anscheinend setzte sie jetzt alles daran, ihren Fauxpas vergessen zu machen. Lady Portland trat näher und fand sich nicht unerwartet, aber doch überraschend dem Antlitz ihrer Jugendfreundin gegenüber.

„Sie haben unzweifelhaft recht, meine Liebe. Catherine war eine außergewöhnlich schöne Frau. Dieses Bild ist auch besonders gut getroffen, es fängt ihre Lebensfreude ein und ihr herzliches Wesen."

Der Anblick ihrer Freundin rührte Mylady so, dass sie sich mit ihrem weißen Batisttaschentuch eine kleine Träne aus den Augenwinkeln tupfte.

„Ich muss mich unbedingt erkundigen, ob dieser Maler noch lebt", setzte Lady Bakerfield fort, „ich möchte, dass er auch von mir ein Gemälde anfertigt. Würde ich nicht großartig in diese Galerie passen? Und mein lieber Edward natürlich auch. Ach, es hat so etwas Erhebendes. Meine Schwestern werden Augen machen und blass werden vor Neid, wenn sie mich hier hängen sehen!"

Und schon eilte sie zu den nächsten Bildern, um spöttische Kommentare zu den Kleidern der Damen abzugeben, manch grimmige Miene zu bekritteln und schallend über einen Vorfahren zu lachen, dessen Zähne so weit vorstanden, dass er den Mund kaum schließen konnte.

Elizabeth zeigte auf das Bildnis eines Jünglings in Reitkleidung, der mit tiefblauen Augen und einem schelmischen Lächeln zu ihr herniedersah. „Wer ist das?"

Lady Bakerfield machte eine wegwerfende Handbewegung. „Ich kann mir vorstellen, dass dieses Bild Ihre Neugier weckt, denn er sieht ausgesprochen gut aus, nicht wahr? Aber den können Sie sich aus dem Kopf schlagen. Er hat sich einzig und allein dem Krieg verschrieben."

„Das heißt, dieser junge Mann ist kein Ahne?", erkundigte sich Elizabeth, obwohl sie längst wusste, von wem die Rede war.

„Nein, das ist Dewary, Major Frederick Dewary, der Sohn des Hauses. Und gar so jung ist er inzwischen auch nicht mehr. Aber nun kommen Sie, meine lieben Damen, ich möchte Ihnen gerne mein Gemach zeigen."

Stolz zeigte Lady Bakerfield ihr Boudoir. „Ich bin noch nicht lange hier, und doch ist es mir schon gelungen, einiges nach meinem Gutdünken zu gestalten. Sehen Sie nur die elegante purpurrote Chaiselongue! Der liebe Edward ist ja so großzügig! Er liest mir jeden Wunsch von den Lippen ab!"

Deshalb hast du ihn wahrscheinlich geheiratet, dachte Mylady leidenschaftslos, und Elizabeth fügte in Gedanken hinzu: Warum sonst sollte so eine Schönheit wie Lady Bakerfield den Antrag eines Mannes annehmen, der nicht annähernd so anziehend war wie sie?

„So, und nun habe ich Ihnen noch einen Rundgang durch die Gärten versprochen. Lizzy, du faules Ding!“

Elizabeth zuckte zusammen. Was hatte sie getan, um Myladys Zorn zu erwecken? Und wie kam diese dazu, in so einem Ton mit ihr zu sprechen? Entgeistert schaute sie zu Lady Bakerfield hinüber und stellte fest, dass diese nicht sie mürrisch anschaute, sondern ihre Kammerzofe, die soeben im Türrahmen erschienen war:

„Meine Bürsten liegen nicht in Reih und Glied auf der Marmorplatte meines Frisiertisches, so wie ich das wünsche! Und der Spiegel hat blinde Flecken. Kannst du nicht endlich einmal deine Pflichten ernst nehmen, du dummes Mädchen?!“

Die Zofe errötete, versank in einen Knicks und Mylady rauschte, ohne sie eines weiteren Blickes zu würdigen, von dannen. Peinlich berührt folgten die Damen Porter.

„Ach“, Lady Bakerfield seufzte und fügte mit dramatischer Geste hinzu, als die beiden ebenfalls den Flur betreten hatten: „Um alles muss man sich selbst kümmern. Ich sage Ihnen, auf das Personal ist heute kein Verlass mehr! Sogar den Tee für Lord Digmore bereite ich jeden Abend eigenhändig zu, nur um sicherzugehen, dass man auch die richtigen Kräuter verwendet!“

„Sie kochen jeden Tag für den Hausherrn Kräutertee?“ Das war nun wirklich eine überraschende Neuigkeit. So viel Umsicht hatte Elizabeth ihrer verwöhnten Gastgeberin gar nicht zugetraut.

Lady Bakerfield war stehen geblieben. „Aber sicher tue ich das, meine Liebe.“ Ihr Blick war nun ungewohnt ernst. „Das ist das Mindeste, was ich tun kann, um mich bei Edwards geschätztem Onkel für seine überwältigende Gastfreundschaft zu bedanken!“

„Lord Digmore fühlt sich schon längere Zeit nicht wohl?“

Lady Bakerfield nickte bekümmert. „Seit einigen Wochen. Ist es ein Wunder? Zuerst … stirbt … seine Schwester, dann wird sein Sohn …, na ja, jedenfalls, es ist sein Herz, wissen Sie …"

„Was ist denn mit seinem Sohn?", fragte Lady Portland arglos nach. Elizabeth nestelte an den Spitzen ihrer Manschetten herum, um sich nicht anmerken zu lassen, wie gespannt sie auf die Antwort war. Doch diese war leider nicht im Geringsten aufschlussreich.

„Sein Sohn, der … ist Offizier. Der Mann, dessen Jugendbildnis Sie in der Gemäldegalerie bewundert haben. Er kämpft auf dem Kontinent gegen die Franzosen. Er ist ein wahrer Held. Wir bewundern ihn alle sehr!"

Elizabeth, die sich noch genau an Dewarys Worte erinnerte, dass er die Frau seines Cousins noch nicht kennengelernt habe, konnte sich die nächste Frage nicht verkneifen. „Sie kennen diesen, wie heißt er nur, diesen Offizier, von dem Sie eben sprachen? Lord Digmores Sohn?"

Lady Bakerfield sah sie an, als habe sie den Verstand verloren. „Aber natürlich kenne ich ihn, was für eine Frage! Viel länger als …" Sie verstummte, nur um dann rasch fortzusetzen: „… wir verstehen uns sehr gut! Als Cousin meines geliebten Mannes ist er auch für mich zum Cousin geworden."

„Das heißt, Sie kochen den Kräutertee für seinen Vater auch ihm zuliebe, weil Sie sich so gut verstehen?"

Lady Bakerfield nahm die Ironie in diesen Worten nicht wahr.

„Wenn Sie das so sehen wollen, bitte sehr! Es entspricht durchaus der Wahrheit."

„Wie kommt es, dass Sie sich mit Kräutern auskennen?", wollte Lady Bakerfield wissen. „Das ist doch ein recht ungewöhnliches Wissen für eine junge Dame!"

Ihre Gastgeberin seufzte. „Nicht ungewöhnlich für mich, Mylady, leider! Meine Mama ist herzkrank. Ich habe die letzten Jahre tagein, tagaus an ihrem Krankenbett gewacht, um der Armen etwas Linderung zu verschaffen."

„Oh, Sie armes Kind! Wie tüchtig Sie sind!" Lady Portland tätschelte der jungen Frau mütterlich die Hand. „Welche Kräuter nehmen Sie denn für diesen Tee?"

„Das ist ganz unterschiedlich, Mylady. Melisse ist immer dabei. Man sagt, dass es bei Herzklopfen und Schwindelgefühl am besten helfen soll. Rosmarin macht das Herz kräftig, und Weißdorn belebt. Ich gebe noch gern Lavendel oder Zimt dazu, um den Geschmack zu verbessern."

„Und Ihre Mama? Ich kann mir vorstellen, dass sie Sie sehr vermisst!"

Lady Bakerfield nickte. „Da tut sie in der Tat, Mylady. Ich habe sie schließlich viele Jahre lang gepflegt, so lange, bis ich geheiratet habe. Jetzt hat Sylvia diese Pflicht übernommen." Und wie es schien, war sie sichtlich zufrieden damit.

„Wenn Sie seiner Lordschaft den Tee bringen, wo müssen Sie da hingehen? Wo befinden sich seine Räumlichkeiten?"

„Ach, die sind drüben im linken Flügel, auf demselben Geschoss."

Dort wo sich auch Dewarys Zimmer befindet, schoss es Elizabeth durch den Kopf.

Lady Bakerfield fuhr fort: „Edwards Onkel hat seine Zimmer in den letzten Wochen nicht verlassen. Ich selbst muss den Tee stets dem Kammerdiener übergeben."

Sie senkte die Stimme und flüsterte Elizabeth mit einem verschwörerischen Tonfall ins Ohr, so als wären sie die allerbesten Freundinnen: „In Wirklichkeit ist der Onkel sicherlich ein alter Griesgram. Seien Sie froh, dass Sie nichts mit ihm zu tun haben."

Der Rundgang durch den Garten dauerte nicht lange. Es empfing sie eine üppige Blütenpracht an Rosen, Lupinen, Fingerhut, Rittersporn und Hortensien, überwuchert von langen, stacheligen Brombeerranken, an denen dicke schwarze Beeren bisher vergeblich auf ihre Ernte warteten. Elizabeth hatte gepflegte Beete und sauber geschnittene Rabatten erwartet und war erstaunt, sich eben jener Unordnung und jenem Wildwuchs gegenüberzusehen, der auf Portland Manor geherrscht hatte, bevor Mr. Michaels, vielmehr Major Dewary, das Kommando übernommen hatte. Mit dem einzigen Unterschied, dass sich hier offensichtlich auch noch schwere Stiefel den Weg durch die Blütenreihen gebahnt hatten. Die Ursache dieser Fußabdrücke war schnell ausgemacht: Eben kam einer der bewaffneten Männer des Wegs. Er hatte sich die Kappe so tief in die Stirn gezogen, dass er der Damen nicht gleich ansichtig wurde. Achtlos trampelte er durch die Beete, geknickte Stiele und abgebrochene Blüten säumten seinen Weg. Elizabeth hätte ihn am liebsten angebrüllt, was er sich dabei denke, so sorglos mit der Blütenpracht umzugehen, doch sie hielt sich schweren Herzens zurück. Es war nicht ihre Aufgabe, auf Digmore Park für Ordnung zu sorgen. Sie konnte sich gut vorstellen, wie der Major mit dem Mann verfahren wäre. Er liebte Pflanzen, das hatte er auf Portland Manor eindrucksvoll bewiesen. Mit einem warmen Gefühl im Herzen dachte sie an ihre eigenen Rosen, die ordentlich aufgebunden worden waren, und die fein säuberlich geschnittenen Hecken. Wie es Major Dewary wohl erging in dem einfachen Wirtshaus im Wald? Waren die Zimmer annehmbar? Dachte er wohl manchmal an sie? Natürlich dachte er an sie! Schade nur, dass dies nicht deshalb geschah, weil er sie als Frau begehrenswert fand, sondern einzig und allein deshalb, weil er sehnlichst eine Nachricht von ihr herbeiwünschte. Bestimmt hielt er die Ungewissheit kaum mehr aus. Dewary war ein Mann, der es gewohnt war, die Zügel in der Hand zu halten. Dazu verdammt zu sein, hilflos zu warten, war sicher nicht seine große Stärke.

„Ich habe den Gärtner entlassen müssen, er war unzuverlässig und frech", erklärte Lady Bakerfield, die Elizabeths entgeisterte Blicke angesichts des Durcheinanders richtig gedeutet hatte. Diese Worte waren nicht dazu geeignet, Elizabeths Entgeisterung zu mildern. Was Dewary wohl dazu sagen würde, wenn er erfuhr, dass die Frau seines Cousins eigenmächtig Personal entließ auf Digmore Park? Sie musste sich des Erbes schon sehr sicher sein, wenn sie hier nach ihrem Gutdünken schaltete und waltete. War der alte Earl wirklich zu schwach, um ihr Einhalt zu gebieten? Oder wusste er am Ende nichts von ihren Entscheidungen? Der zum Wachdienst abgestellte Mann war inzwischen bei den Damen angelangt. Er hob grüßend die Hand zur Mütze und wäre an ihnen vorbeigegangen, hätte Lady Bakerfield ihn nicht aufgehalten. Allerdings schien sie an seinem achtlosen Verhalten nichts auszusetzen zu haben, sondern fragte knapp: „Irgendwelche Neuigkeiten?"

Der Mann schüttelte den Kopf. „Nichts, Miss … Mylady, es tut mir leid. Aber seien Sie beruhigt, wir werden den Kerl schon schnappen!"

Den Kerl schnappen!, dachte Elizabeth empört. Was für ein Ausdruck! Es handelte sich um den Sohn des Earls! Sicher kam der Mann aus der Gegend und entstammte einer der Pächterfamilien. Welche Schauergeschichten hatte man ihm bloß über Major Dewary erzählt, dass er jede Hochachtung vermissen ließ?

„Vom welchem Kerl ist denn da die Rede? Ich bin zutiefst beunruhigt!" Lady Portland stellte sich unwissend.

„Na, von diesem Verbrecher natürlich, den wir uns schnappen werden, um die …"

Lady Bakerfield unterbrach den Mann mit barscher Stimme. „Genug, Shiffton, du kannst gehen. Ein Einbrecher macht die Gegend unsicher, Lady Portland." Sie lächelte ihren Gästen aufmunternd zu. „Es besteht nicht der geringste Grund, sich zu sorgen. Wie Sie sicher schon bemerkt haben, werden wir von vielen starken Männern bestens beschützt. Wenn es Ihnen recht ist, schlage ich vor, wir begeben uns ins Haus zurück. Ein kleiner Lunch wird uns allen guttun."

Während Elizabeth ihr ins Haus folgte, dachte sie fieberhaft nach. Hier war so manches, was ihr gar nicht gefiel. Es erschien ihr nun noch viel dringender, dass Dewary endlich nach Hause zurückkehrte. Sie musste sich beeilen. Noch an diesem Nachmittag würde sie die ersten Erkundungen unternehmen. Es wäre doch gelacht, wenn es ihr nicht gelänge, die Adresse des alten Kammerdieners aufzutreiben.

24. Kapitel

Ihr Plan ließ sich einfacher verwirklichen, als Elizabeth gedacht hatte. Der leichte Lunch verging mit ebenso leichtem Geplauder. Sie waren zu dritt, Lord Bakerfield war noch nicht zurückgekehrt von der Jagd. Nach dem Essen zog ihre Mutter sich zu mittäglicher Ruhe zurück, und Lady Bakerfield verkündete ebenfalls, nun ihren Schönheitsschlaf zu benötigen, bei dem sie keinesfalls gestört werden dürfe. Elizabeth indes hatte noch nie die Lust verspürt, sich mitten am Tag hinzulegen. Auf Portland Manor waren es die vielen Aufgaben, die sie wach hielten, hier war es die Aufregung vor dem kommenden Abenteuer.

„Ich habe ein Buch mitgebracht und werde die Zeit nutzen, die ersten Kapitel zu lesen."

Doch Elizabeth dachte nicht daran, diese Ankündigung in die Tat umzusetzen. Stattdessen ließ sie eine gute halbe Stunde verstreichen, bevor sie leise das gelbe Gästezimmer verließ. Noch nie waren die Minuten langsamer verstrichen! Doch sie musste sichergehen, dass Lady Bakerfield schon schlief. Endlich war es so weit! Endlich konnte sie ihr Zimmer verlassen. Ein rascher Blick nach rechts und links: Alles lag in mittäglicher Stille. Kein Diener ging seinen Verrichtungen nach. Auf leisen Sohlen eilte sie zur Galerie hinaus, von der eine ausladende Treppe in die Vorhalle hinunterführte. Das Ticken der großen Standuhr war das einzige Geräusch, das sie vernahm, wenn man von ihren eigenen Schritten auf dem knarrenden Holzboden absah. Sie schenkte den ausladenden Landschaftsgemälden, die die Galerie über die gesamte Breite der Halle schmückten, keine Aufmerksamkeit und betete zu Gott, dass Mylady keinen allzu leichten Schlaf hatte. Ihre Gebete wurden erhört, denn sie erreichte den linken Flügel ohne Zwischenfall. Dort atmete sie befreit auf und sah sich neugierig um. Es war offensichtlich, dass beide Flügel des Hauses zur selben Zeit errichtet worden waren. Der linke Flügel war ein Spiegelbild des rechten: Beide hatten einen breiten Flur, von dem schwere dunkelbraune Flügeltüren abgingen. Aus dem ersten Zimmer waren gedämpfte Stimmen zu vernehmen. Mit klopfendem Herzen eilte Elizabeth daran vorbei. Wenn bloß der Boden nicht so knarren würde! Wahrscheinlich war dies das Zimmer des Hausherrn. Waren seine Ohren noch so gut, dass er sie hörte? Mit wem er wohl sprach? Wahrscheinlich mit einem Diener. Bewohnte er einen Raum oder zwei? War dann diese Tür die Kammer seines Leibdieners? Und welche Zimmer schlossen sich daran an? War das bereits Dewarys Zimmer? Unschlüssig blieb sie davor stehen. Was sollte sie tun? Versuchen, die Tür zu öffnen? Oder war es doch besser, zuerst anzuklopfen? Was, wenn das auch noch ein Zimmer des Hausherrn war und sie ihn in Unterwäsche antreffen würde? Sie hatte noch nie einen unbekleideten Mann gesehen und nicht die geringste Absicht, dies auf diese Weise das erste Mal zu tun. Elizabeth blieb ratlos stehen: Es war naiv gewesen zu glauben, sie würde sich allein in diesem riesigen Haus zurechtfinden. Das konnte nie und nimmer gutgehen!

„Einen schönen Tag, Miss, kann ich Ihnen helfen?“

Elizabeth fuhr herum.

Ein älterer Diener war aus dem ersten Raum getreten. Jetzt schloss er leise die Tür hinter sich, wahrscheinlich um seinen Herrn nicht zu stören, und kam mit langsamen Schritten näher. Sein Haar war ebenso grau wie seine schlichte Uniformjacke. Seinen wachen Augen unter den buschigen Augenbrauen schien nichts zu entgehen. Sein Blick zeigte nichts als höfliches Interesse. Irgendwie kamen ihr seine Gesichtszüge bekannt vor, und doch wusste

Elizabeth, dass sie ihm noch nie zuvor begegnet sein konnte. Was sollte sie jetzt tun? Sie straffte die Schultern und beschloss ihm entgegenzugehen. Es war ohnehin sinnlos, ihre Suche fortzusetzen.

„Ich bin hier zu Gast."

Diese Erklärung war sie dem Kammerdiener wohl schuldig.

Dieser nickte nur: „Wir haben davon gehört, Miss …"

„Porter, Elizabeth Porter."

Der betagte Diener deutete eine Verbeugung an. „Sie besuchen Lord und Lady Bakerfield, Miss Porter?"

Elizabeth besann sich ihres Auftrags und schüttelte den Kopf. „Nein, ich begleite meine Mutter, Lady Portland. Mama hat erst kürzlich von Lady Digmores Ableben erfahren. Die beiden waren zusammen in London und wurden gemeinsam der Königin vorgestellt."

Der Diener hörte ihr aufmerksam zu.

„Als Mama vom Tod ihrer Freundin hörte, haben wir sofort die Koffer gepackt, um Mylord einen Besuch abzustatten."

„Tatsächlich?"

„Leider erzählte uns Lady Bakerfield, dass Lord Digmore derzeit keinen Besuch empfängt …"

Der Kammerdiener hob eine Augenbraue. „So, sagte Lady Bakerfield dies …"

Elizabeth nickte.

„Und Sie wollten seine Lordschaft dennoch soeben besuchen, Miss?"

Elizabeth errötete. „Was bringt Sie zu dieser Annahme?"

„Nun, ich habe mich gefragt, was Sie wohl sonst hierher auf diesen Flur verschlägt? Außer Mylord und meiner Wenigkeit wohnt hier derzeit niemand."

In dieser Aussage, obwohl mit freundlicher Stimme vorgebracht, schwang ein Hauch von Kritik. Berechtigter Kritik, wie sich Elizabeth eingestand.

„Besteht denn eine Möglichkeit, Lord Digmore zu besuchen? Meine Mama würde sich sehr darüber freuen."

Zu ihrem Erstaunen tat der Kammerdiener so, als habe sie die letzten Worte nicht geäußert. „Hier, die beiden ersten Türen zur Rechten sind das Schlafzimmer und der Salon von Lord Digmore, dem Hausherrn. Die nächste Tür führt in meine Kammer. Daran schließen sich die Bibliothek und einige Repräsentationsräume an. Und das Zimmer am Ende des Flurs bewohnt Major Frederick Michael Dewary, wenn er zu Hause weilt. Es liegt unmittelbar unter dem Turmzimmer."

Elizabeth war völlig überrumpelt und versuchte zugleich, sich alles genau zu merken. War der Kammerdiener nicht ganz richtig im Kopf? Oder gab es irgendeinen Grund, warum er ihr das erklärte?

„Aha, ja, danke", murmelte sie nur.

Der Kammerdiener schenkte ihr ein freundliches Lächeln und fügte dann hinzu: „Wie sagten Sie, hat Ihre Frau Mama von Lady Digmores Ableben erfahren? Warum gerade jetzt? Das traurige Ereignis ist immerhin schon vier Jahre her."

Elizabeth wusste einen Moment lang nicht, was sie antworten sollte. Daran hatten sie bei all ihrer Planung nicht gedacht! Sie konnte schlecht von Dewary erzählen. Sicher ginge der Kammerdiener damit schnurstracks zu seinem Herrn. Und der hatte schon einmal den Friedensrichter verständigt!

„Nun?"

„Ich weiß es nicht genau. Ich nehme an, Mr. Bishop hat es bei einem seiner Besuche auf Portland Manor erwähnt." Wie gut, dass ihr diese Ausrede eingefallen war! Und sie setzte hinzu: „Mr. Bishop ist Pfarrer der Kirche St. Ann in Winchester, wissen Sie."

Der Kammerdiener nickte. „Ja, Pfarrer sind immer gute Quellen von Neuigkeiten. Ich muss Sie jetzt leider allein lassen, mein Herr wird sich schon fragen, wo ich stecke."

Er verbeugte sich andeutungsweise und machte kehrt. Elizabeth sah ihm nach, wie er langsam, aber aufrecht den Flur hinunterschritt. Vor der ersten Tür blieb er stehen und wandte sich noch einmal zu ihr um. „Was einen Besuch bei seiner Lordschaft betrifft, ich werde sehen, was ich für Sie tun kann. Einen schönen Tag noch, Miss Porter."

Er verbeugte sich abermals und machte ihr mit einer Handbewegung klar, dass er erwartete, sie würde den linken Flügel verlassen. Diesem Wunsch konnte sie sich nicht gut widersetzen. Also dankte sie ihm und ging dann, an dem immer noch wartenden Kammerdiener vorbei, in die Galerie zurück.

Der nächste Tag verging ereignislos. Natürlich hatte es Elizabeth nicht lassen können und war eine halbe Stunde nach dem Mittagessen in den linken Flügel zurückgeschlichen, nur um dort festzustellen, dass die Tür zu Dewarys Zimmer abgeschlossen war. Das war ärgerlich, aber nicht wirklich überraschend. Den Kammerdiener bekam sie dabei nicht zu Gesicht. Und auch seine Lordschaft tauchte nicht auf, um sie zur Rede zu stellen. Anscheinend war es dem Diener nicht gelungen, den alten Herrn zu überreden, Lady Portland zu empfangen. Und so rückte das vereinbarte Treffen mit Dewary näher, ohne dass sie dem klitzekleinsten Geheimnis auf die Spur gekommen waren.

Der Mittwoch kam, und damit der Tag des vereinbarten Wiedersehens. Die Damen saßen wieder einmal beim Lunch, es gab gerösteten Fasan mit frischem Gemüse und brauner Sauce. In einer halben Stunde wollten sie aufbrechen. Der Major würde ihnen sicher entgegenkommen. Es hatte leicht zu regnen begonnen, sie konnten ihn unmöglich warten lassen. Allerdings: Wie erklärte man der Gastgeberin, dass man einen Ausflug unternehmen, sie aber nicht dazu einladen wollte? Elizabeth zerbrach sich den

Kopf. Es wäre unklug, die bislang so tadellos vorgespielte Freundschaft zu Lady Bakerfield aufs Spiel zu setzen. Es war ihre Mutter, die den rettenden Einfall hatte und Mylady ohne langes Zaudern zu verstehen gab, dass sie nach dem Lunch auszufahren gedachten.

„Meine liebe Freundin Lady Darlington weilt derzeit ganz in der Nähe bei ihrer Cousine, und ich habe versprochen, sie mit Elizabeth zu besuchen. Sie kennen Lady Darlington nicht, nehme ich an, meine Liebe?"

Elizabeth hielt die Luft an. Lady Darlington war eine der bekanntesten und tonangebendsten Ladys der Londoner Gesellschaft. Lady Bakerfield war schon seit dem Morgen schlecht gelaunt, und so sagte sie eher unfreundlich: „Nein, diese Lady kenne ich nicht. Ich kenne überhaupt sehr wenige Damen. Weder in London noch in Winchester. Ich selbst komme nicht aus dieser Gegend, mein Elternhaus steht in …"

Leider fiel Lady Portland ihr ins Wort. Elizabeth hätte zu gern gewusst, aus welcher Gegend Englands Lady Bakerfield stammte.

„Oh, das ist aber schade, denn ich hätte Sie gern zu diesem Besuch mitgenommen, meine Liebe. Leider ist Lady Darlington im Augenblick äußerst erholungsbedürftig, und sie hat mir das Versprechen abgenommen, in den nächsten Wochen unter keinen Umständen jemanden bei ihr einzuführen. Ich hoffe, Sie verzeihen, dass ich dieses Versprechen nicht brechen kann."

Elizabeth konnte nicht umhin zu grinsen. Ihre Mutter hatte Lady Darlington seit Jahren nicht mehr gesehen. Doch Lady Bakerfield sah keinen Grund, an ihren Worten zu zweifeln.

„Sie können fahren, wohin Sie wollen, ich hätte ohnehin keine Zeit gehabt, Sie zu begleiten. Mein Schönheitsschlaf ist mir heilig."

Elizabeth konnte sich nicht daran erinnern, je eine Zwanzigjährige getroffen zu haben, die jeden Tag zu Mittag ein Schläfchen hielt. „Zudem habe ich am Nachmittag einige wichtige Dinge zu erledigen", setzte Lady Bakerfield hinzu. Lady Portland dankte ihr mit ihrem süßesten Lächeln für ihr Verständnis und bat dann: „Würden Sie außerdem so freundlich sein, uns einen Ihrer Stallburschen zur Verfügung zu stellen? Wir benötigen jemanden, der über gewisse Ortskenntnisse verfügt und unserem Kutscher entsprechende Anweisungen geben kann."

Lady Bakerfield machte eine abschätzige Geste. „Suchen Sie sich einen aus, Mylady, die Burschen sind ohnehin nicht viel wert."

Die beiden Damen Porter sahen sich an, zuckten mit den Schultern und nahmen dies lächelnd als Einwilligung.

25. Kapitel

Am Nachmittag fuhr die Kutsche pünktlich in den Feldweg ein, der zum Wirtshaus im Wald führte. Die Damen hatten sich für den Landauer entschieden, er war weit weniger auffällig als die ausladende Kutsche mit dem Wappen am Schlag. Selbstverständlich fand John den Weg auch ohne fremde Hilfe. Wegen Myladys Bitte um einen Stallknecht saß aber nun Charlie mit vergnügtem Lächeln an seiner Seite. Lady Portland lobte sich selbst für diesen genialen Einfall. Sie hätte nicht gut ausdrücklich nach Charlie fragen können, ohne Verdacht zu erregen. Andererseits war sie sich sicher, dass Dewary froh sein würde, seinen Burschen zu sehen. Vielleicht wollte er ihm auch neue Anweisungen geben oder ihn zumindest fragen, welche Beobachtungen er gemacht hatte. Sie konnte nur hoffen, Charlie hatte Beobachtungen gemacht. Denn sie selbst kam mit leeren Händen.

An der Weggabelung klopfte sie dreimal an das Kutschendach. John brachte die Pferde zum Stehen. Die beiden Damen stiegen aus dem Landauer. Von hier hatten sie das Wirtshaus gut im Blick. Obwohl die Fahrt nicht mehr als eine halbe Stunde gedauert hatte, waren sie doch froh, in den warmen Sommertag hinauszutreten. Warum roch es bloß im Inneren einer Kutsche immer so muffig? Der Regen hatte aufgehört und die Sonne den wolkenverhangenen Himmel zurückerobert. Das Gras war noch feucht, und die Nässe drang bald unangenehm durch die dünnen Schuhsohlen.

„Ich hoffe wirklich, Major Dewary lässt uns nicht allzu lange warten.“ Lady Portland sah ungeduldig zum Wirtshaus hinüber. „Kannst du dir vorstellen, wo er so lange bleibt?“

Der Tadel in ihrer Stimme war nicht zu überhören. In diesem Moment löste sich ein Schatten vom Stamm einer besonders dicken Eiche hinter ihnen. „*Er* ist schon hier, Mylady!“

Mit raschen Schritten kam Dewary über die Wiese auf sie zu. „Wenn Sie wüssten, wie sehr ich mich freue, Sie beide zu sehen!“

Sein strahlendes Lächeln war der deutlichste Beweis dafür, dass er seine Worte ernst meinte. Er begrüßte Lady Portland. Elizabeths Herz tat einen Satz. Hatte er schon immer so gut ausgesehen? Sein Bart war in der letzten Woche wieder dichter geworden, dennoch hatte er nichts Grimmiges mehr an sich. War sein Lächeln schon immer so herzlich gewesen? Seine Hand war angenehm warm, als er die ihre ergriff, um sich formvollendet darüberzubeugen. Wie viel hätte sie in diesem Augenblick darum gegeben, dass er sie nie wieder losließ!

„Und da ist ja auch Charlie. Großartig! Wie geht es dir? Hast du etwas herausfinden können? Irgendetwas, was mich weiterbringt?“

Der Bursche verzog bedauernd sein Gesicht. „Nichts wirklich Neues, Major, fürchte ich! Was bin ich froh, Sie zu sehen! Und zu wissen, dass Sie hier in Sicherheit sind. Bei Ihnen zu Hause, da geht es zu, sag ich Ihnen. Der Friedensrichter hat seine Mannschaft schon wieder aufgestockt. Das sind jetzt mindestens zehn Mann, die sich da zu schaffen machen …“

„… und den Rosengarten zertrampeln“, fügte Elizabeth hinzu. Sie sah Dewarys erstaunten Blick und hätte sich für ihre vorschnellen Worte ohrfeigen können. Die zertrampelten Blumen waren sicher Dewarys geringste Sorge.

„Warum, um Himmels willen, zertrampeln die Männer

den Rosengarten? Gebietet ihnen niemand Einhalt? Wo ist Mr. Hammond, der Gärtner?"

„Soweit wir unterrichtet sind, hat Lady Bakerfield ihn entlassen", meldete sich Mylady zu Wort. „Er war ihr zu frech!"

Major Dewary glaubte, sich verhört zu haben. „Wer war zu frech? Der ruhige, stets besonnene Mr. Hammond? Das kann ich nicht glauben! Und überhaupt, wie kommt diese Lady Bakerfield dazu, über unser Personal zu verfügen?"

„Das haben wir uns, um ehrlich zu sein, auch schon gefragt!", warf Elizabeth ein. „Dennoch, Mylady schaltet auf Digmore Park nach eigenem Belieben."

„Ja, aber Papa! Was ist mit Papa? Ist es Ihnen gelungen, mit ihm zu sprechen? Er kann dem Treiben dieser Lady Bakerfield doch nicht tatenlos zusehen!"

Lady Portland schüttelte betrübt den Kopf. „Wenn man es genau nimmt, Major Dewary, dann sieht er dem Treiben nicht zu, denn er verlässt seine Zimmer nicht."

„Es stimmt also tatsächlich? Was ist mit den Mahlzeiten?"

Myladys Kopfschütteln verstärkte sich. „Auch die werden ihm nach oben gebracht. Und leider, leider sind wir bisher nicht zu ihm vorgedrungen. Sein Kammerdiener hat Elizabeth versprochen, sein Möglichstes zu versuchen, doch anscheinend ist es ihm nicht gelungen, seinen Herrn zu überzeugen."

„Schade, dass Mr. Jennings nicht mehr in unseren Diensten ist, der hatte bei Weitem mehr Einfluss auf Papa als James."

Wenn dieser Mr. Jennings noch hier wäre, müssten wir seine Adresse nicht in einem Geheimversteck suchen, dachte Elizabeth bei sich. Laut sagte sie: „Seltsam, dass Ihnen Lady Bakerfield völlig fremd ist. Uns hat sie erzählt, Sie beide würden sich nicht nur kennen, nein, Sie würden sich sogar gut verstehen!"

Dewary riss die Augen auf. „Das sagte sie tatsächlich? Wie heißt die Dame? Louise, wenn ich mich richtig an Mr. Bishops Worte erinnere. Ich habe in meinem ganzen Leben noch nicht eine Louise kennengelernt!"

Das war allerdings merkwürdig, fand auch Elizabeth. Warum log diese Frau bloß? Was versprach sie sich davon?

„Wenn ich nur wüsste, wo diese Lady so plötzlich herkommt! Edward war noch nie in seinem Leben verlobt, und nun ist er auf einmal verheiratet."

„Wann haben Sie Ihren Cousin zuletzt gesehen?"

„Vor zwei Monaten bei der Hochzeit meiner Schwester."

„Da waren die beiden mit Sicherheit schon verheiratet."

„Edward hat kein Wort darüber verloren. Was allerdings nicht unbedingt etwas zu bedeuten hat, denn der gute Edward war schon als Kind ein Geheimniskrämer. Vielleicht fand er seine Frau zu wenig vorzeigbar, als dass er sie zu so einem großen Familienereignis mitbringen wollte ..."

Elizabeth lachte laut auf. „Also, das war bestimmt nicht der Grund. Lady Bakerfield ist die schönste Frau, die ich je gesehen habe!"

„Natürlich ist sie nicht so schön wie meine Tochter."

„Natürlich nicht. Keine Frau ist so schön wie Miss Elizabeth." Dewary staunte über sich selbst, sich dies sagen zu hören, doch nicht darüber, es auch tatsächlich so zu meinen. Das Lächeln, das Elizabeth ihm schenkte, war warm und glücklich und kam von ganzem Herzen. Er sah es, und es fehlte nicht viel, dass er sie in seine Arme gerissen hätte, hier, auf dieser feuchten Wiese vor den Augen ihrer Frau Mama und zweier neugieriger Diener! Das schlechte Gewissen packte ihn umgehend am Kragen und hielt ihn davor zurück. Miss Porter beschäftigte seine Gedanken in den letzten Tagen viel zu sehr – bedeutend mehr, als es schicklich war.

„Außer meiner Verlobten, selbstverständlich", setzte er darum rasch hinzu. Hatte er vorgehabt, damit sein Gewissen zu beruhigen, so zeigte ihm ein Blick in Elizabeths enttäuschtes Gesicht, dass das kläglich misslungen war. Denn das schlechte Gewissen, das er nun ihr gegenüber verspürte, übertraf jenes Vivian gegenüber bei Weitem.

Mylady hatte von dem Blickwechsel nichts mitbekommen. „Wie möchten Sie, dass wir weiter vorgehen, Major Dewary? Für mich ist das alles ein herrliches Abenteuer, und ich genieße jede Stunde in Ihrem Elternhaus. Ich muss gestehen, ich habe mich noch selten irgendwo so wohlgefühlt. Fast so, als wäre ich dort zu Hause. Nicht wahr, Elizabeth, wir fühlen uns auf Digmore Park richtig zu Hause?"

Noch vor wenigen Minuten hätte ihr ihre Tochter ohne Zögern zugestimmt, doch jetzt regte sich trotziger Widerstand. „Ich fühle mich nur auf Portland Manor zu Hause."

Mylady nieste.

„Wenn wir noch lange hier stehen, dann hole ich mir den Tod!" Ihre Augen suchten nach einer trockenen Stelle auf dem Feldweg. „John, bring mir meinen Umhang aus dem Wagen!"

Dewary nutzte die Gelegenheit, während Mylady anderweitig beschäftigt war, um hinter Elizabeth zu treten.

„Ich wünschte, Sie wären mir nicht mehr böse!"

Elizabeth schlug das Herz bis zum Hals hinauf. Es war so aufregend, ihn so nah zu wissen, seinen Atem an ihrem Nacken zu spüren. Zu gern wäre sie bereit gewesen, ihm noch viel Schlimmeres zu vergeben. Aber Dewary war verlobt, und er ließ keine Gelegenheit aus, darauf hinzuweisen. Also war es besser für ihr Seelenheil, ihn sich vom Leibe zu halten. Sie ging einige Schritte von ihm weg und wandte sich um. Mylady hatte unterdessen das Tuch um ihre Schultern gelegt und sich auf ein paar trockene Kieselsteine gestellt. „Was sind Ihre nächsten Pläne? Wir haben versprochen, Ihnen zu helfen. Also, Major, was sollen wir tun?"

Wäre Elizabeth in der richtigen Stimmung gewesen, sie hätte über Mamas Eifer geschmunzelt. Da sie jedoch nicht in der Stimmung war zu lächeln, begnügte sie sich damit, Löcher in die Bäume am Waldrand zu starren.

Dewary ging zu Lady Portland hinüber. „Lassen Sie uns überlegen. Am besten wird es sein, wir gehen generalstabsmäßig vor."

Er begann vor den Damen auf und ab zu marschieren, so als gelinge es ihm dadurch besser, seine Gedanken zu ordnen. Elizabeth konnte sich nun gut vorstellen, wie Dewary die Truppen abschritt und alle Männer vor ihm stramm in Habtachtstellung standen. Noch nie war ihr ein Mann von solcher Ausstrahlung und Selbstsicherheit begegnet, der zugleich so feinfühlig sein konnte. Nein, sie würde ihren Blick nicht auf ihn richten! Er sollte keinesfalls bemerken, wie sehr er sie beeindruckte! Also wieder starr zu den Bäumen hinüberschauen! Doch was war das? Diese Gestalt hatte doch eben noch nicht dort gestanden! Kaum wahrnehmbar, im Schutz zweier hoher Nadelbäume, verharrte regungslos ein rotbraunes Pferd. Sein Reiter saß ebenso still im Sattel, den Blick ganz offensichtlich zu ihnen gewandt. Elizabeth zögerte keine Sekunde und trat Dewary in den Weg.

„Schauen Sie dort!" Aufgeregt wies sie mit ihrer Rechten auf den Unbekannten. „Anscheinend haben wir einen heimlichen Beobachter!"

Dewary fuhr herum.

In diesem Augenblick gab der Reiter dem Pferd einen Schenkeldruck und war, ehe sie es sich versahen, im Dickicht des Waldes verschwunden. Die fünf blickten ihm verdutzt hinterher. Hätte nicht auch Dewary noch kurz einen Blick auf einen fuchsroten Schweif erhascht, Elizabeth wäre geneigt gewesen zu denken, sie habe sich geirrt. Doch nein, da war sicher jemand gewesen, und mehr noch, sie glaubte zu wissen, wer das war.

„Sie mögen mich für verrückt halten, Major, doch ich denke, das war der Kammerdiener Ihres Vaters."

Mylady konnte es nicht glauben. „Ich bin sicher, dass du dich irrst, Elizabeth! Welchen Grund sollte der Kammerdiener haben, uns hierher zu folgen?"

Elizabeth zuckte mit den Schultern. „Vielleicht handelt er auf Anweisung seiner Lordschaft?"

Das konnte Mylady noch viel weniger glauben. „Warum sollte uns denn seine Lordschaft einen Spion hinterherhetzen? Elizabeth, ich bitte dich! Er interessiert sich doch nicht im Geringsten für uns!"

„Und dennoch, Mama, ob du mir glaubst oder nicht, ich habe ihn erkannt! Seine aufrechte Haltung, die grauen Haare, der Rock seiner Uniform in eben demselben Grau. Außerdem kenne ich das Pferd. Es stammt aus den Stallungen von Digmore Park!"

„Graue Haare, grauer Rock?", wiederholte Dewary langsam. „Also, das klingt gar nicht nach James, dem Kammerdiener. Diese Beschreibung passt nur auf einen ...!"

„Siehst du, du hast dich geirrt!", triumphierte Mylady. Die beiden anderen beachteten sie nicht weiter.

Elizabeth hielt die Luft an. „Nämlich?"

„Auf Mr. Jennings, den alten Kammerdiener!"

„Doch ein Kammerdiener?" Mylady war alles andere als glücklich über diese Erkenntnis. „Ich verstehe nicht, warum uns Mylord seinen Kammerdiener nachgeschickt haben soll! Das ergibt doch keinen Sinn! Er weiß doch nichts über unsere Verbindung zu Ihnen!"

„Mama, Mr. Jennings ist der Mann, den Lady Barbara heiraten wollte! Wenn er wieder auf Digmore Park ist", rief Elizabeth aus, „dann ist die Suche nach seiner Adresse nicht mehr länger notwendig! Dann kann dieser Mann doch zum Friedensrichter gehen und bezeugen, dass der Major nicht schuld ist am Tod seiner Tante!"

Dewary nickte. „Mich wundert, dass er das nicht schon längst getan hat!"

„Darum glaube ich immer noch, dass ihr euch irrt!", beharrte Mylady. „Du hast doch den Kammerdiener getroffen, Lizzy. Mit welchem Namen hat er sich vorgestellt?"

Elizabeth überlegte. „Er nannte gar keinen Namen", sagte sie schließlich.

„Dann bleibt dir nichts anderes übrig, als noch einmal in diesen Flur im linken Flügel hinüberzugehen und den Mann zu fragen, wie er heißt. Stellt es sich heraus, dass es sich tatsächlich um Mr. Jennings handelt, dann werde ich Mittel und Wege finden, ihn zum Friedensrichter zu bringen!"

Das glaubte ihr Dewary aufs Wort. Obendrein war ihm noch etwas eingefallen. Er hatte lange genug als Stallmeister auf Portland Manor gearbeitet, um die Gepflogenheiten der Dienerschaft zu kennen. Wenn Mr. Jennings tatsächlich nach Digmore Park zurückgekehrt war, dann wusste die Dienerschaft mit Sicherheit Bescheid.

„Wer nimmt den Platz des Kammerdieners bei den Mahlzeiten ein?"

„James!", riefen Charlie und John wie aus der Pistole geschossen.

„Und er sitzt tatsächlich neben dem Butler?"

„Richtig, Major!", bestätigte Charlie. „James sitzt neben dem Butler. Mr. Richards ist ein ganz besonders Strenger, das kann ich Ihnen sagen. Der führt ein ärgeres Regiment als so mancher General …"

John ergänzte, als er Elizabeths fragenden Blick wahrnahm: „Der Kammerdiener hat den zweithöchsten Rang in der Dienerschaft, darum sitzt er neben dem Butler. Der ist natürlich der Ranghöchste. Bei uns zu Hause hatte die Haushälterin den Platz inne, solange bis Mr. Michaels, also der Major, meine ich, auftauchte."

„Kinder, seid mir nicht böse, aber ich stehe nicht hier auf der nassen Wiese, um mir über die Sitzordnung der Dienerschaft Gedanken zu machen."

„Oh, es tut mir leid, Mylady", wandte sich Dewary Lady

Portland zu. „Ich wollte Ihre Geduld keinesfalls über Gebühr strapazieren. Doch es war für mich wichtig zu klären, ob es sich tatsächlich um Mr. Jennings gehandelt haben könnte. Anscheinend ist es nicht der Fall!"

„Ich habe den Mann auf dem Pferd genau erkannt!", beharrte Elizabeth. Es konnte doch nicht sein, dass man ihr keinen Glauben schenkte! „Ich werde herausfinden, ob es Mr. Jennings war!"

Dewary nickte. Es gefiel ihm, dass sie nicht so leicht aufgab. „Dafür wäre ich Ihnen außerordentlich verbunden! Dennoch müssen wir Pläne schmieden, was zu tun ist, wenn es sich bei dem Reiter nicht um Mr. Jennings gehandelt hat!"

Als die Kutsche sich schließlich in Bewegung setzte, um nach Digmore Park zurückzufahren, wusste jeder der Insassen genau, welche Rolle er in den nächsten Tagen zu spielen hatte. War Mr. Jennings tatsächlich nach Digmore Park zurückgekehrt, würde Charlie seinen Herrn umgehend verständigen. Falls nicht, würde ihnen keine andere Wahl bleiben, Dewary musste heimlich in sein Elternhaus eingeschleust werden, um an das Blatt mit der Adresse heranzukommen.

„Ich halte das für keine gute Idee!", hatte Elizabeth heftig widersprochen.

Mama mochte alles für ein spannendes Abenteuer halten. Doch Elizabeth konnte den Gedanken nicht ertragen, den Mann, den sie liebte, in Lebensgefahr zu wissen. Ja, sie liebte ihn, mochte er noch so verlobt sein! „Es besteht nicht die geringste Möglichkeit, an all den Bewaffneten vorbeizukommen! Das sind doch alles Männer aus der Gegend, die erkennen Sie auch mit Vollbart."

„Also, ich bin mir sicher, dass einige der Männer nicht aus der Nähe von Digmore Park kommen", meldete sich John zu aller Überraschung zu Wort, „ich habe mich erst gestern mit zwei Burschen unterhalten, die stammten aus einem Ort namens Shoreham-by-Sea!"

„Wissen Sie, wo dieser Ort liegt?"

„Aber Lizzy, das ist doch völlig einerlei!" Mylady wurde ungehalten. „Es schert mich nicht im Geringsten, woher diese rauen Gesellen kommen, die jedes gute Benehmen vermissen lassen und die schönen Blumen zertrampeln …"

„Überlege doch, Mama. Wenn die Wachen keine Pächter von Digmore Park sind, dann haben Sie auch keine Beziehung zum Haus Digmore. Und umso weniger Skrupel werden sie haben, den Major zu töten!"

Ihre Sorge rührte Dewary. Wie hatte er je auch nur einen Augenblick annehmen können, sie sei kalt und habe ein Herz aus Stein?

„Shoreham-by-Sea liegt in West Sussex, nicht weit von Worthing entfernt", erklärte er schnell. Er hatte im letzten Sommer mit Vivian einen Ausflug dorthin unternommen. Es war ein wunderschöner Augusttag gewesen, und er hatte sich so darauf gefreut, endlich wieder etwas Zeit mit seiner Verlobten zu verbringen. Leider war ihre Schwester Sylvia mit von der Partie gewesen. Sie hatte an allem und jedem etwas zu bemängeln gehabt, so war es am Ende ein schrecklicher Ausflug geworden!

„Andererseits", sagte Charlie langsam, und man merkte ihm an, dass es in seinem Hirn arbeitete, „wenn die Leute aus West Sussex stammen, dann erkennen sie den Major nicht. Also kann er vielleicht doch unerkannt ins Haus gelangen."

„Du hast recht, Charlie. Und es wird deine Aufgabe sein, den Schlüssel zu meinem Zimmer aufzutreiben. Du müsstest ihn am oberen Ende der Treppe finden, die von der Küche hinunter in den Weinkeller führt. Dort hängt ein kleines Holzkästchen mit allen Schlüsseln des Hauses. Und soweit ich mich erinnern kann, ist es unverschlossen."

„Wie weiß ich, welcher Schlüssel der richtige ist, Major?

Es würde sicher auffallen, wenn ich alle Schlüssel mitnähme, um sie auszuprobieren!"

Darauf wusste John eine Antwort. „Mr. Richard hat alle Schlüssel mit einem Schild versehen. Das habe ich vor wenigen Tagen festgestellt, als ich den Schlüssel für den Geräteschuppen suchte."

Dewary atmete auf. „Na, da bin ich aber froh, dass unser Butler so ordnungsliebend ist! Es sollte also ein Leichtes für dich sein, Charlie, den richtigen Schlüssel zu erkennen."

Man einigte sich darauf, dass er diesen Schlüssel an Elizabeth übergeben sollte, die den Raum aufsperren und den Schlüssel im Schloss stecken lassen sollte. Charlie würde sich ins Haus schleichen und den schweren Riegel vor dem Eingangstor zurückschieben.

„Am besten geschieht das während des Dinners!", befand Mylady. „Da sind beide Bakerfields im Salon und beanspruchen die Aufmerksamkeit sämtlicher Diener."

Elizabeth nickte. „Gewiss, Mama. Um diese Zeit wird sich kaum jemand in der Halle aufhalten."

„Das Wachpersonal wird um dieselbe Zeit von den Küchenmädchen verköstigt", warf John ein.

Charlie lachte. „Da sind so hübsche Mädchen dabei, da kann ich mir gut vorstellen, dass die Burschen ihre Augen woanders haben!"

„... und ihre Gedanken auch!", ergänzte John, nicht weniger grinsend.

„Also, meine Herren, ich muss schon sehr bitten!", entrüstete sich Mylady. Das waren doch keine Gedanken, die man in Gegenwart von Damen aussprach!

„Die Burschen sitzen zum Essen übrigens gern auf den Bänken im Gemüsegarten beisammen, Major. Für gewöhnlich hält nur einer der Männer Wache, und der treibt sich meist beim Hintereingang herum", meldete sich John zu Wort.

Charlie nickte. „Dann scheint mir das der geeignete Augenblick für Sie zu sein, sich ins Haus zu schleichen, Major. Nehmen Sie, wie gesagt, unbedingt den Vordereingang. Wenn dann die Halle wirklich leer ist, gelangen Sie ohne Weiteres in den ersten Stock."

Und wenn sie nicht leer ist, was dann?, dachte Dewary, ohne seine Befürchtungen auszusprechen.

Ob das alles wirklich so reibungslos verlaufen wird? Auch Elizabeth war skeptisch und spürte, wie ihre Aufregung wuchs. Was, wenn er das Adressblatt länger suchen musste? Was, wenn sich die Bakerfields früher vom Tisch zurückzogen? Doch Gewissheit, dass dieser Plan gelingen würde, gab es nicht. Das war allen bewusst. Elizabeth sah in die Runde. Außer Mama, vielleicht. Für die war alles nur ein großartiges Vergnügen. Darum stimmte sie auch umgehend zu, als Dewary sie um einen weiteren Gefallen bat.

„Ich möchte Ihre Zeit und Ihre Gefälligkeit keinesfalls über Gebühr in Anspruch nehmen, Lady Portland! Aber ich muss Sie bitten, noch weiter auf Digmore Park zu bleiben. Wenn mir Gott beisteht, dann werde ich wenige Tage, nachdem ich die Adresse geholt habe, gemeinsam mit Mr. Jennings in das Haus meiner Väter zurückkehren."

„Das möchte ich um nichts in der Welt versäumen!" Mylady klatschte in die Hände. „Ich bin sehr gespannt, was uns dieser Mann erzählt! Natürlich bleiben wir so lange auf Digmore Park!"

Mit schuldbewusstem Blick wandte sich Dewary Elizabeth zu. „Werden Sie Portland Manor so lange allein lassen können, Miss Porter? Ich fürchte, da verlange ich zu viel …"

Wie hätte sie einem Mann mit solch einem Blick eine Bitte abschlagen können?

„Claras Mann und sein Bruder werden es noch zwei weitere Wochen ohne mich schaffen, da bin ich mir sicher."

Er lächelte dankbar. „Miss Porter, ich stehe tief in Ihrer Schuld."

Elizabeth hielt seinem Blick nicht stand und sah zu ihrer Mutter hinüber. „Vielleicht gelingt es uns in dieser Woche doch noch, bei seiner Lordschaft vorgelassen zu werden, was denkst du, Mama?"

Ihre Mutter meinte, sie würde es sicher noch einmal versuchen. „Wie heißt es doch so schön? Steter Tropfen höhlt den Stein."

„Mylady, Sie können gar nicht erahnen, wie groß meine Erleichterung wäre, wüsste Vater die Wahrheit! Ich möchte nicht, dass er im Glauben lebt, sein Sohn sei ein Mörder. Ich möchte auch nicht, dass er sich um mich Sorgen macht …"

Mylady ergriff seine Hand und drückte sie mütterlich. „Major, wir werden alles tun, was in unserer Macht steht, das verspreche ich Ihnen. Doch jetzt wird es Zeit, dass wir aufbrechen. Es ist wahrlich überfällig, dass ich das feuchte Schuhwerk loswerde."

Die beiden Damen schwiegen eine Weile. Jede hing ihren Gedanken nach. Mylady hatte die Schuhe ausgezogen und den warmen Wollumhang um ihre nassen Füße geschlungen. Vom Kutschbock waren die Stimmen der beiden Diener zu hören. Elizabeth konnte nicht alles verstehen. Die Worte „Kellertreppe" und „verflixt neugierige Köchin" ließen jedoch den Schluss zu, dass sie Charlies Vorhaben erörterten, sich Zutritt zu Major Dewarys Zimmer zu verschaffen. Wenn das nur gutging! Ihre Aufgabe, das Türschloss aufzusperren, war da schon viel einfacher zu bewerkstelligen. Wer war wohl der einsame Reiter? Warum hatte er dort am Waldesrand gestanden und sie beobachtet? Das war doch kein Zufall! Und auch wenn ihr keiner glauben wollte, sie war sich sicher, dass es sich bei dem Reiter um den Kammerdiener seiner Lordschaft gehandelt hatte. Was immer noch besser war, als wenn es sich um einen Wachposten des Friedensrichters gehandelt hätte!

„Ich sag dir eines, Elizabeth", fuhr Mama in ihre Gedanken, „es ist ein wahrer Segen, dass Major Dewary in unser Leben getreten ist! Er ist so anständig, so beherzt und klug in alldem, was er denkt und tut."

Wie hätte Elizabeth nicht zustimmen können? Noch selten hatte ihre Mutter mit dem, was sie sagte, so unbestritten recht gehabt. Und er ist ungeheuer anziehend und liebenswert und …, setzte sie in Gedanken hinzu.

„So einen Mann habe ich mir immer für dich gewünscht, Lizzy! Ich bin sicher, er würde einen großartigen Gatten für dich abgeben."

„Aber Mama!", rief Elizabeth erschrocken. Es war eines, sich solchen Träumereien hinzugeben, aber es war etwas anderes, sie aus mütterlichem Mund zu hören! Solche Worte erweckten Hoffnungen – Hoffnungen, die sich doch nie erfüllen würden. Je eher Mama schwieg, desto besser für ihren eigenen Gemütszustand! Sie deutete in Richtung Kutschbock. „Die Diener können uns hören, Mama!"

Doch wie immer ging ihre Mutter geflissentlich über derartige Einwände hinweg. „Diener sind nicht dazu da, um Gespräche der Herrschaft zu belauschen. Ich bin sicher, sie sind vollauf damit beschäftigt, den Wagen zu lenken."

Also versuchte Elizabeth einen anderen Weg, um ihre Mutter zum Schweigen zu bringen. „Du vergisst, Mama, dass der Major verlobt ist."

„Was soll denn das für eine Verlobte sein, Lizzy, ich bitte dich! Steht sie an der Seite des Mannes, dem sie in Zukunft angehören soll, jetzt in diesen schwierigen Zeiten?"

Elizabeth schüttelte den Kopf. Sie war ehrlich erstaunt. Seit wann war ihre Mutter der Ansicht, eine Frau hätte irgendwelche Pflichten gegenüber ihrem Gatten? Soweit sie sich zurückerinnern konnte, hatte nur Papa ihr gegenüber Pflichten gehabt. Er musste sie umsorgen und verwöhnen, ihr Abwechslung verschaffen und jede Schwierigkeit von ihr fernhalten. Ein Gutes hatten Mamas Worte jedoch: Sie säten einen neuen Keim der Hoffnung in ihrem Herzen.

26. Kapitel

„He, du da, Bursche, wie war noch mal dein Name? Was treibst du dich hier in der Küche herum?"

Die Köchin hatte ihre feisten Arme in die Taille gestemmt, und nicht nur ihre herabgezogenen Mundwinkel verrieten ihre Ungehaltenheit. Charlie konnte sich gerade noch einen derben Fluch verkneifen. Um diese Stunde machte die Köchin für gewöhnlich ein Nickerchen in ihrer Stube. Die Küchenmädchen nutzten die freie Zeit, um mit den Wachen zu schwatzen. Sie hatten im Allgemeinen wenig mit den Burschen zu schaffen, die sie nicht schon von klein auf kannten, da waren die Männer, die das Haus bewachten, eine höchst willkommene Ablenkung. Gestern, am Donnerstag, hatte der Butler zu dieser frühen Nachmittagsstunde am Küchentisch Zeitung gelesen. Doch heute war er nach Winchester gefahren, um Kerzen zu kaufen. Die Luft war also rein gewesen, als er sich zur Küchentreppe hatte schleichen wollen. Leider jedoch nicht ganz rein!

Am liebsten hätte er wortlos das Haus verlassen, aber an der massigen Gestalt von Mrs. Lotterby gab es kein Vorbeikommen.

„Ich bin Charlie, Mrs. Lotterby!" Er zog höflich die Mütze vom Kopf.

„Und was willst du hier in meiner Küche, … Charlie?"

Nun war guter Rat teuer. Er konnte schwerlich sagen: „Die Schlüssel zu Major Dewarys Zimmer holen!" Doch leider war das das Einzige, was ihm im Augenblick einfiel. Also schwieg er lieber.

„Hosentaschen ausleeren! Gestohlen wird hier nicht!"

„Also bitte, was denken Sie denn von mir! Ich bin ein ehrlicher Mensch!" Nun war Charlie wirklich entrüstet.

„Ja, ja, ja!", entgegnete die Köchin und sah noch keinen Grund nachzugeben. „Das werden wir gleich sehen. Taschen ausleeren!"

Sie klopfte mit ihrem dicken, roten Zeigefinger auf die Tischplatte. „Alles, was du da drin hast, hierher!"

Charlie schnaubte unwillig und tat, wie ihm geheißen. Jetzt musste er sich noch einen Dieb schimpfen lassen! Der Major rutschte immer tiefer in seine Schuld! Auf dem Tisch stand noch der Kessel mit dem Eintopf, den es als Mittagsgericht gegeben hatte. Kaum jemand hatte ordentlich zugelangt. Kein Wunder, denn das Essen war am Boden angebrannt und stank zum Himmel.

Die Köchin besah sich die Dinge, die der Stallknecht auf den Tisch gelegt hatte. „Ein Taschentuch, zwei Kieselsteine, ein Kerzenstummel, ein angebissener Apfel ... ist das alles? Lass mich sehen!"

Ohne Nachsicht stülpte sie seine Hosentaschen nach außen. Außer ein paar Krümeln, die auf den Küchenboden fielen, waren sie leer.

„Na, da hast du ja noch einmal Glück gehabt, Bursche!", sagte sie, nun etwas milder. Das sollte wohl die Entschuldigung für ihre Verdächtigung darstellen. „Nun heraus mit der Sprache: Warum bist du hier?"

Wenn bloß der Eintopf nicht so schrecklich stinken würde. Er war ja schon völlig benebelt!

„Es war wegen dem Eintopf", stammelte er schließlich, froh, noch auf die rettende Idee gekommen zu sein, „ich hatte Hunger und dachte ..."

Mrs. Lotterbys Gesichtszüge wurden weich. „Dir hat mein Eintopf geschmeckt? Dann bist du heute der Einzige, der meine Kochkunst zu schätzen weiß."

Sie lächelte und Charlie grinste zurück. Jetzt musste er nur noch aus der Küche kommen.

„Dann setz dich mal auf die Bank, Bursche! Es ist sonst nicht Sitte in diesem Haus, dass es zwischen den Mahlzeiten zu essen gibt, doch heute will ich großzügig sein."

Damit holte sie die kupferne Kelle und schöpfte eine große Portion kalten, stinkenden Eintopf in einen derben Steingutteller.

„Also, das war so ein großes Opfer, Miss Porter, das kann der Major nie wieder gutmachen!"

Elizabeth war gemeinsam mit Lady Bakerfield von einem Ausritt zurückgekehrt, als Charlie sie unter einem Vorwand aufhielt. Zum Glück hatte Mylady es vorgezogen, sich sofort ins Haus zu begeben, und Charlie konnte sein Erlebnis in allen Einzelheiten schildern.

„Und dann hat sie sich auch noch zu mir gesetzt, um mir beim Essen zuzusehen! Können Sie sich das vorstellen, Miss Porter?"

Miss Porter konnte es sich vorstellen. Was sie sich allerdings nicht vorstellen konnte, war, wie sie je an den Schlüssel kommen sollten! Die Köchin würde Charlie bestimmt von nun an im Auge behalten, und sie selbst konnte sich wohl schwerlich in die Küche schleichen. Ob sie ihre Kammerzofe beauftragen sollte? Doch nein, das war keine gute Idee. Ein Mitwisser mehr erhöhte auch die Gefahr, entdeckt zu werden. Apropos, sie blickte sich suchend im Stall um.

„Wo ist denn das rotbraune Pferd, das sonst in einer der Boxen dort neben dem Eingang steht?"

Charlie war nicht sonderlich erbaut. „Was denn für ein rotbraunes Pferd? Davon haben wir hier mehrere. Sie sind doch selbst gerade mit einem rotbraunen Gaul …"

„… aber das meine ich doch nicht! Ich meine das Tier, das ich gestern am Waldrand gesehen habe. Ich hätte schwören können, es kommt aus diesem Stall!"

„Ich kenne nicht alle Pferde, um ehrlich zu sein. Ich bin

noch nicht so lange hier, und außerdem gibt es auf Digmore Park jede Menge Rösser."

„Stehen die derzeit alle im Stall?"

„Aber wo denken Sie denn hin, Miss Porter? Der Butler ist ausgeritten, Lord Bakerfield sowieso. Die Bewacher haben sich einige Pferde geliehen … Und was soll ich jetzt machen wegen dem Schlüssel?"

„Und was sollen wir jetzt machen wegen des Schlüssels?", fragte Elizabeth ihre Mutter, als sie nebeneinander die Treppe in die Vorhalle hinunterschritten, um sich zum Dinner zu begeben. „Es ist Freitagabend! Morgen kommt … er … und da muss das Zimmer offen sein!"

„Das, meine Liebe, das muss es in der Tat!"

„Ja, aber wie soll ich es aufschließen ohne Schlüssel? Charlie sagt, die Köchin und die Mägde verlassen die Küche so gut wie nie!"

Mylady blieb stehen und runzelte die Stirn. Plötzlich hellte sich ihre Miene auf. „Lass mich nur machen, Lizzy, mir ist soeben etwas eingefallen!"

Zwei Stunden später wurde das Geschirr abgeräumt, und die Damen zogen sich in den grünen Salon zurück, um Lord Bakerfield in Ruhe seinem Portwein und einer Zigarre zu überlassen. Lady Portland nahm auf dem grünen, mit feingeblümtem Satin bezogenen Sofa Platz, rückte einige Kerzen auf dem Tischchen vor sich zurecht und griff zu ihrer Stickerei. An der hatte sie bereits die letzten Abende eifrig gearbeitet. Wenn sie sich ein wenig sputete, dann war die Petit-Point-Arbeit bis zum Winter fertig, und sie konnte daraus ein kleines Retikül für ihre Freundin Mary Ann anfertigen lassen. Elizabeth war ans Fenster getreten und blickte in die abendliche Landschaft hinaus. Noch war es still vor dem Haus. Ein einzelner Wachposten langweilte sich vor dem Hintereingang und sah sehnsüchtig zum Gemüsegarten hinüber, wo sich seine Kollegen vergnügten. Da kamen schon die ersten Männer mit geschultertem Gewehr zurück, um ihre Rundgänge wiederaufzunehmen. Morgen zu Beginn des Dinners würde Dewary ins Haus schleichen, und er musste es zu dieser Stunde längst wieder verlassen haben.

Lady Bakerfield hatte sich wie jeden Abend ans Klavier gesetzt, um ihre Gäste mit Liedern und Balladen zu unterhalten. Sie hatte eine angenehme Singstimme, und die Fingerfertigkeit, mit der sie sich dabei am Instrument begleitete, brachte ihr wärmstens vorgebrachte Komplimente der beiden anderen Damen ein.

„Ach, meine Liebe, was mir soeben einfällt …", begann Lady Portland, während Lady Bakerfield überlegte, was sie als Nächstes spielen sollte, „Sie haben neulich von den Kräutern gesprochen, die Sie für den Tee seiner Lordschaft benötigen. Damit haben sie meine Neugier geweckt!"

Elizabeth hob überrascht eine Augenbraue. Das war ihr neu.

„Melisse, Weißdorn …", zählte Lady Bakerfield mechanisch auf, während sie in ihren Noten blätterte.

„Aber, das weiß ich doch, meine Liebe. Was ich wissen möchte, ist, wie diese Pflanzen *wachsen*. Wie sehen sie aus, wie unterscheiden sie sich voneinander …"

Elizabeth konnte es nicht fassen. Mama hatte ja plötzlich seltsame Vorlieben! Sie war in Portland Manor noch nicht ein Mal im Kräutergarten gewesen und hatte den Pflanzen beim Wachsen zugesehen. Und sie hätte ihr Hab und Gut verwettet, wenn das bei Lady Bakerfield anders gewesen wäre.

„Aber das weiß ich doch auch nicht!", bestätigte ihre Gastgeberin auch schon Elizabeths Vermutung.

„Ach, nicht?" Lady Portland tat zumindest so, als wäre

sie überrascht. „Dabei war ich mir sicher, dass es hier auf Digmore Park einen Kräutergarten gibt."

„Den gibt es ja wohl auch, denn die Küchenmädchen bringen mir alles, was ich wünsche. Allerdings entzieht es sich meiner Kenntnis, wo sich dieser Kräutergarten befindet …"

„Wollen wir das morgen gemeinsam herausfinden, meine Liebe? Nach dem Mittagessen, wenn es Ihnen beliebt? Wenn ich die Wolken richtig deute, dann haben wir Glück, und es gibt am Vormittag Regen. Umso frischer werden die Kräuter sein …"

Elizabeth hüstelte. Wie sehr hatte sich Mama über die feuchte Wiese bei Dewarys Wirtshaus beklagt! Und jetzt wollte sie aus freien Stücken einen verregneten Kräutergarten besichtigen? Das würde ihr Lady Bakerfield nie und nimmer abnehmen!

Doch diese schöpfte keinen Verdacht.

„Also nein", widersprach sie stattdessen. „Sie müssen mir verzeihen, Lady Portland, aber das geht mir nun doch zu weit! Verstehen Sie bitte, dass ich Sie nicht in den Kräutergarten begleiten kann. Nach dem Mittagessen benötige ich einfach meinen Schönheitsschlaf. Und außerdem möchte ich mir ungern meine Schuhe wegen ein paar dämlicher Pflanzen verderben." Sie schlug einige Akkorde am Klavier an. „Die Köchin wird Sie begleiten!"

Mylady klatschte in die Hände. „Das ist aber reizend von Ihnen, Lady Bakerfield, herzlichen Dank. Und sämtliche Küchenmägde auch, wenn's recht ist. Ich bin sicher, dass diese das Wissen der Köchin noch auf das Vortrefflichste ergänzen."

„Na, meinetwegen. Ich werde in der Küche Bescheid geben lassen. Soll ich jetzt ein schottisches Lied spielen? Wie wäre es mit …"

„Um eins wäre mir sehr recht", ließ sich Lady Portland

nicht beirren. Als ihre Gastgeberin nickte, setzte sie zufrieden lächelnd hinzu: „Und ja, ein schottisches Lied wäre ganz besonders nett!"

Am nächsten Tag, es war kaum zehn Minuten nach eins, erschien Charlie in den Stallungen. Elizabeth hatte voll Ungeduld auf ihn gewartet. „Und?"

Der Bursche grinste von einem Ohr zum anderen. „Alles glattgegangen, Miss Porter. Die Küche war leer und der Schlüsselkasten genau dort, wo der Major gesagt hat. Ein Glück, dass der alte Richards so ein ordnungsliebender Mensch ist. Die Schlüssel sind nicht nur beschriftet, nein, sie hängen auch nach Stockwerken geordnet. Hier, Miss Porter …" Er holte einen Schlüssel aus seiner Jackentasche. „Ich hab ihn extra hier eingesteckt für den Fall, dass die dicke Köchin doch zurückkommt und mir wieder die Hosentaschen auf links dreht!"

Elizabeth ließ das kostbare Ding in ihre Rocktasche gleiten.

„Also, ich würde nicht bis zum Abend warten an Ihrer Stelle", gab der Diener zu bedenken, „was ist, wenn es doch der falsche Schlüssel ist und der Major vor verschlossenen Türen steht?"

„Sie meinen, ich soll jetzt gleich versuchen, ob er passt?"

Charlie nickte eifrig. „Unbedingt! Und wenn nicht, geben Sie mir Bescheid. Dann müssen wir die anderen Schlüssel auch noch ausprobieren!"

Hoffentlich blieb Mama so lange mit der gesamten Küchenmannschaft im Kräutergarten!

Als Elizabeth das Haus betrat, lag die Halle in mittäglicher Stille. Lady Bakerfield hatte sich auf ihr Zimmer zurückgezogen, Lord Bakerfield war untertags ohnehin nie zu Hause. Was sprach dagegen, sofort ihr Glück zu versuchen? Sie schürzte die Röcke und eilte schnellen Schrittes die breite Treppe empor. Ein Blick nach links, ein Blick nach rechts, zwei lange Gänge, viele hohe, verschlossene Flügeltüren. Nun denn! Elizabeth holte tief Luft, umklammerte den Schlüssel in ihrer Tasche und schlich behände in den linken Flügel. Sie versuchte möglichst sachte aufzutreten, allein, die Bretter des Holzbodens knarrten dennoch. Vor der ersten Tür blieb sie stehen und lauschte. Diesmal waren keine Stimmen zu vernehmen, alles war ruhig. Elizabeth eilte weiter. Die nächsten Türen überging sie, ihr Augenmerk galt ganz allein der letzten Tür des schnurgeraden Flurs, Major Dewarys Zimmertür. Ihr Herz klopfte so stark, dass sie es in den Ohren zu hören glaubte. Sie war im Begriff, in das Gemach jenes Mannes einzudringen, den sie so gerne näher kennengelernt hätte. Und den sie nie näher kennenlernen würde. Wenn sie wollte, konnte sie die Tür hinter sich zuziehen und abschließen. Sie könnte seine Schreibtischladen öffnen, Briefe lesen, vielleicht fand sie ein altes Tagebuch. Schrieben junge Männer Tagebuch? Sie rief sich zur Ordnung. Nichts von alldem würde sie tun! Ihre Neugier und die tiefe Sehnsucht, dem Mann, den sie liebte, möglichst nahe zu sein, unterlagen ihrem untrüglichen Gefühl für Anstand. Ihre Finger zitterten, als sie den Schlüssel ins Schlüsselloch steckte, und … er passte! Ohne jedes Geräusch ließ er sich drehen, bis das Schloss aufschnappte. Sie öffnete die Tür und stellte überrascht fest, dass es sich um eine Doppeltür handelte. Zum Glück war die innere Tür nicht verschlossen. Mit pochendem Herzen blickte sie in den Raum hinein. Ihre Augen suchten die Wände ab. Doch so sehr sie sich auch anstrengte, nirgends entdeckte sie eine geheime Tapetentür.

„Es ist spannend, ein fremdes Haus zu erkunden, nicht wahr, Miss Porter?“

Elizabeth erschrak so sehr, dass sie einen spitzen Schrei ausstieß. Mit einem Satz fuhr sie herum und warf die Tür hinter sich zu. Wenig überraschend war es wieder Mylords Kammerdiener, der nur ein paar Schritte hinter ihr stand.

„Sie haben mich erschreckt, Mr. …!"

Sie ließ den Satz absichtlich in der Luft hängen. Vielleicht würde er sich ja jetzt vorstellen. Wenn er den Namen „Jennings" aussprach, dann würden sie sich vieles ersparen können. Doch der Kammerdiener sagte nichts dergleichen. Er sagte überhaupt nichts, sondern blickte sie unter seinen buschigen Augenbrauen weiter fragend an. Elizabeth wurde nervös. Wie sollte sie ihm ihr Hiersein erklären, ohne Dewarys Pläne zu gefährden? Was, wenn er die Herausgabe des Schlüssels verlangte? Das konnte sie ihm nicht gut verwehren. Allerdings konnte sie auch nicht Gefahr laufen, Dewary vor verschlossenen Türen stehen zu lassen. Und noch viel schlimmer: Was, wenn der Hausherr ausrichten ließ, dass die Anwesenheit von Lady Portland und ihrer Tochter nach diesem Vorfall auf Digmore Park nicht mehr länger erwünscht war? Sie hätte es ihm nicht einmal verdenken können.

„Ich habe Sie am Mittwoch gesehen!" Hieß es nicht immer, dass Angriff die beste Verteidigung war?

Der Kammerdiener nickte. „Ich erinnere mich gut daran, Miss Porter."

Elizabeth blieb vor Staunen fast der Mund offen stehen. Sie hatte nie und nimmer damit gerechnet, dass der Mann einfach zugab, sie mit seinem Pferd verfolgt zu haben. Seine nächsten Worte holten sie jedoch in die Wirklichkeit zurück. „Es war hier auf diesem Flur. Wir haben uns sehr nett unterhalten …"

Elizabeth beschloss, sich noch einen Schritt weiter zu wagen. „Sie wissen, dass ich das nicht gemeint habe, Mr. Jennings. Sie sind doch Mr. Jennings?"

Ihr lauernder Blick schien ihn zu amüsieren. „Es tut mir leid, Sie enttäuschen zu müssen, aber, nein, ich bin nicht Mr. Jennings. Mr. Jennings hat seinen wohlverdienten Ruhestand angetreten und Digmore Park schon vor Monaten verlassen."

„Aber Sie wissen, wo er ist!" Das war ein Schuss ins Blaue.

Der Kammerdiener schüttelte den Kopf. „Ich habe nicht die geringste Ahnung. Wissen Sie es denn?"

Elizabeth beeilte sich, ebenfalls den Kopf zu schütteln.

„Dann wissen wir es also beide nicht", fasste der Kammerdiener zusammen.

Und Sie könnten wieder auf Ihr Zimmer gehen!, dachte Elizabeth. Doch der Mann dachte nicht daran.

„Miss Porter, spielen Sie Schach?", wollte er stattdessen wissen.

Elizabeth neigte den Kopf. Hatte sie sich eben verhört? Was war das bloß für ein seltsamer Mensch? Er musste um die sechzig sein, doch seine stets wachsamen Augen ließen ihn für einen Moment jünger erscheinen.

„Mama spielt Schach", sagte sie schließlich und setzte hinzu, als er nicht antwortete, „nicht überragend gut, doch gut genug, dass Papa, als er noch lebte, und sie sich die langen Winterabende vertreiben konnten. Das war allerdings vor einigen Jahren und …"

Der Kammerdiener hatte genug gehört. „Würden Sie dann bitte Ihrer geschätzten Frau Mama ausrichten, dass Mylord Mylady heute Nachmittag um drei in seinen Gemächern zu einem Schachspiel erwartet?"

„Heute Nachmittag?", vergewisserte sich Elizabeth.

„Richtig, Miss Porter."

„Um drei?"

„Gewiss, Miss Porter."

„Aber das ist in nicht viel mehr als einer Stunde."

„So ist es, Miss Porter."

Elizabeth vermochte ihn nur fassungslos anzustarren. Sollte es mit einem Mal so einfach sein, zu seiner Lordschaft vorzudringen?

„Würden Sie seiner Lordschaft bitte ausrichten, dass Mama dieser Einladung liebend gern Folge leisten wird!“

„Das wird Mylord freuen, Miss Porter. Und Sie richten Ihrer Ladyschaft bitte aus, sie möge an die erste Tür neben dem Treppenaufgang klopfen und gut darauf achten, dass sie von niemandem gesehen wird.“

Der Kammerdiener wartete ab, bis Elizabeth nickte, dann verbeugte er sich höflich und ging den Flur entlang zu den Zimmern seines Herrn zurück. Elizabeth beeilte sich, ihm zu folgen. Der Schlüssel blieb im Schlüsselloch stecken.

Elizabeth konnte es kaum erwarten, in ihr Zimmer im rechten Flügel zurückzukommen. Die verschiedensten Gedanken gingen ihr durch den Kopf. Sie hatte Dewarys Tür aufgesperrt! Mama würde in Kürze den Herrn des Hauses treffen! Wie schade, dass sie selbst nicht Schach spielte, sie wäre bei diesem Treffen zu gern dabei gewesen. Doch uneingeladen konnte sie wohl nicht ebenfalls erscheinen. Der Kammerdiener hatte ihre Frage nicht beantwortet, ob er es gewesen war, den sie am Waldrand gesehen hatte. Sie hatte ihm diese Frage allerdings auch nicht ausdrücklich gestellt. Wie bekam sie Mama nur so schnell vom Kräutergarten ins Haus, ohne dass jemand Verdacht schöpfte?

Zumindest die letzte Frage war rasch geklärt. Denn als sie in ihr Zimmer zurückkehrte, wurde sie bereits ungeduldig von ihrer Mutter erwartet. Mylady hatte die Kammerzofe vorsorglich aus dem Raum gescheucht, und so hörte kein fremdes Ohr ihre Frage.

„Hast du die Tür aufsperren können?!“

„Alles ist in bester Ordnung, Mama. Außerdem habe ich eine höchst erfreuliche Nachricht für dich, du bist eingeladen!“

„Von wem?“ Mylady kniff die Augenbrauen zusammen.

„Von Lord Digmore. Seine Lordschaft erwartet dich um drei.“

„Doch nicht etwa heute?"

Elizabeth nickte begeistert. „Doch, Mama! Ist das nicht großartig?"

Mylady dämpfte mit einer beruhigenden Geste die Begeisterung ihrer Tochter. „Einen Augenblick, Lizzy, was genau hat seine Lordschaft zu dir gesagt? Wo hast du ihn getroffen?"

Elizabeth ließ sich ihrer Mutter gegenüber auf der Bettkante nieder. „Ich habe seine Lordschaft gar nicht getroffen. Doch der Kammerdiener kreuzte auf dem Flur meinen Weg." Das war nicht die ganze Wahrheit, doch warum sollte sie Mama unnötig aufregen?

„Er hat mich gefragt, ob ich Schach spiele. Wahrheitsgemäß habe ich diese Frage verneint und gemeint, du seist eine gute Spielerin. Nun erwartet dich seine Lordschaft zu einer Partie."

„Aber ich bin doch keine gute Spielerin! Wie konntest du so etwas nur behaupten? Dein Vater hat nur so gern mit mir gespielt, weil er nie Gefahr lief zu verlieren."

Elizabeth lachte auf „Welcher Mann verliert schon gern? Ich bin sicher, Lord Digmore wird es lieben, mit dir zu spielen. Doch nun sag, wie kommt es, dass du schon aus dem Kräutergarten zurück bist? Ich wähnte dich dort für die nächsten Stunden!"

Mylady tat das mit einer kleinen Handbewegung ab. „Wo denkst du denn hin? Ich kann doch mit diesen grünen Dingern nicht wirklich etwas anfangen! Als ich Charlie zu den Stallungen zurückkehren sah, entnahm ich seiner fröhlichen Miene, dass er den Schlüssel beschafft hatte. Dann taten mir mit einem Mal die Füße weh, und ich hatte keine andere Wahl, als ins Haus zurückzukehren. Die Frauen aus der Küche hatten vollstes Verständnis."

Ihre Mutter lachte vergnügt, und Elizabeth stimmte nur zu gern in ihr Lachen ein.

Myladys Blick fiel auf die Wanduhr neben Elizabeths

Bett. „Um Himmels willen, wir dürfen keine Zeit mehr verlieren. Komm mit auf mein Zimmer, Lizzy, ich muss mich umkleiden." Sie stand auf und eilte voraus zur Tür. „Was trägt man bloß bei einem Schachspiel mit einem Earl? Findest du es ein wenig zu dick aufgetragen, wenn ich mir Pfauenfedern in die Haare stecken lasse?"

Es war Punkt drei, als Mylady die Hand hob, um an die Tür seiner Lordschaft zu klopfen. Sie hatte doch auf aufwendigen Haarschmuck verzichtet und trug ein schlichtes, farblich auf ihr rauchblaues Kleid abgestimmtes Häubchen. Elizabeth hatte befunden, dass ihr dieser Kopfputz am allerbesten stand und sie um etliche Jahre jünger erscheinen ließ. So fand sich Mylady für die kommende Unterhaltung bestens gerüstet. Noch bevor ihr erstes Klopfen ertönte, öffnete sich die Tür wie von Geisterhand.

Mylady trat ein, und der Kammerdiener ließ die Tür hinter ihr ins Schloss fallen, nicht ohne den Schlüssel umzudrehen. Er verbeugte sich vor ihrer Ladyschaft. „Ich darf Sie herzlich begrüßen, Lady Portland, und freue mich sehr, dass Sie meiner Einladung Folge geleistet haben. Ich hoffe, Sie halten mich nicht für unverschämt, dass ich die Türe abgesperrt habe, denn ich versichere Ihnen, meine Absichten sind durch und durch ehrenhaft. Dennoch wäre es schade, wenn man unser Tête-à-Tête stören würde, nicht wahr?"

Mylady, die sich neugierig im Raum umgeblickt hatte, so als würde an irgendeinem der Möbelstücke die Lösung des Geheimnisses von Digmore Park kleben, fuhr herum und sah den Kammerdiener leicht befremdet an. „Ich bin doch nicht gekommen, um ein Stelldichein mit einem Kammerdiener zu erleben", sagte sie streng, „führen Sie mich auf der Stelle zu seiner Lordschaft!"

Der ältere Herr schmunzelte und öffnete bereitwillig die

Flügeltür zum angrenzenden Zimmer. Dort saß ein junger Bursche auf dem Rand eines hohen Bettes. Er steckte in der Uniform eines Lakaien und baumelte mit den Beinen.

„Bitte sehr, Eure Lordschaft." Der Kammerdiener verbeugte sich übertrieben untertänig. „Hier bringe ich Ihnen Lady Portland."

27. Kapitel

Als Lady Portland sich noch umkleidete für ihr geheimnisvolles Treffen mit Lord Digmore, kehrte Lord Bakerfield ins Haus seines Onkels zurück. Er hatte es gründlich satt, Tag und Nacht auf der Lauer zu liegen, stets das Eingangstor im Visier. Wie lange sollte das denn noch so weitergehen? Wo blieb dieser verdammte Dewary? Nie im Leben hätte er gedacht, dass er das Kommen seines ungeliebten Vetters je mit solcher Ungeduld erwarten würde.

Gerade als er in die Eingangshalle trat und nach Mr. Richards läutete, damit ihm dieser aus den Stiefeln helfen würde, erblickte er seine junge Frau oben auf der Galerie. Diese Schönheit, dieses Wunderwesen an Weiblichkeit war tatsächlich seine Gattin! Er konnte es immer noch nicht glauben! Seine Gedanken schweiften zurück zu dem Tag, als er sie zum ersten Mal gesehen hatte. Sein Freund Bertram steckte wieder einmal in der Klemme. Spielschulden wie so oft, und wie so oft war es er, der ihm aus der Patsche half. Ja, er wusste, dass es Vater niemals gutgeheißen hätte, einem Spieler aus der Verlegenheit zu helfen. „Mache es dir zu einer Grundregel für dein gesamtes Leben", hatte er ihn oftmals mit erhobenem Zeigefinger belehrt, „wirf niemals gutes Geld schlechtem Geld nach!" Doch was wäre ihm anderes übrig geblieben? Bertram war sein bester Freund. Wenn man es genau nahm, dann war er sein einziger Freund. Bertram hatte ihm einige Tricks beim Kutschieren gezeigt. Und sein unverschämtes Glück bei Frauen trug dazu bei, dass auch er sich, bis zu einem gewissen Grad jedenfalls, in seinem Glanz sonnen konnte. Dennoch gab es nicht viele Frauen, die ihn eines zweiten

Blickes für würdig erachteten. Er war nicht schön genug. Von Papa hatte er nicht nur die rote Gesichtsfarbe, sondern auch das schüttere Haar geerbt. Und das fehlende Talent zu schmeicheln. Er sagte, was er wollte. Und er erwartete, dass das geschah. Ohne langes Reden. Seine Mutter hatte sich stets an diese Regeln gehalten. Stets? Er lachte bitter auf! Hätte sie es nur getan, dann säße er jetzt nicht hier in diesem Schlamassel und müsste nicht versuchen zu retten, was noch zu retten war.

Nun hatte ihn Mylady entdeckt. „Edward!", rief sie aus und schürzte ihre Röcke, um die Treppe hinabzueilen. „Du bist aber heute früh nach Hause gekommen!"

Es klang so freudig, dass ihm ganz warm ums Herz wurde. Sie liebte ihn wirklich. Sicher nicht so innig wie er sie, denn niemand konnte einen anderen so innig lieben, wie er die schöne Louise liebte. Vom ersten Augenblick an, als er sie gesehen hatte, wusste er, dass er ihr mit Leib und Seele verfallen war. Er kannte Bertrams andere Schwestern, manche waren hübsch, andere unscheinbar, die zweitjüngste richtig hässlich. Und allesamt fand er sie nicht anziehend. Und dann hatte er Bertrams jüngste Schwester Louise entdeckt. Sie saß auf der Schaukel hinter dem Haus und schwang hoch, immer höher in die Luft. Ihre Röcke flatterten im Wind, die dunklen Locken, von einem schmalen Band kaum gebändigt, flogen um ihr liebreizendes Gesicht. Er hatte sich nichts mehr gewünscht, als diese Frau sein Eigen zu nennen. Und er hatte gewusst, dass nichts unwahrscheinlicher war, als dass sich dieser Wunsch erfüllte. Anfangs hatte sie sich so unnahbar gegeben, wie er es erwartet hatte. Doch am nächsten Tag war sie wie ausgewechselt gewesen. Anscheinend hatte sie über Nacht die Liebe zu ihm entdeckt. Als er dann auch noch erfuhr, mit wem sie insgeheim verlobt war und dass sie seinetwegen diese Verlobung löste, da hatten ihn Genugtuung und unbändiger Stolz geradezu überwältigt!

„Komm, meine Liebe, wir wollen uns in den grünen Salon setzen. Sei so freundlich und leiste mir Gesellschaft. Ach, da sind Sie ja!" Die letzten Worte waren an den Butler gerichtet, der durch die Tapetentür in die Halle getreten war. „Nehmen Sie meine Stiefel!"

Mr. Richards verzog keine Miene, sank auf ein Knie und half seiner Lordschaft, sich des Schuhwerks zu entledigen. Bakerfield wollte gar nicht wissen, was der Bedienstete dabei dachte, und das war wohl auch besser so.

„Bringen Sie uns Tee!", forderte ihre Ladyschaft, „und etwas Süßes dazu."

Sie hakte sich bei ihrem Gemahl unter. „Nun erzähl mir, was du heute erlebt hast, mein Lieber!"

Er genoss ihre Nähe und freute sich, dass sie sich zu ihm aufs Sofa setzte. Was hätte er ihr erzählen sollen? Dass ihm dieser fanatische, blasse Bursche, der die Mütze immer so tief in die Stirn zog, dass man sein Gesicht kaum erkennen konnte, ernstlich Sorgen machte? Dass die Männer kaum mehr im Auge zu behalten waren? Dass täglich neue dazukamen und er nicht verstand, was der Friedensrichter damit bezweckte? Nein, das waren keine Themen, die er mit Louise besprechen konnte. Wenn er doch nur die Zeit zurückdrehen könnte! Wenn doch dieses schreckliche Unheil nie geschehen wäre!

Als er nicht antwortete, begann Mylady zu erzählen. Davon, dass sie mit den beiden Damen Portland zu Mittag gegessen hatte. Dass sie ihre Gesellschaft sehr genoss und hoffte, die beiden würden noch länger bleiben, damit es nicht ganz so still und langweilig war, hier auf Digmore Park. Und, dass sie noch inständiger hoffte, es würde nicht mehr lange dauern, bis sie hier schalten und walten konnten, wie sie sich das eigentlich ausgemalt hatte, als sie seinen Antrag angenommen hatte. Bakerfield seufzte. Er war gern bereit, Louise jeden Wunsch zu erfüllen, aber manchmal ging sie einfach zu weit in ihrer Ungeduld.

Der Butler trat ein, um den Tee zu servieren. Er stellte eine edle Porzellanplatte mit kleinen Kuchenstücken bereit und goss das Getränk in zwei blaue Tassen von Wedgewood. „Ich habe Ihnen auch die Post mitgebracht, Mylord."

Lord Bakerfield griff nach der Zeitung, die zwischen den Kuverts steckte, und der Butler zog sich zurück. Während Mylady die spärlichen Briefe durchsah, wurde ihr Gesicht immer länger. „Ich verstehe nicht, dass wir nicht mehr Einladungskarten erhalten, Edward. Die Leute müssen doch wissen, dass wir derzeit hier residieren. Warum kommt nie eine Einladung zu einem Ball oder einem Picknick? Das ist so betrüblich!"

Er legte die Zeitung wieder beiseite. „Du wirst noch genug Bälle und Picknicks erleben, mein Täubchen, das verspreche ich dir. Doch nicht in diesem Jahr. Wir sind in Trauer, vergiss das nicht. Es war deine Idee und unsere gemeinsame Entscheidung. Wir müssen den Schein aufrechterhalten, ob wir wollen oder nicht."

Als er sah, dass sie weiterhin schmollte, klopfte er einladend auf seinen Oberschenkel. „Komm her zu mir, Louise, setz dich auf mein Knie und lass dich von mir trösten."

Bis vor Kurzem war Lord Bakerfield die Lektüre seiner Zeitung heilig gewesen, und niemand, schon gar nicht seine Mutter, hatte es wagen dürfen, ihn dabei zu unterbrechen. Seit seiner Heirat war dies jedoch anders. Louise durfte alles. Fast alles, schränkte er ein. Natürlich kam auch ihm dieses dämliche Trauerjahr alles andere als gelegen! Wie gern wäre er nach London gereist und hätte seine schöne Frau mit stolzgeschwellter Brust der staunenden Öffentlichkeit präsentiert. Er, der unbeliebte, wegen mangelnder sportlicher Betätigung oftmals verlachte Bakerfield, hatte eine Traumfrau vor den Traualtar geführt. Da würde den affektierten Dandys der Hauptstadt der Mund vor Staunen offen stehen bleiben! Doch noch war es nicht so weit, noch musste er hierbleiben und gewisse Dinge zu Ende bringen. Und diese Dinge waren alles andere als angenehm! Hoffentlich war Louise nicht allzu enttäuscht, wenn sie seine Pläne und damit die ganze Wahrheit herausfand. Doch er tat alles nur ihr zuliebe.

Lady Bakerfield schmollte zwar immer noch, doch sie tat, wie ihr geheißen, und setzte sich auf seinen Schoß. „Ach Edward, warum dauert denn das alles so lange?", quengelte sie zwischen zwei Küssen.

Edward stimmte in ihr Seufzen ein. „Das weiß ich doch auch nicht. Glaub mir, ich habe mir das auch anders vorgestellt. Dewary verhält sich oft seltsam, das ist typisch für ihn."

Mylady sprang vom Schoß ihres Gemahls auf, um an der Teetasse zu nippen. Er ließ sie nur ungern frei. „Halte mich bitte nicht für verrückt, aber ich *spüre,* dass mein Cousin sich hier irgendwo in der Nähe aufhält. Wenn wir ihn nur anlocken könnten!"

„Entschuldige bitte, mein Lieber, was soll ich denn noch tun, um ihn anzulocken?", entrüstete sich ihre Ladyschaft. „Du warst dir doch so sicher, dass die Tatsache, dass es seinem Vater schlecht geht, Dewary dazu bringen würde, unverzüglich hier aufzukreuzen. Und jetzt geht es dem Alten schon seit Wochen immer schlechter, und sein Sohn ist immer noch nicht hier."

Manchmal gefiel Edward der Tonfall seiner Gattin nicht, er gefiel ihm vielmehr ganz und gar nicht. „Wie redest du denn, mein Täubchen?", sagte er daher mit liebevollem Tadel.

Der Blick, den Mylady ihrem Mann nun schenkte, war alles andere als liebevoll. Edward seufzte, es war so schwer, sich an ihre wechselnden Launen zu gewöhnen. Eben noch verspielt und lieb wie ein Kätzchen, kurz darauf schon wieder wild und fauchend wie ein verletzter Löwe. Nie wusste man, woran man bei ihr war.

Mylady kehrte an seine Seite zurück und bat ihn lächelnd um Entschuldigung. „Sei mir bitte nicht böse, mein Lieber, aber ich habe einfach kein Verständnis für Menschen, die zu selbstsüchtig sind, um sich um ihre eigenen Eltern zu kümmern. Ich selbst bin jahrelang nicht von Mamas Seite gewichen …"

„… bis ich kam und dich ihr wegnahm!"

Sie warf ihm eine Kusshand zu. „Bis du kamst, um meinem Leben völlig neue Möglichkeiten zu geben!", verbesserte sie ihn. Lord Bakerfield gab ihr einen Kuss auf die Wange. Mylady nahm die Briefe wieder zur Hand. Ich bin, dachte er, ein wahrhaft glücklicher Mann!

„Sieh nur, Edward, da ist ein Brief aus Worthing!", riss Mylady ihn aus seinen Gedanken. „Ein besonders dickes Schreiben, wie mir scheint. Mama hat sich doch nicht etwa in außergewöhnliche Unkosten gestürzt und einen Brief geschickt, der aus zwei Blättern besteht!?"

Rasch hatte sie das Siegel gebrochen und das Schreiben auseinandergefaltet. Dabei fiel ihr, zu ihrer Überraschung, ein zweites Blatt Papier entgegen, das viel kleiner zusammengefaltet war. Sie beugte sich hinunter, um es vom Boden aufzuheben.

„Das ist nicht Mamas Handschrift", stellte sie fest und runzelte die Stirn. „Findest du das nicht auch seltsam, Edward?"

Ja, Edward fand das auch seltsam. Er riet ihr, den Brief erst einmal zu lesen, vielleicht würden sich die Dinge damit aufklären. Das Schreiben seiner Schwiegermutter, die er kaum kannte, scherte ihn nicht im Geringsten. Er nahm das Zeitunglesen wieder auf. Es war besser, nicht zu viel darüber zu grübeln, was hier rund ums Haus vorging. Man sollte die Vergangenheit ruhen lassen. Gebe Gott, dass er Dewary abfing, bevor es ein anderer tat, damit die Vergangenheit wirklich ruhen konnte. Das Journal brachte die erhoffte Ablenkung. Es war immer aufschlussreich zu lesen, wie die Dinge auf dem Kontinent standen. Dass es die Truppen noch immer nicht geschafft hatten, diesem korsischen Ungeheuer den Garaus zu machen, war ihm ein Rätsel!

„Meine liebe jüngste Tochter", las Lady Bakerfield leise, „ich hoffe, dein Mann und du, ihr erfreut euch bester Gesundheit. Wie du weißt, leide ich seit geraumer Zeit an beachtlichen Schmerzen in meinem Rücken, und der Doktor …" Bla, bla, bla! Louise konnte es nicht glauben: Mamas Leiden verfolgten sie bis hierher. Warum konnte sie diese Dinge nicht für sich behalten? Was ging sie noch Mamas Rücken an? „Vor einigen Tagen kam der Brief hier an, den ich dir hiermit nach langer und reiflicher Überlegung beilege. Er ist an dich adressiert. Natürlich habe ich ihn gelesen, meine Tochter, und ich muss sagen, dass ich weit davon entfernt bin, den Inhalt zu verstehen … Melde dich doch wieder einmal bei deiner armen Mama. Wer weiß, wie lange mir noch bleibt auf Erden …"

Lady Bakerfield schnaufte unwillig und hielt sich nicht länger mit dem Schreiben ihrer Mutter auf. Es würde ihr ohnehin nur Vorwürfe eintragen. Wie sehr sie es hasste, dass ihre Mutter immer wieder versuchte, ihr ein schlechtes Gewissen zu machen! Aber das würde ihr nicht mehr gelingen. Sie hatte nicht ohne Grund Hals über Kopf geheiratet, um endlich dem Krankenzimmer zu entfliehen! Sie vergewisserte sich, dass ihr Gemahl in die Lektüre seiner Zeitung vertieft war und faltete den anderen Brief auseinander. Noch bevor sie zu lesen begann, fielen ihr die Initialen F.M.D. auf. Ihre Augen verengten sich, sie kniff ihre Lippen zu einem blassen Strich zusammen. Sieh an, sieh an, das war ja höchst bemerkenswert! Mylady ließ das Blatt sinken und zog nachdenklich die Stirn kraus. Dann trat ein triumphierendes Lächeln auf ihre hübschen Gesichtszüge. Was für eine überraschende, höchst willkommene Möglichkeit, die Heimkehr des verlorenen Sohnes zu beschleunigen!

„Nun“, seine Lordschaft blickte von der Zeitung auf, „wer hat nun das Schreiben mit der unbekannten Handschrift verfasst?“

Seine Gattin nickte eifrig. „Meine liebe Tante Betty, sie lässt dich ganz herzlich grüßen, unbekannterweise!“

Mylord dankte, und sein Blick senkte sich wieder auf das Blatt in seinen Händen. Er hatte noch nie etwas von einer Tante Betty gehört, aber das war kein Wunder. Ihre Trauung hatte wenige Tage vor der Hochzeit seiner Cousine Irene im engsten Kreis der Familie stattgefunden. Außer Louises Eltern und ihren Geschwistern hatten sie keine anderen Verwandten eingeladen. Das war die Bedingung seines zukünftigen Schwiegervaters gewesen. Lord Bendworth hatte ihm dies mehr als deutlich zu verstehen gegeben: „Ich habe bereits vier Töchter unter die Haube gebracht, Bakerfield. Meine Säckel sind leer. Entweder du heiratest meine Jüngste in aller Stille und ohne mir unnötige Kosten zu verursachen, oder du lässt es bleiben!“

Natürlich hatte er sich gefügt. Für ihn musste man keine große Hochzeit abhalten, ihm war wichtig, dass er die geliebte Braut nach Hause führen konnte. Und auch Louise hatte überraschenderweise nicht versucht, ihren Vater durch Trotz oder Schmeicheleien umzustimmen. Wie gerne hätte er seine neue Frau auf Irenes Hochzeit seiner staunenden Verwandtschaft präsentiert! Doch dann war Lady Bendworth ernstlich erkrankt, und Louise musste an ihrer Seite bleiben.

„Weißt du was, mein Lieber“, hatte sie ihm bei seiner Abreise ins Ohr geflüstert, „ich wünsche mir, dass du noch niemandem von uns erzählst. Ich komme nach Digmore Park, sobald es Mamas Gesundheit erlaubt. Ich möchte unbedingt dabei sein, wenn du unser großes Geheimnis enthüllst. Versprich mir, es für dich zu behalten, bis ich an deiner Seite bin!“

Natürlich hatte er es ihr versprochen. Auch wenn es ihm

schwergefallen war und er auf Irenes Feier mehrere Male fast damit herausgeplatzt wäre. Als er die freudige Nachricht schließlich verkünden konnte, war nur mehr sein Onkel zugegen. Irene und Dewary waren bereits abgereist und Mama …

„Ich hoffe, du bist nicht böse, wenn ich dich allein lasse. Ich möchte meiner Mutter und Tante Betty umgehend für ihre lieben Worte danken. Wir sehen uns dann zum Dinner."

Sie winkte ihrem Mann lächelnd zu und begab sich schnurstracks in die Küche, wo am Treppenabgang zum Keller ein Schlüsselkästchen hing.

28. Kapitel

Zwei Stunden später saß Elizabeth wie auf Nadeln. Wie lange dauerte denn dieses Schachspiel? Was besprach Mama wohl mit seiner Lordschaft? So schwach und krank, wie er war – war er überhaupt in der Lage, sich so lange zu unterhalten? Und wenn ja, was dachte er über seinen Sohn? Hielt er ihn für den Mörder seiner Schwester? Und wenn dem so war, freute es ihn dann überhaupt, dass Dewary vorerst in Sicherheit war? Der einsame Reiter am Waldrand fiel ihr ein. Was hatte dieser Mann gesehen? Hatte er Dewary gar erkannt? War der Major am Ende längst nicht mehr in Sicherheit?

Unruhig wanderte Elizabeth in ihrem Zimmer auf und ab, ließ sich auf dem kleinen Fauteuil nieder, nur um sofort wieder aufzustehen. Ein Blick durch das Fenster trug auch nicht dazu bei, sie zu beruhigen. Im Gegenteil, es kam ihr vor, als würden die Wachen mit jedem Tag, den sie hier war, um einige mehr. Den dort zum Beispiel, den bulligen Kerl mit den fettigen braunen Locken, den hatte sie noch nie gesehen. Wo Mama nur blieb? In einer guten Stunde würde das Abendessen serviert werden. Mama musste sich noch umkleiden! Sie würde sich doch nicht verspäten? Gerade heute, wo es so wichtig war, dass das Dinner pünktlich in vollem Gange war, damit Charlie den Riegel der Haustüre zurückschieben konnte, ohne dass jemand etwas merkte. Um kurz nach sechs würde Dewary kommen … Wie immer, wenn sie an den Major dachte, schien ihr Herz stärker zu klopfen. Heute hatte es doppelten Grund dazu. Elizabeth nahm ihre Wanderung durch den Raum wieder auf. Sie verknotete ihre schweißnassen Hände ineinander.

Wo Mama nur blieb? Sie horchte auf. Da endlich, die erlösenden Schritte auf dem Flur. Elizabeth riss die Tür auf.

„Na endlich, Mama, warum in aller Welt hat das so lange …"

Doch es war nicht Mama, die da mit vor Überraschung weit aufgerissenen Augen vor ihr stand, es war Lady Bakerfield.

„Mein Gott, Miss Porter, Sie haben mich aber erschreckt!" Sie wusste anscheinend nicht, ob sie lachen oder nach Luft schnappen sollte. „Ich wollte eben klopfen!"

Elizabeth trat einige Schritte zurück. „Entschuldigen Sie bitte, Mylady, ich dachte, Sie wären meine Mutter."

Lady Bakerfield lachte. „Wie Sie sehen, bin ich es nicht. Was ist mit Ihrer geschätzten Frau Mama? Ist sie denn noch immer nicht zurück aus dem Kräutergarten? Was kann dort nur so fesselnd sein, dass man ganze Stunden zwischen den Beeten verbringt?"

Nun lächelte auch Elizabeth. „Das weiß ich allerdings auch nicht!" Sollte ihre Gastgeberin ruhig glauben, Mama sei noch mit dem Küchenpersonal unterwegs. Besser sie wechselte überhaupt das Thema.

„Sie waren im Begriff, an meine Tür zu klopfen?"

Lady Bakerfield nickte eifrig. „Stellen Sie sich vor, liebe Miss Porter, ich habe eine unglaubliche Entdeckung gemacht! Bevor ich hierher zu Ihnen kam, da habe ich vor Aufregung richtiggehend *gezittert*! Ich bin so froh, dass ich Sie antreffe, denn allein hätte ich nie den Mut …" Sie verstummte und legte beide Hände auf ihr Herz.

„Meine liebe Lady Bakerfield, was ist denn geschehen?"

Auch das noch! Was immer Mylady entdeckt haben mochte, sie kam zur völlig ungelegenen Zeit. Um diese Stunde sollte sie sich in ihrem Boudoir befinden, um sich für das Dinner zurechtzumachen! Hatte sich denn die ganze Welt gegen Dewary verschworen? Die nächsten Worte trugen erst recht dazu bei, sie zu beunruhigen.

„Miss Porter ..." Lady Bakerfield machte eine kurze Pause, wie um die Spannung zu erhöhen. „Ich habe einen Geheimgang entdeckt!"

Sie hat einen Geheimgang entdeckt? Doch nicht etwa in Dewarys Zimmer? Wie konnte das nur passieren?

„Also, Miss Porter, was halten Sie von dieser Idee?"

Lady Bakerfield blickte mit erwartungsvollem Lächeln zu ihr hinüber. Was für eine Idee? Elizabeth war so in Gedanken gewesen, dass sie Myladys Worte nicht gehört hatte. Hatte sie am Ende das Zimmer zu früh aufgesperrt? War sie schuld, wenn Dewarys Plan scheiterte? Wie sollte sie je damit leben können?

„Miss Porter, was ist mit Ihnen? Ich habe Sie, wenn Sie mir diese Bemerkung gestatten, für eine mutige Frau gehalten. Hätte ich gewusst, dass Sie bereits der Gedanke daran so sehr erschreckt, dass Sie weiß wie eine Wand werden, ich hätte Sie nie und nimmer mit diesem Vorschlag belästigt! Bitte verzeihen Sie mir!"

Lady Bakerfield wandte sich bereits zum Gehen, doch Elizabeth hielt Sie zurück. „Welchen Gedanken meinen Sie, Mylady?"

„Ich spreche von meinem Vorschlag, den Geheimgang gemeinsam mit Ihnen zu erkunden. Es wäre mir viel wohler zumute, Sie an meiner Seite zu wissen. Aber natürlich verstehe ich, wenn Sie sich fürchten. Man weiß nie, welchen Geistern man in abgeschiedenen Räumen begegnet ..."

„Aber ich fürchte mich doch nicht vor *Geistern*!", entfuhr es Elizabeth.

Lag in dem Blick, den Mylady ihr nun schenkte, lediglich Zweifel, oder war da auch ein wenig Spott zu entdecken? In jedem Fall sah Elizabeth sich veranlasst, sich zu verteidigen. „Bitte glauben Sie mir, Mylady, ich bin weit davon entfernt, mich von derartigen Spukgeschichten einschüchtern zu lassen. Mr. Barnsley, das ist unser alter

Verwalter, müssen Sie wissen, schwört Stein und Bein, dass auf Portland Manor immer noch die Seele einer jungen Dame umherwandelt, die nicht zur Ruhe kommt. Im zwölften Jahrhundert fand sie bei der Geburt eines außerehelichen Kindes den Tod, und er meint, sie geistere des Nachts durch die Flure."

Lady Bakerfield war fasziniert. „Tatsächlich?"

Elizabeth lachte. „Ich habe ihm dieses Ammenmärchen nie abgenommen. Auch nicht, als er eines Tages behauptete, er habe die Geistergestalt mit eigenen Augen gesehen. Ich bin sicher, er wollte mich bloß erschrecken."

So wie er mich immer mit dem mittelalterlichen Mönch auf dem Bild in seinem Arbeitszimmer erschreckt hat, setzte sie in Gedanken hinzu und lächelte. Nun, auch dieser Mönch hatte für immer seinen Schrecken verloren.

Lady Bakerfield sah dieses Lächeln und nahm ihren ursprünglichen Faden wieder auf. „Ich sehe, es war doch eine weise Entscheidung, zu Ihnen zu kommen. Denn ohne eine unerschrockene Stütze an meiner Seite bin ich nicht imstande, mich in das Abenteuer zu stürzen. Was ist, meine Liebe, wollen wir's wagen?"

„Jetzt?!"

Mylady durfte keinesfalls Dewarys Geheimgang erkunden. Was, wenn sie die Adresse entdeckte und mitnahm? Nein, sie musste verhindern, dass Lady Bakerfield Dewary zuvorkam. War er erst einmal hier, dann konnte sie sich im Geheimgang umsehen, so viel sie wollte. Das heißt … vielleicht war es doch keine so schlechte Idee, mit ihr zu gehen. Vielleicht gelang es ihr dabei, selbst die Adresse aus dem Geheimgang zu holen! Dann brauchte Charlie Dewary nur auf seinem Weg abzufangen, und der Major musste sich gar nicht in die Nähe des Hauses wagen!

„Ich kann natürlich auch Bakerfield um Hilfe bitten, wenn Sie doch der Mut verlässt, Miss Porter. Er wird sicher nichts dagegen haben, mich zu begleiten. Hat er doch ohnehin an allem Interesse, was seinen ... was dieses Haus betrifft!"

Lord Bakerfield, der in den Sachen seines Cousins herumschnüffelte? Nein, das musste unbedingt verhindert werden. Dewary traute Bakerfield nicht über den Weg. Allerdings, wenn sie wirklich den Geheimgang durchsuchen wollte, dann mussten sie sich beeilen. Fand sie dort die Adresse nicht, war es wichtig, dass das Dinner in einer Stunde, wie geplant, begann. Sonst war Dewarys Unterfangen aussichtslos. „Nun gut, Lady Bakerfield, wenn Sie darauf bestehen, dann bin ich bereit, Ihnen zu folgen."

„Wie froh ich bin, dass Sie das sagen!" Lady Bakerfield klatschte in die Hände und eilte mit raschen Schritten den Flur entlang. Elizabeth beeilte sich, ihr zu folgen.

„Wir müssen in den linken Flügel hinüber." Myladys Stimme war nun kaum mehr als ein Flüstern. „Dort liegen die Räume, die ich Ihnen neulich nicht gezeigt habe."

Elizabeth nickte. Was Mylady wohl sagen würde, wüsste sie, dass sie bereits zweimal ohne ihre Begleitung dort gewesen war?

„Es ist besser, nicht zu laut zu sein. Wir wollen den alten Herrn nicht belästigen. Mein Mann ist der Einzige, der ab und zu zu ihm vorgelassen wird. Sein Kammerdiener hat ausdrücklich ausrichten lassen, ihn heute Nachmittag keinesfalls zu stören."

„Hat er einen Grund dafür genannt?", flüsterte Elizabeth atemlos zurück. Wusste Lady Bakerfield etwa auch über Mamas Besuch Bescheid?

Mylady lachte leise. „Lord Digmore pflegt uns die Gründe für sein Verhalten oder seine Wünsche nicht zu offenbaren."

Sie blieben vor Dewarys Tür stehen. Elizabeth atmete auf, der Schlüssel steckte noch im Schloss.

„Können Sie sich vorstellen, dass ich den Hausherrn noch nicht einmal zu Gesicht bekommen habe?"

Elizabeth hätte den Schlüssel gern in ihren Gewahrsam gebracht, doch Mylady ließ sie nicht aus den Augen.

„Ich bin drei Tage nach der Hochzeit von Edwards Cousine Irene hier angekommen", fuhr sie fort. „Gemeinsam mit meiner Kammerzofe und Shiffton, meinem Diener. Leider waren die Frischvermählten bereits abgereist, und so konnte ich ihnen nicht mehr persönlich die Glückwünsche meiner Eltern übermitteln."

Shiffton? Elizabeth war es, als habe sie diesen Namen schon einmal gehört … Nachdenklich zog sie die Augenbrauen zusammen.

„Aha, ich sehe, Sie fragen sich gerade, warum ich nicht rechtzeitig zur Hochzeit angereist bin?", missdeutete Mylady ihren Blick. „Ich wollte, ich hätte es vermocht. Doch Mamas Zustand hatte sich dramatisch verschlechtert, und sie wünschte sich nichts so sehr, als mich an ihrer Seite zu wissen. Ihr Herz … ich habe Ihnen davon erzählt."

Elizabeth nickte und legte ihre Rechte auf Dewarys Türklinke, um sie hinunterzudrücken.

„Was machen Sie denn da?" Myladys Stimme klang auf einmal ungewöhnlich scharf.

Elizabeth zog die Hand so schnell zurück, als hätte sie sich verbrannt. „Ich dachte nur, wir könnten genauso gut gleich hineingehen, anstatt hier am Flur …", stammelte sie. Wenn es nur nicht so ungeheuer wichtig gewesen wäre, sich zu beeilen! Kaum eine halbe Stunde bis zur geplanten Abendessenszeit!

„Wie kommen Sie denn nur auf die Idee, dass sich der Geheimgang in diesem Zimmer befindet?" Myladys Augen verengten sich zu Schlitzen. „Wissen Sie denn, vor welchem Raum wir uns befinden?"

Oh Gott!, dachte Elizabeth. Sich nur jetzt nichts anmerken lassen!

„Ich habe nicht die leiseste Ahnung, wo wir hier sind." Sie log, ohne rot zu werden. „Ich habe angenommen, dass dieser Raum unser Ziel ist, weil Sie davor stehen geblieben sind, Mylady. Es ist die letzte Tür des Flurs."

Zum Glück schien Lady Bakerfield an diesen Worten nichts zu finden, was zu weiterem Zweifel Anlass gegeben hätte. Im Gegenteil, sie begann zu lächeln, als sie einen Schritt zur Seite trat. „Nicht wahr, man denkt, das sei die letzte Tür hier auf dieser Etage. Doch sehen Sie nur ..."

Sie tastete mit der Handfläche ihrer Rechten die Tapete neben dem Türstock ab. Elizabeth sah ihr gespannt zu. Und dann plötzlich gab die Tapete unter Myladys Hand nach, und vor ihren faszinierten Augen öffnete sich eine schmale Tür nach innen. Elizabeth hatte schon viel von Tapetentüren in alten Häusern gehört. Und als Billy und sie klein gewesen waren, da hatten sie ganze Sonntage damit verbracht, auf Portland Manor nach geheimen Verstecken zu suchen, jedoch vergebens.

Die beiden jungen Damen steckten in seltener Einmütigkeit ihre Köpfe in das dunkle Treppenhaus. Elizabeth spürte, wie ihre Aufregung wuchs. Sie mussten hinunter zum Dinner. Doch zugleich war es höchst spannend zu erfahren, wohin dieser Gang sie führen mochte. Wann war wohl zuletzt jemand die schmale Treppe hinaufgestiegen? Und was hatte er dort oben gewollt? War es gar dereinst ein katholischer Priester gewesen, der vom damaligen Hausherrn vor den anglikanischen Verfolgern des Königs in Sicherheit gebracht worden war?

„Ich habe schon zwei Kerzenhalter für uns bereitgestellt", flüsterte Lady Bakerfield in Elizabeths Gedanken hinein. Das Flüstern wurde von den kahlen Wänden vielfach wiedergegeben. Elizabeth lief es kalt den Rücken hinunter. Nein, es gab keine Geister! Wer sagte ihr allerdings, dass sie am Ende der Treppe nicht das Skelett eines verhungerten Priesters entdecken würden? In die Falle gelockt von einem hinterhältigen Vorfahren der Digmores? Sie nahm sich zusammen. Es war besser, die Augen offenzuhalten, als sich selbst mit Schauergeschichten Angst einzujagen!

Lady Bakerfield hatte inzwischen die Kerzen entzündet und reichte eine davon an sie weiter. „Wenn ich nur wüsste, wohin diese Stufen führen, dann wäre mir weit wohler zumute!“ Mylady fröstelte.

Da fielen Elizabeth die Worte des Kammerdieners ein, die er bei ihrem ersten Zusammentreffen auf dem Flur geäußert hatte.

„Vielleicht führen sie hinauf ins Turmzimmer? Ich habe …“, langsam gingen ihr diese kleinen Lügen ohne jeden Skrupel von den Lippen, „einmal bei einem Ausritt entdeckt, dass es im linken Flügel einen kleinen Turm gibt.“

Im Schein der Kerze nahm sie Lady Bakerfields prüfenden Blick wahr, der sich langsam in ein anerkennendes Lächeln wandelte. „Das Turmzimmer, natürlich! Dass ich da nicht selbst darauf gekommen bin. Jetzt erinnere ich mich, dass Edward einmal seine Existenz erwähnte.“ Sie hob die Kerze, um die nächsten Stufen zu beleuchten. Eine dicke Spinne suchte schleunig Zuflucht zwischen den Ritzen.

„Wie klug Sie sind, Miss Porter. Ich bin wirklich froh, dass ich Sie zu meiner Unterstützung geholt habe. Darf ich Sie bitten voranzugehen?“

Elizabeth zögerte. Es war nicht richtig, in einem fremden Haus herumzuschnüffeln. Noch dazu drängte die Zeit.

„Ich weiß nicht, Mylady“, sagte sie daher, „vielleicht ist es doch besser, wir gehen zurück. Wir schaffen es nie pünktlich zum Abendessen, wenn wir hier unsere Kleider mit Spinnweben und Staub verschmutzen!“

Mylady schien von dieser Idee alles andere als angetan zu sein. Doch Elizabeth gab nicht nach. „Außerdem ist es doch viel gruseliger hier, als ich angenommen hatte. Was halten Sie davon, wenn wir Ihrem Gatten Bescheid geben und ihn bitten, uns nach dem Abendessen ins Turmzimmer zu begleiten?“

Lady Bakerfield schob schmollend die Unterlippe vor. „Ach, Miss Porter, das können Sie unmöglich ernst meinen! Was machen wir, wenn uns Edward verbietet, diese Entdeckungstour weiter fortzusetzen? Er hat manchmal so strenge Grundsätze. Sie wollen uns doch den Spaß nicht verderben, nicht wahr? Bitte!!"

Elizabeth seufzte, durchaus willens, sich umstimmen zu lassen. Doch es war eher ihre Neugier, die dabei war zu siegen, als Myladys bettelnde Stimme. Lady Bakerfield bemerkte das Zögern.

„Ich kann es einfach nicht ausstehen zu warten! Wenn ich eines als jüngstes von sechs Kindern gelernt habe, dann, dass man die Dinge selbst in die Hand nehmen muss, Miss Porter, sonst kommt man zu nichts im Leben."

Elizabeth gab sich geschlagen. „Aber wir bleiben wirklich nur ein paar Minuten, das müssen Sie mir versprechen!", forderte sie eindringlich. „Mama duldet es nicht, dass ich mich zum Dinner verspäte!"

Mylady lächelte. „Ich verspreche alles, was Sie nur wollen! Doch jetzt hinauf mit Ihnen!"

Das ließ sich Elizabeth nun nicht zweimal sagen. Ihre Kerze in der Rechten, stieg sie Stufe für Stufe immer höher die Treppe hinauf, gefolgt von Lady Bakerfield, die pausenlos kicherte. Anscheinend war das ihre Art, mit Nervosität umzugehen. Bei Elizabeth trug das Kichern eher dazu bei, dass sich ihre Nervosität verstärkte. Die Treppe machte eine kleine Wendung nach rechts und gab den Blick frei auf fünf weitere Stufen und eine kleine Plattform. Durch ein schmales, fast schießschartenartiges Fenster fiel schwaches Licht in das Treppenhaus. Dennoch lag es nahezu in vollkommener Dunkelheit. Elizabeths Herz schlug schneller. Was, wenn die Treppe gar nicht zum Turmzimmer führte? Was, wenn das Treppenhaus hier endete? Was, wenn jemand die Tür hinter ihnen ins Schloss warf und sie mit Lady Bakerfield in der Falle saß?

„Ich weiß nicht." Sie blieb so unvermittelt stehen, dass Mylady, die nur auf ihre eigenen Schritte geachtet hatte, beinahe in sie hineingelaufen wäre. „Mich beschleicht mit einem Mal ein ungutes Gefühl. Ich denke, es ist besser, wenn wir umkehren!"

Davon wollte Lady Bakerfield erwartungsgemäß nichts hören. „Aber warum denn, Miss Porter? Es sind doch nur mehr drei Schritte bis zu unserem Ziel. Sehen Sie nur, dort vorn ist eine Tür. Ich kann sie ganz genau erkennen."

Elizabeth kniff die Augen zusammen, um besser sehen zu können. Allein, sie konnte keine Tür entdecken. Wahrscheinlich hatte Lady Bakerfield bessere Augen als sie. Sie seufzte und stieg die letzten Stufen bis zu einem kleinen Plateau hinauf. So sehr sie sich auch bemühte, mit der Kerze die Wand abzuleuchten, sie konnte nichts entdecken.

„Hier geht es nicht weiter, Mylady, lassen Sie uns umkehren."

„Aber dort ist doch die Tür!" Elizabeth folgte der ausgestreckten Hand mit dem Blick, und wirklich, da blitzte ein Schlüssel auf. Er steckte in einem Schloss, das sich etwa in Kniehöhe befand. Und er trug genau so ein weißes Schild, wie es auch am Schlüssel zu Dewarys Zimmer befestigt war. Waren die Menschen damals so klein gewesen? Hieß das etwa, man musste ins Turmzimmer kriechen?

Mylady drängte sich an ihr vorbei, drehte den Schlüssel im Schloss um und gab der Tür einen festen Stoß. Knarrend und ächzend gab sie nach und öffnete sich einen Spaltbreit. Zwei Nachtfalter, von den unerwarteten Eindringlingen aufgeschreckt, flatterten aufgeregt davon. Eine Staubwolke tanzte in dem Lichtstrahl, der durch das schießschartenähnliche Fenster einfiel. Die Tür war niedrig, doch wenn sie den Kopf einzog, dann konnte sie ohne Weiteres durchgehen, wenn sie wollte. Doch das wollte Elizabeth ganz und gar nicht mehr. Ihre Neugier war verflogen, das ungute Gefühl hatte die Oberhand gewonnen.

Hier stimmte etwas nicht. Das sagte ihr ihr Gefühl, während der Verstand sagte, dass sie wieder einmal eine Gefahr witterte, wo keine war. Sie öffnete die Tür ein Stück weiter. Das helle Licht des Zimmers dahinter blendete in ihren Augen. Sie waren anscheinend wirklich im Turmzimmer angelangt. Elizabeth musste insgeheim über sich selbst lachen. Warum hatte sie sich bloß Sorgen gemacht? Das war nichts weiter als ein verlassenes Turmzimmer, mein Gott, was sollte daran denn gefährlich sein?

„Können Sie schon etwas entdecken?“, vernahm Elizabeth Myladys aufgeregte Stimme hinter sich. „Warum gehen Sie denn nicht endlich hinein? Ach, ist das nicht aufregend!?“

Also gut, wenn Lady Bakerfield darauf bestand, ihr den Vortritt zu lassen, so wollte sie nicht länger zögern. Sie beugte den Kopf und trat ein. Das Turmzimmer entpuppte sich als quadratischer Raum, der durch zwei kleine, grifflose Fenster an beiden Seiten in das warme goldene Licht der abendlichen Sonne getaucht wurde. Fraglos wäre das Licht noch viel stärker gewesen, hätte in den letzten Jahren irgendjemand einmal die Scheiben geputzt. Elizabeth blickte sich um. Der Raum war eingerichtet: Anscheinend hatte hier jemand einige Zeit gelebt. Es gab ein Holzbett, das einen überraschend einladenden Eindruck machte. Daneben stand ein solider Stuhl. An der fensterlosen Stirnseite, neben einer Tür, stand eine Kommode mit drei Schubladen, darüber hing ein alter, fast blinder Spiegel. Auf der Kommode stand ein Krug Wasser mit einem Glas, ferner eine irdene Schale, gefüllt mit Obst. Ein Stück Brot lag daneben. Elizabeth war verdutzt. Was mochte das bedeuten? Wie konnte das sein in einem Zimmer, das allem Anschein nach seit Jahren nicht mehr betreten worden war? Sie wollte sich eben umdrehen, um ihre Gastgeberin zu fragen, ob sie sich einen Reim darauf machen konnte, als sich die Tür hinter ihr schloss und ein kleines Geräusch nur allzu deutlich verkündete, dass der Schlüssel von außen im Schloss herumgedreht worden war.

Mit einem Satz war Elizabeth an der Tür. „Was soll denn das! Sperren Sie sofort wieder auf! Lady Bakerfield!"

Nichts rührte sich.

„Lady Bakerfield! Ich gebe zu, der Scherz ist Ihnen gelungen. Sie haben mir wahrlich einen Schreck eingejagt! Aber jetzt sperren Sie bitte wieder auf!"

Lady Bakerfield war auf der kleinen Plattform stehen geblieben und betrachtete zufrieden den Schlüssel in ihrer Hand. Sie hörte jedes Wort, das Elizabeth ihr nachrief, doch sie sah keine Veranlassung zu antworten. Mit einem kleinen, zufriedenen Lächeln schritt sie langsam die Treppe hinab.

29. Kapitel

Dewary wanderte in seinem schäbigen Gasthauszimmer auf und ab. Fünf Schritte bis hin zur abgeschlagenen Waschschüssel, umdrehen, fünf Schritte bis zur Zimmertüre zurück. Mehr ließen die engen Verhältnisse nicht zu. Er wünschte, er könnte ausschreiten, mit langen Schritten, so wie er es vor jeder Schlacht getan hatte, Andrew McPherson an seiner Seite, um die Strategie des nächsten Angriffs zu besprechen, in einem ruhigen, sachlichen Ton, im Wissen um das, was sie erwartete. Heute hingegen war alles anders. Was nutzte ihm all seine Erfahrung im Krieg in diesem neuen, viel persönlicheren Kampf? McPherson war weit weg, er war allein mit sich und seinen düsteren Gedanken. Ein schneller Blick auf seine Taschenuhr, wohl zum hundertsten Mal an diesem Tag.

Auf einmal klopfte es an der Tür. Dewary fuhr zusammen. „Wer ist da?"

„Ich bin's, Milly, Sir. Ich bringe das Essen für Sie. Machen Sie die Tür auf, Sir."

Ach ja, das Mittagessen. Er hatte keinen Hunger. Und Appetit schon gar nicht. Wahrscheinlich gab es doch nur wieder zerkochtes Gemüse und eine Art Haferschleim so wie in den letzten Tagen. Er öffnete die Tür, und Milly trat mit dem Tablett in den Raum. Ein seltsamer Mann war das. Verbrachte, von einem Ausritt am Vormittag und Nachmittag abgesehen, die meiste Zeit auf seinem Zimmer. Dort ging er dann unentwegt auf und ab. Man konnte seine schweren Schritte im Schankraum nur allzu deutlich hören. Was mochte dieser Mann wohl ausgefressen haben, dass er sich hier, in dieser abgelegenen Schänke, versteckte? Sie selbst hatte ja keine andere Wahl gehabt, im Gegenteil, sie hatte sogar froh sein müssen, dass Tante Mary sie hierherholte, nachdem Vater mit dem Saufen begonnen hatte. Aber der Mann da, der konnte sich sicher eine etwas komfortablere Bleibe leisten, so wie der aussah. „Nicht nachdenken! Nicht fragen!“, hatte Tante Mary befohlen, als sie ihr von ihren Mutmaßungen erzählt hatte. Und sie hatte wohl recht, manche Geheimnisse blieben besser im Dunklen.

„Meine Tante hat einem der Hühner den Kragen umgedreht. Drum gibt's heute einmal zur Abwechslung etwas Besseres, Sir.“

Dewary stellte zufrieden fest, dass das Gericht auf dem Teller bei Weitem verlockender aussah als alles, was er in den letzten Tagen vorgesetzt bekommen hatte. Und es roch auch bedeutend vielversprechender! Er bedankte sich bei dem Mädchen, sperrte ab und setzte sich zu Tisch. Das war also seine Henkersmahlzeit. Nun hatte er doch größeren Hunger, als er gedacht hatte. Außerdem musste er bei Kräften bleiben. Wer wusste denn, wann er das nächste Mal etwas zu essen bekommen würde? Zur Abendessenszeit würde er bereits auf Digmore Park sein. Doch es war höchst unwahrscheinlich, dass man ihn zu Tisch bitten würde.

Warum hatte Vater ihn nur in diese missliche Lage gebracht und den Friedensrichter verständigt? Die Erkenntnis, wie wenig ihm seine Lordschaft vertraute, schmerzte ihn viel mehr, als er zugeben wollte. Vater hätte ihm zumindest die Möglichkeit geben müssen, sich zu verteidigen. Und dann erst Edward! Sicher hatte er das Seine dazu beigetragen, das Misstrauen des alten Herrn zu schüren. Zugegeben, es war ein schrecklicher Zufall, dass es gerade Edward war, der den Leichnam seiner Mutter fand, doch musste er sich so bitter an ihm, seinem Cousin, rächen? Warum verurteilten ihn alle? Wer würde den größten Nutzen aus seinem Tod ziehen? Edward, immer wieder Edward! Und doch, er konnte, er wollte es nicht glauben. Natürlich, Edward hatte selten eine Gelegenheit ausgelassen, ihm, seinem jüngeren Cousin, übel mitzuspielen. Als Kind war er oft völlig überraschend aufgetaucht und hatte ihm blitzschnell das Bein gestellt. Es hatte Edward ein diebisches Vergnügen bereitet, ihn der Länge nach auf das steinige Pflaster des Vorplatzes hinschlagen zu sehen. Später, als sie beide die Schule in Eton besuchten, gingen viele derbe Scherze eigentlich auf das Konto von Edward, doch er verstand es meisterhaft, alles ihm in die Schuhe zu schieben. Dass seine Mama, Lady Barbara, ihren Sohn durchschaute und Strafpredigten für angemessen hielt, trug auch nicht dazu bei, Gefühle der Freundschaft oder verwandtschaftlicher Zuneigung für seinen Cousin zu verstärken. Als sie beide ins heiratsfähige Alter kamen, musste Edward zu seinem sichtlichen Verdruss miterleben, dass er, sein Vetter, Mittelpunkt jeder Gesellschaft war. Was hätte er denn machen sollen? Er sah besser aus als Edward. Um das festzustellen, brauchte es nicht die geringste Portion Eitelkeit. Obwohl Edward durchaus wohlhabend war, war er selbst reicher und hatte, im Gegensatz zu ihm, die Aussicht auf den Titel eines Earls. War das alles der Grund, dass er ihm jetzt einen Mord unterschieben wollte? Er selbst hatte doch immer versucht, mit Edward halbwegs gut auszukommen. Ja, er hatte ihn sogar eine Zeit lang zu Vergnügungen mitgenommen. Leider erwies Edward sich nicht als dieser Aufmerksamkeit würdig. Er benahm sich unverschämt und launenhaft, sodass ihn viele seiner Freunde baten, ihnen die Gesellschaft seines Cousins künftig zu ersparen. Dass der noble „Four Horses Club“ ihn alsbald als Mitglied aufgenommen hatte, stachelte Edwards Eifersucht noch weiter an. Dewary wusste, dass sein Vetter alle Hebel in Bewegung gesetzt hatte, um ebenfalls in diesen Verein der besten Kutschenlenker aufgenommen zu werden, die

Aufnahme war ihm indes verwehrt geblieben. Dewary sah wieder das wutverzerrte, gerötete Gesicht seines Cousins vor sich und schüttelte den Kopf. Und noch etwas war Dewary in allzu deutlicher Erinnerung: seine spöttisch triumphierende Fratze, als er miterlebte, wie ihn Lady Abigail eiskalt hatte abblitzen lassen. Während er die Nähe zu Abigails Familie fürderhin mied, hatte Edward diese daraufhin umso stärker gesucht und rasch Freundschaft mit dem einzigen Sohn des Hauses geschlossen. Bertram war anerkanntermaßen ein Spieler und ein Tunichtgut. Er selbst machte um den Mann, wo er nur konnte, einen Bogen! Dewary seufzte. Es war wohl zu befürchten, dass er ihn nicht länger würde meiden können, wenn er erst einmal sein Schwager geworden war. Missmutig knallte er das Essbesteck auf den leeren Teller. Es passte ihm wahrlich nicht, dass Bertram sein Schwager wurde! Und noch viel grässlicher war die Vorstellung, den schrecklichen Lord Bendworth seinen Schwiegervater nennen zu müssen!

Sei nicht dumm. Dafür bekommst du Lady Vivian zur Frau, ermahnte er sich streng. Lady Vivian! Er versuchte sich an ihr Gesicht zu erinnern. An ihr herzförmiges Gesichtchen, an ihre dunklen, aufgesteckten Locken. Es gelang ihm nicht. Immer wieder schoben sich blaue Augen und blonde Locken in den Vordergrund. Elizabeth Porter! Wenn er ehrlich zu sich war, dann bestimmte diese junge Frau schon längst fast jeden seiner wachen Gedanken. Und gestern erst hatte er auch in der Nacht von ihr geträumt. Er hatte sie in seinen Armen gehalten, hatte ihre weichen Lippen auf den seinen gespürt. Seine Hände hatten die Rundungen erforscht, die sich deutlich unter ihrem zarten Musselinkleid abzeichneten. Er war lächelnd aufgewacht und doch traurig darüber, dass dieser verheißungsvolle Traum so jäh geendet hatte. Oh Gott, wie sehr wünschte er, dieser Traum könnte Wirklichkeit werden! Doch er war Lady Vivian versprochen, und ein Ehrenmann brach ein solches Versprechen nicht. Auch wenn er es völlig übereilt gegeben hatte und seine Braut kaum kannte. Ein Hoffnungsschimmer keimte auf: Vielleicht würde Lord Bendworth seiner Tochter die Heirat mit ihm verbieten? Noch hatte er ihn nicht um seine Zustimmung gefragt, noch war die Verbindung nicht offiziell bekanntgegeben worden, noch konnte Lady Vivian die Verlobung lösen, ohne damit Aufsehen zu erregen. Von ihm konnte der Wunsch nach Trennung nicht ausgehen. Er war ein Ehrenmann. Ja, er war ein Ehrenmann! Auch wenn ihn derzeit jeder für einen gemeinen Verbrecher zu halten schien! Sogar sein Vater, der Mann, den er noch mehr als seine Freunde liebte und respektierte! Dewary schwor sich zum wiederholten Male: Er würde alles daransetzen, um seinen Ruf wieder reinzuwaschen!

Endlich war es halb sechs am Abend. Endlich war es Zeit aufzubrechen! Mit gemächlichen Schritten ging er die Treppe hinunter, über den lehmigen Boden des Hinterhofs zu dem Bretterverschlag, in dem Jupiter eingestellt war. Er zwang sich, nicht zu laufen, das würde Neugier erwecken, und Neugier war das Letzte, was er jetzt brauchen konnte. Da beugte sich Milly auch schon aus dem Küchenfenster und rief ihm nach: „Sie reiten noch aus, Sir? Ist das nicht schon etwas zu spät dazu heute?“

Er drehte sich zu ihr um. Besser, er blieb freundlich. Außerdem konnte er ihr so eine Botschaft zukommen lassen.

„Ich bin eingeladen, bei einem Freund hier in der Gegend. Wundern Sie sich also nicht, wenn Sie mich morgen früh nicht auf meinem Zimmer vorfinden.“ Er zwang sich zu einem Lachen. „Wer weiß, ob ich heute Nacht noch in der Lage sein werde, mich aufrecht auf meinem Pferd zu halten.“

Milly stimmte in sein Lachen ein. „Ich verstehe, Sir! Dann wünsche ich Ihnen viel Spaß, und sehen Sie zu, dass

Sie nicht allzu viel am Spieltisch verlieren, damit Sie hier noch die Zeche berappen können!"

„Ich werde mein Bestes geben!", versprach er und holte Jupiter aus dem Verschlag.

Bis zu der Stelle, an der sich der Weg gabelte und er sich auf den Besitztümern seines Vaters befand, brauchte er kaum eine halbe Stunde. Natürlich kannte er hier jeden Stein, jede Lichtung im Wald, alle kleinen, verwinkelten Wege. Hätte er die Auffahrt genommen, er wäre an den wachsamen Augen des Pförtners nie ungesehen vorbeigekommen. Würde ihn der alte Murray wirklich aufhalten und den Männern des Richters übergeben? Er konnte sich das beim besten Willen nicht vorstellen – doch es war in den letzten Wochen viel zu viel Unvorstellbares geschehen, als dass er sein Glück hätte auf die Probe stellen wollen. So ritt er in einem weiten Bogen am Pförtnerhaus vorbei, über den Rücken des Pferdes geduckt durch das Dickicht des Waldes. Es war kaum anzunehmen, dass die Wachen sein Kommen bemerken würden. Einzig der Vorplatz bereitete ihm Kopfzerbrechen. Charlie hatte gesagt, dass am Hintereingang Tag und Nacht ein Bewaffneter stand, also konnte er nur den Vordereingang benutzen. Das hieß, auch wenn er sich eine Weile hinter der hohen Ligusterhecke versteckte, die letzten gut zwanzig Meter musste er auf dem offenen, mit Kies bestreuten Platz zurücklegen. Gebe Gott, dass die Wachen zu dieser Stunde tatsächlich im Gemüsegarten waren. Und gebe Gott, dass Charlie nicht dabei erwischt worden war, als er den Riegel der Haustür zurückschieben wollte. Durch die hohen, schlanken Stämme der Nadelbäume blitzte das dunkle Gelb seines Elternhauses hindurch. Wie wohltuend war dieser Anblick sonst immer gewesen, wenn er nach einer langen Reise zurückkam! Nun jedoch stellten sich ihm die Nackenhaare auf. Nie hätte er gedacht, dass er sich einmal heimlich würde anschleichen müssen!

Dann war es Zeit abzusitzen. Dewary band Jupiter an einem der Bäume fest, ließ ihm aber genügend Zügellänge, dass er das Gras erreichen konnte. Er sah auf die Uhr. Ein Glück, dass es zu dieser Jahreszeit am frühen Abend noch so hell war, dass er die Zeiger unschwer erkennen konnte. Dafür würde man auch ihn leichter entdecken als an einem Winterabend, wenn sich schon früh die Dunkelheit über das Land gelegt hätte. Wie auch immer, er hatte keine Wahl. Es war Viertel nach sechs. Jetzt saßen alle beim Abendessen. Dewary klopfte Jupiter auf die Hinterhand. „Mach's gut, Alter, und wünsch mir Glück! Ich hoffe, wenn wir uns das nächste Mal sehen, dann geschieht dies unter glücklicheren Umständen!"

Das Pferd schüttelte die Mähne und senkte dann wieder das Haupt, um zu grasen. Dewary atmete tief durch und straffte die Schultern. Also dann, auf in den Kampf!

Ein Glück, dass die Hecke bis zum Waldrand reichte. Hoffentlich war sie in letzter Zeit nicht allzu sehr geschnitten worden. Wenn er sich über Gebühr ducken musste, würde er nur sehr langsam vorwärtskommen. Doch nein, die Hecke war offensichtlich nicht gestutzt worden, sie machte einen ungewohnt verwilderten Eindruck. Und dann die Fußspuren im weichen Boden. Die Männer hatten tatsächlich den schönen Rasen zertrampelt, auf den Mr. Hammond immer so stolz gewesen war.

„Irgendwas Neues, Jack?", hörte er eine Stimme, nicht allzu weit entfernt. Dewary zuckte zusammen. Anscheinend waren doch nicht alle Burschen im Gemüsegarten. Was, um Himmels willen, sollte er jetzt tun?

„Ach, woher denn! Der Saukerl lässt sich einfach nicht blicken!"

„Na, dann geh ich mal rüber zu den anderen. Du bleibst hier am Hintereingang!"

„Immer bin ich der Dumme! Das seh ich gar nicht ein. Bleib gefälligst hier und leiste mir Gesellschaft!"

„Bist du verrückt, lass sofort meinen Ärmel los! Du sollst meinen Ärmel loslassen, habe ich gesagt!"

Ein lauter Schmerzensschrei war die Folge. Dann ein: „Na warte, dir werd ich's geben!" Ein dumpfer Aufprall war zu vernehmen. Anscheinend war ein Mann zu Boden gegangen.

Dewary nutzte die Gelegenheit. Während sich die beiden Männer prügelten, würden sie nicht um die Ecke kommen. Er durfte nicht länger warten. Vielleicht würde die Schreierei die anderen Männer herbeilocken. Also holte er tief Luft und überquerte mit großen Schritten den Vorplatz. Laut und vernehmlich knirschte der Kies unter seinen Stiefeln. Doch keine barsche Stimme forderte ihn auf stehen zu bleiben, keine Gewehrsalve durchdrang die Luft. Ein rascher Blick über die Schulter, dann die drei Stufen zum Eingang hinauf. Mit klopfendem Herzen öffnete er das schwere Tor. In abendlicher Stille lag die große Eingangshalle vor ihm. Die alte Standuhr tickte, sonst war kein Laut zu hören. Vorsichtig schloss er die Tür hinter sich. Die schweren Teppiche auf dem Marmorboden schluckten das Geräusch seiner Schritte. Aus dem Speisezimmer klangen gedämpfte Stimmen, das Klirren von Geschirr. Ein vertrautes Lachen drang an sein Ohr. Er lief die Treppe hoch, nahm immer drei Stufen auf einmal, so, wie er es als Jugendlicher immer getan hatte, wenn er Gefahr lief, sich zum Dinner zu verspäten. Auf der Galerie ein rascher Blick nach rechts und links, dann weiter in den linken Flügel. Dewary lief den langen Gang hinunter bis zu seiner Zimmertür, ja, der Schlüssel steckte im Schloss. Glücklich ein Mann, der solche Helfer hatte! Er trat ein und zog die innere Tür hinter sich zu. Aufatmend lehnte er sich an das Türblatt.

„Geschafft!"

Er hätte am liebsten laut gejubelt. Er war zu Hause! Erleichtert blickte er sich um. Alles war noch an seinem Platz, genau so, wie er es verlassen hatte. Sein Bett, die Kommode mit der Waschschüssel, der ausladende Schrank neben dem Fenster, das Porträt von Mama. Das Heimweh, das ihn überfiel, war unermesslich groß. Heimweh in seinem eigenen Zimmer, in dem er sich soeben befand? War er denn verrückt geworden?! Es war besser, nicht zu denken, er musste handeln! Mit raschen Schritten war er bei der Tapetentür, riss sie auf, trat in das Priesterversteck hinein … und dann musste er feststellen, dass etwas nicht an seinem Platz lag. Das Blatt mit der Adresse von Mr. Jennings war verschwunden.

Das war doch nicht möglich! Er hatte niemandem von diesem Versteck erzählt, außer den Damen Porter, und die würden doch nie … Dewary sank auf die Bettkante. Er schüttelte den Kopf. Nein, das waren Hirngespinste! Wieso sollte Lady Portland ihm so übel mitspielen wollen? Oder gar Elizabeth! Nein, es musste jemand anderer hinter dieses Versteck gekommen sein! Schwer stützte er seinen Kopf in die Hände. Was sollte er jetzt tun? Er konnte doch nicht auf gut Glück in den Norden von Hampshire reiten und sich umhören, ob jemand einen Mr. Jennings kannte. Jennings war ein weitverbreiteter Name, es würde Jahre dauern, bis er den Richtigen fand. Wenn er je den Richtigen finden würde!

Dewary sprang auf und begann im Zimmer auf und ab zu gehen. Wütend warf er seinen Reithut in hohem Bogen auf sein Bett zurück. Schließlich sank er auf seinen Lehnsessel, dabei hatte er gar keine Zeit zu sitzen: Sein Plan war gründlich fehlgeschlagen, er musste das Haus verlassen, und zwar so schnell wie möglich! Doch wohin sollte er gehen? Zurück ins Wirtshaus? Und dann? Während er so grübelte, den Kopf wieder in seine Hände gestützt, da vernahm er ein leises Geräusch: Der Schlüssel seiner Zimmertür hatte sich im Schloss gedreht. Nun würde Major Dewary so schnell nirgendwohin gehen.

30. Kapitel

„Was zum Teufel!“ Dewary sprang von seinem Sessel auf und war mit drei großen Schritten an der äußeren Tür. Er ließ jede Vorsicht fahren und rüttelte mit aller Kraft an der Klinke. Doch, es war, wie er es befürchtet hatte, sie war versperrt. Dewary stürzte zum Fenster. Versammelte sich unten bereits die Rotte, um zu ihm heraufzukommen und ihn in Ketten aus dem Haus zu schleifen? Durch den Spalt im Vorhang überblickte er den Vorplatz. Ein Mann ging mit geschultertem Gewehr seine Runden. Anscheinend hatte es sich noch nicht bis zu ihm durchgesprochen, dass der Vogel bereits im Käfig saß. Major Dewary lachte bitter auf. Wie hatte der alte General immer gepredigt? Ziehen Sie in keine Schlacht, ohne dass Sie sich eine Rückzugsmöglichkeit offenhalten. Wie hatte er als umsichtiger Offizier bloß gegen diesen Leitspruch verstoßen können? Allerdings: Er hatte tatsächlich eine Rückzugsmöglichkeit. Und er würde sie nutzen, bevor es zu spät war.

Auf dem Tisch neben dem Bett stand der Leuchter, wie immer bereit, ihm in der Nacht den Weg zu weisen. Er entzündete die Kerze und trug sie vor sich her zu der kleinen Tapetentür. Dann trat er in das Priesterversteck hinein. Es war niedrig und eng, mehr als ein Mann hätte darin keinen Platz gefunden. Er drehte sich um und zog die Tür von innen zu. Nun würde kein unkundiges Auge diesen Eingang von außen entdecken. Bis auf das Flackern der Flamme war es finster um ihn herum. Er hielt den Atem an. Nur jetzt nicht Gefahr laufen, dass die Kerze erlosch. Wie gut, dass es diesen geheimen Weg gab, den Weg in die Freiheit, der in vergangenen Zeiten bereits so manchem geholfen hatte, den Kopf aus der Schlinge zu ziehen. Die schmale Treppe, die er jetzt langsam hochstieg, war steil. Er musste aufpassen, dass er nicht stolperte, denn die einzelnen Stufen waren unterschiedlich hoch. Dichte Spinnweben zeugten anschaulich davon, dass dieser Fluchtweg viele Jahrzehnte lang nicht mehr benutzt worden war. Schon nach kurzer Zeit stand er vor der rettenden Tür, der Tür zum Turmzimmer. Hier würde er die nächsten Stunden abwarten, bis sich alle zur nächtlichen Ruhe begeben hatten. Dann würde er das Haus verlassen und auf Jupiters Rücken das Weite suchen. Ob man ihn wohl schon in seiner Kammer suchte? Hatte man bereits anspannen lassen, um den Friedensrichter, Sir Thomas Streighton zu informieren? Es war nicht anzunehmen, dass dieser sich noch am selben Abend nach Digmore Park bemühen würde. Doch spätestens am nächsten Vormittag würde er mit Sicherheit erscheinen, um den Gefangenen in Gewahrsam zu nehmen. Dewary lachte trocken auf. Bis dahin wäre er längst über alle Berge.

Der Major hatte mit seiner Vermutung recht gehabt. Tatsächlich wurde ein Diener umgehend zu Sir Streighton geschickt, um ihm mitzuteilen, man habe Frederick Michael Dewary in seinem Schlafgemach eingeschlossen. Es hätte Dewary allerdings in Erstaunen versetzt, wenn er gewusst hätte, dass man den Friedensrichter nicht bat, bereits am folgenden Morgen nach Digmore Park zu kommen, sondern ihn ersuchte, noch drei Tage mit seinem Besuch zu warten.

Doch nicht nur die Kutsche mit der Nachricht an den Friedensrichter verließ zu später Stunde die Stallungen von Digmore Park. Zur gleichen Zeit machte sich eine einsame Gestalt auf den Weg durch die Waldungen, einen kleinen Leinensack über der Schulter. Am Waldrand angelangt, blickte die Gestalt suchend von rechts nach links und atmete hörbar auf, als sie das Schnauben eines Pferdes vernahm. Das Bündel wurde über den Sattel geworfen, das Pferd losgebunden, und dann machte sich die Gestalt auf einen weiten Weg. Wenn der Mann gut vorankam und nur kurze Pausen einlegte, dann würde es dennoch mindestens einen ganzen Tag dauern, bis er sein Ziel erreichte. Jupiter begrüßte den ihm vertrauten Reiter mit einem glücklichen Wiehern, und dann schien es, als würde auch er den flotten Ritt durch die abendliche Landschaft genießen.

Das Gefühl, das Elizabeth verspürte, als sie aus einem kurzen, unruhigen Schlaf geweckt wurde, war überwältigend. War sie wirklich schon wach? Oder war das wieder einer der Träume, aus denen sie so ungern gerissen wurde? Und die doch nichts als den schalen Nachgeschmack unerfüllter Hoffnung zurückließen? Nein, es gab keinen Zweifel, das, was hier so überraschend geschah, war Wirklichkeit! Lippen hatten sich zärtlich auf ihren Mund gelegt. Da sie die Augen noch immer geschlossen hielt, hatte sie den Mann, der sie küsste, noch nicht gesehen, und doch wusste sie, wer er war. Lady Bakerfield hatte sie doch nicht etwa im Turmzimmer eingesperrt, um ihr ein Tête-à-Tête mit Major Dewary zu ermöglichen? Hatte er sie etwa darum gebeten? Nein, sie konnte nicht glauben, dass die beiden unter einer Decke steckten! Gewiss war es so, dass er gekommen war, um sie aus dem Turmzimmer zu befreien! Wie der Ritter aus dem Märchen würde er sie vor sich auf den Sattel seines weißen Pferdes setzen und mit ihr in die Nacht hinaus galoppieren, zu seinem Märchenschloss, wo sie beide glücklich werden würden bis ans Ende ihrer Tage! Was für eine traumhafte Vorstellung! Elizabeth verdrängte, dass der Major zwar eine Verlobte, dafür aber kein weißes Pferd sein Eigen nannte und dass sie sich bereits in dem Märchenschloss befanden, in das er sie hätte bringen können. Glücklich schlang sie die Arme um seinen Hals. Als der Prinz spürte, dass die Prinzessin seinen Kuss erwiderte, da stöhnte er kurz auf, zog sie näher an sich, und der Kuss wurde noch um einiges inniger. Gleich würde er ihr seine Liebe gestehen, dachte Prinzessin Elizabeth, die Augen noch immer geschlossen, völlig versunken in dieses unbekannte Hochgefühl. Doch da wurde sie jäh losgelassen und ihr Kopf fiel auf das Kissen zurück. Sie riss die Augen auf.

Auch seine Worte fügten sich so gar nicht in ihr romantisches Traumbild.

„Entschuldigen Sie …", stammelte er, „entschuldigen Sie, Miss Porter, ich wollte Ihnen keinesfalls zu nahe treten! Es war unverzeihlich von mir, Ihre Wehrlosigkeit auszunutzen …"

Unsanft wieder in der Wirklichkeit angekommen, rieb Elizabeth sich die Augen und blickte sich um. Sie war noch im Turmzimmer, an ihrem Bettrand kniete Major Dewary, so wie junge Männer zu knien pflegten, wenn sie der Dame ihres Herzens einen Antrag machten. Doch seine Miene zeigte nichts als Bestürzung. Schade, der Traum hatte Elizabeth so viel besser gefallen. Doch sie war zu stolz, um ihm ihre Enttäuschung auf die Nase zu binden. Schwungvoll setzte sie sich auf und ordnete mit ein paar schnellen Griffen ihre Haare.

„Es ist gut, Major Dewary, wir wollen beide diesen Vorfall vergessen. Es besteht daher kein Anlass, sich über die Maßen in Gewissensbissen zu ergehen."

„Sie sind sehr großzügig, Miss Porter, dennoch war es unverzeihlich von mir, Ihnen meine Nähe aufzuzwingen. Doch Sie sahen so wunderschön aus … als ich Sie hier so unvermutet antraf … Sie lächelten im Schlaf, Miss Porter. Ich konnte einfach nicht anders, ich musste Ihre Lippen küssen."

Diese Worte brachten das zauberhafte Lächeln auf Elizabeths Gesicht zurück, und es war Major Dewary anzumerken, dass es ihm schwerfiel, sie nicht gleich wieder in seine Arme zu nehmen.

„Wir dürfen nicht, ich darf nicht. Ich schwöre, ich gäbe viel darum, dass es anders wäre, doch ich bin ein gebundener Mann. Meine Verlobte erwartet mit Recht die Treue, die zu halten ich ihr geschworen habe."

Er stand auf und setzte sich neben sie aufs Bett. „Was machen Sie eigentlich hier im Turmzimmer, Miss Elizabeth? Hat es Ihnen in Ihrem Gästezimmer nicht gefallen? Wer hat Ihnen den versteckten Eingang gezeigt?"

„Sie wussten gar nicht, dass ich da bin?", stellte Elizabeth mit ehrlichem Erstaunen und mit steigender Enttäuschung fest. „Und ich dachte, Sie seien gekommen, um mich zu retten!"

Seine Miene wurde ernst. „Sie zu retten? Wovor zu retten?"

„Davor, hier jämmerlich zugrunde zu gehen, zu verhungern und zu verdursten!"

Dewary zeigte lachend auf die volle Obstschüssel. „Nach Verhungern sieht mir das nicht gerade aus. Außerdem können Sie jederzeit hinunter ins Speisezimmer gehen und die Dienerschaft nach etwas zu essen fragen." Er zog seine Taschenuhr aus der linken Hosentasche. „Was mich daran erinnert, dass soeben das Abendessen stattfindet. Wird man es nicht etwas seltsam finden, wenn Sie nicht daran teilnehmen?"

„Das wird man mit Sicherheit." Elizabeth seufzte. „Hoffentlich komme ich wenigstens noch rechtzeitig zum Dessert ins Speisezimmer! Meine Mutter hat sehr freigeistige Ansichten, Major, doch Unpünktlichkeit kann sie auf den Tod nicht ausstehen."

Dewary, der ihren Worten nicht ganz hatte folgen können, ging zur Tür hinüber. Er rüttelte an der Klinke, doch auch diese Tür war abgesperrt.

„Man hat Sie also tatsächlich hier oben im Turmzimmer eingeschlossen?", vergewisserte er sich ungläubig.

„Ja natürlich, und ich dachte, Sie hätten die Tür wieder aufgesperrt. Wie um alles in der Welt sind Sie dann hier hineingelangt?"

Dewary ging zu der Wand, die dem Eingang gegenüberlag. Er gab der Tapete ganz außen am linken Rand einen leichten Schubs, worauf sich eine kleine Tür öffnete und den Blick auf eine dunkle Treppe freigab.

Elizabeth war ihm gefolgt. „Wohin führt denn diese Treppe nun schon wieder? Dieses Haus verfügt über mehr Geheimtreppen als alle anderen Häuser, in denen ich bisher zu Gast war, zusammen!" Sie warf einen neugierigen Blick in das dunkle Loch hinter der Tapetentür.

„Hier geht es zu meinem Zimmer hinunter, Miss Porter. Falls Sie aber hoffen, Sie könnten auf diese Weise Ihr Gefängnis verlassen, muss ich Sie leider enttäuschen. Denn auch ich bin eingeschlossen worden. In meinem eigenen Zimmer!"

„Aber ich habe das Zimmer doch eigens für Sie aufgesperrt ..."

Das Lächeln, das er ihr schenkte, war überaus liebevoll. „Ja, ich weiß, und ich bin Ihnen auch zu großem Dank verpflichtet. Leider habe ich vergessen, den Schlüssel abzuziehen, als ich mich in mein Zimmer geschlichen habe ..."

„Haben Sie eine Vorstellung, wer das war?"

Dewary schüttelte den Kopf. „Es ist mir ein Rätsel, ich vermute aber, es war dieselbe Person, die den Mordvorwurf gegen mich in den Raum gestellt hat."

Elizabeth überlegte. Die Dinge entwickelten sich so gänzlich anders, als sie es geplant hatten. „Sie haben doch vom Friedensrichter nichts mehr zu befürchten!", fiel ihr schließlich ein. „Sie zeigen ihm einfach die Adresse von Mr. Jennings, die sie aus Ihrem Geheimgang geholt haben. Ich bin sicher, dass er seine Leute umgehend ausschickt, um den Kammerdiener herzuholen. Also brauchen Sie nichts weiter als etwas Geduld, und schon wird sich Ihre Unschuld herausstellen."

Sie blickte ihn so strahlend an, dass es ihm schwerfiel, ihre Hoffnungen zunichtezumachen.

„Die Adresse ist verschwunden!", sagte er betrübt.

„Was heißt das, verschwunden? Sie hatten sie doch gut versteckt ..."

Er nickte. „Dennoch, sie ist weg."

Sie wurde bleich, und er schalt sich dafür, dass er, wenn auch nur kurz, den Verdacht gehegt hatte, sie habe etwas mit dem Verschwinden der Adresse zu schaffen. Dann sanken sie in trauter Einigkeit auf die Bettkante zurück. Jeder hing einen Moment seinen düsteren Gedanken nach. Wie sollte Dewary je seine Unschuld beweisen, wenn das einzige Beweismittel verschwunden war?

„Denken Sie, es war dieselbe Person, die uns beide eingesperrt hat?"

Er zuckte mit den Achseln. „Ich weiß es nicht. Haben Sie etwa gesehen, wer Sie ins Turmzimmer sperrte? Wie sind Sie überhaupt hierhergekommen?"

„Lady Bakerfield hat mich unter einem Vorwand ins Turmzimmer gelockt. Und ich war neugierig genug, ihr durch die geheimnisvolle Tapetentür zu folgen."

„Lady Bakerfield? Ich muss sagen, langsam bin ich wirklich neugierig auf die Frau, die Edward da angeschleppt hat. Mir scheint, die Dame hat äußerst sonderbare Vorlieben!"

„Sie meinen, es sei eine Vorliebe von ihr, Leute in Zimmern einzusperren?"

Dewary hob kurz die Schultern. „Hatten Sie Streit mit Mylady? Können Sie sich einen Grund vorstellen, warum sie Sie aus dem Weg haben wollte?"

Elizabeth zog die Stirn kraus und schüttelte dann den Kopf. „Nein, da fällt mir nicht das Geringste ein. Lady Bakerfield ist zwar ein reichlich launenhaftes Geschöpf, und ihr Umgang mit der Dienerschaft ist geprägt von Hochmut und Standesdünkel. Gegenüber Mama und mir hat sie es bisher jedoch nur selten an der gebotenen Höflichkeit fehlen lassen. Im Gegenteil, sie hat uns wiederholt versichert, wie glücklich sie sei, uns als ihre Gäste hier zu haben."

„Sie als ihre Gäste zu haben?! Aber Sie sind doch Gäste von Digmore Park, nicht von Lady Bakerfield!"

„Das, mein lieber Major Dewary, ist für Lady Bakerfield ein und dasselbe!"

Er sah sie mit großen Augen an, sagte jedoch kein Wort darauf. Es war höchste Zeit, wieder seinen angestammten Platz im Haus einzunehmen. Hier lief derzeit offensichtlich nichts so, wie es sich geziemte. Edward ging anscheinend fest davon aus, dass Digmore Park ihm in Bälde gehörte. Nun, da würde er ihm einen Strich durch die Rechnung machen. Sobald er frei wäre, würde er heiraten und für Nachkommen sorgen. Und dann wäre Edward ein für alle Mal aus dem Rennen!

„Ich vermute, dass es mein Cousin Edward war, der mich hier eingeschlossen hat. Und sicher hat er auch bereits seinen Burschen zum Friedensrichter geschickt, um ihn herzuholen."

Doch hier irrte Major Dewary. Im Gegenteil, sein Cousin Edward war außer sich, als man ihm mitteilte, dass ein Diener schon unterwegs war zum Haus von Sir Thomas Streighton.

31. Kapitel

Das Dinner hatte mit einer kleinen Verspätung begonnen, und die Stimmung, die bei Tisch herrschte, unterschied sich von der der letzten Abende doch ganz erheblich. Lady Portland hatte um kurz nach sechs etwas außer Atem das Speisezimmer betreten. „Ich bitte vielmals um Entschuldigung, Mylady“, hatte sie ausgerufen, „meine Tochter wird sich wohl etwas verspäten …“ Sie verstummte, als sie nach einem Blick durch den Raum festgestellt hatte, dass Lady Bakerfield ebenfalls nicht zugegen war. Seine Lordschaft hatte sich vom Platz des Hausherrn am Kopf der Tafel erhoben und kam zu ihr hinüber, um sie zu Tisch zu geleiten.

„Was ist mit Ihrer Tochter, Lady Portland? Ich hoffe, es ist keine ernsthafte Unpässlichkeit …“

Er schob ihr den Stuhl zurecht, und ihre Ladyschaft nahm Platz.

„Ich bin völlig ratlos, Mylord, wenn ich ehrlich sein soll. Ich komme eben von ihrem Zimmer, und meine Tochter war nicht da! Was soll ich davon nur halten? Elizabeth weiß, dass ich Unpünktlichkeit beim Abendessen keinesfalls dulde!“ Sie blickte sich um. „Apropos, Ihre Gattin ist auch noch nicht hier.“

Mylord runzelte die Stirn. „Das ist richtig, Lady Portland, und gibt auch mir Anlass zu gewisser Sorge. Dennoch, wir wollen nicht zu schwarz malen. Vielleicht sind die beiden jungen Damen ausgeritten und haben nicht auf die Uhr geachtet. Das kann einmal vorkommen …“

Die Türe öffnete sich, und zumindest seine Lordschaft hatte nicht mehr länger Grund zur Sorge. Beschwingten

Schrittes betrat seine Gemahlin den Raum. Sie hatte ihr Lieblingskleid aus zartem violettem Musselin angezogen, die gehäkelten Spitzen des hochgeschlossenen Kragens umschmeichelten ihr herzförmiges Gesicht. Mehr Locken als sonst hatten sich aus den aufgesteckten Haaren gelöst und ringelten sich nun vorwitzig an den Schläfen. Mylady war allerbester Laune.

„Ich wünsche allerseits einen wunderschönen guten Abend!"

Sie trat zum Tisch, um sich gegenüber von Lady Portland niederzulassen, und gab dem wartenden Diener das Zeichen, mit dem Auftragen der Speisen zu beginnen.

Ihr Gegenüber betrachtete prüfend Myladys ungewöhnliche Frisur. „Was ist denn mit Ihren Haaren geschehen, meine Liebe?"

Lady Bakerfield zuckte zusammen. Ihre Zofe! Sie war ohnehin schon zu spät in ihr Zimmer zurückgekehrt, und dann hatte das dumme Ding so lange gebraucht, ihr ins Kleid zu helfen. Es war keine Zeit mehr gewesen, sich noch mit den Haaren aufzuhalten. Bei einem raschen Blick in den Spiegel hatte sie an der Frisur nichts auszusetzen gehabt. Hilfe, was machte Lady Portland denn da? Der Dame war es anscheinend nicht zu dumm, sich so weit über den Tisch zu beugen, dass sie an ihre Locken langen konnte.

„Sind das etwa … Spinnweben?"

Lady Bakerfield lachte auf. Das Lachen war zu laut und zu gekünstelt, als dass sie ihren Mann und ihren Gast hätte täuschen können. „Natürlich sind das Spinnweben!", rief sie aus. „Das ist der letzte Schrei in London. Haben Sie davon noch nichts gehört?"

„Tatsächlich?" Lady Portlands Tonfall war nichts als höfliches Interesse, doch die skeptisch erhobene Augenbraue und der spöttisch verzogene Mund sprachen eine andere Sprache.

„Papperlapapp!", rief seine Lordschaft. „Was erzählst

du denn da für Geschichten, Louise? Wo bist du gewesen, wie kommen die Spinnweben in dein Haar?"

Mylady suchte Zuflucht im Schmollen. „Es ist nicht nett von dir, mein Lieber, mich vor unserem Gast bloßzustellen, gar nicht nett. Gerade so, als könnte ich etwas für die Versäumnisse des Personals ..." Sie wandte sich an Lady Portland. „Ich vermisse Ihre liebe Tochter. Ist sie heute nicht an Ihrer Seite, Mylady? Sie fühlt sich doch nicht etwa krank?"

Während die Diener die Speisen auftrugen, erging sich die Tischgesellschaft in Mutmaßungen darüber, wo Elizabeth sein konnte. Lady Portland tat wiederholt ihre große Sorge über das Verschwinden ihrer Tochter kund. Lady Bakerfield versprach, den Keller absuchen zu lassen, vielleicht hatte sich Miss Porter ja dorthin verirrt? Lord Bakerfield schickte einen Lakaien zu den Stallungen, um festzustellen, ob ein Pferd fehlte. Und obwohl Lady Portland immer wieder ihr Taschentuch an die Augenwinkel führte, hatte sich das Fernbleiben ihrer Tochter von der Dinnertafel offensichtlich nicht auf ihren Appetit ausgewirkt. Sie lobte die Küche und genoss das zarte Fleisch der gebratenen Wachteln ebenso sehr wie das exquisite Fruchtdessert.

Der Butler trat ein. Er wies die anderen Diener mit einer Handbewegung an, den Raum zu verlassen, bevor er sich räusperte, um sich bemerkbar zu machen. Die drei blickten ihm überrascht, doch auch erwartungsvoll entgegen. Mr. Richards schlug die Hacken zusammen, hielt sich noch gerader als sonst und verkündete mit theatralischem Tonfall, gerade so, als würde er das Kommen seiner königlichen Hoheit, des Prinzregenten, ankündigen: „Es ist mir eine große Freude und Ehre, Sie darüber in Kenntnis zu setzen, dass Major Frederick Michael Dewary, der Sohn unseres verehrten Hausherrn, des Earl of Digmore, heute Abend nach Hause zurückgekehrt ist."

Diese so elegant vorgebrachte Neuigkeit zeitigte bei den

Herrschaften rund um die Dinnertafel ganz unterschiedliche Wirkungen.

Lady Portland, die eben dabei war, einen reifen Pfirsich zu schälen, hielt in der Bewegung inne. „Oh, wie wunderbar! Es ist mir eine große Freude, den Sohn meiner Freundin kennenzulernen, die leider viel zu früh …"

Lord Bakerfield fiel ihr ins Wort. „Was soll das heißen, er ist nach Hause zurückgekehrt?"

„Ist er etwa noch am Leben?" Lady Bakerfields Stimme überschlug sich fast vor Aufregung.

Lady Portland ließ den Pfirsich fallen.

„Louise!" Lord Bakerfield schüttelte mahnend den Kopf.

„Ich meinte natürlich, er ist doch noch am Leben!", beeilte sich Mylady zu versichern. „Du weißt doch, mein Lieber, wie wenig ich den Burschen da draußen vor unserem Haus traue. Es hätte ja sein können, dass einer Dewary für einen Einbrecher gehalten und sich ein Schuss aus seinem Gewehr gelöst hätte. Ich wollte nur sichergehen, dass sich dein Cousin gesund und munter in seinem Elternhaus eingefunden hat, das ist alles."

„Da kann ich Sie mit Freuden beruhigen, Mylady. Der Major ist wohlauf!", meldete sich nun erneut der Butler zu Wort.

Seine Lordschaft war aufgestanden und hatte seine Serviette neben den Teller auf den Tisch gelegt. Nun schnappte er sich das Gewehr, das wie immer griffbereit an der Anrichte lehnte.

„Worauf warten Sie noch, Richards, bringen Sie mich sofort zu meinem Vetter. Wenn mich die Damen bitte entschuldigen wollen. Ich möchte mich mit meinen eigenen Augen davon überzeugen …"

Er wollte schon am Butler vorbei in die Halle hinaustreten, als dessen nächste Worte ihn im Schritt verharren ließen. „Es ist leider nicht möglich, Sie zu ihm vorzulassen, Mylord. Der Major befindet sich auf seinem Zimmer, und es wurde sichergestellt, dass er es nicht verlassen kann, bis der Friedensrichter eingetroffen ist."

„Wovon sprechen Sie um Himmels willen?"

„Davon, dass das Zimmer des Majors versperrt wurde und Tag und Nacht von einem Wachposten im Auge behalten wird."

Lord Bakerfield fuhr auf. „Sind Sie noch ganz bei Trost, Richards? Das geschah gegen meinen ausdrücklichen Wunsch! Lassen Sie meinen Cousin umgehend frei!"

Der Butler war sichtlich wenig erfreut, dass man in solch einem harschen Ton mit ihm sprach. „Ich bedaure, das wird nicht möglich sein, Sir!"

Lord Bakerfield kniff die Augen zusammen. „Wer hat den Zimmerarrest angeordnet?"

„Mit Verlaub, Sir, das war Lord Digmore persönlich!"

Mit Genugtuung stellte Mr. Richards fest, dass Lord Bakerfield erbleichte und für einen Moment zum Schweigen gebracht war.

„Es ist ein Mann von Sir Thomas Streighton, der vor der Tür Wache steht, Mylord. Ihn von dieser Aufgabe abzubringen liegt außerhalb meiner Macht. Seine Lordschaft hat im Übrigen angeordnet, dass alle anderen Burschen, die das Anwesen belagern, unverzüglich nach Hause zurückkehren müssen."

Ganz so, als ahnte er nichts von dem heranbrausenden Protest, ging er zum Tisch hinüber und rückte ein ovales Silbertablett in Lady Portlands Nähe. „Versuchen Sie doch etwas von diesem köstlichen Mandelkuchen, Mylady, er ist die Spezialität unserer Köchin."

„Alle Burschen? Hat er wirklich befohlen, *alle* Burschen zurückzuschicken? Das kann doch nicht sein Ernst sein! Ich denke gar nicht daran …"

„Louise! Was ist denn heute mit dir los? Es ist das gute Recht meines Onkels, hier auf seinem Grund und Boden Befehle zu erteilen, wie es ihm beliebt!"

„Ja bitte, ich würde ausgesprochen gern ein Stückchen Mandelkuchen probieren", erwiderte Lady Portland gänzlich ungerührt, so als habe sie von dem ehelichen Wortwechsel nichts mitbekommen. Und dann widmete sie ihre volle Aufmerksamkeit den Köstlichkeiten, die vor ihr auf dem Teller lagen. Wäre Elizabeth hier gewesen, sie hätte bemerkt, dass Mama das Geschehen im Speisezimmer sehr wohl genau verfolgte. Und wahrscheinlich hätte sie sich über das stille Vergnügen gewundert, das Mylady dabei offensichtlich empfand und das von Minute zu Minute größer wurde.

„Aber ich lass mir doch nicht verbieten, meinen Stallknecht in meiner Nähe zu haben. Shiffton muss bleiben!"

„Ich gehe hinauf zu Fredericks Zimmer und werde Einlass begehren!", verkündete seine Lordschaft, ohne auf die Worte seiner Frau einzugehen. „Und dann werden wir ja sehen, ob man mich nicht vorlässt." Damit verließ er grußlos den Raum.

„Weil wir immer alles so machen müssen, wie seine greise Lordschaft sich das in den Kopf gesetzt hat", murmelte Lady Bakerfield und setzte kaum hörbar hinzu: „Wenn es nach mir gegangen wäre, dann wäre die ganze Sache schon längst erledigt." Und dann knallte auch sie ihre Serviette auf den Tisch und eilte aus dem Zimmer.

Lady Portlands Blick folgte ihr kopfschüttelnd.

Rasch stellte sich heraus, dass Lord Bakerfield bei seinem Vorhaben keinen Erfolg hatte. Der Wachposten war ein derber, untersetzter Bauernbursche, der sich weder von der Entrüstung seiner Lordschaft noch von dessen ungehaltenem Tonfall auch nur im Geringsten beeindrucken ließ.

„Tu nur meine Pflicht, Euer Gnaden, tu nur meine Pflicht", war alles, was er immer wieder von sich gab. „Tu nur meine Pflicht, Euer Gnaden, tu nur meine Pflicht."

Lord Bakerfield versuchte es mit Schmeicheleien und schließlich mit Bestechung. Doch auch das brachte ihn nicht weiter.

„Tu nur meine Pflicht, Euer Gnaden, tu nur meine Pflicht."

Am Ende gab Lord Bakerfield auf.

Auf dem Weg zurück ins Speisezimmer kam er an den Räumen des Hausherrn vorbei. Es konnte nicht schaden, mit seinem Onkel ein paar ernste Worte zu wechseln. Es war Zeit, dass sich dieser seine Sicht der Dinge anhörte, und sicher hätte er dann nichts dagegen einzuwenden, wenn er sich mit seinem Cousin unter vier Augen unterhielt. Er hieb ein paarmal laut gegen die Tür. Es dauerte geraume Zeit, bis James ihm öffnete.

„Sagen Sie meinem Onkel Bescheid, dass ich dringend mit ihm sprechen muss!"

Doch auch hier hatte Lord Bakerfield kein Glück. Der Hausherr sei durch die Ereignisse des Tages echauffiert und nicht imstande, sich den Mühen einer Unterhaltung auszusetzen.

„Aber ich bin sein Neffe! Ein Gespräch mit mir wird den alten Herrn schon nicht zu sehr anstrengen!"

„Bedaure, Sir!"

Auf der Treppe wurden leichte Schritte hörbar, und während Lord Bakerfield überlegte, wie er den Kammerdiener seines Onkels doch noch umstimmen könnte, bog seine Gattin in den linken Flügel ein. Ihrem freundlichen Lächeln nach war sie bereits wieder bester Laune. Wie machte sie das nur? Wut und mädchenhafter Liebreiz wechselten bei ihr in Sekundenschnelle. Wenn er sich ärgerte, dann hielt der Ärger immer viel länger an.

„Ach, da bist du ja, mein Lieber. Ich habe den Abendtee für deinen lieben Onkel gebracht. Ich denke, nach den Aufregungen der letzten Stunden wird ihm das heiße Getränk besonders guttun. Er wird ihn beruhigen ..."

Sie streckte ihre Rechte aus, um dem wartenden James wie jeden Abend das kleine Silbertablett zu übergeben, doch heute griff ihr Mann danach.

„Gib mir den Tee! Wenn er wirklich beruhigend wirkt, so kann ich ihn gut gebrauchen. Du kannst aus der Küche …"

„Wirst du wohl die Finger von der Kanne lassen!" Myladys Stimme war so schroff, dass seine Hand erschrocken zurückzuckte. Es fehlte nicht viel, und seine Gattin hätte ihm auf die Finger geschlagen!

„Wie kannst du nur so selbstsüchtig sein! Der Tee ist einzig und allein für deinen Onkel bestimmt. James, bitte bringen Sie die Kanne zu Ihrem Herrn!"

An diesem Abend gab es den ersten handfesten Krach zwischen den Eheleuten Bakerfield. Dabei stritten sie so laut, dass der heimliche Lauscher vor ihrem Zimmer nicht einmal das Ohr an das Türblatt legen musste, um jedes Wort genau zu verstehen. Und er war zufrieden mit dem, was er hörte.

Als die Nacht hereingebrochen und die dünne Sichel des abnehmenden Mondes über den hohen Baumwipfeln von Digmore Park aufgegangen war, verabschiedete sich Major Dewary von Elizabeth, um sich in sein Schlafgemach zurückzuziehen.

„Ich verstehe nicht, dass man mich noch immer nicht gefunden hat! Ich bin mir sicher, meine Mutter hat alles Erdenkliche getan, um mein Versteck aufzuspüren."

Wenn man wenigstens die Fenster hätte öffnen können, sie hätte sich bei den Wachleuten vor dem Haus bemerkbar machen können. Sicher hätten sie sie aus ihrer misslichen Lage befreit. Sie ging zur Tapetentür hinüber und trommelte mit aller Kraft dagegen. Leider hatte es nicht den geringsten Erfolg. „Hier bin ich! Hilfe! Mama!"

Doch so sehr sie auch schrie und trommelte, ihre Bemühungen zeitigten dasselbe Ergebnis wie am Nachmittag: nämlich keines. Als sie ein unterdrücktes Lachen hörte, wandte sie sich mit einem Ruck um. „Unterstehen Sie sich, mich auszulachen!"

Sie stürzte zu Dewary hinüber und trommelte nun anstatt auf die Tapetentür gegen seinen Brustkorb. Er hielt ihre Hände fest, ohne jedoch mit dem Lachen aufzuhören.

„Wenn du wüsstest, wie komisch das ausgesehen hat, meine Liebe", brachte er mühsam hervor.

Elizabeth wehrte sich zwar im ersten Moment dagegen, doch dann fiel sie in sein Lachen ein. Und dann konnten sie beide nicht anders, sie mussten sich einfach wieder küssen. Und je mehr sie sich küssten, in desto weitere Ferne rückte seine Verlobte und desto weniger dringend wollten sie aus dem Turmzimmer befreit werden. Andererseits: Es war ausgeschlossen, dass sie die Nacht im selben Zimmer verbrachten. Elizabeths guter Ruf war so schon in größter Gefahr. Dennoch fiel es keinem von beiden leicht, sich voneinander zu lösen.

„Schlaf gut, meine Liebe, und sorge dich nicht! Ich bin mir sicher, dass man spätestens morgen dein Gefängnis entdeckt."

Dewary gab Elizabeth einen kleinen Abschiedskuss auf die Stirn und stieg, nachdem er heldenhaft abgelehnt hatte, sich vom einladenden Obstkorb zu bedienen, die dunkle Treppe in sein Zimmer zurück. Sein Magen knurrte, hatte er doch seit dem Mittagessen nichts mehr gegessen. Aber er wollte keinesfalls schuld daran sein, dass seine Liebste hungrig zu Bett gehen musste! Es war schon schlimm genug, dass sie von dieser seltsamen Frau eingesperrt worden war. Was hatte sich Edwards Gattin nur dabei gedacht? Warum griff Vater nicht ein? Ging es ihm wirklich so schlecht? War seine Lordschaft noch klar im Kopf? Sicher würde er sich an das Turmzimmer erinnern, und Elizabeths Befreiung war nur mehr eine Frage von Stunden. Doch was wurde dann aus ihm? Als er durch die Tapetentür trat, war sein Zimmer fast so dunkel wie der Weg dorthin. Doch das fahle Licht des Mondes leuchtete auf den Tisch neben der Tür, und seine Augen weiteten sich vor Erstaunen, als er entdeckte, was dort stand.

Mit einem Satz war er an der äußeren Tür, rüttelte an der Klinke, doch sie war nach wie vor verschlossen. Er zündete alle Kerzen an, die er finden konnte, und nahm den Tisch neben der Tür genau in Augenschein: Kalter Braten stand für ihn bereit, und unter einer silbernen Haube befanden sich gebratene Wachteln und gekochtes Gemüse. Eine große Schüssel von seinem heiß geliebten Birnenkompott war die Krönung des Mahls. Wie war es nur in sein Zimmer gelangt? Was hatte man sich wohl gedacht, als man ihn hier nicht vorfand?

Dewary stemmte seine Arme in die Hüften und schüttelte seufzend den Kopf. Welchen Sinn hatte es, über Fragen zu grübeln, auf die es keine Antworten gab? Außerdem gab es Wichtigeres zu tun. Ohne lange nachzudenken, trat er wieder durch die Tapetentür, und die Kerze wies ihm den Weg nach oben. Ob der strenge Sittenkodex bei derart ungewöhnlichen Umständen eine Ausnahme vorsah? Durfte eine unverheiratete junge Dame, wenn sie sich in Gefangenschaft befand, das Zimmer eines Mannes in derselben Lage betreten, ohne dass ihr Ruf ein für alle Mal beschädigt wäre? Er würde die Entscheidung Elizabeth überlassen. Wenn sie sich weigerte, ihm Gesellschaft zu leisten, dann würde er eben die silbernen Platten die Treppe hinauf ins Turmzimmer tragen.

Doch Elizabeth war viel zu überrascht und glücklich, ihn wiederzusehen, als dass sie sich durch Skrupel von einem gemeinsamen Abendessen mit dem Mann ihres Herzens abhalten lassen wollte. Wenn ihr heute Nachmittag jemand prophezeit hätte, dass der Augenblick kommen würde, in dem sie Lady Bakerfield zu Dank verpflichtet war, sie hätte ihn für verrückt erklärt. Und dennoch war es die Wahrheit. Hätte Mylady sie nicht ins Turmzimmer gesperrt, dann hätte Dewary sie wohl nie geküsst. Er hätte aus Pflichtgefühl seine Verlobte geheiratet, und sie hätte ihm ihr ganzes Leben nachgeweint.

Doch nun saß sie da in Dewarys Zimmer an einem liebevoll gedeckten Tisch. Das Licht des Mondes schien auf sein Gesicht, und sie lächelte ihm zu, ein Lächeln, das sofort erwidert wurde. Natürlich, noch stand nicht fest, dass der Major seine Verlobte nicht zum Traualtar führen würde, trotz allem, was zwischen ihnen geschehen war. Doch daran wollte Elizabeth nicht denken. Dewary schenkte Rotwein ein und reichte ihr das Glas. Das Kerzenlicht brach sich tausendfach im geschliffenen Kristall. Und dann sagte er die Worte, die ihn selbst überraschten und die er doch aus ganzem Herzen so meinte.

„Auf unsere Liebe, Elizabeth. Und darauf, dass unsere Gefangenschaft ein gutes Ende nimmt!"

32. Kapitel

Das Schachbrett stand unberührt auf dem Tisch, wie bereits an den Nachmittagen zuvor. Lord Digmore war ans Fenster getreten und schob mit dem Zeigefinger den Vorhang ein Stück zur Seite. Der Vorplatz lag ruhig und friedlich in der abendlichen Sonne.

„Wenn Sie wüssten, wie befreiend es für mich ist, dass die Wachen abgezogen sind." Kurz pressten sich seine Lippen zu einem schmalen Strich zusammen. „Freund und Feind waren kaum zu unterscheiden."

Lady Portland blickte ratlos zu ihm hinüber. „Wie soll ich das verstehen, Mylord?"

„Haben Sie sich nie gefragt, warum es so viele Burschen waren, die Digmore Park bewachten, Mylady?"

Lady Portland wäre nie auf die Idee gekommen, sich eine solche Frage zu stellen, doch sie war viel zu klug, das zuzugeben.

„Irgendjemand hat das böse Gerücht in Umlauf gesetzt, dass auf Dewary ein Kopfgeld ausgesetzt wurde", setzte Lord Digmore fort, „stellen Sie sich das vor! Man solle ihn fangen, tot oder lebendig! Zuerst waren nur zwei Männer des Friedensrichters als Wachen abgestellt, doch mit der Zeit trieb sich hier eine Vielzahl anderer Burschen herum, die sich alle das Schandgeld sichern wollten. Also wurde wiederum die Zahl der Bewaffneten verstärkt, um Frederick zu schützen."

„Warum haben Sie die Leute nicht weggeschickt? Es ist doch Ihr Grund und Boden!"

Mylord kratzte sich nachdenklich am Hinterkopf. „Das hätte ich gern getan, glauben Sie mir. Doch wie hätte das ausgesehen? Hätten böse Zungen nicht behauptet, ich wollte meinen Sohn hier im Haus seiner Väter verstecken, damit er der gerechten Strafe entgeht?“

Mylady schenkte ihm ein warmes Lächeln. „Wie klug Sie sind! Wenn Sie wüssten, wie sehr ich Sie für Ihren Weitblick bewundere!“

Ihre Worte vertrieben die grauen Schatten aus seinem Gesicht. Mit ein paar Schritten war er an ihrer Seite, setzte sich neben sie aufs Sofa und ergriff ihre Hand – eine Geste der Vertrautheit, die ihnen in den letzten beiden Tagen bereits zur lieben Gewohnheit geworden war.

„Würdest du mir die Freude machen, mich John zu nennen? Da du meine verstorbene Frau so gut gekannt hast, wird niemand daran Anstoß nehmen, denke ich.“

„Das mache ich liebend gern ... John! Wenn du mich dafür Margret nennst.“ Mylady errötete wie ein Schulmädchen, und es war lange her, dass sich seine Lordschaft so jung gefühlt hatte wie in diesem Augenblick. Ob er es wagen sollte, sie in den Arm zu nehmen? Nein, das wäre wohl etwas aufdringlich.

„Wo du soeben von Weitsicht und Klugheit sprachst, meine Liebe, so kann ich diese beiden Eigenschaften auch an dir nicht genug bewundern. Hättest du dich nicht damit einverstanden erklärt, dass deine Tochter meinem Sohn Gesellschaft leistet, wer weiß, zu welchen Dummheiten Dewary fähig gewesen wäre ...“

Mylady hatte soeben zu ihrem Tee gegriffen. „Ich bete zu Gott, wir tun das Richtige, John!“ Ihre Hand zitterte leicht, als sie die Tasse zu den Lippen führte. Mylord legte ihr beschwichtigend seine Rechte auf den Unterarm. „Mein Sohn ist ein Ehrenmann, Margret, es besteht in dieser Hinsicht keinerlei Grund zur Sorge. Dennoch kann ich dir nicht genug für dein Vertrauen danken, meinem ungewöhnlichen Plan zuzustimmen.“ Sein Lächeln war so liebevoll, dass sie abermals errötete.

„Wir sind schließlich nach Digmore Park gekommen, um dem Major zu helfen", sagte sie, „daher ist es selbstverständlich, dass ich tue, was du für richtig hältst, mein lieber John." Es war offensichtlich, dass ihn auch diese Worte zutiefst erfreuten.

„Allerdings", setzte Mylady fort, „wenn jemand davon erfährt, dass wir es zulassen, dass sich ein heiratsfähiges Mädchen ohne Anstandsdame in Gesellschaft eines unverheirateten Mannes aufhält, dann sind dein und mein Ruf ruiniert!"

Lord Digmore war bemüht, ihre Befürchtungen zu zerstreuen. „Wer soll denn davon erfahren? Für die Bediensteten lege ich die Hand ins Feuer, und wenn alles so abläuft, wie wir das geplant haben, dann werden Edward und dieses unmögliche Ding, das er geheiratet hat, nie Wind davon bekommen!"

Ihr kleines Seufzen zeigte, dass er sie nicht ganz überzeugen konnte. „Dein Wort in Gottes Ohr! Ich werde den beiden also weiterhin die ahnungslose Mutter vorspielen, die in Sorge um ihr verschwundenes Kind schier vergeht! Dabei will ich mir gar nicht ausmalen, wie mir zumute wäre, wüsste ich tatsächlich nicht, wo Lizzy sich aufhält. Wie kamst du bloß auf die glänzende Idee, diese … diese Lady Bakerfield von deinem Diener beschatten zu lassen?"

Er besann sich einen Moment, bevor er antwortete: „Wir wollen es angeborene Vorsicht nennen. Die Dame ist hier aus dem Nichts aufgetaucht. Ich sah sie und wusste sofort, dass etwas nicht stimmt."

Mylady hob die Teekanne und hielt sie ihrem Gastgeber einladend entgegen. „Darf ich noch etwas nachgießen?"

Er nickte lächelnd. „Du weißt gar nicht, wie schön es ist, wieder von weiblicher Hand umsorgt zu werden, Mylady! Wie habe ich dies in den letzten Jahren vermisst!"

Lady Portland erwiderte dieses Lächeln nur zu gern und

setzte dann mit einem schelmischen Blick hinzu: „Aber du wirst doch umsorgt, Sir. Wie ich höre, bringt Lady Bakerfield jeden Abend Beruhigungstee an die Zimmertür."

„Sie prahlt damit, ja? Was für eine ... ungewöhnliche Frau. Bislang war ich mehr als einmal froh darüber, meinen Kammerdiener beauftragt zu haben, sie im Auge zu behalten."

„Ich war so überrascht, als James uns mitteilte, Mylady würde heimlich Brot und Obst ins Turmzimmer tragen, kaum, dass wir die Adresse von Mr. Jennings geholt hatten! Du jedoch hast sicher sofort geahnt, was sie vorhatte ..."

Lord Digmore schüttelte den Kopf, während er dachte: Ich hatte den Verdacht, sie würde das Zimmer für sich und ihren Liebhaber herrichten. Doch es war ein Ding der Unmöglichkeit, so einen Gedanken vor einer Lady auch nur anzudeuten, also sagte er: „Nein, ich muss deine hohen Erwartungen leider enttäuschen, ich hatte nicht die geringste Ahnung."

„Wie hat sie bloß herausgefunden, dass Elizabeth und der Major sich kennen?"

Ihr Gegenüber zuckte mit den Schultern. „Wie auch immer das geschah, sie hat deine Tochter anscheinend eingesperrt, um Frederick hierherzulocken. Dewary kam noch am selben Abend. Sicher fühlt sich das dumme Ding jetzt bestätigt."

„Aber der Entschluss des Majors, sich ins Haus zu schleichen, stand doch schon vorher fest!"

Wieder trafen sich ihre Blicke. „Ja, aber das wusste Lady Bakerfield doch nicht! Du ahnst gar nicht, wie sehr du mir damit geholfen hast, mich in Fredericks geheimes Vorhaben einzuweihen! Und wie froh ich bin, dass ihm deine Tochter Gesellschaft leistet ..."

„Natürlich ist Elizabeth ein vernünftiges Mädchen. Manchmal sogar etwas zu vernünftig für meinen Geschmack. Aber meinst du wirklich, ihre Anwesenheit ist notwendig, damit dein Sohn nicht auf dumme Gedanken kommt?"

Seine Lordschaft nickte. „Wäre Dewary allein eingesperrt auf seinem Zimmer, er würde bestimmt auf die haarsträubende Idee verfallen, einen Fluchtversuch zu unternehmen und aus dem Fenster zu springen!"

Mylady schlug erschrocken die Arme vor der Brust zusammen. „Nein, da ist es besser, Elizabeth ist bei ihm. Ich kann nicht zulassen, dass sich dein Sohn den Tod holt!"

Ihr Gegenüber verbeugte sich. „Margret, ich stehe tief in deiner Schuld."

33. Kapitel

Drei Nächte kamen und gingen, ebenso die nächsten beiden Tage. Dewary hatte in seinem Zimmer Spielkarten gefunden, und er unterrichtete Elizabeth im Schachspiel. Sie lasen sich gegenseitig aus einem Buch über griechische Mythologie vor, das seit seinen Schultagen im Regal verstaubte. Und sie versuchten einander unter viel Gelächter mit Kohlestiften zu porträtieren. Nie bekamen sie jemanden zu Gesicht. Manchmal hörten sie Stimmen. Und am ersten Tag hatte jemand an Dewarys Tür getrommelt. Seither war es jedoch ruhig geblieben.

Als Elizabeth am dritten Tage erwachte und die Tür zum Turmzimmer noch immer versperrt war, wurde sie äußerst unruhig. Es war schön, mit Dewary in trauter Zweisamkeit die Tage zu verbringen. Sie hatten sich viel aus ihrem Leben erzählt, ihre Träume, ihre Ängste, ihre Hoffnungen, ihre Pläne für die Zukunft. Doch so schön dies auch war und so eng die gemeinsamen Tage sie beide auch zusammengeschweißt hatten, das Damoklesschwert der Ungewissheit, das über ihren Köpfen hing, schien sich von Stunde zu Stunde tiefer herabzusenken. Major Dewary hatte sich die meiste Zeit oben im Turmzimmer aufgehalten, und wenn er in sein Gemach zurückkam, stand stets frisches Essen bereit, hatte man warmes Wasser zum Waschen bereitgestellt und das Nachtgeschirr gegen ein frisches ausgewechselt. Hatte ihn Elizabeth in sein Gemach begleitet, so war offensichtlich jemand im Turmzimmer gewesen und hatte sie auf dieselbe Weise versorgt. Am zweiten Tag zur Lunchzeit hatte Dewary in seinem Zimmer gewartet, um zu sehen, wer ihm das Essen bringen würde. Vielleicht ließ der Mann ja mit sich reden, vielleicht konnte er ihn überwältigen und fliehen. Fliehen!, dachte Dewary und seufzte bitter. Wie hatte es nur soweit kommen können, dass er aus seinem Elternhaus fliehen wollte? Doch solange er in seinem Zimmer war, so lange rührte sich nichts an der Tür. Also stieg er hinauf ins Turmzimmer, um Elizabeth Bescheid zu geben, dass sie an diesem Tag wohl vergeblich auf das Essen warten würden, und als er zurückkam, war der Tisch in Windeseile gedeckt worden. Es schien, als wüsste irgendein geheimer Jemand stets, wo sie sich aufhielten. Das war einerseits erschreckend, andererseits doch auch beruhigend. Wer kümmerte sich so fürsorglich um das leibliche Wohl, wenn er einem ernsthaft Böses wollte?

Am dritten Morgen stieg Elizabeth abermals die Treppe hinunter und klopfte an Dewarys Tür, so wie sie es an den vorigen Tagen auch getan hatte. Er öffnete ihr mit einem liebevollen Lächeln, und sie schenkten sich den ersten Kuss des Tages. Dann geleitete er sie zum Frühstückstisch. Der hilfreiche Geist hatte wie jeden Morgen einige Platten mit Köstlichkeiten und frischen Tee in die Doppeltür gestellt. Die äußere Tür war wie immer fest verschlossen.

Dewary tupfte sich die Lippen in der Serviette ab, legte diese auf den Tisch und sah Elizabeth nachdenklich an. „So kann es nicht weitergehen!"

Sie nickte. Froh, dass er ihre Gedanken ausgesprochen hatte und doch mit bangem Gefühl, da die Tage der Zweisamkeit in Kürze ihr Ende finden würden. Offensichtlich hatte Dewary einen Plan gefasst. Und da hatte sie sich nicht geirrt. „Elizabeth, ich muss dich hier allein zurücklassen. Ich werde heute Abend nach Einbruch der Dunkelheit das Zimmer verlassen." Er stand auf und trat zum Fenster, und sie beeilte sich, ihm zu folgen. „Sieh nur, dort drüben der Haselnussstrauch. Er ist in den letzten Jahren enorm gewachsen. Ich denke, ich kann ihn erreichen, wenn ich mich weit genug aus dem Fenster lehne. Die Äste scheinen mir kräftig genug, um mein Gewicht zu tragen."

Elizabeth war natürlich nicht einverstanden. „Was ist mit all den Bewaffneten, die rund um den Landsitz patrouillieren? Sie werden auf dich schießen, noch ehe du sicheren Boden unter den Füßen hast!"

Dewary schüttelte den Kopf. „Sieh selbst, Elizabeth", er machte eine einladende Geste, „entdeckst du hier auch nur eine einzige Wache? Mir scheint, die Männer wurden abgezogen."

Mit Erstaunen stellte sie fest, dass er recht hatte. Dennoch konnte sie seinen Plan nicht gutheißen. „Du wirst dir das Genick brechen!"

Er verstand ihre Bedenken. „Glaub mir, meine Liebe, ich wünschte, es gäbe einen anderen Weg. Doch ich weiß nicht, wie lange man noch vorhat, uns hier festzuhalten, und langsam verliere ich die Geduld."

„Gesetzt den Fall, deine Flucht aus dem Fenster ist erfolgreich, Frederick, was willst du dann tun?"

„Ich werde noch hier in diesem Zimmer eine Nachricht darüber verfassen, dass du im Turmzimmer eingeschlossen bist. Diese werde ich vor dem Haus an gut sichtbarer Stelle fallen lassen. Je schneller die Diener wissen, wo du dich aufhältst, desto schneller können sie dich befreien."

Sie dankte ihm mit einem liebevollen Lächeln. Sie liebte ihn dafür, dass er zuerst an sie gedacht hatte.

„Und dann werde ich zu Jupiter zurückkehren. Ich kann nur beten, dass er in der Zwischenzeit genug Gras zu fressen gefunden hat und sich nicht abgemagert und verstört weigert, weiter gute Dienste zu tun."

Das hoffte Elizabeth allerdings auch. „Und wo willst du dann hin? Zurück ins Wirtshaus im Wald? Wie lange …"

„Mein erster Weg, meine Liebe, wird mich nach Worthing zu meiner Verlobten führen. Ich muss sie bitten, mich freizugeben. Nach allem, was zwischen uns geschehen ist, kann ich unmöglich der Mann einer anderen Frau werden."

Elizabeth liebevolles Lächeln erlosch schlagartig. „Ach, wie überaus taktvoll."

Dewarys rechte Augenbraue schnellte in die Höhe. „Womit habe ich denn diesen Sarkasmus verdient? Du weißt, dass ich dir heute noch keinen Antrag machen kann, denn noch bin ich an eine andere gebunden."

„Du denkst doch nicht, dass ich den Antrag eines Mannes annehmen werde, den allein Skrupel und schlechtes Gewissen zu diesem Schritt veranlassen?"

Dewary schüttelte fassungslos den Kopf. „Das glaubt du doch nicht wirklich, Elizabeth, oder?"

Ihrer Miene war deutlich anzusehen, dass sie im Augenblick nicht wusste, was sie glauben sollte.

„Natürlich ist es nicht richtig, dass wir beide uns in diesen Räumen aufhalten, und noch unschicklicher ist es, wie wir uns dabei benehmen. Doch es waren nicht wir selbst, die wir uns das ausgesucht haben, nicht wahr?"

Sie antwortete nicht, doch ihre Gesichtszüge entspannten sich.

Er drehte ihr Kinn mit dem Zeigefinger zu sich. „Sieh mich bitte an, Elizabeth, bitte."

„Es sind weder Skrupel, noch ist es schlechtes Gewissen, die mich dazu drängen, dich zu fragen, ob du mich heiraten möchtest."

„Du möchtest mich also nicht heiraten", flüsterte sie. In der Hoffnung, die Antwort bereits zu kennen, schwang ein Hauch von Angst, sie könnte sich in ihm getäuscht haben.

Er spannte sie nicht lange auf die Folter. „Ich liebe dich, Elizabeth, und ich hoffe, du weißt das."

Die selbstbewusste Miss Porter, die Herrin eines großen Landsitzes, spürte, wie sie heftig errötete. Dewary zog sie in seine Arme und küsste sie mit all seiner Leidenschaft

– beglückt von der Hingabe, mit der sein Kuss erwidert wurde. Was für eine aufregende Ehe würden sie führen! Jetzt konnte er es noch weniger erwarten, endlich wieder seinen angestammten Platz einzunehmen.

Sie hatten sich gerade wieder an den Frühstückstisch gesetzt, als ein seltsames Klopfen sie auffahren ließ. Dewary sprang von seinem Stuhl hoch, riss die Tapetentür auf: Nichts! War da jemand an der Zimmertür? Und was wollte er? Kam man, um ihm zu helfen? Schergen, die einen zum Galgen bringen wollten, waren für gewöhnlich nicht so höflich anzuklopfen.

„Kommen Sie herein!", rief er.

Doch auf dem Flur blieb alles ruhig. Und als er die Klinke drückte, war sie versperrt wie in den letzten Tagen. Als sich das Klopfen verstärkte, fuhr Elizabeth herum und sah mit großen Augen vor dem Fenster, wie auf magische Weise, das Gesicht von Lord Bakerfield, die Nase an die Scheibe gedrückt. Sein Gewehr hing über der linken Schulter. „Da!", rief sie aus, „sieh nur, Lord Bakerfield! Achtung, mein Lieber, er trägt eine Waffe!" Bei den letzten Worten überschlug sich ihre Stimme vor Aufregung.

Dewary achtete nicht auf ihre Warnung. Er eilte seinem Cousin entgegen und öffnete den benachbarten Fensterflügel. „Was um Himmels willen … eine Leiter! Potz Blitz, so viel Mut hätte ich dir nie zugetraut!"

„Eine wahrlich freundliche Begrüßung für deinen Retter, das muss ich schon sagen. Dewary, du bist unübertrefflich!", knurrte Mylord.

Dewary runzelte die Stirn. „Du bist gekommen, um mich zu retten? Ausgerechnet du?"

„Ausgerechnet ich, Dewary. Doch wenn wir hier noch lange herumstehen, dann sind all meine Bemühungen vergeblich. Weißt du, wie lange es gedauert hat, so eine lange Leiter aufzutreiben? Und glaub mir, ich sehne mich nach dem Augenblick, wieder festen Grund unter den Füßen zu haben. Also, ich klettere jetzt hinunter, und du folgst mir nach."

Dewary hielt ihn am Ärmel zurück. „Warum sollte ich das tun? Und vor allem, warum tust *du* das, Edward, du kannst mich nicht ausstehen."

Sein Cousin schnaufte unwillig. „Mit Sympathie hat das gar nichts zu tun, Dewary. Es geht mir einzig und allein um die Rettung der Familienehre!"

„Um die Rettung der Familienehre?", wiederholte Dewary ungläubig. „Wie gedenkst du denn die Familienehre zu retten, wenn du mir hilfst, heimlich mein Gefängnis zu verlassen?"

„Das ist es ja gerade!", fuhr seine Lordschaft auf. „Ich kann doch nicht tatenlos dabei zusehen, dass dich die Häscher von einem dahergelaufenen Friedensrichter tagelang einsperren und anscheinend nicht im Geringsten die Absicht haben, dich in der nächsten Zeit hier herauszulassen."

Erst jetzt fiel sein Blick in das Zimmer hinein, und er sah Elizabeth stumm bei Tisch sitzen. „Oh, meine Verehrung, Miss Porter. Hier stecken Sie also, während Ihre besorgte Mutter das Haus von unten nach oben durchsuchen lässt!" Seine Stimme triefte vor Hohn, den sie auch nicht vermissen ließ, als er sich an wieder seinem Cousin zuwandte. „Alle Achtung, Dewary, schon früher war ich es gewohnt, dich stets in charmanter Damenbegleitung anzutreffen, aber dass du sogar in einem Gefängnis nicht darauf verzichten musst, das überrascht mich doch. Hut ab, mein Freund, Hut ab!"

„Du kannst deinen Hut ruhig aufbehalten, Edward. Du weißt ganz genau, dass es deine reizende Gattin war, die Miss Porter ins Turmzimmer eingesperrt hat."

„Louise?" In Mylords Stimme lag ehrliches Erstaunen. „Warum sollte meine Frau denn so etwas tun?"

Dewary überhörte den Einwand. „Anscheinend wusste Lady Bakerfield nichts von dem Verbindungsgang zu meinem Zimmer, sonst würde es dich jetzt nicht wundern, Miss Porter bei mir vorzufinden. Du kannst mir glauben, man erträgt die Einsamkeit und so manch lange Stunde viel leichter zu zweit als allein."

„Erzähl das Lady Portland, lieber Cousin, sie weint sich die Augen aus in Sorge um ihre Tochter. Wie wird sie doch froh sein, sie heil und unversehrt wiederzubekommen! Entehrt, aber unversehrt. Zumindest äußerlich."

„Wenn du nicht willst, dass ich dich fordere, Cousin, dann hältst du jetzt sofort den Mund!"

„Du willst mich fordern, Vetter? Dann stehe ich dir mit dem größten Vergnügen zur Verfügung! Wenn du wüsstest, wie sehr ich mir mein ganzes Leben lang gewünscht habe, meine Waffe gegen dich zu richten! In den letzten Wochen … aber lassen wir das …"

Dewary hatte nicht übel Lust, mit beiden Händen das obere Ende der Leiter zu umfassen, um es mit einem Ruck vom Haus wegzustoßen. Doch stattdessen würdigte er seinen Cousin keines weiteren Wortes, sondern forderte ihn auf, endlich die Leiter hinunterzuklettern. Edward tat, wie ihm geheißen, und Dewary schenkte Elizabeth ein kleines, etwas schiefes Lächeln, bevor er sich auf das Fensterbrett schwang. Elizabeth lief zum Fenster hinüber. „Lass mich nicht zu lange warten, Liebster, hörst du?!"

„Ach, welch rührende Szene!", kam von unten der spöttische Kommentar. Seine Lordschaft hatte wieder festen Boden unter den Füßen, und als Dewary eben ansetzte, sich solche Bemerkungen künftig zu verbitten, sah er, dass Bakerfield ein Pferd am Zaumzeug führte. Sehr umsichtig, der Herr Cousin, fürwahr. Da würde er die Bemerkung besser unwidersprochen hinnehmen.

„Jetzt komm endlich, Dewary! Aufs Pferd mit dir! Du hast keine Zeit zu verlieren!"

Elizabeths Herz klopfte bis zum Hals, als ihr Liebster begann, die wackelige Leiter hinabzusteigen. Was, wenn die

Sprossen sein Gewicht nicht trugen? Was, wenn Edward der Leiter einen Stoß gab? Es war nicht gut, Dewary in den Händen dieses Mannes zu wissen. Und doch, es gab keine andere Möglichkeit. Aufseufzend ließ sie ihren Blick über den Vorhof streifen. Dieser lag still und verlassen in der wärmenden Sonne. Keine Wachposten weit und breit. Seine Lordschaft und Dewary waren die einzigen Menschen, die sie sehen konnte. Oder doch nicht? Bewegte sich dort etwas in der Ligusterhecke? War das ein Hund? Seltsam, sie hatte nie einen Hund in der Nähe des Hauses gesehen. Mit aufmerksamem Blick behielt sie die Hecke im Auge.

Im Feld in Spanien hatte Major Dewary oft Leitern erklommen und war in Häuser eingestiegen, die sie erobert hatten. Mit schnellem, sicherem Tritt gelangte er nach unten. Erst als er zur vorletzten Sprosse kam, hätte ihn doch noch beinahe etwas ins Straucheln gebracht. Denn als er zu seinem Cousin hinüberblickte, war dieser nicht mehr allein. Auf einmal stand die jüngste Miss Bendworth einige Meter hinter ihm.

„Lady Vivian?!", rief er aus. Er konnte es nicht fassen, seine Verlobte leibhaftig vor Augen zu haben. Wie oft hatte er sich in Spanien ein Wiedersehen herbeigewünscht! Und wie fremd war ihr Anblick jetzt, da sie tatsächlich in seiner Nähe war.

Elizabeth beugte sich etwas weiter aus dem Fenster. Was hatte er gesagt? Sie musste sich verhört haben. Doch er sagte es noch einmal.

„Lady Vivian, das ist doch nicht die Möglichkeit! Stehen Sie da wirklich und wahrhaftig vor mir? Was bringt Sie hierher nach Digmore Park?"

Lord Bakerfield fuhr herum. „Ich habe dich doch ausdrücklich gebeten, im Haus zu bleiben!" Seine Stimme klang äußerst ungehalten. Elizabeth, die sich nun sicher war, Dewary richtig verstanden zu haben, war weit davon entfernt, ansonsten irgendetwas zu verstehen. Wie kam er dazu, in Lady Bakerfield seine Verlobte zu erkennen? Wo kam sie überhaupt so plötzlich her? War sie das etwa an der Ligusterhecke gewesen? Elizabeth musste schmunzeln. Hatte sie etwa tatsächlich ihre Ladyschaft mit einem streunenden Hund verwechselt?

Vivian schien vor Wiedersehensfreude geradezu zu zerschmelzen. „Was bringen in solchen Augenblicken lange Erklärungen? Nichts zählt, als dass ich Sie endlich wiedersehe, Major Dewary!"

Lady Bakerfield stand da, die Arme weit ausgebreitet, so als würde sie damit rechnen, dass der Major zu ihr hinübereilen und sich ihr an den Busen werfen würde. Doch der war wie angewurzelt am Fuß der Leiter stehen geblieben. Wie kam seine Verlobte nach Digmore Park? Und wie kam sein Cousin dazu, sie so unwirsch anzufahren? Dessen Tonfall klang nun bei Weitem nicht mehr so zornig, als er sich Dewary zuwandte. Er klang eher schuldbewusst. „Ich weiß, ich bin dir eine Erklärung schuldig, Cousin. Doch können wir das nicht alles auf später verschieben? Jetzt ist es wichtig, dass du in Sicherheit …"

„Dewary!" Lady Bakerfield hatte wieder ihren Schmollmund aufgesetzt. „Du kannst mich doch hier nicht so stehen lassen! Wenn du wüsstest, was ich in den letzten Wochen alles durchgemacht habe. Die Sorge, die Ungewissheit …"

Sie brach in Tränen aus. Und sah dabei so verletzlich und schutzbedürftig aus, dass der Major gar nicht anders konnte, als zu ihr hinüberzugehen, um sie zu trösten. Fast übermächtig wurde sein schlechtes Gewissen, dass er sie bald noch viel mehr würde kränken müssen. Er wusste, dass Elizabeth ihn vom Fenster aus beobachtete. Hoffentlich bekam sie seine höfliche Geste nicht in den falschen Hals.

Etwas rührte sich in der Hecke. Elizabeth war hin- und hergerissen. Einerseits wollten ihre Blicke Dewary verfolgen, der langsam über den Vorplatz zu Lady Bakerfield hinüberging, andererseits konnte sie den Ligusterstrauch nicht aus den Augen lassen. Was ging dort vor sich? Was war dort im Sonnenlicht aufgeblitzt? War das Stahl? War das …?

„Dewary, pass auf! Da ist jemand im Liguster!", rief sie aus Leibeskräften. Ihre zitternde Hand zeigte zur Hecke hinüber. Sie sah, wie Lord Bakerfield erbleichte und sich seine schmalen Lippen vor Anspannung zusammenpressten. Dann riss er seine Waffe herum und schoss. Laut durchbrach der Knall die sommerliche Stille.

Ein Mann, der im Gebüsch gestanden und sein Gewehr auf Dewary gerichtet hatte, sackte, von der Kugel tödlich getroffen, in sich zusammen. Er gab keinen Laut von sich, doch Lady Bakerfield schrie auf wie ein verletztes Tier. Der Schrei ging Elizabeth durch Mark und Bein. Ihr Mann fuhr herum. „Louise!" Und die Lautstärke seiner Stimme stand der ihren um nichts nach.

„Lady Vivian!" Dewary, der fast bei ihr angelangt war, wollte ihren Arm ergreifen, doch sie schüttelte ihn ab, als sei er ein lästiges Insekt. Dann schürzte sie ihre Röcke und eilte zur Hecke.

Dewary blickte ratlos zu Elizabeth empor. Wusste sie, was hier gespielt wurde? Doch diese stand nur bleich am Fenster, beide Hände ans Herz gepresst, und sagte kein Wort.

Inzwischen war Lady Bakerfield bei dem Toten angelangt. Sie sank in die Knie, um seinen Herzschlag zu spüren, sie nahm seine leblose Hand, vergebens. Mühsam rappelte sie sich auf und ging zu ihrem Gatten zurück. „Wie konntest du das nur tun?" Ihre Stimme klang hart und hatte jedes kindliche Schmollen verloren. „Du hast meinen wunderbaren Plan zerstört!"

Seine Lordschaft blickte nachdenklich von seiner Frau zu Dewary und wieder zurück. „So sehr ich dich auch liebe, mein Täubchen, so wenig schätze ich manche deiner Pläne. Ich ziehe meine eigenen vor."

Zu Elizabeths fassungslosem Erstaunen lachte Lady Bakerfield schon wieder. „Ach Edward, du bist unmöglich!" Sie schlug ihm mit der Hand spielerisch auf den Oberarm. „Jetzt musst du mir aber beweisen, dass dein Plan um so vieles besser ist als meiner!"

Lord Bakerfield deutete eine leichte Verbeugung an. „Mit dem größten Vergnügen, Mylady!" Er ergriff ihre Rechte und hauchte einen Kuss auf ihren Handrücken.

Dewary hatte weniger denn je eine Ahnung, was er von diesem seltsamen Schauspiel halten sollte. Eines wusste er jedoch mit Bestimmtheit: Wenn er jetzt nicht sofort losritt, dann war es zu spät! Er schwang sich aufs Pferd, gab ihm die Sporen und preschte im Galopp die Auffahrt hinunter.

Wohin aber sollte er nun reiten? Der Besuch in Worthing hatte sich, in Anbetracht der Umstände, wohl erübrigt.

34. Kapitel

Es stellte sich rasch heraus, dass Dewary die Qual der Wahl erspart blieb. Jemand anderer sollte entscheiden, wo er die nächste Zeit verbringen würde. Denn eben, als er in den Wald hineinreiten wollte, kam ihm auf der Auffahrt eine schmale, schnittige, schwarz-weiß gestreifte Kutsche entgegen. Das Gefährt hielt an, ein Gewehrlauf war durch das Kutschenfenster auf seinen Kopf gerichtet. Eine barsche Stimme bellte den gefürchteten Befehl: „Major Frederick Dewary, im Namen des Königs, Sie sind verhaftet!"

Natürlich hätte er das Pferd antreiben können. Natürlich hätte er versuchen können zu fliehen. Doch wohin hätte er sich wenden sollen? Er hatte weder Papiere noch Geld. Nein, als guter Soldat wusste er, wann eine Schlacht verloren war. Und hätte es noch etwas gegeben, was ihn hätte zögern lassen, so war die auf ihn gerichtete Waffe das überzeugendste Argument. Die beiden Waffen, um genau zu sein. Denn inzwischen hielt auch einer der Kutscher ein furchterregendes Ding in seine Richtung. Dewary schwang sich aus dem Sattel und ging mit erhobenen Händen auf die Kutsche zu. „Mylord! Sie können die Waffe senken, ich ergebe mich freiwillig!"

Während der Diener noch immer auf ihn zielte, öffnete sich die Kutschentür, und die schlanke Gestalt des Friedensrichters sprang mit einem Satz aus dem Fahrzeug. „Es tut mir leid, dass wir uns unter solchen Umständen wiedersehen, Major, glauben Sie mir. Eine schreckliche Sache, eine ganz besonders schreckliche Sache!"

Die beiden Männer schüttelten einander die Hände. Dewary atmete tief durch. Nun, es hatte zumindest nicht den Anschein, als würde man ihn sofort in Ketten legen.

„Wenn Sie bitte in der Kutsche Platz nehmen wollen, Major Dewary. Ich komme sofort zu Ihnen."

Lord Streighton wartete, bis Dewary diesen so höflich vorgebrachten Befehl befolgt hatte, und trug dann einem der Diener auf, das Pferd zu übernehmen. Schließlich nahm er neben dem Major Platz und wies den Kutscher mit einem Schlag des Gewehrkolbens gegen die Decke an, die Fahrt fortzusetzen. Zu Dewarys Erstaunen wurde das Fahrzeug nicht gewendet, sondern hielt wenig später vor dem Haupteingang von Digmore Park an. Nun lag der Vorplatz in sonniger Stille. Sowohl die Leiter als auch der Tote im Liguster waren verschwunden. Ein kurzer Blick zu seinem Zimmer hinauf – Elizabeth hatte das Fenster geschlossen und war nirgends zu sehen.

„Sie bringen mich nach Hause? Was machen wir hier, Mylord?"

Der Friedensrichter schenkte ihm einen wachen Blick unter dichten, weißen Augenbrauen. „Hier, mein Freund, bringen wir Licht ins Dunkel. So hoffe ich jedenfalls."

Wenige Minuten später saßen sie im Jagdsalon. Zu seinem großen Erstaunen hatte sie der Butler nicht in das grüne Empfangszimmer im Erdgeschoss geführt, sondern hinauf in den ersten Stock, wohin sonst nur besonders wichtige Gäste anlässlich von herbstlichen Jagdgesellschaften gebeten wurden.

„Hinauf?", hatte Dewary gefragt, als sie Richards über die breite Treppe folgten.

„Hinauf, Major Dewary", hatte dieser geantwortet, „glauben Sie mir, das hat schon seine Richtigkeit!"

„Schicken Sie Lord und Lady Bakerfield zu uns!", befahl der Friedensrichter, als sie Platz genommen hatten. Lady Bakerfield! Hatte Edward tatsächlich seine Verlobte geheiratet? Wie war es nur dazu gekommen? Und was versprach sich Lord Streighton von einem Gespräch mit den beiden? Und warum um alles in der Welt wurde Vater nicht verständigt?

Dewary blickte sich um. Hier hatte sich seit Jahren nichts verändert. Dunkelgrün-gold gestreifte Tapeten mündeten in schwungvolle, goldene Bordüren unter der weißen Zimmerdecke. Die goldenen Brokatvorhänge wurden an der Seite mit Troddeln zusammengehalten, und so konnte das Sonnenlicht ungehindert durch die hohen Sprossenfenster fallen. Vaters Porträt in Jagdkleidung und andere Waidmannsmotive in schweren goldenen Rahmen gaben dem Raum nicht nur den Namen, sondern unterstrichen noch dessen Eleganz. Die Standuhr auf dem marmornen Kaminsims schlug mit leisen Klängen die Mittagsstunde. Sein Blick schweifte zur Wand zu seiner Linken. Dort gab es eine kleine Durchreiche zum gelben Empfangssalon. Wie oft hatte er als Schuljunge die Schiebetür heimlich einen kleinen Spaltbreit geöffnet, um von dort aus mitzuhören, was die Erwachsenen über die Jagd erzählten. Er musste lächeln. Die Durchreiche stand auch jetzt einen Spaltbreit offen. Um wie vieles lieber stünde er nun als Lauscher auf der anderen Seite! Die Tür ging auf, und das Ehepaar Bakerfield betrat den Raum. Schlagartig erlosch Dewarys Lächeln wieder.

Vivian, nichts als Charme und Liebreiz in ihrem hübschen Gesicht, trat zum Friedensrichter hinüber. „Es ist mir eine große Ehre, Sie auf Digmore Park willkommen zu heißen, Mylord! Dürfen wir Sie anschließend an diese …", sie räusperte sich, „… unerfreuliche Unterredung zum Lunch einladen? Ich habe die Dienerschaft bereits angewiesen, ein weiteres Gedeck auflegen zu lassen."

„Zu gütig, Mylady, herzlichen Dank. Doch leider werde ich Ihrer freundlichen Einladung nicht Folge leisten können. Mylord!"

Die beiden Herren verbeugten sich voreinander.

Dewary hatte erwartet, dass Vivian Bendworth, nein, halt, sie hieß ja jetzt Lady Bakerfield, zu ihm hinübertreten würde. Wenn sie schon die Rolle der Hausherrin übernahm, dann hätte dies die Höflichkeit geboten. Doch sie tat nichts dergleichen, sondern nahm auf der anderen Seite von Sir Streighton Platz.

Dafür begrüßte ihn Lord Bakerfield, und er tat dies so, als hätten sie sich nicht vor wenigen Minuten gegenübergestanden. „So sieht man sich also nach Monaten wieder, Cousin!“ Er nickte ihm zu, bevor er sich an den Kaminsims lehnte. „Glaub mir, ich hätte dir viel zugetraut, aber das nicht! Das wahrhaftig nicht!“ Er wandte sich an den Friedensrichter: „Wo haben Sie Dewary aufgespürt, Mylord? Und warum haben Sie ihn hergebracht?“

Diese Worte wollte Dewary nicht unwidersprochen hinnehmen. „Jetzt tu doch nicht so scheinheilig, Edward, ich bitte dich! Gerade so, als hätten wir nicht noch eben miteinander gesprochen und als wärest nicht du es gewesen, der mir zur Flucht aus meinem Zimmer verholfen hat!“

Der Friedensrichter nickte. „Ja, Sie waren auf Ihrem Zimmer eingesperrt, so berichtete man mir. Ich wunderte mich schon, warum ich Sie stattdessen hoch zu Ross im Walde antraf. Ihr Cousin hat Ihnen die Tür geöffnet, sagten Sie?“

Auf Bakerfields Gesicht erschien ein mildes Lächeln. „Was versprichst du dir davon zu lügen, Dewary? Glauben Sie ihm kein Wort, Sir! Mein Cousin war schon als Kind dafür bekannt, es mit der Wahrheit nicht so genau zu nehmen!“

Dewarys Augenbraue schnellte in die Höhe. „Wovon sprichst du denn da, um Himmels willen? Willst du etwa behaupten, ich sei ein notorischer Lügner?“

Der Tonfall, mit dem er dies sagte, wäre jedem seiner Soldaten eine ernste Warnung gewesen, ihn nicht länger zu reizen. Und auch Bakerfield hob abwehrend die Hände.

„Ich will gar nichts behaupten. Kein Grund, mich anzubrüllen. Haben Sie bemerkt, Mylord, zu welcher Grobheit mein Cousin bedauerlicherweise fähig ist?“

Dewary sah ihn mit großen Augen an. Ach, daher wehte der Wind. Da hieß es, auf der Hut zu sein!

„Sie haben den Major einen Lügner genannt, kein Wunder, dass er dies nicht unwidersprochen hinnehmen konnte“, antwortete der Friedensrichter sachlich.

„Nicht ich nannte ihn einen Lügner, Sir“, berichtigte Bakerfield, „aber meine liebe Mama, Gott sei ihrer Seele gnädig, hat dies stets getan. Das war auch der Grund, warum es immer wieder zu Zwistigkeiten zwischen den beiden kam. Und doch …“, er wandte sich an Dewary, dessen Fassungslosigkeit mit jedem seiner Worte wuchs, „hätte ich mir nie träumen lassen, dass du meine liebe Mutter so gehasst hast, dass du ihren gewaltsamen Tod herbeiführen würdest.“

Der Major wollte aufspringen, doch der Friedensrichter hielt ihn mit fester Hand zurück. „Sie bleiben sitzen und stehen erst auf, wenn ich es gestatte!“ Und an Lord Bakerfield, der diese Rüge mit diebischem Vergnügen angehört hatte: „Es ist noch nicht erwiesen, dass Ihr Vetter tatsächlich der Mörder seiner Tante ist. Das ist eine sehr ernste Anschuldigung, wie ich Ihnen bereits bei Ihrem Besuch in meinem Haus sagte. Wenn Sie es nicht waren, der Major Dewary zur Flucht aus seinem Zimmer verholfen hat, wer war es dann?“

Zu aller Überraschung brach Lady Bakerfield in Tränen aus. „Das war mein Bursche, Shiffton, Sir. Ich selbst hatte ihm davon erzählt, dass Major Dewary auf seinem Zimmer eingeschlossen war. Ich konnte doch nicht damit rechnen …“ Ihre Stimme verwandelte sich in ein Schluchzen. Ihr Gatte ging zu ihr hinüber, um ihr sein Taschentuch zu reichen. Dann stellte er sich zum Kamin zurück. Sie schenkte ihm ein liebreizendes Lächeln. „Danke dir, mein Lieber!“ Sie putzte sich die Nase. „Wahrscheinlich lag es daran, dass es sich um einen Offizier handelte. Shiffton hat selbst für kurze Zeit in Spanien gedient und war ein glühender Bewunderer unseres glorreichen Regiments …“

Bakerfield, der nur zu gut wusste, dass die Reise nach Digmore Park die weiteste war, die der Bursche je unternommen hatte, schenkte seiner Frau einen bewundernden Blick. Er hatte sich selbst schon Gedanken gemacht, wie man den Tod des Burschen in der Ligusterhecke am besten würde erklären können. Es war geradezu genial, ihn Dewary in die Schuhe zu schieben!

„Wir haben die Leiter entdeckt, kurz bevor Sie uns haben rufen lassen, Sir. Sie lehnte an Dewarys Fenster, bevor wir sie entfernten. Sicher hat der Bursche damit dem Major zur Flucht verholfen.“

„Und als Dank dafür hat er ihn erschossen“, Myladys Tränenstrom wurde wieder stärker, „damit er keinen Mitwisser hat, der ihn verraten könnte!“

Dewary traute seinen Ohren nicht. Welch schamloses Spiel spielten die beiden?

„Aber du warst es doch, der den Burschen erschoss, Edward!“, empörte er sich. „Was erzählst du denn da für Schauergeschichten. Ich bin doch kein Mörder.“

„Du bist, wenn man es genau nimmt, kein *Mörder* …“, Bakerfield ergötzte sich an jedem seiner Worte, „du bist ein *Doppel*mörder!“

Der Friedensrichter gedachte offensichtlich nicht, dem Tod eines Stallknechts seine Aufmerksamkeit zu widmen. „Das bringt uns zum Tod von Lady Barbara Bakerfield, also Ihrer Frau Mama, zurück, Eure Lordschaft. Welche Beweise haben Sie da gegen Ihren Cousin vorzubringen?“

Lord Bakerfield sah, wie Dewary mit den Zähnen knirschte. Was für eine Genugtuung, diesen sonst so selbstbewussten Mann um Fassung ringen zu sehen. Sein jüngerer Cousin war ihm viel zu viele Jahre lang als leuchtendes Vorbild vorgehalten worden. Jetzt endlich war er am Zug!

„Bitte vergessen Sie nicht den Ring, Sir! Dewarys Siegelring wurde am Rand des Sees gefunden. Wie anders sollte er dort hingekommen sein, als dass er ihn, während …", er suchte nach den richtigen Worten, „während er mit Mama kämpfte, dort verlor? Wahrscheinlich hat sie ihn ihm in Todesangst vom Finger gerissen!"

„Das ist doch ausgesprochener Blödsinn!" Wieder wurde Dewary mit eiserner Hand am Aufstehen gehindert. „Du weißt genau, dass das nicht der Fall war. Ich habe den Ring meiner Verlobten gegeben, als ich letzten Herbst wieder ins Feld einrückte." Er blickte zu Lady Bakerfield hinüber und spuckte jedes seiner Worte aus: „Als Unterpfand meiner Liebe!"

Lord Streighton setzte sich kerzengerade in seinem Sessel auf. „Ihrer Verlobten, Sir? Gestatten Sie mir bitte die Bemerkung, dass ich von einer etwaigen Verlobung bis zum jetzigen Zeitpunkt noch nicht unterrichtet wurde. Wir werden das Mädchen befragen, sicher kann sie dies bestätigen, Major. Wer ist denn die Glückliche?"

Auch Bakerfield wandte sich mit einem spöttischen Ton in der Stimme seinem Cousin zu. „Ja, wirklich, Dewary, verrate uns den Namen der Glücklichen!"

Hätte er nicht vorausgeahnt, dass ihn die Hand des Friedensrichters erneut festhalten würde, er wäre seinem Cousin an die Gurgel gesprungen. „Frag doch nicht so dumm! Du weißt genau, wer meine Verlobte war. Du hast sie schließlich geheiratet!"

Die Augen des Friedensrichters folgten ungläubig seiner Rechten, die zu Lady Bakerfield hinüberwies. Mylady legte in einer theatralischen Geste die linke Hand an ihr Herz.

„Ich? *Ich?* Ich war doch nie und nimmer mit Ihnen verlobt, Sir! Edward, so unternimm doch etwas! Lass es nicht zu, dass mich dieser Mann so schändlich beleidigt!"

Ein prüfender Blick unter weißen Augenbrauen ließ sie verstummen. „Sie haben diesen Mann noch nie gesehen, Mylady?“

„Na ja, gesehen werde ich ihn wohl schon haben, denn schließlich ist er der Cousin meines Mannes. Doch verlobt waren wir beide nie. Fragen Sie doch meinen Vater, Lord Bendworth, ob Major Dewary bei ihm um meine Hand angehalten hat. Er wird Ihnen bestätigen, dass dem nicht so war.“

Lord Streighton wandte sich um. „Haben Sie bei Lord Bendworth um die Hand seiner Tochter angehalten, Sir?“

Noch bevor Dewary antworten konnte, ließ sich die höhnische Stimme von Lord Bakerfield vernehmen. „Ich darf Sie bitten, diese Frage etwas genauer zu stellen. Mein Vetter hat tatsächlich einmal um die Hand einer Tochter von Lord Bendworth angehalten. Allerdings wollte er nicht …“, er zeigte auf Lady Bakerfield, „Louise, sondern Abigail, ihre ältere Schwester, zur Frau, und diese hat ihm eine Abfuhr erteilt!“

„Haben Sie bei Lord Bendworth um die Hand von … Miss Louise angehalten, Sir?“

Dewary schüttelte wahrheitsgemäß den Kopf.

„Dann verstehe ich allerdings nicht, warum Sie ihr Ihren Siegelring überlassen haben sollten. Ganz abgesehen davon, dass die junge Dame, mit der Sie verlobt zu sein vorgaben, ganz offensichtlich mit Ihrem Vetter vermählt ist!“

Dewary schwieg. Was hätte er auch sagen sollen? Der sittenstrenge ältere Herr hätte es nie und nimmer gutgeheißen, dass er sich ohne die Zustimmung ihres Vaters mit Miss Bendworth verlobt hatte. Warum er dies überhaupt getan hatte, war ihm jetzt völlig rätselhaft. Wie hatte er sich nur so in ihr täuschen können? Sie war eine Bendworth, das hätte ihm doch zu denken geben müssen! Wie hieß es doch so richtig: Der Apfel fällt nicht weit vom Stamm!

„Das sieht nicht gut für Sie aus, Major!“ Der Friedensrichter schüttelte bedauernd den Kopf. „Vielleicht wollen Sie uns ja jetzt Ihre Sicht der Dinge schildern?"

Dewary nickte und rückte an die Stuhlkante. Doch als er anhob zu erzählen, wie es zu der heimlichen Abreise seiner Tante mit dem Kammerdiener seines Vaters, den sie zu ehelichen gedachte, gekommen war, da stürzte sich Bakerfield schon auf ihn und begann ihn mit beiden Händen zu würgen.

„Du unverschämter Tunichtgut! Dir werde ich's zeigen, das Andenken meiner verstorbenen Mama so schamlos zu entehren! Eine Lady Bakerfield hätte nie und nimmer einen Bediensteten geheiratet!"

„Fassen Sie sich, Mylord!" Der Friedensrichter ging nicht nur mit befehlsgewaltiger Stimme, sondern auch mit energischen Griffen zwischen die beiden Streithähne. „Nehmen Sie Ihre Hände von Major Dewary und stellen Sie sich wieder zum Kamin!"

Bakerfield tat, wie ihm geheißen, rückte seinen samtenen Rock zurecht und sah wutentbrannt zu seinem Cousin hinüber.

„Deine Lügengeschichten kannst du dir sparen!"

„Wirklich, Sir", meldete sich nun auch Sir Streighton zu Wort, „da muss ich seiner Lordschaft recht geben. Es wäre uns allen, und vor allem auch Ihnen, geholfen, wenn Sie bei der Wahrheit blieben."

„Aber ich sage die Wahrheit! Tante Barbara hatte tatsächlich vor, Mr. Jennings zu heiraten!"

Wieso klangen diese Worte nun selbst in seinen eigenen Ohren so wenig glaubwürdig? Zuerst hatte er behauptet, mit der Frau seines Cousins verlobt zu sein, einer Frau, die dies heftigst abstritt. Als Nächstes hatte er gesagt, die Witwe eines Adeligen, die Schwester eines Earls, wolle einen Kammerdiener heiraten. Beides entsprach der Wahrheit. Und doch würde ihm nun kein Mensch auch nur ein weiteres Wort mehr glauben. Dewary lockerte seine Halsbinde, die ihm plötzlich viel zu eng erschien. Er konnte förmlich spüren, wie sich die Schlinge langsam um seinen Hals zuzog.

„Ich wünsche, dass man meinen Vater zu dieser Unterredung hinzuzieht!“, forderte er unvermittelt.

Bakerfield lachte auf. „Sieh an, der kleine Junge ruft nach seinem Vater! Der wird dir auch nicht helfen können, Frederick. Dein Vater ist alt und krank und nicht mehr Herr seiner Sinne …“

Da ging die Tür auf, und ein älterer Herr betrat den Raum. Er war korrekt, doch nicht nach der neuesten Mode gekleidet. Sein dunkelgrüner Rock war mit Hirschhornknöpfen verziert, sein Halstuch blütenweiß. Die Haare grau und etwas länger, als die herrschende Mode vorschrieb, aufrecht der Gang, würdevoll seine Gesichtszüge.

„Es freut mich, dass du mich hast rufen lassen, mein Sohn!“ Mit innerlichem Amüsement genoss er die Wirkung, die sein Erscheinen hatte.

„Mylord!“ Der Friedensrichter trat zu ihm, um sich zu verbeugen. Er hatte auch nichts dagegen einzuwenden, dass Dewary aufstand, um seinen Vater zu umarmen. „Ich habe so viel von deiner schlechten Gesundheit gehört, Papa! Wie schön, dich in so guter Verfassung zu sehen!“

„Onkel, bitte verzeihen Sie mir meine voreiligen Worte!“ Bakerfield war nichts anderes mehr als der ergebene Neffe, der in eine tiefe Verbeugung versank.

Lady Bakerfield hingegen sah aus wie vom Donner gerührt.

„Onkel?“, wiederholte sie, „warum denn Onkel? Der Mann ist doch Kammerdiener.“

Der ältere Herr verbeugte sich formvollendet. „Sie müssen mir vergeben, Mylady, dass ich mich Ihnen noch nicht offiziell vorgestellt habe, mein Name ist John Parker Dewary, der dritte Earl of Digmore.“

Aber ich habe Sie doch manchmal auf dem Flur im linken Flügel gesehen, und Sie haben wie ein Kammerdiener ausgesehen ..., wollte Lady Bakerfield sagen, aber mehr als ein „Aber ..." kam nicht über ihre Lippen.

Lord Digmore nahm auf dem größten der Lehnstühle Platz, schlug die Beine übereinander und forderte die anderen auf, es ihm gleichzutun. „Setz dich doch auch, Neffe. Es behagt mir nicht, dich schräg neben mir stehen zu wissen. Ich möchte dich gern im Auge behalten. Ja, so ist es besser, vielen Dank!"

Er blickte in die Runde, so als sei er unversehens in eine harmlose gesellschaftliche Plauderei geraten. „Lord Streighton, was verschafft uns die Ehre Ihres Besuchs?"

Dewary erwartete, dass sich der Friedensrichter dafür entschuldigen würde, nicht zuerst nach dem Hausherrn gefragt zu haben, doch er tat nichts dergleichen, sondern schilderte in kurzen Worten das bisherige Geschehen. Der Earl hörte ihm wohlwollend nickend zu.

Die beiden haben sich abgesprochen!, fuhr es Dewary durch den Kopf, Vater wusste offensichtlich über das Kommen des Friedensrichters Bescheid. Ohne genau zu wissen, warum, atmete er mit einem Mal um einiges freier.

„Ihr Sohn hat behauptet, er sei mit der Frau Ihres Neffen verlobt gewesen." Lord Streighton blickte zu Dewary hinüber. „Ich nehme an, das war, bevor sie Lord Bakerfield geheiratet hat!"

Dewary zuckte mit den Schultern. „Ich weiß es nicht, Sir, um ehrlich zu sein. Mir war bis heute nicht bekannt, dass ..."

„Natürlich war die Verlobung *vor* meiner Trauung!", fuhr Lady Bakerfield auf und schlug sich gleich darauf die Hand vor den Mund. Wie konnte ihr nur so ein dummer Fehler unterlaufen? Der Friedensrichter zog eine Augenbraue hoch, der Earl lächelte in stillem Vergnügen in sich hinein.

Edward ergriff das Wort. „Louise, du hast mir nie erzählt, dass du mit Dewary verlobt warst! Mit meinem eigenen Cousin …“

„Ach, halt doch den Mund!“, fuhr ihn Mylady patzig an, „und ob du alles gewusst hast!“

„Hätten Sie wohl die Güte, mir zu verraten, warum Sie sich mit mir verlobten, obwohl Sie bereits meinem Cousin versprochen waren?“, fragte Dewary.

Lady Bakerfield wandte sich vorwurfsvoll an den Friedensrichter. „Sehen Sie, wie er ist? Ständig verdreht er jedes Wort. Als ich mich mit ihm verlobte, war ich noch gar nicht mit Edward verlobt. Es war umgekehrt!“

„Und warum, wenn ich fragen darf, haben Sie meinen Neffen geheiratet, obwohl Sie meinem Sohn versprochen waren?“, fragte der Earl, ohne dass das milde Lächeln aus seinem Gesicht verschwand.

Mylady wies anklagend auf den Major. „Daran ist auch bloß er schuld!“

Der Friedensrichter quittierte dies erneut mit einem prüfenden Blick unter weißen Augenbrauen.

„Na ja, weil er wieder in den Krieg gezogen ist. Ich bin jung, ich bin schön, ich kann nicht ewig warten! Ich hasse es zu warten! Außerdem kam Edwards Antrag gerade recht, um mich endlich von Mamas Krankenbett loszueisen! “

„Und ich dachte, du liebst mich!“ Aus Bakerfields Stimme war echte Enttäuschung zu hören.

Mylady lächelte ihm schon wieder zu. „Das natürlich auch!“

„Da kannst du dich ja einen wahrhaftigen Glückspilz nennen, Neffe!“

Dewary ließ ein leises Lachen hören.

„Haben Sie gewusst, dass Ihr Sohn verlobt war? Halten Sie es für möglich, dass er dieser Dame hier seinen Siegelring als Zeichen seiner Liebe überlassen hat?“

Dewary hielt die Luft an. Er hatte seinem Vater nichts von seiner geheimen Verlobung erzählt – mit der Tochter eines Mannes, den dieser zutiefst verabscheute.

„Selbstverständlich habe ich von der Verlobung gewusst", antwortete der Earl und Dewary horchte auf. Sein Vater wandte sich nun ihm zu. „So etwas Wichtiges würdest du mir doch nie verschweigen, nicht wahr, mein Sohn?" Er begann in der Tasche seines Rockes zu kramen. „Und darum hat er mir auch das hier überlassen, bevor er das letzte Mal abreiste ..." Er reichte dem Friedensrichter ein goldenes Kleinod.

Ach, hier war Vivians Miniatur, die er schon gesucht hatte! Er hatte sie Irene gezeigt und dann wohl im Trubel der Abreise irgendwo im Haus liegen lassen.

„Darum war es mir auch ein Leichtes, Sie zu erkennen, meine Liebe, als Sie als Edwards Frau das Haus betraten", wandte der Earl sich an Lady Bakerfield, „und ich wusste, dass etwas nicht stimmte."

Es klopfte an der Tür, und der Butler trat ein, ein schweres silbernes Tablett in den Händen.

„Ach, da kommt der Tee!", rief der Earl erfreut aus. „Stellen Sie das Tablett hier auf den Tisch in der Mitte. Ja, und gießen Sie uns allen ein, Richards!"

Unter den überraschten Augen aller in der Runde tat der Butler, wie ihm geheißen, und zog sich danach mit einer Verbeugung zurück.

„Ihr werdet euch wundern, dass ich zu so ungewöhnlicher Zeit Tee servieren lasse. Doch bitte verzeiht einem alten Mann seine Marotten. Wir wollen alle einen großen Schluck davon trinken!"

Niemand wagte zu widersprechen. Mylady nippte an ihrer Tasse.

„Nicht doch, nicht doch, Lady Bakerfield, wollen Sie mich beleidigen? Einen großen Schluck habe ich gesagt. So ist es gut. Und gleich noch einen ... Wisst Ihr, das ist ein ganz außergewöhnlicher Tee, wir wollen noch mehr davon trinken, bevor ich fortfahre."

Alle führten folgsam die Tassen zum Mund, auch wenn der Tee etwas seltsam schmeckte.

„Vater, was hat es mit dem Tee auf sich?"

„Lady Bakerfield war so freundlich, die Kräuter selbst für mich zuzubereiten und mir auf mein Zimmer zu bringen. Abend für Abend habe ich den Tee gesammelt, um ihn für einen besonderen Anlass aufzuheben. Und welcher Anlass könnte passender sein als dieser Augenblick?"

Mylady verschluckte sich und griff sich aufstöhnend an den Hals. „Ich muss sofort hinaus! Ich muss …!"

Die Hand des Earls, die nach vorne schoss, um sie zurückzuhalten, war kräftiger, als alle erwartet hatten. „Sie bleiben hier sitzen, Mylady. Und trinken noch etwas von Ihrem köstlichen Tee."

„Onkel, was für ein Spiel spielst du hier mit uns, und vor allem mit meiner Frau?"

Lady Bakerfield indes sagte kein Wort. Sie war überraschend klein geworden in ihrem Stuhl.

Der Earl wandte sich an den Friedensrichter. „Sehen Sie, Mylord, ich habe recht gehabt."

„Recht womit?" Bakerfields Stimme überschlug sich fast.

„Lord Streighton hielt es für möglich, dass du in den Plan verwickelt sein könntest, mich zu vergiften, doch das war wohl die Idee der lieben Valerie allein."

„Vivian!", verbesserte Dewary.

„Louise!", verbesserte Bakerfield.

„Wie auch immer." Der Earl lächelte immer noch milde. „Wäre ich nicht aufgrund des Medaillons auf der Hut gewesen und hätte nicht Hammond sie dabei entdeckt, wie sie im Garten Blätter des roten Fingerhuts sammelte, ich hätte den Tee als nette Geste meiner neuen Nichte betrachtet. Und sicher wäre ich inzwischen so schwer krank, wie ich in den letzten Tagen zu sein vorgab. Vielleicht wäre ich auch schon tot."

Lord Bakerfield konnte es nicht fassen. „Du hast versucht, meinen Onkel zu vergiften? Mit rotem Fingerhut?"

Mylady zuckte mit den Schultern und beschloss, dass es das Beste war, überhaupt nichts mehr zu sagen.

„Ihre Frau Mama ist herzkrank, wie ich vernommen habe", fuhr der Earl fort. „Ärzte setzen die Essenz von Fingerhutblättern als Medizin bei Herzkrankheiten ein. Ist jemand nicht herzkrank oder wird die Dosis zu hoch gewählt, wirkt die Pflanze als tödliches Gift. Deine Frau wollte mich langsam, aber sicher unter die Erde bringen. Und dann meinen Sohn und Erben aus dem Weg räumen. Ihr könnt den Tee übrigens unbesorgt zur Seite stellen. Natürlich habe ich euch keinen vergifteten Tee zu trinken angeboten!"

Lord Bakerfield stellte seine Tasse klirrend ab, konnte die Augen aber nicht von seiner Frau wenden. „Aber warum bloß, Louise?"

Diese hatte unterdessen ihre Stimme wiedergefunden. „Merkst du denn nicht, was dein Onkel mit seinen völlig haltlosen Anschuldigungen bezweckt? Er will davon ablenken, dass es *sein* Sohn ist, um den es hier geht. Dewary ist der Mörder, dessentwegen der Friedensrichter heute hier ist. Sie haben es gehört, Lord Streighton, Dewary hat nichts zu seiner Verteidigung vorzubringen."

Lord Bakerfield stand nicht an, ihr beizupflichten. „Sie haben meine Frau gehört, Sir! Major Dewary ist der Mörder meiner Mutter. Nehmen Sie ihn fest und führen Sie ihn der gerechten Strafe zu!"

Sir Streighton hob abwehrend die Hand. „Einen Augenblick, Mylord, ich bitte Sie. Bevor ich jemanden wegen Mordes verhaften kann, brauche ich eine Leiche."

Lord und Lady Bakerfield sahen den Friedensrichter an, als hätte er den Verstand verloren. „Sir, wir haben meine

Mutter bereits vor Wochen beigesetzt. In Ihrer Anwesenheit, wenn Sie mir die Bemerkung gestatten."

„Ich habe mir die Freiheit genommen, die letzte Ruhestätte aufgraben und den Sarg öffnen zu lassen …"

„Wie konnten Sie nur, Sir! Ich hätte zu so einem Vorgehen niemals meine Zustimmung gegeben. Sie haben die Totenruhe meiner Mutter verletzt!", rief Lord Bakerfield aus, noch in der Hoffnung, dass der Friedensrichter nur bluffte und nichts von seinen Worten wahr war.

„Seine Lordschaft hatte meine Zustimmung", warf Lord Digmore ein. „Es geschah auf *meinem* Friedhof, an *meinem* Familiengrab, es handelte sich um *meine* Schwester. Ich hoffe, du verzeihst, dass ich da deine Zustimmung für verzichtbar gehalten habe."

Dewary konnte nicht umhin, seinen Vater bewundernd anzusehen. Allerdings: Was sollte das Ganze bedeuten? Warum hatte man es für nötig erachtet, die arme Tante Barbara wieder auszugraben?

„Wir haben mit dem Öffnen des Grabes gewartet, bis die Burschen, die Sie aus Worthing hierherbeordert hatten, wieder abgezogen waren, Lady Bakerfield. Dieser Shiffton allein konnte schlecht das Fenster von Major Dewary im Auge behalten, Ihnen als Liebhaber für Ihren mittäglichen Schönheitsschlaf dienen und auch noch das Grab bewachen, nicht wahr?"

Lord Digmores in so freundlichem Tonfall vorgebrachte Worte hatten eine durchschlagende Wirkung. Lord Bakerfield lief zu seiner Frau, ergriff sie an den Schultern, um sie zu schütteln, und überhäufte sie mit Fragen, die sie entweder nicht beantworten konnte oder nicht beantworten wollte. Stattdessen brach sie in bitterliches Schluchzen aus.

Der Earl beschloss, über beide hinwegzusehen. „Es wird dich freuen zu hören, mein Sohn", wandte er sich an Dewary, „dass es sich bei der Leiche, die ausgegraben wurde, nicht um deine Tante handelt!"

Ob diese Nachricht den Major erfreute? Es fielen ihm Berge von Steinen von seinem Herzen!

„Andererseits ist es natürlich sehr traurig, dass der arme Paul sein Leben für dieses Ränkespiel lassen musste! Ich habe …“, setzte er, an Lady Bakerfield gewandt, hinzu, „übrigens dafür gesorgt, dass unser Gärtner, Mr. Hammond, Digmore Park verlässt. Ich vermutete bereits damals, dass Paul durch Ihre Hand etwas zugestoßen war, und wollte nicht, dass Hammond das gleiche Schicksal erleidet!“

„Paul ist nicht durch meine Hand gestorben! Das war seine!“ Mylady wies mit dem Zeigefinger auf ihren Gatten. „Und er hat auch den armen Shiffton auf dem Gewissen!“

„Das ist ja bemerkenswert!“, fand Sir Streighton, froh, dass ihm seine Arbeit so leicht gemacht wurde.

„Was ich noch viel aufschlussreicher fände“, meldete sich Dewary zu Wort, „wenn Tante Barbara nicht im Sarg lag, wofür ich Gott von Herzen danke, wo ist sie denn dann?“

In diesem Moment wurde die Durchreiche zum gelben Salon, die bisher nur einen Spaltbreit offen stand, gänzlich zur Seite geschoben.

„Frederick, ich bin hier!“

35. Kapitel

Der Earl of Digmore hatte sich erhoben und war seiner Schwester entgegengeeilt. „Barbara, wie schön, dich zu sehen! Leiste uns doch ein wenig Gesellschaft!“ Und mit einem Blick in den gelben Salon zu den wartenden Damen Portland bat er noch um ein wenig Geduld.

Lady Barbara trat langsam in den Jagdsalon. Sie trug ein Tageskleid in sattem Blau, ihre dunklen, von einzelnen grauen Strähnen durchzogenen Haare schmückte ein zartes Spitzenhäubchen. Sie war eine kleine, etwas untersetzte Dame von freundlichem Gemüt. So ernst wie heute hatte Dewary seine Tante allerdings noch nie gesehen. Nun hielt ihn nichts mehr in seinem Sessel. „Liebste Tante!“, er umfing sie mit beiden Armen und ließ sich von ihr an ihren ausladenden Busen ziehen, „wie schön, dich bei bester Gesundheit zu sehen!“

„Ach, Frederick, wenn ich gewusst hätte, in welche Schwierigkeiten dich mein Wunsch bringen würde, ich hätte dich nie gebeten, uns bei unserer heimlichen Abreise zu unterstützen! Nicht auszudenken, was geschehen wäre, wenn … er …“, ihr Blick wanderte zu ihrem Sohn, der verlegen von einem Bein auf das andere trat und offensichtlich nicht wusste, wie er sich seiner Mutter gegenüber verhalten sollte, „… oder sie …“, Myladys Blick streifte Vivian Louise mit Verachtung, „… ihren Plan zu Ende hätte führen können! Die beiden hätten dich an den Galgen gebracht!“

„Nun, da hatte ich ja auch noch ein Wörtchen mitzureden“, bemerkte der Earl trocken. Er nahm seine Schwester am Arm, um ihr den Friedensrichter vorzustellen. „Ich denke, du kennst Sir Thomas Streighton noch nicht, meine Liebe. Mylord, meine Schwester Barbara!"

Während sie zwei Finger zum Gruß reichte, verbeugte sich der Friedensrichter. „Sie sind also Lady Barbara Bakerfield?"

Die Dame schüttelte den Kopf. „Nein, das bin ich nicht!"

Vivian fuhr auf. „Na sehen Sie, Sir, das ist gar nicht Edwards Mutter. Das ist bloß eine Schwindlerin, ein ..."

„Louise, halt doch endlich den Mund!" Noch nie war seine Gattin Edward derart auf die Nerven gegangen.

„Ich bin Mrs. Barbara Jennings, Mylord. Geborene Miss Barbara Dewary, verwitwete Lady Bakerfield!"

„Du hast den alten Knaben also wirklich geheiratet, Mutter!"

Mylady setzte sich an die Seite ihres Bruders auf das moosgrün bezogene Sofa. „Selbstverständlich habe ich das, mein Sohn. Denkst du, ich würde mit einem Mann zusammenleben ohne einen Ehering am Finger?"

Vivian schüttelte den Kopf und schnauzte ihren Ehemann an. „Das ist tatsächlich deine Mutter? Hast du nicht gesagt, sie würde sich hier ihr Leben lang nicht mehr blicken lassen? Hast du nicht gesagt, unser Plan wäre vollkommen sicher, da außer dir niemand ihre Adresse hätte? Wenn ich gewusst hätte, wie wenig ich mich auf dich verlassen kann, ich hätte dich nie und nimmer geheiratet!"

Lady Barbara wandte sich überrascht an ihren Bruder. „Was heißt, Edward hatte als Einziger meine Adresse? Du hattest meine Anschrift doch ebenfalls, John. Ich hatte dir einen langen, ausführlichen Brief geschrieben, in dem ich dir mein Tun erklärte. Ich hatte ihn dem Schreiben an Edward beigelegt ... oh ..."

Der Earl lächelte. „Dein Sohn hat wohl entschieden, mir deine Zeilen vorzuenthalten. Obwohl er angeblich stets um meine Gesundheit besorgt war ..."

„Aber ich bin stets um deine Gesundheit besorgt, Onkel, das musst du mir glauben!“

„… obwohl er angeblich stets um meine Gesundheit besorgt war“, wiederholte der Earl ungerührt, „… hat er zugelassen, dass ich um dich trauerte. Und mir die schwersten Vorwürfe machte, es nicht verhindert zu haben, dass du allein den Spaziergang unternahmst, bei dem du deinem Mörder in die Hände gefallen sein musstest. Natürlich wusste ich, dass mein Sohn als Täter nicht in Frage kam. Und als ich dann von Paul die Wahrheit erfuhr …“

„Du hast von Paul die Wahrheit erfahren? Wie ist das möglich? Wir haben den Burschen doch …“ Edward verstummte.

„Du suchst nach dem passenden Wort, Neffe? Wie gefällt dir ‚erschlagen‘? Ich weiß, das ist ein hässliches Wort. Doch noch viel hässlicher ist die Tat, die dieses Wort beschreibt. Ihr habt den armen Kerl bei der Einfahrt nach Digmore Park abgefangen, alles aus ihm herausgeprügelt und dann noch so lange zugeschlagen, bis er sich nicht mehr rührte!“

Lady Barbara ließ ein unterdrücktes Schluchzen hören. „Aber warum, Edward!? Warum hast du das getan? Paul war so ein lieber Junge! Ich hatte ihn unter meine Fittiche genommen, als seine Eltern früh verstarben. Ich liebte ihn fast wie einen eigenen Sohn! Das hast du doch gewusst!“

„Und ob ich das gewusst habe, Mutter!“, brauste seine Lordschaft auf und nun ließ er alle Vorsicht fahren. „Oh, wie sehr ich ihn dafür gehasst habe! Ich habe ihn ebenso gehasst wie deinen ach so klugen und guten Neffen dort drüben! Paul und Frederick bekamen all deine Liebe, Mutter! Für mich blieben nur Ermahnungen und Schelte übrig. Du vermagst dir nicht vorzustellen, wie sehr ich darunter gelitten habe. Und als dir die beiden bei deinem schändlichen Plan, eine Mesalliance mit einem Kammerdiener einzugehen, auch noch halfen, da war der Bogen endgültig überspannt. Ich wusste, ich würde erst wieder ruhig schlafen können, wenn ich die beiden beseitigt hätte. Nun, es wäre mir beinahe gelungen! Beinahe."

Entsetztes Schweigen senkte sich über die Runde im Salon.

Es war schließlich Lady Barbara, die als Erste die Sprache wiederfand. „Ich habe stets gedacht, du seist wie dein verstorbener Vater, Edward. Doch nun sehe ich, dass ich deinem Papa Unrecht getan habe. Er war ein unbeherrschter, grober, rechthaberischer Mann, ich bitte meine Offenheit zu entschuldigen, Lord Streighton. Doch du, mein Sohn, bist noch viel mehr als das, du bist ein feiger, skrupelloser Mörder."

Bei den letzten Worten war ihre Stimme gebrochen und sie schluchzte in ihr Taschentuch. Die harten Worte seiner Mutter hatten nun auch Lord Bakerfield kurz zum Schweigen gebracht – nicht jedoch seine Frau.

„Aber wenn Edward den Brief doch abgefangen hat, wie kommt es dann, dass ... diese Mrs. Jennings heute so unvermittelt auftaucht? Ich muss sagen, Sie haben die denkbar schlechteste Stunde für Ihren Besuch gewählt."

„Und ich muss sagen ...", und nun war jedes Lächeln aus dem Gesicht des Earls verschwunden, „langsam bin ich Ihre Unverschämtheiten leid. Meine Schwester kam, weil ich nach ihr geschickt habe."

Er wandte sich an Dewary, der noch geschockt über das Gehörte schweigend in seinem Sessel saß. „Dein Bursche hat seine Aufgabe, deine Tante herzuholen, mit Bravour gemeistert. Das Pferd, wie hieß es doch gleich, ach ja, Jupiter, steht jetzt allerdings im Stall von Mr. Jennings."

Wie nicht anders zu erwarten war, verschenkte Sir Streighton keinen Gedanken an Dewarys Pferd. „Für mich ist die Sachlage eindeutig, Mylord. Ihr Sohn, Major Dewary, ist unschuldig. Ich werde umgehend alles veranlassen, um seinen General in Spanien davon in Kenntnis zu setzen.

Sie können in wenigen Tagen zu Ihrer Truppe zurückkehren, Major!"

„Ich bin Ihnen zu außerordentlichem Dank verpflichtet, Mylord, doch ich werde nicht auf den Kontinent zurückkehren. Ich habe meinen Abschied von der Armee genommen!"

Nun kehrte das Lächeln ins Gesicht seines Vaters zurück. „Das freut mich, das freut mich außerordentlich!"

„Und was Ihren Neffen betrifft, Mylord, und seine Gattin …"

„So verfahren wir, wie wir dies besprochen haben!"

„Tatsächlich? Sie bleiben bei Ihrem Wunsch, trotz alldem, was wir heute zu hören bekommen haben?"

Der Earl nickte. „Trotz allem, ich bleibe dabei. Es geht um die Familienehre."

Auf dieses Stichwort wandte Dewary sich an seinen Cousin. „Apropos Familienehre. Du hast doch heute von Familienehre gesprochen, Edward. Ich hätte da eine Frage: Warum hast du mir die Gelegenheit verschafft, aus meinem Zimmer zu entkommen?"

„Das hatte mehrere Gründe", begann Lord Bakerfield, der keinen Sinn mehr darin sah, die Wahrheit länger zu verschweigen, „der erste war, dass ich nicht wusste, was mein Onkel mit dir vorhatte. Ich fürchtete, er wollte dich außer Landes bringen. Glaub mir, ich wollte dich eigentlich schon gestern aus deinem Zimmer befreien, da habe ich dich allerdings dort nicht vorgefunden." Sein Gesicht verzog sich zu einem dreckigen Grinsen. „Doch auch wenn ich damals schon geahnt hätte, wo du dich aufhieltest, bis ins Turmzimmer hinauf, da hätte die Leiter ohnehin nicht gereicht!"

„Zweiter Grund!", befahl Dewary, ohne weiter auf die Worte seines Cousins einzugehen.

„Ich wollte dich persönlich beim Friedensrichter abliefern und zusehen, wie du am Galgen baumelst. Ich hatte es erreicht, dass eine Prämie auf deinen Kopf ausgesetzt wurde, und die wollte ich mir holen."

Sir Streighton hob mahnend einen Zeigefinger. „Das ist so nicht ganz richtig, Mylord. Sie haben mir eindringlich geraten, eine derartige Prämie auszusetzen, ich habe diesem Wunsch jedoch nie entsprochen!"

„Dann habe ich die Burschen aus Worthing und Umgebung ganz umsonst hierhergeholt? Ich dachte doch, ich bekäme den Großteil der Belohnung!", beschwerte sich Lady Bakerfield. Doch diesmal beachtete niemand ihren Schmollmund.

„Du wolltest die Belohnung doch gar nicht", rief ihr Gatte aus, „du hattest doch deinen Liebhaber, diesen Shiffton, darauf angesetzt, Dewary zu erschießen. Ich habe es mit meinen eigenen Ohren gehört, als er sich vor einem der anderen Burschen damit brüstete."

Mylady zuckte verächtlich mit den Schultern. „Na und? Was geht dich das an? Hätte Shiffton Dewary erschossen, dann befänden wir uns jetzt nicht in dieser unangenehmen Lage. Aber du wolltest ja unbedingt auf den Friedensrichter warten. Jetzt siehst du, wohin uns Warten bringt …"

„Ich war deinem Shiffton Tag und Nacht auf den Fersen. Und hätte er Dewary je im Visier gehabt, ich hätte ihn abgeknallt."

„Du *hast* ihn abgeknallt, Edward!", berichtigte Mylady kühl.

Sir Streighton hatte sich erhoben, und die anderen beeilten sich, es ihm gleichzutun.

„Lord Edward Bakerfield und Lady …"

„Valerie", flüsterte ihm Lord Digmore zu.

„Louise Vivian", verbesserte sein Sohn.

„Lady Louise Vivian Bakerfield", nahm der Friedensrichter den Faden wieder auf, „ich verhafte Sie im Namen des Königs. Folgen Sie mir zu meiner Kutsche. Wachen!"

Auf dieses Kommando öffnete sich die Tür zum Salon, und vier Männer traten ein, die Gewehre im Anschlag.

„Begleiten Sie Lord und Lady Bakerfield zur Kutsche!"

Der erste Mann ergriff Edward am Ärmel seines Rockes. Dieser schüttelte ihn ab. „Einen Augenblick noch, Mylord, wohin bringen Sie uns? Vergessen Sie nicht, ich habe Major Dewary das Leben gerettet!"

Lady Barbara blickte flehentlich zu ihrem Bruder hinüber. Dieser nickte ihr zu, bevor er sich an seinen Neffen wandte, ohne auf dessen Einwand einzugehen. „Ich habe Lord Streighton gebeten, euch nach Southampton zu bringen. Eure Diener haben bereits das nötige Gepäck vorbereitet und in die Kutsche geladen."

„Nach Southampton? Was sollen wir denn in Southampton?"

„Dort werdet ihr an Bord der Queen of the Seas gehen, die euch nach Amerika bringt. Es sind zwei Plätze im Unterdeck für euch reserviert."

„Im Unterdeck? Ich reise doch nicht im Unterdeck! Mit all dem Gesindel. Dort soll es stinken wie die Pest, es gibt kaum zu essen …"

„Mein Neffe, mir scheint, du hast keine andere Wahl." Lord Digmore zog einen kleinen Leinenbeutel aus seiner Hosentasche und warf ihn zu Lord Bakerfield hinüber. „Dieses Geld sollte für die Überfahrt reichen. Und auch dafür, euch die ersten Tage nach eurer Ankunft durchzubringen, bis ihr Arbeit gefunden habt!"

Lady Barbara ergriff seine Hand. „Ich danke dir, mein Bruder, du bist sehr großzügig!"

„Arbeit!" Bakerfield schnappte nach Luft. „Arbeit? Du wirst doch nicht von uns erwarten, dass wir *arbeiten*?"

„Mein Vater wird das nie zulassen! Ich möchte unverzüglich mit meinem Vater sprechen!" Lady Bakerfield entwand sich ebenfalls den Männern des Richters.

„Dem Wunsch folgen wir gern", meinte der Friedensrichter ungerührt. „Wachen, verbringt die beiden in den Gemeindekerker. Dort sollen sie ausharren, bis ihnen der Prozess gemacht wird. Bei zweifachem Mord, Mordversuch an einem Earl sowie Meineid ist das Urteil schnell gesprochen. Du kannst gleich beim alten Lombert vorbeifahren, Timothy, er soll den Galgen für zwei Personen vorbereiten …"

„Bringen Sie uns nach Southampton!" Mit diesen Worten schritt Lord Bakerfield in Richtung Tür. Kurz hatte es den Eindruck, als wollte er stehen bleiben, um seine Mutter zu umarmen, doch dann entschied er sich dagegen. „Komm Louise, wir haben hier nichts mehr verloren."

„So ist es, Mylord", bestätigte der Friedensrichter, „sollte es Ihnen einfallen, eines Tages wieder englischen Boden zu betreten, so wird Sie beide die Härte des Gesetzes mit voller Wucht treffen!"

Würdevoll verneigte er sich vor der Gesellschaft um Lord Digmore und verließ dann hinter dem Ehepaar Bakerfield den Jagdsalon.

36. Kapitel

Elizabeth lächelte ihrem Spiegelbild zu, während Molly ihre blonden Locken solange bürstete, bis sie glänzten. Dabei stand das Mundwerk der Zofe nicht still, so aufgeregt und glücklich war sie, ihre Herrin wohlbehalten wieder unter ihren Fittichen zu wissen. Diese hörte ihr jedoch nur mit halbem Ohr zu. In wenigen Minuten würde der verspätete Lunch beginnen, und sie würde Dewary wiedersehen! Seine Unschuld war bewiesen, er war in Sicherheit, er war frei für sie! Hatte es je einen schöneren Tag gegeben?

Elizabeth hatte den Friedensrichter zwar nicht gesehen, dafür aber die Unterredung hinter der Durchreiche Wort für Wort mitverfolgt. Nachdem das Ehepaar Bakerfield abgeführt worden war, hatte sie Mama stürmisch umarmt. Sie hatte angenommen, ihre Mutter wäre krank vor Sorge um sie gewesen, doch diese war überraschend gut gelaunt.

„So hören Sie doch auf, den Kopf zu schütteln, Miss Elizabeth! Wie soll ich denn da eine hübsche Frisur zustande bringen?"

„Entschuldige bitte, Molly!"

Doch wie sollte sie es schaffen stillzuhalten, wenn sie an Mamas Worte dachte?

„Was meinst du: Ist er nicht einfach großartig?", hatte sie ausgerufen.

„Wen meinst du, Mama? Major Dewary?"

Jetzt hatte ihre Mutter liebevoll gelächelt und ihr erfreut die Hand getätschelt. „Ja, natürlich, mein Kind, *dein* Major Dewary ist auch ganz großartig! Doch eigentlich meinte ich seinen Vater, den Earl. Stell dir vor, er hatte die gesamte

Zeit über sämtliche Fäden in der Hand! Wie elegant er diese unerfreuliche Angelegenheit geregelt hat, er ist einfach unvergleichlich!"

Elizabeth hatte ihre Mutter von der Seite gemustert. Mama hatte sich verändert in den letzten Tagen. Das lag jedoch nicht nur daran, dass sie ihre Haare lockerer aufgesteckt hatte als sonst. Sie wirkte so jung, so schwungvoll, so …

„Mama!", hatte sie ausgerufen, „Mama, sag bloß …" Sie hatte nicht gewusst, wie sie ihren ungeheuerlichen Verdacht am besten in Worte fassen sollte. Schließlich hatte sie tief Luft geholt und dann frei heraus gefragt: „Mama, hast du dich gar in Lord Digmore … *verliebt*?"

Jetzt schüttelte Elizabeth doch wieder den Kopf. Zum Glück hatte die Zofe ihr Werk inzwischen vollendet und war schon dabei, ihr in die Schuhe zu helfen. Noch nie hatte Elizabeth ihre Mutter so erröten gesehen. Noch nie hatte Mama ihr gegenüber den Blick gesenkt. Sie hatte also tatsächlich den Nagel auf den Kopf getroffen! Dennoch wünschte sie sich fast, nicht gefragt zu haben. Sie wusste nicht, wie sie nun mit diesem Wissen umgehen sollte. Mama war sechsundvierzig! Durfte man sich in dem Alter überhaupt verlieben?

Die Tischgesellschaft, die sich kurz darauf im Speisezimmer versammelte, unterschied sich deutlich von der der vergangenen Tage. Lord Digmore saß der Tafel vor und blickte stolz und mit sichtlichem Vergnügen in die Runde. Diesen Platz hatte sich sein Neffe in den letzten Wochen ungerechtfertigterweise angemaßt, und es war höchste Zeit gewesen, dass wieder geordnete Verhältnisse einkehrten. Lady Barbara hatte es vorgezogen, auf ihrem Zimmer zu bleiben, was alle gut verstehen konnten. Zuerst hatte sie eine strapaziöse Reise hinter sich gebracht, nur um zu erfahren, zu welch schändlichen Taten ihr einziges Kind fähig gewesen war. Jetzt musste sie sich damit abfinden, dass sie ihren Sohn nie wiedersehen würde. Was Edward auch getan hatte, ein so endgültiger Abschied fiel wohl keiner Mutter leicht. Zur Rechten seiner Lordschaft saß Lady Portland und schenkte ihm ihr erfrischendes Lächeln. Elizabeth sah, wie er beglückt zurücklächelte und ihrer Mutter verstohlen die Hand drückte. Billy würde ihr nicht glauben, wenn sie ihm davon erzählte! Doch jetzt hatte sie keine Zeit, sich länger mit Mama zu beschäftigen, denn Frederick Dewary hatte ihr gegenüber Platz genommen. Sie wollte ihm schon zulächeln, doch seine ganze Aufmerksamkeit galt seinem Vater.

„Ich hatte von Anfang an den Verdacht, Edward würde hinter der Intrige gegen mich stecken, Vater. Doch zu meiner Überraschung musste ich erfahren, dass du es gewesen sein sollst, der den Friedensrichter verständigt und die bewaffneten Wachleute angefordert hat."

Zum ersten Mal sah Elizabeth Dewary nicht in der Kleidung eines Bediensteten. Er trug einen schlichten, jedoch unzweifelhaft eleganten blauen Rock und ein gestärktes weißes Halstuch. Ein Diener hatte die letzte halbe Stunde dazu genutzt, seinen Herrn zu rasieren und ihm die Haare etwas zu kürzen. Dewary glich nun viel mehr als bisher dem Edelmann, der er von Geburt an war. Irgendwie war er ihr auf einmal ein wenig fremd. Und er schien gar nicht zu bemerken, dass sie sich in Windeseile für ihn hübsch gemacht und ein besonders schönes Kleid angezogen hatte – aus eisblauer Baumwolle mit einer Stickerei aus zarten Blüten an den Puffärmeln und am Rocksaum; Spitze umsäumte das rechteckig ausgeschnittene Dekolleté.

Lord Digmore schüttelte den Kopf. „Nicht *ich* habe Lord Streighton verständigt, er kam zu *mir*. Doch eins vorweg, mein Sohn: Wie konntest du bloß deine Tante bei ihrem unmöglichen Vorhaben, Digmore Park klammheimlich zu verlassen, auch noch unterstützen?"

Dewary tupfte seinen Mund mit der Serviette ab. „Du kennst doch Edward! Denkst du, er hätte seine Mutter gehen lassen? Er hätte sicher alles getan, um dies zu verhindern. Und dass er bei der Wahl seiner Mittel nicht zimperlich ist, das wissen wir nicht erst seit heute."

„Da hast du natürlich recht, mein Sohn. Doch das ist noch lange kein Grund, mich im Ungewissen zu lassen."

„Darf ich dich bitten, diese Angelegenheit mit Tante Barbara zu besprechen, Vater? Es war allein ihre Entscheidung. Zudem ging ich davon aus, du würdest ihren Brief bekommen."

„Nun gut, wie dem auch sei. Drei Tage nach deiner Abreise vernahm ich die Räder einer Kutsche auf dem Kies des Vorplatzes. Zuerst dachte ich, Barbara sei zurückgekehrt, um mir alles zu erklären. Doch es war nicht meine Schwester. Durch das Fenster meines Zimmers erkannte ich in der Besucherin deine Verlobte. Ich war im Begriff, mich umziehen, um deine Verlobte in unserem Haus willkommen zu heißen, da überraschte James mich mit der Nachricht, dass Edwards *Gattin* angekommen sei. Ich konnte es zuerst nicht glauben, also schickte ich nach Richards, um mich zu vergewissern. Ich ließ sogar zu, dass Edward mir seine Aufwartung machte, und fragte ihn, ganz beiläufig, ob seine Frau eine Zwillingsschwester habe. Und als er dies verneinte, wusste ich, ich musste mich vorsehen. Und entschloss mich, in meinen Zimmern zu bleiben."

„Wenn ich es richtig verstanden habe, dann bist du Vivian als Kammerdiener gegenübergetreten."

Seine Lordschaft nickte. „Ich wollte mich keinesfalls hier oben vergraben und zulassen, dass dieses dumme Ding die Zügel an sich reißt und überall nach Herzenslust herumschnüffelt. Damit, dass ich den Earl quasi an sein Bett fesselte, verschaffte ich mir als Kammerdiener die Freiheit, die ich brauchte. Jennings hatte die Güte, seine Anzüge gereinigt und fein säuberlich im Schrank seiner Kammer für seinen Nachfolger bereitzuhalten. Noch etwas von dem Gemüse, meine Liebe?"

Während Lady Portland lächelnd verneinte, stellte Dewary schon die nächste Frage: „Was geschah mit Paul?"

„James trifft seine Freunde einmal die Woche in der Schänke unten am Fluss. Eines Abends war dort auch Paul zugegen, den sie im Stall seit Tagen vermissten. Er erzählte ihm im Vertrauen die ganze Geschichte und bat James, ihm sein Pferd zu überlassen und stattdessen mit der Kutsche heimzufahren. Er wollte noch einen freien Abend genießen." Lord Digmore seufzte. „Ach, wäre er bloß am selben Abend mit meinem Kammerdiener zurückgekehrt, wer weiß, wie sich die Dinge dann entwickelt hätten!"

Er seufzte abermals, und die anderen schwiegen betreten, bis Dewary fragte: „Wie bist du dahintergekommen, dass es Edward und Louise waren, die Paul erschlugen? Es hätten doch Straßenräuber gewesen sein können."

„Das ist richtig", räumte sein Vater ein, „doch die Gauner sind auf Geld und Schmuck aus. Die erschlagen keinen wehrlosen Stallbuschen, von dem nichts zu holen ist, und lassen dann auch noch zu, dass sein Pferd zum Stall zurückläuft!"

„Diese Schlussfolgerung leuchtet mir ein, Vater. Doch wie kamst du Edward und seiner Frau auf die Schliche?"

„Lange Zeit konnte ich mir keinen Reim darauf machen, was geschehen war. Denn niemand wusste vom Verbleib des Burschen. Bis ich herausgefunden hatte, wo er war, hielt ich es für angebracht, allen aufzutragen, Stillschweigen zu wahren."

Dewary merkte auf. „Ach, deshalb wusste niemand etwas von einem Paul, als Charlie im Stall nach ihm fragte."

„Das ist gut möglich. Und was Paul betrifft, der lag die ganze Zeit in dem Sarg, auf dem Barbaras Name stand!" Er schwieg nachdenklich und schüttelte dann in Gedanken versunken den Kopf. „Könnt ihr euch das vorstellen? Edward war am Tag, als der Mord geschehen sein musste, bei mir. Er redete wie immer, er benahm sich wie immer, er versuchte mich wie so oft zu überreden, seine junge Frau kennenzulernen. Wie hätte ich da ahnen können, einem Mörder gegenüberzusitzen?"

„Mir ist immer noch nicht klar, Vater, wie du erfahren hast, dass es Edward und Louise waren, die Paul auf dem Gewissen haben …"

Zu aller Überraschung begann Mylord zu schmunzeln. „Das wusste ich selbst bis vor zwei Stunden nicht", bekannte er freimütig. „Vorhin im Jagdsalon habe ich einen bloßen Verdacht geäußert. Und siehe da, die beiden haben ohne Zögern den Mord an Paul gestanden!"

Dewary konnte nur ungläubig den Kopf schütteln, und Elizabeth sah in stiller Bewunderung zu seiner Lordschaft hinüber. Mylady jedoch verlieh ihrer Begeisterung lautstark Ausdruck, was Lord Digmore sichtlich gefiel.

„Du bist wirklich unübertrefflich, Vater", bestätigte jetzt auch Dewary, „doch bitte fahre fort: Wann hat dich der Friedensrichter aufgesucht?"

„Edward spielte ein hinterhältiges Spiel. In einer solch ernsten Lage bewährte sich wieder einmal, dass ich mit vielen wichtigen Männern auf gutem Fuß stehe. Eines Tages kam Sir Thomas Streighton zu mir …"

„Edward war also bei ihm!"

„Viel schlimmer, mein Sohn, viel schlimmer. Streighton berichtete mir von einem Gerücht, das man ihm aus Militärkreisen zugetragen hatte. Obwohl Edward nie selbst einen Uniformrock getragen hat, kennt er dort anscheinend einige maßgebliche Männer."

Dewary nickte. „Damit hat er sich mir gegenüber einmal gebrüstet. Er kannte zwei Offiziere von seiner Zeit in Cambridge."

„Anscheinend hatte er, nachdem er Paul getötet hatte, wahrscheinlich gemeinsam mit dieser … seiner Frau beschlossen, auch dich zu beseitigen, allerdings auf elegantere Weise. Also ließ er die Kutsche anspannen und sich zur Kaserne nach Winchester fahren, um dort die böse Saat des Gerüchtes auszusäen. Die Herren hielten die Andeutungen von Edward, du seist der Mörder seiner Mutter, nicht für ausreichend glaubwürdig, um sofort Lord Wellington in Spanien zu verständigen, Frederick, doch sie hielten sie immerhin für so aussagekräftig, dass sie dem Friedensrichter Meldung machten."

Dewary atmete tief durch. „Das ist ja eine schauerliche Geschichte! Gar nicht auszudenken, wenn man mich festgenommen hätte, bevor Andrew mich hätte warnen können! Ein Glück, dass Lord Streighton zu dir kam, Vater!"

„Ja, das war wirklich vorausschauend, und ich rechne es ihm hoch an. Ich erzählte ihm, dass Barbara gesund und wohlbehalten im Norden von Hampshire eingetroffen ist, und bat ihn, gegenüber dem alten McPherson einige Worte fallen zu lassen, damit dieser seinen Sohn vor dir warnt. Es war, wie ich es vorausgesehen hatte, McPherson ist einfach ein altes Waschweib."

Lord Digmore fand dies amüsant. Seinem Sohn jedoch lag nichts ferner, als in sein Lachen einzustimmen. „Aber warum, Papa? Warum dieser Umweg? Konntest du mir nicht einfach schreiben ..."

„Das hatte ich erwogen, Frederick. Doch die Gefahr, dass man einen Brief von mir an dich abfängt, schien mir dann doch zu groß zu sein." Es fiel Dewary nicht leicht, doch er musste seinem Vater recht geben.

„Ich vertraute auf deinen Weitblick, mein Sohn! Ich wusste, du würdest nach England zurückkehren, und ich hoffte, dass du dir zuerst ein Bild von der Lage auf Digmore Park machst, bevor du deinen Fuß auf väterlichen Grund und Boden setzt. Und, ich habe recht behalten!"

Die Dienerschaft räumte die Teller ab und servierte neue für das Dessert. Die süßesten Köstlichkeiten wurden auf der Tafel aufgereiht, doch Elizabeth hatte keine Augen für Aprikosenkuchen und Sherrytrifle. Endlich waren wohl alle Fragen beantwortet, die Dewary auf der Seele brannten. Nun endlich würde er seinen Blick ihr zuwenden …

Mylord legte seine Serviette auf den Tisch, zum Zeichen dafür, dass er das Mahl für beendet hielt, und erhob sich. „Wie ich mit nicht geringem Amüsement festgestellt habe, hast du dich vor ein paar Tagen von dieser Bakerfield durch die Räume meines Hauses führen lassen, Lady Portland. Ich kann mir nicht vorstellen, dass die dumme Person all die Kunstwerke, auf die wir stolz sind, auch nur im Geringsten zu schätzen wusste. Was hältst du davon, liebe Margret, wenn ich dich jetzt noch einmal durch die wichtigsten Räumlichkeiten führe und dir alles erkläre?"

Lady Portland erhob sich umgehend, um ihm zu folgen, während sie „ihrem lieben John" versicherte, dass es nicht nur ein großes Vergnügen sei, sondern eine besondere Ehre.

Elizabeth war fasziniert zu hören, dass sich die beiden mit Vornamen ansprachen. Doch sie hielt noch aus einem anderen Grund die Luft an. Das konnte doch nicht wahr sein, dass die gemeinsam verbrachten Tage in Dewarys Zimmer mit keinem Wort erwähnt wurden! Mama wusste Bescheid, seine Lordschaft wusste mit Sicherheit auch Bescheid. Was mussten die beiden bloß von ihr denken? Dewary konnte doch nicht zulassen, dass sie den Raum verließen, ohne ein Wort über ihre Verlobung zu verlieren. Er hatte doch gesagt, er liebte sie! In diesem Augenblick erhob sich Dewary, und Elizabeth atmete befreit auf. Gott sei Dank, sie hatte sich nicht geirrt! Doch seine Worte wischten das Lächeln glücklicher Erwartung wieder von ihren Lippen.

„Ich möchte mich bei dir bedanken, Vater. Es ist gut zu wissen, dass du immer an mich geglaubt hast."

Kurz hatte es den Anschein, als würde seine Lordschaft

seinen Sohn umarmen, doch dann ließ er es bei einem väterlichen Schulterklopfen bewenden. „Ich freue mich, dass du in Freiheit bist, Dewary. Und natürlich auch, dass du in England bleiben wirst. Glaub mir, Digmore Park braucht dich."

„Somit hast du also alles erreicht, was du dir gewünscht hast, nicht wahr, Vater?"

Mylord zwinkerte seinem Sohn zu. „Noch habe ich nicht alles erreicht, was ich will, Frederick, noch nicht."

Damit führte er Mylady aus dem Speisezimmer und schloss die Tür. Elizabeth und Dewary waren allein. Sie wagte kaum, zu ihm hinüberzusehen. Was ging bloß in seinem Kopf vor? Würde er ihr jetzt einen Antrag machen? Oder war ihr Verhalten zu freizügig gewesen? Hatte er in den getauschten Küssen nichts weiter als einen willkommenen Zeitvertreib gesehen? Sie tat, als blickte sie aufmerksam aus dem Fenster. Um nichts auf der Welt sollte er ihre Gedanken erahnen können. Dewary umrundete den Tisch und trat neben sie. Elizabeths Herz schlug bis zum Hals.

Elizabeth, hörte sie ihn in ihrer Vorstellung sagen, willst du meine Frau werden?

„Elizabeth", hörte sie stattdessen, „ich habe einige wichtige Dinge zu erledigen. Verzeihst du mir, dass ich dich allein lasse? Gewiss möchtest du dich nach all der Aufregung etwas ausruhen."

Er lächelte ihr zu, bevor auch er den Raum verließ.

37. Kapitel

Elizabeth war wütend. Sie war enttäuscht. Sie war traurig und verletzt und unglücklich und einsam. Und sie hatte Heimweh, Sehnsucht nach Portland Manor, nach dem Gefühl der Sicherheit, das ein geordneter Alltag bot. Manchmal hatten Alltagspflichten etwas Tröstliches. Wenn sie sich wenigstens in die Arme ihrer Mutter hätte werfen können! Doch Mama war schon bisher keine Mutter gewesen, die ihrer Tochter eine Schulter zum Ausweinen geboten hätte, und im Augenblick waren all ihre Gedanken von Lord Digmore gefangen genommen. Elizabeth hätte viel darum gegeben, Summerwind satteln zu können, um auf seinem Rücken über Felder und Wiesen zu galoppieren. Bis ihre Wangen vom Wind gerötet und die trüben Gedanken aus ihrem Kopf verscheucht worden wären. Doch Summerwind war weit weg. Und sie konnte in einem fremden Haus nicht einfach befehlen, ein Pferd zu satteln. Obendrein hätte sie sich wahrscheinlich nach kurzer Zeit in den ausgedehnten Wäldern verirrt. Ganz abgesehen von der Gefahr, Straßenräubern zu begegnen. Nein, da blieb sie lieber im Haus. Und wo anders sollte sie sich da aufhalten als auf ihrem Zimmer? Was mochte Dewarys seltsames Verhalten bedeuten? Was konnte so wichtig und so dringend sein, dass er sein Pferd satteln ließ, kaum dass er die Freiheit wiedererlangt hatte? Hatte er es sich etwa anders überlegt? Wollte er sie nicht mehr heiraten? Jetzt, da er ein freier Mann war, stand ihm die Welt offen. Jede Gastgeberin von Rang würde ihre Einladung mit der Gegenwart des begehrtesten Junggesellen des Landkreises krönen wollen. Wie hatte sie auch nur einen Augenblick annehmen können, er wäre geneigt, um eine Frau zu werben, die in den nächsten drei Jahren nicht die Seine werden konnte, so lange, bis Billy die Leitung von Portland Manor übernehmen konnte? Welcher Mann war schon bereit, so lange zu warten? Elizabeth seufzte und rief sich dann streng zur Ordnung. Es half kein Selbstmitleid, es half kein Klagen, sie musste nach Portland Manor zurück, und zwar so schnell wie möglich. Sie hatte die Hilfe von Claras Mann und dessen Bruder ohnehin schon viel zu lange beansprucht. Heftig zog sie am Klingelstrang. Molly erschien knicksend in der Tür.

„Ich möchte den Staub der letzten Tage gern abwaschen, kannst du bitte dafür sorgen, dass mir ein Bad bereitet wird? Und dann kümmere dich bitte um die Koffer, wir reisen in den nächsten Tagen ab."

Eine halbe Stunde später saß sie in der kleinen Kupferwanne, die zwei starke Burschen in ihr Zimmer geschleppt hatten. Die beiden hatten auch die Kübel mit warmem Wasser aus der Küche gebracht und in hohem Schwall in die Wanne geleert. Wie sehr genoss sie es, die Tage der Gefangenschaft im Turmzimmer, all die Sorge und Ungewissheit von sich abzuwaschen. Wenn es doch nur genauso einfach wäre, die tristen Gedanken und ihre Enttäuschung fortzuspülen! Dewary hatte sie beim Essen nicht ein Mal *angesehen.* Stets war er ihren Blicken ausgewichen und hatte nur Augen und Ohren für seinen Vater gehabt. Er hatte nicht einmal *bemerkt,* wenn sie ihm zulächelte! Anscheinend war sie wirklich bloß ein Zeitvertreib gewesen. Wie ihr Mama erzählt hatte, war es Teil des Plans, dass sie in Dewarys Zimmer zugegen war, damit dieser nicht auf die dumme Idee verfiel, einen halsbrecherischen Fluchtversuch zu wagen. Diese Aufgabe hatte sie wohl erfüllt. In jedem Fall wurden ihre Dienste nun nicht mehr länger benötigt. Es war zum Aus-der-Haut-Fahren!

Ihre flache Hand knallte auf das Wasser, dass es spritzte und ihr Kleid, das Molly über den Sessel neben dem Bett gelegt hatte, einige hässliche Tropfen abbekam. Die Zofe hatte versucht, aus den verschlossenen Gesichtszügen ihrer Herrin schlau zu werden. Irgendetwas war während des Mittagessens geschehen. Miss Elizabeth war nach den Tagen, die sie im Turmzimmer eingesperrt gewesen war, überraschend gut gelaunt, ja richtig aufgekratzt gewesen. Doch jetzt waren ihre Lippen zusammengepresst und ihre Augen funkelten. Sie hoffte inständig, dass nicht sie es war, der Miss Porters Zorn galt. Schnell holte sie ein großes Tuch und breitete es mit beiden Händen aus, um ihrer Herrin beim Abtrocknen behilflich zu sein.

„Es ist wohl besser, wenn Sie aus der Wanne steigen, bevor Sie das ganze Wasser im Raum verteilen. Die letzten Tage waren sicher anstrengend. Wollen Sie sich nicht ein wenig hinlegen und ausruhen? Ich wecke Sie dann zum Dinner."

Dinner? Elizabeth verspürte nicht die geringste Lust auf das Dinner. Sie verzog unwillig das Gesicht, sagte jedoch kein Wort und ließ es zu, dass Molly ihr das Nachthemd überstreifte und sie zu Bett brachte. Ihr Kopf hatte das Kissen kaum berührt, da war sie auch schon eingeschlafen.

Kurz vor fünf rüttelte Molly an ihrer Schulter. „Sie schlafen heute aber ganz besonders fest, Miss Elizabeth! Es ist Zeit, dass Sie sich für das Abendessen vorbereiten. Welches Kleid möchten Sie denn tragen?"

Elizabeth, so unsanft aus dem Schlaf gerissen, gab einen unwilligen Laut von sich. Gerade jetzt, wo es am schönsten war, wurde sie geweckt! Im Traum hatte sie in Dewarys Armen gelegen, der ihr die liebevollsten Worte ins Ohr flüsterte. Ob sie den Traum wohl weiterträumen könnte, wenn sie sich am Abend zu Bett begab?

„Miss Elizabeth, was ist denn heute bloß los mit Ihnen?

Soll ich Ihnen das kornblumenblaue Kleid herauslegen und dazu die hübschen Satinschuhe, die mit Schleifen an den Fesseln gehalten werden?"

Elizabeth rieb sich die Augen und setzte sich schweren Herzens auf. Das kornblumenblaue Kleid hatte eine gewisse Ähnlichkeit mit dem Gewand, das sie im Traum getragen hatte. Mit dieser Wahl war sie einverstanden. Sie stand auf, und während sie sich reckte und streckte, fiel ihr Blick auf einen Strauß bunter Rosen, der auf einem Schemel neben der Tür lag.

„Was sind denn das für Blumen? Hast du sie mitgebracht, Molly?"

Das Mädchen wandte sich um und folgte Elizabeths Blick. „Ach die. Ich weiß auch nicht, woher die kommen. Sie lagen vor Ihrer Tür, als ich eben hereinkam."

Mit einem Mal kam Leben in Elizabeth. „War denn keine Karte in dem Strauß?"

Rasch lief sie zum Schemel und hob die Blumen hoch. Was für ein wunderschönes Bukett! Da waren Rosen in allen Schattierungen von Rosé, Rosa und Pink, in Zartgelb und auch eine weiße Knospe. Elizabeth versenkte behutsam ihr Gesicht in die Blütenpracht.

Dann untersuchte sie die Blumen. Da war keine Karte! Aber das konnte doch nicht sein! Dabei war sie sich so sicher gewesen, dass die Rosen nur von einem stammen konnten. Mit einem Satz war sie bei der Tür, riss sie auf und wirklich, da lag ein weißes Rechteck einsam und verlassen im Flur. Molly konnte sich nicht genug wundern. „Da ist ja tatsächlich eine Karte! Wer mag das sein? Das ist ja so aufregend! Schnell, lesen Sie, was da steht!"

Es hätte der Aufforderung ihrer Zofe nicht bedurft. Elizabeth wandte sich ein wenig ab, sodass das Mädchen nur einen Blick auf die Zeilen erhaschen konnte. Doch Molly war hartnäckig. „Von wem stammen die Blumen, Miss Elizabeth? Wo haben Sie denn einen Verehrer kennengelernt? Sie haben doch in den letzten Tagen das Turmzimmer nicht verlassen!"

„Molly, du bist wahrlich zu neugierig! Kümmere dich lieber um das Kleid und suche auch ein passendes Band heraus, ich habe vor, einige dieser Blumen in meinem Haar zu tragen.

„Liebe Elizabeth", las sie, als sich das Mädchen beleidigt abgewandt hatte, „darf ich dich bitten, um sechs am Abend ins Turmzimmer zu kommen. Ich habe dort etwas Wichtiges vergessen. F. Dewary"

Das war wieder einmal typisch Frederick! Da schickte er ihr diesen zauberhaften romantischen Blumenstrauß und dann schrieb er solch sachliche Zeilen dazu! Konnte er ihr keine Liebeserklärung schreiben, sodass sie sich beruhigt und sorglos auf den Abend freuen konnte?

Molly half ihr in den Unterrock. Als der kühle Stoff über ihren Körper glitt, kam Elizabeth schlagartig zur Besinnung. Sie war eine Närrin! Der alberne Traum hatte unerfüllbare Sehnsüchte in ihr geweckt. Wahrscheinlich waren die Blumen gar nicht von ihm, bestimmt hatte ein Diener sie auf dem Flur verloren. Er hatte lediglich die Karte geschrieben. Was war es wohl so Wichtiges, das er im Turmzimmer vergessen hatte? Warum musste sie dabei sein, wenn er es holte? Noch dazu zur Dinnerzeit, wo er doch wusste, wie ungehalten Mama wurde, wenn sie nicht pünktlich bei Tisch saß.

„Die Strümpfe, Miss Elizabeth!" Molly riss sie wieder einmal aus ihren Gedanken. Diesmal ließ sie sich jedoch nicht ungern ablenken. Vorsichtig streifte sie die hauchzarten Strümpfe über und stellte die Füße nacheinander auf den Schemel, damit die Zofe ihr die Schuhe zubinden konnte. Dann schlüpfte sie ins Kleid und zog vor dem Spiegel die Spitzen ihres Dekolletés zurecht. Molly steckte ihr dichtes, blondes Haar hoch und schmückte den Knoten mit zwei Rosen aus dem Bukett. Elizabeth betrachtete sich prüfend im Spiegel, während ihre Kammerzofe aufgeregt um sie herumlief. „Sie sehen hinreißend aus, Lady Elizabeth. Ich wünschte, ich wüsste, von wem die Rosen sind!"

Elizabeth verzog ihre Lippen zu einem schwachen Lächeln. „Das wünschte ich allerdings auch."

Als die Standuhr in der Eingangshalle sechsmal schlug, verließ Elizabeth ihr Zimmer. Sie hatte die Sekunden gezählt bis dahin. Am liebsten wäre sie schon eine halbe Stunde früher am vereinbarten Ort gewesen. Doch wenn sie eines von ihrer Mutter gelernt hatte, dann, dass eine Lady nie zu spät, aber auch nie zu früh erschien. Mit schnellen Schritten durchquerte sie die Galerie. Jetzt wartete Mama sicherlich schon beim Esstisch und blickte mit hochgezogener Augenbraue auf die Uhr am Kamin. Elizabeth bog in den linken Flügel ein, und die Gedanken an Mamas ungehaltenen Blick verloren schlagartig jede Bedeutung. Dewary stand am Ende des Flurs.

So elegant hatte sie den Major bisher noch nie gesehen. Er trug einen Rock aus dunkelblauem Samt, die Haare zu einer modischen Windstoßfrisur gebürstet, um die ihn Billy zutiefst beneiden würde. Die cremefarbenen Kniebundhosen passten wie angegossen. Doch so erfreulich seine gesamte Erscheinung war, am erfreulichsten war das Lächeln, mit dem er sie erwartete. Elizabeths Befangenheit wuchs ins Unermessliche. Es hatte Zeiten gegeben, da war er nicht gut genug für sie gewesen. Und jetzt fragte sie sich bekümmert, ob sie überhaupt gut genug für ihn war. Er stand da wie einem Londoner Modemagazin entsprungen, und sie war nur ein Mädchen aus der Provinz, in einem Kleid, das eine Schneiderin aus der Provinz als den letzten Schrei angepriesen hatte. Wahrscheinlich würde in London nicht einmal ein Hahn danach krähen! Sie beschloss, ihre Befangenheit hinter betont kameradschaftlichem Auftreten zu verbergen.

„Guten Abend, Major Dewary! Du siehst, ich bin gekommen, wie du mich gebeten hast. Lass uns schnell holen, was du vergessen hast, bevor Mamas Zorn die gute Stimmung an der Dinnertafel gefährdet."

Im ersten Moment war er von ihren Worten sichtlich überrascht, doch dann erschien ein amüsiertes Lächeln auf seinem Gesicht. „Guten Abend, Miss Elizabeth. Ich habe nicht das Mindeste dagegen, dass wir uns beeilen. Doch eines kann ich dir versichern, die Gefühle deiner Mama werden die Stimmung beim Dinner sicher nicht trüben."

Sie lächelten sich zu, und Elizabeth konnte nur hoffen, dass er recht behielt. Er öffnete die Tapetentür und ließ ihr den Vortritt. Diesmal war es nicht schwierig, die Treppe hochzusteigen. Die Stufen waren gereinigt worden, und unzählige Kerzen wiesen flackernd den Weg. Als sie oben angekommen war, schnellte seine Hand vor, um die Tür nach innen aufzustoßen. Elizabeth hielt verblüfft den Atem an. Das war nicht das Turmzimmer, das sie kannte! Der Raum hatte sich in ein Lichtermeer verwandelt. Das Bett, in dem sie die letzten Nächte verbracht hatte, war verschwunden. In der Mitte des Zimmers stand ein festlich gedeckter Tisch. Auf feinem weißem Damast stand edles blau gemustertes Wedgewood-Porzellan, das Silber der Kandelaber und des Bestecks funkelte mit den Kristallgläsern um die Wette. Die Speisen standen auf wärmenden Platten auf der Kommode. Mit großen Augen drehte sie sich zu ihm um, nicht imstande, auch nur ein Wort herauszubringen.

„Gefällt es dir?", fragte Dewary, und seine Stimme klang rau.

Elizabeth stand da, vermochte ihren Blick nicht von seinem Gesicht zu wenden und nur stumm zu nicken. Und da konnte er nicht anders, als sich zu ihr hinunterzubeugen und sie zu küssen. Als er merkte, dass sie seinen Kuss erwiderte, zog er sie fest an sich, und auch ihre Arme schlangen sich um ihn. Dieser Kuss war anders als die anderen, die sie bisher getauscht hatten. Damals waren sie eingesperrt gewesen, hatten einander Halt gegeben. Zwar hatten beide gehofft, die eigenen Gefühle würden vom anderen erwidert, doch wer konnte dies unter diesen Umständen wissen? Jetzt jedoch waren beide frei. Nicht nur frei, dorthin zu gehen, wohin sie wollten. Sondern auch frei, einander das, was in den Tagen der Gefangenschaft geschehen war, zu bestätigen. Auch nach dem Kuss ließen sie sich noch nicht los. Er hielt sie im Arm, ihr Kopf reichte bis zu seinem Kinn.

„Du trägst meine Rosen im Haar!" Dewarys Tonfall ließ keinen Zweifel daran zu, dass ihn das freute.

„Sie sind wunderschön!" Elizabeths Worte klangen etwas gedämpft, so dicht an seiner Brust.

„*Du* bist wunderschön!", sagte er, und dann küssten sie sich wieder.

„Hast du übrigens bemerkt, dass der Strauß nicht vollständig war? Es waren rosa Rosen …"

„… und gelbe und eine weiße …", setzte sie fort.

„Richtig! Und eine Farbe fehlt noch, die wollte ich dir von Angesicht zu Angesicht überreichen."

Er griff hinter sich auf den Tisch und hielt ihr ein makelloses Exemplar einer noch nicht voll erblühten Rose entgegen. Einer roten Rose. Elizabeth strahlte vor Glückseligkeit. Hatte sie wirklich gedacht, dieser Mann sei nicht romantisch? Und hatte er sich dafür nicht noch einen Kuss verdient?

Als sie sich wieder voneinander lösten und Elizabeth ihre Röcke glatt strich, da fiel ihr siedend heiß ihre Mutter im Speisezimmer ein.

„Sei unbesorgt! Mylady erwartet uns nicht zum Essen. Ich habe am Nachmittag mit ihr und meinem Vater gesprochen. Ich denke, den beiden kommt es zupass, ihr erstes gemeinsames Abendessen allein zu genießen, zumal Tante Barbara es vorzieht, noch auf ihrem Zimmer zu bleiben."

Er geleitete sie an den Tisch. Elizabeth hatte in den letzten Tagen zwar auch nicht gehungert, doch jetzt genossen sie lachend und sich munter unterhaltend die Vielfalt der Köstlichkeiten umso mehr. Die Köchin hatte ein wahres Festmahl zusammengestellt.

„Ach übrigens“, hob Dewary harmlos an, „ich hoffe, ich plaudere keine Überraschung aus, die dir deine Mama selbst erzählen wollte. Vater hat mir gestanden, dass seine Absichten Mylady gegenüber ernst sind!“

Elizabeth hätte sich fast an den Erbsen verschluckt, die sie gerade in den Mund geschoben hatte.

„Deine Mama und mein Vater werden heiraten, vorausgesetzt, Mylady nimmt den Antrag an. Wenn ich den alten Herrn richtig verstanden habe, dann plant er, das Haus in Mayfair wiederaufsperren zu lassen. Deine Mutter hat ihm wohl gesagt, dass sie sich nach Abwechslung und Amüsement sehne, und da ist eine Saison in London sicher das Richtige!“

Elizabeth war fassungslos. „Natürlich habe ich bemerkt, dass meine Mutter ein gewisses Tendre für deinen Vater entwickelt hat. Doch das kann doch nicht so weit gehen, dass sie ihre eigenen Kinder im Stich lässt!“

Dewary schüttelte lächelnd den Kopf. „Elizabeth, bist du etwa eifersüchtig? An der Zuneigung deiner Mutter für dich wird sich doch mit einer Heirat nichts ändern!“

Elizabeth brauchte einige Augenblicke, bis sie verstand, was er ihr sagen wollte. „Aber das meinte ich doch nicht!“, rief sie aus. „Ich bin erwachsen, Frederick, ich weiß, dass es nichts gibt, was die Liebe meiner Mutter zu mir gefährden könnte. Aber ich brauche Mama auf Portland Manor! Als unverheiratete Frau kann ich dort unmöglich allein leben!“

„Jetzt verstehe ich, was du meinst …“

Sie hörte ihn gar nicht. „Dewary, Mama und ich müssen morgen, spätestens übermorgen zurück. Jetzt, da deine Unschuld bewiesen ist, haben wir von Lord Linworth nichts mehr zu befürchten. Es gibt zu Hause viel zu tun, und ich muss schleunigst wieder nach dem Rechten sehen …“

„Hör mir bitte zu, Elizabeth …"

„Billy wird erst in drei Jahren den Landsitz übernehmen können. Was soll ich nur tun ohne Mama? Denkst du, ich sollte meine alte Tante Helen fragen, ob sie zu mir zieht? Ich mag sie zwar nicht besonders …"

„Nein, ich meine nicht, dass du Tante Helen fragen solltest." Er ergriff ihre Hand. „Hast du dich nicht gefragt, was ich im Turmzimmer vergessen haben könnte, als ich dich bat, mich hierher zu begleiten?"

Warum wechselte er so unvermittelt das Thema? Warum ergriff er dabei ihre Hand? Sie blickte in seine Augen, und in dem Moment war Portland Manor vergessen. In diesem Moment gab es nur sie und ihn und heftiges Herzklopfen.

„Ich hatte vergessen, dir in aller Form einen Antrag zu machen."

Mit diesen Worten ließ er sich vom Stuhl hinabgleiten, kniete vor ihr nieder und reichte ihr mit der Rechten einen fein verzierten Brillantring.

„Elizabeth Porter, willst du mir die Ehre und Freude erweisen, meine Frau zu werden?"

Sie hätte das „Ja!" gern in alle Welt hinausgeschrien, doch als sie antwortete, klang es überraschend leise. „Ja, natürlich, Frederick! Ich wünsche mir nichts mehr, als deine Frau zu werden."

Er steckte ihr den Ring an den Finger. „Sieh nur, wie gut er passt! Er hat meiner Mutter gehört. Ich bin sicher, sie wäre mit meiner Wahl einverstanden und würde sich freuen, dass du ihn jetzt trägst."

Dewary hatte sich wieder erhoben und Elizabeth an sich gezogen. Sie bedankte sich mit einem langen, innigen Kuss. Als sie sich schließlich wieder zu Tisch begaben, um über den köstlichen Kuchen herzufallen, den die Köchin gezaubert hatte, da atmete Elizabeth sichtbar auf.

„Ich finde es so schön und zugleich so unglaublich, dass

du willens bist, auf mich zu warten. Das würden nicht viele Männer für ihre zukünftige Frau tun …"

Dewary zog fragend die Augenbrauen zusammen. „Warten? Worauf soll ich warten?"

„Auf unsere Hochzeit natürlich. Ich denke, du musst auf Digmore Park bleiben, besonders jetzt, da dein Vater beschlossen hat, nach London zu gehen …"

„Und du?"

„Ich muss natürlich nach Portland Manor zurück, bis Billy … Oder meinst du etwa, wir sollten heiraten, bevor ich nach Portland Manor zurückkehre, damit ich Tante Helen nicht brauche, weil ich ja als verheiratete Frau …"

„Oh nein!" Dewarys Stimme war deutlich anzuhören, dass er keinen Widerspruch dulden würde. „Wir brauchen keine Tante Helen, und du gehst auch nicht nach Portland Manor zurück! Denkst du denn wirklich, ich würde es zulassen, dass wir die nächsten Jahre getrennt leben?"

„Wir werden uns mehrmals im Jahr sehen können, so weit ist die Reise nicht!" Dabei entsprach ihr Einwand nicht im Geringsten dem, was sie sich tief in ihrem Inneren wünschte.

„Du hast dich vielleicht gefragt, was ich heute Nachmittag so Dringendes zu erledigen hatte, Elizabeth. Außer, bei deiner Mama um deine Hand anzuhalten …"

„Du hast bereits bei Mama um meine Hand angehalten?" Elizabeth wurde ganz warm ums Herz.

Dewary nickte. „Ich weiß, dass es korrekt gewesen wäre, deinen Onkel in London aufzusuchen. Doch das werde ich nachholen, sobald wir andere wichtige Dinge geregelt haben."

„Andere wichtige Dinge?"

„Ich habe am Nachmittag auch noch meinen Verwalter besucht. Er hat drei prachtvolle Söhne. Jack, sein Ältester, ist jetzt fünfundzwanzig Jahre alt und hat bei seinem Vater alle Pflichten eines Verwalters von der Pike auf gelernt.

Und für ihn ist es langsam an der Zeit, eine Stelle in einem anderen Haus anzutreten."

Elizabeth hielt die Luft an. „Du meinst, dieser Jack wäre in der Lage, Portland Manor zu leiten?"

Dewary legte seine Hand auf ihren Arm. „Glaub mir, du kannst Jack vertrauen, ich kenne ihn von Kindesbeinen an. Er ist rechtschaffen, klug und tüchtig. Und er hat es gelernt, selbst mit anzupacken!"

Nun strahlte Elizabeth, und Dewary strahlte erleichtert zurück. Zum Glück war es so einfach gewesen, sie zu überzeugen.

„Wenn es dir recht ist, Elizabeth, dann wird dich Jack begleiten, wenn du nach Portland Manor zurückfährst. Du kannst ihn deinem alten Verwalter vorstellen und mit ihm alles besprechen, was notwendig ist. Dann packst du deine Sachen und kommst hierher zurück."

Elizabeth war mit Freuden einverstanden!

„Wenn du wüsstest, welch große Last du mir von meinen Schultern nimmst! Allein das Gut zu leiten war oft nicht einfach, und ich hatte die Hoffnung schon aufgegeben, mich dieser Pflicht in den nächsten Jahren zu entledigen."

„Glaub ja nicht, meine Liebe, dass dich hier auf Digmore Park ein Leben ohne Pflichten erwartet", sagte Dewary mit gespieltem Ernst in der Stimme. „Du hast so viel mehr Erfahrung in der Leitung eines Anwesens als ich, ich werde dich ständig um Rat fragen. Ich werde von dir verlangen, dass du das Haus führst, Gäste einlädst, mit mir ausreitest ..."

„Nichts lieber als das", sagte sie und küsste ihn auf die Nase. „Ich bin es ohnehin nicht gewohnt, meine Tage mit Nichtstun zu verbringen!"

Dann eilten sie die schmale Treppe hinunter, um Lord Digmore und Lady Portland die freudige Nachricht zu verkünden.

E-Book-Reihe „LOVE and PASSION"

Mit der E-Book Reihe **„Love and Passion"** greifen wir eines der zeitlosesten Themen überhaupt auf, ***die Liebe***.
Die Romane der Reihe führen die Leser in die Vergangenheit und lassen sie eintauchen in romantische Geschichten und große Gefühle. Auch bei dieser Reihe liegt der Schwerpunkt auf Romanen, die im 19. Jahrhundert spielen – in Reminiszenz an eine der großen Autorinnen des Liebesromans, die wunderbare Jane Austen.

Die Reihe umfasst bisher die folgenden Titel von
Rebecca Michéle

„Die Treue des Highlanders"
„Königin für neun Tage"
„Der Schatz aus den Highlands"

Gibt es schließlich eine bessere Form mit dem Leben fertig zu werden, als mit Liebe und Humor?
Charles Dickens (1812-1870)